EDIÇÕES BESTBOLSO

Um encontro inesperado

Rosamunde Pilcher nasceu em 1924 na Cornualha, Inglaterra. Aos 25 anos publicou seu primeiro livro usando o pseudônimo de Jane Fraser. Somente em 1955, Pilcher passou a assinar com o nome verdadeiro e, aos 63 anos, tornou-se conhecida mundialmente com a publicação do best-seller *Os catadores de conchas.* Talentosa romancista e contista, suas histórias costumam tratar das complexas relações familiares, sempre ambientadas nas mais belas paisagens da Grã-Bretanha. A escritora tem livros publicados em mais de trinta países.

ROSAMUNDE PILCHER

Um encontro inesperado

LIVRO VIRA-VIRA 1

Tradução de
RENATO MOTTA

EDIÇÕES
BestBolso

RIO DE JANEIRO – 2010

CIP-BRASIL. CATALOGAÇÃO-NA-FONTE
SINDICATO NACIONAL DOS EDITORES DE LIVROS, RJ

P686f
Pilcher, Rosamunde, 1924-
Um encontro inesperado – Livro vira-vira 1 / Rosamunde Pilcher; tradução Renato Motta. – Rio de Janeiro: BestBolso, 2010.

Tradução de: Snow in April
Obras publicadas juntas em sentido contrário
Com: O fim do verão / Rosamunde Pilcher; tradução de Mauro Figueiredo. – Rio de Janeiro: BestBolso, 2010
ISBN 978-85-7799-322-2

1. Romance inglês. I. Figueiredo, Mauro. II. Motta, Renato. III. Título. IV. Título: O fim do verão.

10-5431
CDD: 823
CDU: 821.111-3

Um encontro inesperado, de autoria de Rosamunde Pilcher.
Título número 209 das Edições BestBolso.
Primeira edição vira-vira impressa em dezembro de 2010.
Texto revisado conforme o Acordo Ortográfico da Língua Portuguesa.

Título original inglês:
SNOW IN APRIL

www.edicoesbestbolso.com.br

Design de capa: Simone Villas-Boas sobre foto intitulada "The Old Farm Track", de Louise McGilviray (Fotolia).

Impresso no Brasil

ISBN 978-85-7799-322-2

1

Envolvida por uma névoa perfumada, com os cabelos presos em uma touca de banho, Caroline Cliburn descansava inerte na banheira, enquanto ouvia o rádio. O banheiro era grande – tão grande quanto os outros cômodos da casa generosa. Aquele lugar fora, no passado, um quarto de vestir. Diana decidira, no entanto, muito tempo atrás, que as pessoas não usavam nem precisavam de quartos de vestir hoje em dia. Assim, mandara remover todo o revestimento das paredes e contratara bombeiros e carpinteiros. Instalaram ali acessórios escolhidos em porcelana cor-de-rosa e um grosso tapete branco. Na janela foram postas cortinas de chintz, que iam até o chão. Havia uma mesa baixa com tampo de vidro para colocar sais de banho e revistas. Ali repousavam também grandes potes de vidro ovais, cheios de sabonetes coloridos que recendiam a rosas. Também havia rosas bordadas nas toalhas de banho francesas e no pequeno tapete ao lado da banheira, onde, no momento, repousavam o penhoar de Caroline, seus chinelos, o rádio e um livro que ela começara a ler e abandonara.

O rádio tocava uma valsa. Um-dois-três, um-dois-três, suspiravam os violinos, evocando imagens de aplausos, cavalheiros de luvas brancas e damas idosas que, sentadas em cadeiras douradas, acompanhavam com a cabeça os compassos da linda melodia.

Vou usar o novo terninho com calça larga, pensou Caroline. E então lembrou-se de que um dos botões dourados havia caído do paletó e, provavelmente, se perdera. Seria perfeitamente possível, é claro, procurar o botão, pegar agulha e linha e colocá-lo no lugar; a operação não levaria mais do que cinco minutos. Era muito mais simples, porém, não fazer nada disso. Ela usaria o cafetã turquesa, ou o vestido de veludo preto que, segundo Hugh, a fazia parecer-se a Alice no País das Maravilhas.

A água estava esfriando. Caroline abriu a torneira de água quente com os dedos do pé e decidiu que às 7h30 sairia da banheira para se enxugar, colocar a maquiagem e descer. Iria, certamente, se atrasar, mas isso não tinha importância. Estariam todos reunidos em volta da lareira à sua espera. Hugh usaria o blazer de veludo que ela detestava secretamente e Shaun apareceria envolvido pela larga faixa escarlate do smoking. Os Haldane estariam lá, Elaine já bebendo o seu segundo martíni e Parker reparando em tudo com seus olhos sugestivos e observadores. Também estariam os convidados de honra, os sócios canadenses nos negócios de Shaun, o Senhor e a Senhora "Monótonos", ou algum nome tão adequado quanto esse. Após um atraso razoável, todos iriam se encaminhar para o jantar. Sopa de tartaruga, o *cassoulet* que Diana passara a manhã preparando e um sensacional pudim, que provavelmente seria apresentado em chamas, flambado na hora e acompanhado de "oohs", "aahs" e "Diana, querida, como é que você faz isso?".

Pensar em tudo isso fez Caroline sentir-se nauseada, como sempre vinha acontecendo ultimamente. Essa sensação de enjoo a deixava intrigada. Afinal, indigestão era sabidamente uma característica dos muito velhos, dos gulosos ou, possivelmente, das grávidas. Caroline era jovem, estava com apenas 20 anos, e também não se qualificava em nenhuma das outras duas hipóteses. Não que ela se sentisse doente, no exato sentido da palavra. Simplesmente, jamais estava bem. Talvez fosse melhor ir a um médico antes da próxima terça-feira – não, antes da terça-feira da semana seguinte. E começou a se imaginar tentando explicar a situação ao médico. "Estou para me casar e sinto enjoos o tempo todo", e imaginava o sorriso paternal e compreensivo do doutor. "É bastante natural essa tensão pré-nupcial. Vou lhe dar um sedativo..."

O som da valsa foi diminuindo discretamente, e o locutor anunciou o informativo das 7h30. Caroline suspirou, sentou-se na banheira e puxou a tampa do ralo, antes que acabasse sucumbindo à tentação de ficar ali dentro mais um pouco. Pulou então sobre o pequeno tapete. Desligou o rádio, secou-se rapidamente, colocou o roupão e caminhou silenciosamente até o quarto. Pelo caminho, deixou marcas de pés molhados sobre o tapete branco. Sentou-se diante da penteadeira guarnecida com babados, arrancou a touca de banho e observou, sem muito entusiasmo, sua imagem triplamente refletida. Tinha cabelos longos e lisos, muito louros pendurados de cada lado do rosto como brilhantes borlas de seda. Não era um rosto bonito no verdadeiro sentido da palavra. As maçãs eram muito salientes, o nariz era grosso e a boca, um pouco larga. Sabia que tanto poderia parecer horrenda quanto maravilhosa. Só os olhos amendoados, castanho-escuros e com cílios abundantes, eram realmente notáveis, mesmo agora, com aquela aparência cansada que exibia.

(Lembrou-se de Drennan e de algo que ele dissera certa vez, havia muito tempo, segurando-lhe a cabeça entre as mãos e levantando-lhe o rosto para olhar para ele: "Como é que pode, você ter o sorriso de um menino e os olhos de uma mulher? E de uma mulher apaixonada, ainda por cima?" Estavam sentados no banco da frente do carro dele, e do lado de fora estava muito escuro e chovia. Ela se lembrava do som da chuva, do tique-taque do relógio do carro, da sensação das mãos dele envolvendo-lhe o queixo, mas era como se lembrar da passagem de um livro ou da cena de um filme, uma cena à qual ela tivesse assistido, mas da qual não tivesse participado. Como se tudo tivesse acontecido com uma outra garota.)

Caroline pegou repentinamente a escova, prendeu os cabelos com um elástico e resolveu se maquiar. Quando começou a fazer isso, ouviu passos no corredor. Eram passos suaves sobre o tapete grosso, que pararam diante de sua porta. Ouviu batidas leves.

– Sim? – respondeu Caroline.

– Posso entrar? – Era Diana.

– Claro.

A madrasta de Caroline já estava vestida toda de branco e dourado, com o cabelo louro platinado enrolado como uma concha e atravessado por um grampo de ouro. Estava linda, como sempre: esbelta, alta, imaculadamente enfeitada. Seus olhos eram azuis e se destacavam na cor acobreada da pele, mantida assim com sessões frequentes de bronzeamento artificial. Essa era uma das razões pelas quais Diana era tão frequentemente confundida com uma escandinava. De fato, possuía a rara habilidade das nórdicas de parecer tão bem-arrumada em roupas casuais de esquiar, ou até mesmo em roupas de tweed, quanto, como estava agora, vestida e pronta para uma noite de extrema formalidade.

– Caroline, mas você não está nem perto de estar pronta!

Caroline começou a fazer movimentos complicados com o pincel sobre os cílios.

– Já estou quase pronta. Você sabe como sou rápida depois que começo a me arrumar. Essa talvez seja a única coisa que eu aprendi no curso de teatro que poderá me ser útil pelo resto da vida: me maquiar em menos de um minuto.

Essa foi uma observação feita de forma impensada, e Caroline sentiu um imediato arrependimento. "Curso de teatro" ainda era um território proibido no que dizia respeito a

Diana, que sempre se enfurecia só de ouvir mencionar tais palavras. E, previsivelmente, ela comentou, com frieza:

– Se é assim, talvez os dois anos que você perdeu lá não tenham sido completamente desperdiçados. – E quando Caroline, vencida, não respondeu, Diana continuou: – De qualquer modo, não há tanta pressa. Hugh já chegou, e Shaun já está até preparando um drinque para ele. Os Lundstrom, no entanto, vão se atrasar um pouco. A Sra. Lundstrom telefonou há pouco de Connaught para dizer que John ficou preso até mais tarde em uma reunião.

– Lundstrom! Eu não conseguia me lembrar do nome. Eu os estava chamando de Sr. e Sra. "Monótonos" – disse Caroline.

– Isso é muito injusto! Você nem mesmo os conhece.

– E você os conhece?

– Sim, e acho que são muito agradáveis.

Começou, então, de forma apropriada, a arrumar tudo em volta de Caroline, movendo-se por todo o quarto, juntando os sapatos em pares aqui, dobrando um suéter ali e recolhendo a toalha de banho úmida que continuava largada no chão, bem no meio do cômodo. Dobrou a toalha e a carregou de volta para o banheiro, onde Caroline pôde ouvir seus esforços para lavar a pia, abrindo e fechando o armário espelhado e, sem dúvida, fechando o pote de creme.

Caroline elevou a voz:

– Diana, em que o Sr. Lundstrom trabalha?

– O quê? – perguntou Diana, reaparecendo no quarto.

Caroline repetiu-lhe a pergunta.

– Ele é banqueiro – respondeu Diana.

– Está envolvido no novo negócio de Shaun?

– Está, e muito! Ele o está financiando. Esse é o motivo de vir ao país, para acertar alguns detalhes finais.

– Então, temos todos que ser muito charmosos e bem-comportados – finalizou Caroline, deixando cair o roupão e indo, nua, à procura de suas roupas.

Diana sentou-se na beira da cama e comentou:

– E isso seria um esforço tão grande assim? Caroline, você está tremendamente magra. Na verdade, magra até demais. Você devia tentar ganhar um pouco de peso.

– Estou bem! – reagiu Caroline, enquanto pegava duas peças íntimas em uma gaveta abarrotada e começava a vesti-las. – Sou magra assim mesmo!

– Tolice! Todas as suas costelas estão aparecendo! E você não come o suficiente nem para manter um passarinho vivo. Até mesmo Shaun notou isso um dia desses, e você sabe que normalmente ele é muito desligado.

Caroline já estava colocando as meias, e Diana continuou:

– Sua cor está feia, você está muito pálida. Reparei agora mesmo, quando entrei no quarto. Talvez fosse bom se você começasse a tomar alguns comprimidos de ferro.

– Isso não escurece os dentes?

– Não! Onde foi que você ouviu essa tolice?

– Talvez minha aparência tenha algo a ver com o casamento. Ou com o fato de ser obrigada a escrever 143 cartas de agradecimento.

– Não seja ingrata! Oh, a propósito, eu estava agora mesmo no telefone com Rose Kintyre. Ela estava querendo saber o que você gostaria de ganhar como presente de casamento. Sugeri aquele conjunto de cálices de que você demonstrou gostar tanto, na rua Sloane, lembra? Aqueles com as iniciais gravadas. O que você vai vestir esta noite?

Caroline abriu o guarda-roupa e puxou o primeiro vestido que lhe veio à mão, que por acaso era o de veludo preto.

– Este?

– Sim! Adoro esse vestido. Mas você vai ter que usar meias escuras, para combinar com ele.

Caroline pendurou-o de volta e tirou o seguinte.

– E, então, que tal este? – Era o cafetã. Felizmente, não era o terninho.

– Sim! Esse é charmoso... Se você colocar os brincos de ouro.

– Eu perdi aqueles brincos!

– Oh, não! *Não aqueles*, maravilhosos, que Hugh lhe deu!

– Bem, não os perdi, exatamente. Devo apenas ter colocado em algum lugar e não consigo lembrar onde. Não se preocupe! – E jogou o cafetã de seda turquesa sobre a cabeça, fazendo-o descer suavemente. – De qualquer modo, brincos não sobressaem em mim, a não ser que meu cabelo esteja bem penteado.

Começando a fechar os minúsculos botões, perguntou:

– Diana... E Jody? Onde é que ele está jantando?

– Com Katy, no andar lá de baixo. Eu lhe disse que poderia jantar conosco, se quisesse, mas ele preferiu assistir a um filme de faroeste na tevê.

– E ele está lá embaixo neste instante? – perguntou Caroline, soltando o cabelo e escovando-o suavemente.

– Acho que sim.

Caroline borrifou perfume em volta de si mesma de forma casual, com a primeira embalagem de spray que veio à sua mão. Disse então:

– Diana, se você não se importa, antes de ir para a sala eu queria descer para dar boa-noite a Jody.

– Não demore muito. Os Lundstrom estarão aqui em dez minutos.

– Não vou demorar.

Caroline e Diana desceram juntas. Quando estavam nos degraus do meio, chegando à saleta, a porta da sala de visitas se abriu e Shaun Carpenter surgiu, segurando um balde de gelo de cor vermelha, em forma de maçã e com um talo dourado sobre a tampa que servia como alça. Olhou para cima e as viu.

– Acabou o gelo – disse ele, à guisa de explicação, e então fez uma cara espantada, como um comediante que olha duas vezes com os olhos arregalados, paralisado pela aparência das duas damas. Permaneceu imóvel no meio da saleta, testemunhando a descida das duas.

– Nossa! Não é que estão ambas maravilhosas? Que dupla de mulheres deslumbrantes!

Shaun era o marido de Diana, e Caroline referia-se a ele de diversas formas. Às vezes, o chamava de "marido de minha madrasta". Eventualmente, falava que ele era um "duplo padrasto". Outras vezes, chamava-o, simplesmente, de Shaun.

Ele e Diana estavam casados havia pouco mais de três anos. Shaun, porém, costumava dizer com orgulho que já conhecia Diana e a adorava há muito mais tempo que isso.

"Eu a encontrei pela primeira vez há muitos anos", costumava dizer. "E quando comecei a pensar que já a tinha colocado de vez em minha vida, Diana se foi, inesperadamente, para as ilhas gregas, a fim de comprar uma propriedade. De repente, lá estava ela me escrevendo para contar que encontrara um arquiteto e se casara com ele. Chamava-se Gerald Cliburn, vivia na total pobreza, chegara com uma família já completa e era boêmio como ninguém. Essa notícia me pegou completamente de surpresa."

Shaun, entretanto, permanecera fiel às lembranças de Diana. Como naturalmente era um homem bem-sucedido, fizera igual sucesso no papel de solteirão profissional, aquele do homem mais velho e mais sofisticado, muito procurado pelas anfitriãs de Londres e sempre com a agenda lotada de compromissos sociais para muitos meses à frente.

De fato, sua vida de solteiro era tão extraordinariamente bem organizada e satisfatória que, quando Diana Cliburn, viúva e com dois enteados a tiracolo, retornou a Londres para fixar residência na antiga casa e começou a reatar velhos laços e organizar vida nova, houve certa especulação sobre o que Shaun Carpenter iria fazer. Será que ele se enraizara assim tão profundamente em suas confortáveis rotinas de solteirão? Será que ele, ainda que por causa de Diana, iria desistir de sua independência e ceder à vida enfadonha de um chefe de família comum? Os mexeriqueiros duvidavam muito disso.

Mas eles não contavam com Diana, que retornara de Aphros mais maravilhosa e desejável do que nunca. Tinha agora 32 anos e estava no auge da beleza. Shaun, ao tentar cautelosamente renovar a amizade, foi derrubado em questão de dias. Em menos de uma semana já a pedira em casamento, e o pedido foi renovado regularmente a cada sete dias, até que ela finalmente concordou.

A primeira coisa que Diana o obrigou a fazer foi dar a notícia, ele próprio, a Caroline e Jody.

– Não posso ser um pai para vocês – dissera-lhes Shaun na ocasião, andando de um lado para o outro sobre o tapete da sala de visitas e sentindo um calor subir-lhe pelo pescoço em volta do colarinho, sob o olhar claro e curiosamente idêntico das duas crianças. – De qualquer modo, não saberia mesmo como ser um pai... – continuou ele. – O que quero que vocês saibam, porém, é que poderão sempre contar comigo, seja para fazer confidências ou para pedir ajuda financeira... Afinal de contas, esta é a casa de vocês... Eu queria também que vocês sentissem que... – E foi em frente, tropeçando nas palavras e praguejando intimamente contra Diana por tê-lo colocado naquela situação desconfortável. Preferia que ela tivesse deixado que o seu relacionamento com Caroline e Jody se desenvolvesse devagar e naturalmente, mas Diana era impaciente por natureza, gostava de todas as cartas na mesa, e queria que, naquele caso, tudo ficasse em pratos limpos desde o início.

Jody e Caroline ficaram olhando para Shaun de forma compreensiva, mas não disseram nada que pudesse ajudá-lo. Na verdade, gostavam de Shaun Carpenter e perceberam, mesmo com os puros olhos da sua pouca idade, que Diana já o tinha na palma da mão. Ele falou da casa em Milton Gardens como se fosse também o lar deles, embora a ideia de lar, para eles, estivesse ligada para sempre à casinha branca em forma de cubo de açúcar encarapitada acima do azul-marinho do mar Egeu. Tudo isso, porém, acabara. Afundara sem vestígios na confusão do passado. O que Diana decidiria fazer com a vida dela a partir dali e quem ela escolheria para marido não dizia respeito a eles. No entanto, se ela devia mesmo se casar com alguém, os irmãos estavam muito contentes que fosse com o grande e bondoso Shaun.

Agora, enquanto Caroline passava na frente dele, Shaun permanecia imóvel, meio de lado, cortês e engomado, ligeiramente ridículo, com o balde de gelo nas mãos, estendido como se fosse uma oferenda. Cheirava a perfume Brut e tinha também um aroma indefinido de roupa recém-lavada. Caroline lembrou-se do rosto de seu pai, frequentemente com a barba por fazer em torno do queixo e as camisas azuis de operário que ele preferia vestir assim que saíam da corda, sem um toque sequer do ferro de passar. Lembrou-se também das brigas e discussões às quais ele e Diana alegremente se entregavam, como em um jogo, e de onde seu pai quase sempre saía vencedor. E se admirou, mais uma vez, com o fato de uma mulher poder se casar com dois homens tão diferentes um do outro.

Descer para o subsolo da casa, um domínio de Katy, era como sair de um mundo e entrar em outro. No andar de cima estavam os tapetes em tons pastel, os candelabros, as pesadas cortinas de veludo. No andar de baixo todas as coisas estavam espalhadas, nada era planejado, e tudo parecia mais alegre. O linóleo xadrez competia com pequenos tapetes felpudos em cores vivas, as cortinas tinham desenhos de zigue-zague e padrões de folhas. Toda a superfície horizontal ostentava uma grande quantidade de fotografias, cinzeiros de porcelana trazidos de pousadas à beira-mar, conchas pintadas e vasos com flores de plástico. Um gostoso fogo crepitava vermelho na lareira. Diante dele, encolhido em uma cadeira de braços já muito gasta, com os olhos grudados na tela com luz trêmula da tevê, estava o irmão de Caroline, Jody.

Usava jeans e um suéter de gola rulê azul-marinho, botas de cano curto surradas e, por nenhuma razão em particular, um boné de iatismo que estava quase se desfazendo e era muitos números maior do que a sua cabeça. Ele olhou quando Caroline entrou e a seguir virou a cabeça imediatamente de volta em direção à tela. Não queria perder um tiro sequer, nem um segundo da ação.

Caroline empurrou-o para o lado e sentou-se na cadeira junto dele. Depois de algum tempo, perguntou:

– Quem é a mocinha do filme?

– Ah, ela é uma idiota! Está sempre beijando. É uma dessas...

– Então, desligue a tevê.

Jody ficou considerando a sugestão e decidiu que talvez fosse uma boa ideia. Pulou da cadeira e desligou o aparelho. A imagem escureceu com um gemido curto e ele permaneceu de pé sobre o tapete, diante da lareira, olhando para Caroline.

Jody tinha 11 anos, uma boa idade. Não era mais bebê, mas ainda não tinha ficado alto, magricela, mal-humorado e cheio de espinhas. Suas feições eram tão semelhantes às de Caroline que as pessoas estranhas, mesmo ao vê-los pela primeira vez, sabiam que não poderiam ser outra coisa a não ser irmãos. Entretanto, enquanto o cabelo de Caroline era louro, o de Jody era de um castanho tão vivo que beirava o ruivo, e enquanto as sardas da irmã estavam confinadas a alguns pontos esparsos sobre o arco do nariz, as de Jody estavam em toda parte, espalhadas como confetes pela superfície das costas e pelos ombros, descendo pelos braços. Seus olhos tinham um tom acizentado. Seu sorriso, um pouco lento, era cativante quando aparecia, revelando dentes um pouco grandes para o tamanho do rosto e ligeiramente tortos, como se estivessem empurrando uns aos outros para abrir espaço e entrar em cena.

– Onde está Katy? – perguntou Caroline.

– Lá em cima, na cozinha.

– Você já jantou?

– Já.

– Comeu o mesmo prato que ela vai servir no nosso jantar?

– Não, tomei sopa. Não quis nem provar aquela outra comida de vocês, então Katy também me preparou bacon com ovos.

– Gostaria de ter jantado com você, para comer isso também. Já viu Shaun e Hugh?

– Já. Estive lá em cima. – E fez uma careta. – Os Haldane estão chegando, falta de sorte a sua. – E trocaram um sorriso de cumplicidade. Suas impressões sobre os Haldane eram parecidas.

– Onde foi que você conseguiu esse boné? – perguntou Caroline.

– Eu o encontrei. – Jody esquecera que estava de boné, e o tirou da cabeça com um jeito tímido. – Estava no fundo do baú de roupas velhas, no quarto de brinquedos.

– Esse boné era do papai.

– É. Imaginei que deveria ser dele.

Caroline se inclinou e o pegou da mão de Jody. O boné estava sujo e deformado, tinha manchas irregulares e esbranquiçadas de sal, e a bainha estava começando a descosturar.

– Papai costumava usá-lo quando saía para velejar. Dizia que quando se está vestido de modo apropriado para andar de barco, ganha-se mais confiança. Assim, quando alguém o xingava por ter feito algo errado, ele costumava xingar de volta. – Jody sorriu. – Você se lembra de ouvi-lo dizer coisas como essa?

– Às vezes. Eu me lembro de quando ele lia as historinhas do Rikki Tikki Tavi.

– Mas você era um garotinho!.. Devia ter uns 6 anos. E se lembra disso? – Ele sorriu de novo. Caroline se levantou e colocou o velho boné de volta na cabeça do menino. A aba ficou caída para a frente, e Caroline teve que se abaixar para poder alcançar o rosto do irmão sob o boné e beijá-lo.

– Boa noite – disse.

– Boa noite – respondeu Jody, sem se mover.

Ela estava relutando em deixá-lo. Ao chegar ao pé da escada, virou-se. Jody estava ainda olhando para ela, atento, por baixo da ponta do boné, que continuava caída de forma ridícula sobre seu rosto. Havia algo em seus olhos que fez Caroline perguntar:

– Há algo errado?

– Não, nada.

– Então, nos vemos amanhã.

– Certo, tudo bem – disse Jody. – Boa noite.

De volta ao andar de cima, Caroline encontrou a porta da sala de visitas fechada e ouviu um murmúrio abafado de vozes do outro lado. Katy estava, nesse instante, colocando um casaco de peles escuro em um cabide, pendurando-o em seguida no armário para agasalhos, ao lado da porta de entrada. Usava vestido marrom-escuro e um avental florido, o seu modo de quebrar a formalidade do jantar, e teve um sobressalto, pulando de modo dramático quando Caroline apareceu de repente.

– Nossa! Você me deu um susto!

– Quem é que chegou?

– O Sr. e a Sra. Haldane. – E jogou a cabeça para o lado em direção à sala. – Acabaram de entrar. É melhor você entrar também, pois já está atrasada!

– Fui ver Jody. – Relutante em se juntar ao grupo na sala, Caroline resolveu ficar um pouco mais com Katy, e se encostou à ponta do corrimão da escada. Ficou imaginando a felicidade que seria subir de volta, pular na cama e comer apenas um ovo cozido.

– Ele ainda está assistindo ao filme de índios na tevê? – perguntou Katy.

– Não, desistiu! Reclamou que havia muitas cenas de beijo.

– Bem, é melhor ver beijos do que toda aquela violência, isso é o que eu sempre digo. – Katy torceu a cara e fechou a porta do armário da entrada. – É bem melhor que as crianças vejam cenas de amor e fiquem tentando entender aquilo tudo do que assistir àquelas cenas violentas e depois saírem pela rua espancando velhinhas com guarda-chuvas.

E depois de fazer essa notável observação voltou à cozinha. Caroline ficou sozinha no saguão de entrada e, sem nenhuma outra desculpa para mais atrasos, atravessou a saleta, colocou um sorriso no rosto e abriu a porta da sala de visitas. (Outra coisa importante que ela aprendera na escola de teatro foi como realizar uma entrada marcante.) O murmúrio das conversas cessou de imediato e alguém exclamou: "Caroline chegou!"

À noite, a sala de visitas de Diana, toda iluminada para a festa, era tão espetacular quanto qualquer palco de teatro. As três janelas altas que davam para a rua sossegada eram guarnecidas com cortinas de veludo em um tom claro de amêndoa, ligeiramente esverdeado. Havia imensos e macios sofás em tons de rosa e bege, um carpete cor de areia e, combinando maravilhosamente com os quadros antigos, móveis em imbuia no estilo Chippendale e uma mesinha de café italiana em estilo moderno, feita de aço e vidro. Havia flores em toda parte, e o ar estava embebido por uma variedade de aromas deliciosos e caros. Era um cheiro misturado de jacintos com Madame Rochas, e um toque dos autênticos charutos Havana de Shaun.

Todos estavam exatamente como Caroline os havia imaginado: agrupados em torno da lareira, conversando, com seus drinques na mão. Antes mesmo, porém, de ela fechar a porta da sala atrás de si, Hugh já havia se destacado do grupo, colocara seu copo sobre a mesa e atravessara a sala para recebê-la.

– Querida! – Segurou Caroline com as duas mãos sobre seus ombros e se abaixou para beijá-la. Em seguida, olhou discretamente para seu relógio de ouro, fino como um papel, e ao fazer isso exibiu a ponta do punho da camisa, imaculadamente branca e toda engomada, preso por abotoaduras de ouro trançado.

– Você está atrasada!

– Mas os Lundstrom ainda nem chegaram!

– Onde você estava?

– Com Jody.

– Então está perdoada.

Hugh era alto, muito mais alto que Caroline. Era magro, com a pele morena, e estava começando a ficar calvo. Isso o fazia parecer mais velho do que verdadeiramente era, aos 33 anos. Usava um paletó azul-marinho de veludo e uma camisa social com discretas listras. Seus olhos, sob sobrancelhas grossas e marcantes, eram castanho-escuros e exibiam nesse momento uma expressão que misturava satisfação, irritação e um pouco de orgulho.

Caroline sentiu esse orgulho e ficou aliviada. Hugh Rashley alimentava grandes expectativas com relação a Caroline, e ela passava metade do tempo lutando contra a sensação de se sentir inútil. Tirando isso, ele era, como futuro marido, totalmente satisfatório. Bem-sucedido em sua carreira de corretor na Bolsa de Valores, Hugh era maravilhosamente atencioso e tinha muita consideração por ela, mesmo quando seus padrões pareciam desnecessariamente elevados. Mas talvez isso fosse de se esperar, pois era uma característica comum na família de Hugh, e ele era, afinal de contas, irmão de Diana.

Devido ao fato de que Parker Haldane se sentia atraído por mulheres jovens e bonitas sem demonstrar nenhum constrangimento, e também por Caroline se enquadrar em suas preferências, as maneiras de Elaine Haldane em relação à jovem eram normalmente frias, mas não provocavam nenhuma preocupação desnecessária em Caroline, por dois motivos. Um deles é que ela raramente se encontrava com Elaine, pois os Haldane moravam em Paris, onde Parker estava à frente da filial francesa de uma grande agência de publicidade americana, e só vinha a Londres a cada dois ou três meses, para reuniões importantes. A visita daquele dia estava acontecendo em uma dessas ocasiões.

O outro motivo é que Caroline, secretamente, não gostava muito de Elaine. Isso era lamentável, pois Elaine e Diana eram grandes amigas. "Por que você sempre tem que ser tão distante e hostil com Elaine?", era o que Diana costumava perguntar, e Caroline aprendera a encolher os ombros e dizer apenas "Desculpe...", pois qualquer tentativa de dar uma explicação mais detalhada a respeito disso poderia ser ainda mais ofensiva.

Elaine era uma mulher bela e com aparência distinta. Tinha, porém, uma antiga tendência a se vestir com certo exagero que nem mesmo o fato de morar em Paris conseguira curar. Podia ser extremamente divertida mas Caroline descobrira, através de experiências amargas, que seus gracejos escondiam farpas agudas de crueldade verbal, sempre dirigidas a amigos e conhecidos que coincidentemente nunca estavam presentes. Era preocupante ouvi-la falar dos outros, porque as pessoas jamais poderiam imaginar o que Elaine estava planejando dizer sobre elas depois, pelas costas.

Parker, por outro lado, não era para ser levado a sério.

– Você, minha criatura maravilhosa... – E se curvou para executar um floreado beijo sobre a mão de Caroline, que ficava sempre esperando que ele, após o beijo, batesse os calcanhares. – Por que é que você tem sempre que nos fazer esperar pela sua chegada?

– Fui me despedir de Jody, que já vai para a cama – respondeu ela, virando-se para a esposa dele. – Boa noite, Elaine! – E as duas se tocaram levemente com as bochechas, jogando sons de beijos para o ar.

– Alô, querida. Que vestido lindo!

– Obrigada.

– Esses vestidos assim largos e soltos são tão práticos de usar... – E deu uma longa tragada no cigarro, jogando a cabeça para trás e expelindo uma imensa nuvem de fumaça. – Estava agora mesmo falando com Diana a respeito de Elizabeth.

– O que tem ela? – perguntou Caroline educadamente, ficando subitamente sem ânimo, pois sabia que lhe seria comunicado com todos os detalhes que Elizabeth ficara noiva; ou que Elizabeth estivera recentemente com algum importante líder árabe; ou que Elizabeth estivera recentemente em Nova York, fazendo um trabalho de modelo para a edição internacional da revista *Vogue*. Elizabeth era filha de Elaine, nascida de um casamento anterior. Era um pouco mais velha que Caroline e, apesar do fato de, às vezes, Caroline sentir que sabia mais sobre Elizabeth do que ela própria, as duas jamais haviam se encontrado. Elizabeth dividia seu tempo entre os pais, com a mãe em Paris e o pai na Escócia. Nas raras ocasiões em que aparecera em Londres, Caroline estava invariavelmente fora.

– Ela não esteve recentemente nas Antilhas, Bahamas ou algo assim? – perguntou Caroline, tentando se lembrar das últimas notícias que tivera a respeito de Elizabeth.

– Sim, minha querida, ela estava lá com uma velha amiga dos tempos de colégio, divertindo-se maravilhosamente. Só que voltou há alguns dias, foi se encontrar com o pai em Prestwick e recebeu uma notícia terrível.

– Que notícia?

– Bem... Sabe?... Há dez anos, quando Duncan e eu ainda estávamos juntos, nós compramos uma grande propriedade na Escócia... Na verdade, foi Duncan quem comprou, apesar de eu ter sido categoricamente contra... Para o casamento, aquela foi a gota d'água... – Parou de falar de repente, com uma expressão confusa no rosto.

– E Elizabeth?... – incentivou Caroline, com delicadeza.

– Ah, sim!... É claro... Bem, a primeira coisa que Elizabeth fez naquele lugar foi travar amizade com os dois irmãos que viviam na propriedade vizinha... Bem, não eram meninos, exatamente, já eram adultos quando os conhecemos. Os dois eram a personificação do charme, e colocaram Elizabeth sob suas asas, protegendo-a como se fosse uma espécie de irmã mais nova. Em um piscar de olhos já era considerada de casa. Entrava e saía da mansão deles como se tivesse morado lá a vida inteira. E ambos a adoravam, embora o irmão mais velho tivesse uma quedinha especial por ela. Pois, minha querida, pouco antes de ela chegar lá de volta, esta última vez, ele morreu em um terrível acidente de carro. Com as estradas em um estado medonho e cheias de gelo, o carro do pobre rapaz bateu de frente em um muro de pedra.

– Nossa, que coisa horrível! – Caroline não conseguiu evitar o sobressalto, e o seu choque era verdadeiro.

– Sim, uma coisa horrorosa. Tinha apenas 28 anos, o rapaz. Um fazendeiro maravilhoso, tão jovem, bem-apanhado, bonito mesmo, uma pessoa muito gentil e educada. Você bem pode imaginar Elizabeth, pobrezinha, chegando em casa e recebendo uma notícia como essa. Ligou para mim em lágrimas para contar. Sugeri que ela voltasse imediatamente para Londres, para que pudéssemos animá-la um pouco, mas ela argumentou que poderia ser mais útil ficando por lá.

– Tenho certeza de que o pai dela vai preferir tê-la por perto em um momento como esse. – Era Parker, que escolhera este momento para se materializar ao lado de Caroline, trazendo para ela um martíni tão gelado que o copo quase lhe congelou os dedos, antes de continuar a falar: – Quem é que nós estamos esperando?

– Os Lundstrom. São canadenses. O Sr. Lundstrom é um banqueiro de Montreal. Esta visita tem a ver com o novo projeto de Shaun.

– Quer dizer que Diana e Shaun estão realmente de mudança para o Canadá? – perguntou Elaine. – Mas o que é que nós vamos fazer sem eles por aqui? – Virou-se para Diana, desolada. – Querida, como vamos ficar sem você por perto?

– Por quanto tempo eles vão morar fora? – perguntou Parker.

– Três ou quatro anos. Talvez menos. Vão partir assim que possível, logo depois do meu casamento.

– E esta casa? Você e Hugh vão ficar morando aqui depois de casados?

– Não. Aqui é grande demais para nós dois. Além do mais, Hugh possui um apartamento próprio, e perfeitamente adequado. Katy é que vai ficar morando lá embaixo, como se fosse uma espécie de caseira. Diana pensou até mesmo em alugar a casa, se conseguir encontrar o inquilino certo.

– E Jody?

Caroline olhou para Parker por um instante, sem responder. Depois baixou os olhos para o seu drinque.

– Jody vai com eles. Também vai morar lá.

– Você não se importa com isso?

– Sim, claro que me importo. Mas Diana quer levá-lo.

E Hugh, pensou, *não quer começar o casamento com um menino a tiracolo. Pelo menos não por agora. Talvez um bebê, daqui a uns dois anos, mas não um menino já grande, com 11 anos... e Diana já o matriculou em uma escola particular no Canadá... e Shaun diz que vai ensiná-lo a esquiar e jogar hóquei.*

Parker ainda estava olhando para Caroline, e ela deu um sorriso de lado, dizendo:

– Você conhece Diana, Parker. Ela faz planos e... click!, em um estalar de dedos eles acontecem.

– Você vai sentir falta dele, não vai?

– Vou... Vou sentir muita falta de meu irmão.

OS LUNDSTROM FINALMENTE CHEGARAM, foram apresentados, receberam drinques e foram inseridos, educadamente, na conversa. Caroline saiu discretamente para o lado, sob o pretexto de procurar um cigarro, e ficou observando o casal de recém-chegados, com um pouco de curiosidade. Achou que se pareciam um com o outro, como as pessoas casadas há muitos anos frequentemente se parecem. Ambos eram altos, com formas angulosas, quase atléticas. Ela os imaginou jogando golfe, juntos, durante os finais de semana, ou velejando, talvez até participando de regatas no verão. O vestido da Sra. Lundstrom parecia simples, mas os seus diamantes eram sensacionais. O Sr. Lundstrom possuía uma aura indistinta e sem cor que encobria o seu contorno real como pessoa; uma névoa comum aos homens espetacularmente bem-sucedidos.

De repente, Caroline pensou que seria maravilhoso, assim como uma brisa de ar fresco, se naquela casa entrasse inesperadamente alguém que fosse pobre, fracassado, sem valores morais elevados, ou pelo menos bêbado. Um artista, talvez, passando fome nas sarjetas. Um escritor que escrevesse histórias que ninguém jamais compraria. Ou algum catador de latas bastante animado, que exibisse uma barba de três dias por fazer e uma barriga deselegante que transbordasse por cima do cinto, para fora das calças. Lembrou-se dos amigos do pai na Grécia, geralmente com má reputação, sempre com características próprias e totalmente independentes. Tomavam vinho tinto ou bebidas gregas baratas pela noite adentro, dormiam onde quer que caíssem, geralmente no sofá já muito gasto da sala, ou, então, sentados em alguma poltrona, com os pés sobre a mureta do terraço. E se lembrou da casa toda branca em Aphros, à noite, pintada pelo luar em blocos escuros e claros, sempre com o som do mar ao fundo.

– E, então... Vamos entrar para jantar!

Era Hugh. Caroline notou que ele já dissera isso a ela, e fora obrigado a repetir.

– Você estava sonhando acordada, Caroline. Termine logo

o seu drinque, pois já está na hora de irmos para a sala de jantar. Venha, vamos comer alguma coisa.

Na mesa de jantar, ela se viu sentada entre John Lundstrom e Shaun. Este último estava ocupado servindo o vinho, e então Caroline começou a conversar de modo natural com o Sr. Lundstrom.

– É a sua primeira visita à Inglaterra?

– Não, não. Já estive aqui nesta terra muitas vezes. – Empunhou a faca e o garfo e franziu levemente as sobrancelhas. – Agora, deixe ver se eu entendi direito... essa relação de parentesco entre vocês... Caroline, quem é você, é a enteada de Diana?

– Sim, isso mesmo. E vou me casar com Hugh, que é irmão dela, na próxima semana. A maioria das pessoas acha que isso é quase ilegal, mas na verdade não é. Quer dizer, não existe nada de errado, nem mesmo sob o aspecto religioso.

– Ora, mas eu não pensei nem por um momento que fosse ilegal. Acho simplesmente muito adequado e perfeito. Uma forma de manter as pessoas certas todas na mesma família.

– Mas essa não é uma maneira muito limitada de pensar?

Ele olhou para ela e sorriu. Parecia mais jovem, mais alegre e menos rico quando sorria... Mais humano. Caroline começou a gostar dele.

– Eu não diria limitada. Chamaria de prática. Quando é que vocês vão se casar mesmo?

– Na terça-feira da semana que vem. Mal posso acreditar que já está tão próximo.

– E vocês vão aparecer para visitar Shaun e Diana em Montreal?

– Acho que sim... Mais tarde, não agora, de imediato.

– E ainda tem o menino...

– Sim. Jody, meu irmão.

– Ele vai para o Canadá com eles?

– Sim.

– Vai adorar! Vai se sentir como um peixe dentro d'água, lá no Canadá. É um lugar fabuloso para um menino crescer.

– Sim – repetiu Caroline.

– E são apenas vocês dois, não é? Não há outros irmãos?

– Há, sim – respondeu ela. – Temos o Angus.

– Mais um irmão, então?

– Sim. Ele já tem quase 25 anos.

– E em que ele trabalha?

– Não sabemos.

John Lundstrom levantou as sobrancelhas de uma forma que era educada, mas denotava surpresa.

Caroline continuou:

– Isso mesmo. Nós não temos a menor ideia do que ele faz na vida, nem de onde está. Sabe, é que todos vivíamos na ilha de Aphros, no mar Egeu. Meu pai era arquiteto lá, e era também um tipo de corretor para pessoas que queriam comprar propriedades e construir casas no local. Foi assim que ele e Diana se conheceram.

– Mas... Espere aí. Quer dizer que Diana foi até lá para comprar terras?

– Sim, queria construir uma casa. Mas não fez uma coisa nem outra. Em vez disso, encontrou meu pai e se casou com ele. Ficou em Aphros, ela e todos nós morando na casa que tínhamos lá.

– Aí vocês acabaram voltando para Londres depois de algum tempo...

– Sim. É que meu pai morreu, e então Diana voltou e nos trouxe com ela. Angus resolveu que não queria voltar para Londres conosco. Já tinha 19 anos na época, estava com os cabelos compridos até os ombros e não possuía absolutamente nada na vida. Diana falou que, se preferisse, ele poderia continuar morando na casa em Aphros. Angus, porém, disse que era melhor que ela colocasse a casa à venda, pois ele comprara um pequeno carro usado e decidira ir dirigindo até a Índia, atravessando o Afeganistão. Quando Diana perguntou o que é que ele iria fazer quando chegasse lá, Angus respondeu que iria "se encontrar".

– Então ele é apenas mais um entre milhares que fazem isso, todos os anos. Você sabe disso, não?

– Sim, mas quando se trata do seu irmão, as coisas não são tão fáceis de aceitar.

– E vocês tornaram a vê-lo depois disso?

– Sim. Ele voltou pouco depois do casamento de Diana e Shaun, mas... Sabe como essas coisas são... Nós pensávamos que ele teria pelo menos um par de sapatos para calçar, mas Angus continuava o mesmo, e sem arrependimentos. Tudo o que Diana sugeria só o fazia sentir-se pior; então, ele acabou voltando para o Afeganistão, e não soubemos mais dele.

– Nem uma notícia?

– Bem... Só uma vez. Recebemos um cartão-postal de Cabul, ou Srinagar, ou Teerã... Um desses lugares. – Ela sorriu, tentando transformar isso em uma piada, mas antes que John Lundstrom sequer pensasse em fazer algum tipo de comentário, Katy se curvou por cima dos ombros dele para colocar sobre a mesa uma tigela com sopa de tartaruga. Com a interrupção de Katy, ele se virou para o outro lado e começou a conversar com Elaine.

A REUNIÃO PROSSEGUIU, formal, previsível e, para Caroline, enfadonha. Depois de tomarem café e conhaque, todos se reuniram mais uma vez na sala de visitas. Os homens se aglomeraram em um dos cantos da sala para falar de negócios, e as mulheres se juntaram em torno da lareira, onde fizeram mexericos, falaram de planos para o Canadá e admiraram a tapeçaria na qual Diana estava trabalhando no momento.

Depois de algum tempo, Hugh se destacou do grupo masculino de forma ostensiva, para tornar a encher o copo de John Lundstrom. Depois, veio até Caroline, sentou-se no braço da poltrona em que ela estava e perguntou:

– E você, como é que está se sentindo?

– Por que pergunta?

– Para saber se está bem o bastante para ir até o Arabella's.

Ela olhou para cima. Visto do fundo da poltrona, o rosto de Hugh aparecia quase de cabeça para baixo. Era estranho.

– Que horas são? – perguntou ela.

– Onze! – Olhou para o relógio. – Talvez você esteja muito cansada...

Antes que tivesse a chance de responder, Diana, que tinha entreouvido a conversa, levantou os olhos da tapeçaria que exibia e disse:

– Saiam logo. Vão, vão, vocês dois!

– Para onde eles vão? – quis saber Elaine.

– Arabella's. É um pequeno clube noturno privativo, do qual Hugh é sócio.

– Ora... Parece interessante. – Elaine deu um grande sorriso para Hugh, parecendo conhecer tudo sobre interessantes clubes noturnos privativos. Hugh e Caroline pediram licença, se despediram de todos e saíram. Caroline subiu até o quarto para pegar um casaco e deu uma parada diante do espelho para pentear o cabelo. Ao passar, no corredor, pela porta do quarto de Jody, parou. A luz estava apagada e nenhum som vinha lá de dentro. Assim, resolveu não perturbá-lo e desceu as escadas novamente, até Hugh, que estava à sua espera no saguão. Ele abriu a porta de modo educado para Caroline e os dois saíram para a escuridão suave e a brisa da noite. Caminharam pela calçada até o carro. Hugh ligou o motor e eles saíram, contornando a praça e saindo na rua Kensington High. Caroline notou que no céu havia o contorno tímido de uma lua em quarto crescente, e fiapos de nuvens passeavam diante dela, levados pelo vento. As árvores do parque agitavam seus galhos secos; o brilho alaranjado das luzes da cidade estava refletido no céu. Caroline baixou o vidro da janela do carro e deixou o ar frio soprar sobre seus cabelos. Pensou que em uma noite como aquela seria bom estar no campo, caminhando pelas estradas escuras, sem postes de iluminação, com o vento sussurrando entre as árvores e apenas o brilho irregular do luar para mostrar o caminho. Soltou então um profundo suspiro.

– Por que isso agora? – perguntou Hugh.

– "Por que isso"?... Como assim?

– Esse suspiro. Mais parecia um suspiro de tragédia.

– Não é nada.

– Está tudo bem? – perguntou Hugh, após alguns instantes. – Há algo preocupando você?

– Não, não é nada. – Não havia, afinal, nada com o que se preocupar. Nada... E tudo. Essa sensação de enjoo o tempo todo era um grande motivo, para começar. Caroline se perguntou por que parecia tão impossível falar com Hugh a respeito disso. Talvez porque ele estivesse assim bem-disposto o tempo todo. Vigoroso, ativo, cheio de energia e, aparentemente, jamais cansado. De qualquer maneira, se já era chato se sentir doente a todo instante, falar sobre isso era ainda mais chato.

O silêncio entre eles aumentou. Finalmente, quando estavam em um cruzamento esperando o sinal abrir, Hugh disse:

– Os Lundstrom são muito agradáveis.

– Sim. Contei ao Sr. Lundstrom tudo a respeito de Angus, e ele me ouviu com atenção.

– E o que mais você esperava que ele fizesse?

– Ora, o que todos sempre fazem. Parecem chocados, horrorizados ou acham graça... Ou mudam de assunto. Diana detesta quando falamos sobre Angus. Acho que é porque essa foi a única derrota da vida dela. – E se corrigiu em seguida. – Essa ainda é a única derrota da vida dela.

– Você diz isso só porque ele não aceitou voltar para Londres com vocês?

– Sim, não quis entrar em um curso para se tornar um contador público registrado, ou sei lá que outra carreira Diana planejara para ele. Em vez disso, fez exatamente o que tinha vontade de fazer.

– Correndo o risco de parecer que eu estou do lado de Diana nessa história, sou obrigado a dizer que você fez a mesma coisa. Apesar de toda aquela oposição cerrada, você se matriculou na escola de teatro e chegou até mesmo a conseguir um emprego...

– Por seis meses, apenas. Foi só por esse tempo.

– Porque você ficou doente. Teve pneumonia, não foi por culpa sua que parou.

– Não, sei que não foi. Só que depois eu fiquei boa e, se tivesse tido mais garra, teria voltado e retomado a carreira exatamente do lugar onde parara. Mas não... Acabei me acovardando. Diana sempre disse que eu não tinha força de vontade nem perseverança e, no fim, inevitavelmente, estava certa. A única coisa que ela não disse foi "Eu não falei?...".

– Mas se você ainda estivesse seguindo com a sua carreira no palco... – disse Hugh com delicadeza. – Provavelmente não estaria se casando comigo agora.

Caroline olhou para ele e analisou o seu perfil, estranhamente iluminado pelas luzes das ruas no lado de fora, que entravam pela janela, e pelo brilho verde do painel do carro. Hugh estava com uma aparência sombria e ares de vilão.

– É... Imagino que se tivesse continuado no teatro, provavelmente, não estaria me casando com você...

Só que não era assim tão simples. Os motivos que a levaram a se casar com Hugh eram tantos e estavam tão entrelaçados uns com os outros que era difícil separá-los. Gratidão, porém, parecia ser o mais importante deles. Hugh entrara em sua vida quando Caroline tinha acabado de chegar de Aphros com Diana, ainda uma garota magricela, com 15 anos e um pai morto. Naquele momento, muito tristonha, embaraçada e cheia de infelicidade, ao observar Hugh enquanto ele lidava com a imensa bagagem e os passaportes, e cuidava de um Jody cansado que não parava de choramingar, Caroline reconhecera muitas de suas qualidades. Hugh representava exatamente o tipo de relação masculina confiável e segura da qual ela sempre necessitara, sem nunca ter se dado conta. Era agradável ter alguém para resolver tudo e tomar conta de você, e a atitude dele não sendo exatamente paternal, mas parecendo a de um tio atencioso e disponível, essa maneira de agir perdurara por todos aqueles difíceis anos de crescimento.

Outra força que deveria ser reconhecida era Diana propriamente dita. Desde o começo, ela parecera ter decidido que Hugh e Caroline formavam o casal perfeito. A precisão desse arranjo, tão adequado em todos os sentidos, era um grande apelo para ela. De maneira sutil, pois Diana era inteligente demais para forçar situações, ela os encorajava a ficarem sempre juntos. "Hugh pode levar você até a estação, meu bem! Querida, você vai ficar para jantar em casa hoje à noite? Vou receber convidados, Hugh vai estar aqui e eu queria que você fizesse par com ele, para a mesa ficar completa."

Mas até mesmo essa pressão incansável teria sido totalmente em vão se não fosse pelo caso que Caroline tivera com Drennan Colefield. Depois disso... Depois de amar de forma tão completa como aquela, parecia a Caroline que nada poderia voltar a ser novamente como era. Depois que tudo acabou, e ela conseguiu olhar em volta sem estar com os olhos cheios de lágrimas, viu que Hugh ainda estava ali. Esperando por ela.

Não mudara em nada, só que agora queria se casar, e parecia não haver nenhum motivo no mundo para que ela recusasse a proposta.

– Você ficou muito quieta a noite toda – disse ele.

– Ora, e pensei que estava falando até demais.

– Você me contaria se algo a estivesse preocupando, não contaria?

– É que as coisas estão acontecendo muito depressa, e ainda falta tanta coisa para fazer. Encontrar com os Lundstrom me fez sentir como se Jody já tivesse ido embora para o Canadá, e é como se eu nunca mais fosse vê-lo novamente.

Hugh ficou em silêncio, pegou um cigarro e o acendeu, usando o isqueiro do carro. Encaixando o isqueiro de volta no painel, disse:

– Eu estou completamente convencido de que você está sofrendo de "depressão feminina pré-nupcial" ou outra coisa qualquer desse tipo, que as revistas femininas explicam.

– E qual é a causa disso?

– Muitas coisas para resolver ao mesmo tempo. Muitos presentes para abrir; muitas cartas de agradecimento para enviar; roupas e adereços para experimentar; cortinas para escolher; os encarregados do bufê e os floristas batendo na porta ao mesmo tempo. Tudo isso já é o suficiente para deixar a mais calma das mulheres completamente louca.

– Então, por que você deixou que fôssemos induzidos a realizar um casamento tão grandioso como esse?

– Porque nós dois significamos muito para Diana. Se tivéssemos escapulido até um cartório para casar só no civil, e depois fôssemos passar dois dias no balneário de Brighton, aqui perto, e voltássemos correndo, iríamos privá-la de um prazer infinito.

– Mas somos *pessoas*, não cordeiros de sacrifício!

– Vamos, alegre-se. – E colocou a mão sobre a dela.

– A terça-feira da semana que vem vai chegar logo, e tudo estará encerrado. Estaremos voando para as Bahamas e você vai poder ficar deitada o dia inteiro pegando sol, sem se preocupar em escrever cartas para ninguém e comendo só laranjas, o tempo todo. Que tal?

– Eu preferia que estivéssemos indo para Aphros – disse ela, sabendo que estava sendo infantil.

– Ah, Caroline!... – Hugh começou a parecer impaciente. – Você sabe que já discutimos essa ideia umas mil vezes...

Ela parou de ouvir a voz dele. Seu pensamento foi carregado de volta a Aphros como um peixe fisgado por um anzol. De repente, recordou-se dos pomares de oliveiras e das árvores centenárias cercadas de flores coladas aos caules, até a altura do joelho, tendo como fundo o azul forte do mar. E os campos cheios de jacintos da cor de uva e ciclames perfumados, muito claros, em tom rosado. E o som dos pequenos sinos que balançavam nos pescoços das cabras em rebanho, e o cheiro que envolvia as montanhas, vindo da resina que pingava morna dos caules dos pinheiros.

– ...de qualquer modo, já está tudo providenciado.

– Mas será que algum dia vamos poder voltar a Aphros, Hugh?

– Você não escutou uma só palavra do que eu falei, não é?

– Podíamos alugar uma casinha lá, nas férias.

– Não.

– Ou fretar um iate e fazer um cruzeiro.

– Não.

– Por que você não quer ir?

– Porque eu acho que você deve guardar a recordação daquele lugar do jeito que era, não do jeito que ficou agora, estragado pela especulação imobiliária e pelos hotéis, altos como arranha-céus.

– Você não pode saber com certeza que Aphros ficou desse jeito.

– Mas dá para ter uma ideia bem nítida.

– Mas...

– Não – disse Hugh.

Depois de uma pausa, Caroline disse, teimosa:

– Mesmo assim, eu ainda quero voltar lá.

2

O relógio do saguão estava batendo 2 horas quando o casal de noivos finalmente retornou à casa. O carrilhão soava imponente e melodioso no momento em que Hugh enfiou a chave de Caroline na fechadura e empurrou a porta dos fundos para que entrassem. Dentro de casa, a luz do saguão continuava acesa, mas a escadaria se escondia na penumbra. Tudo estava muito quieto, a festa acabara havia algum tempo e todos já tinham ido se deitar.

Caroline se virou para Hugh.

– Boa noite – disse.

– Boa noite, querida. – E se beijaram. – Quando é que vou vê-la de novo? Vou estar fora da cidade amanhã à noite. Que tal na terça-feira?

– Apareça para jantar. Eu aviso a Diana.

– Então faça isso, por favor.

Hugh sorriu e saiu. Caroline já começara a empurrar a porta quando se lembrou de dizer "Obrigada pela noite adorável", antes de ouvir o estalo do trinco e se ver sozinha. Ainda esperou um pouco, e ficou ouvindo o som do carro que se distanciava.

Quando o barulho do motor deixou de ser ouvido por

completo, virou-se e começou a subir as escadas lentamente, um degrau por vez, apoiando-se no corrimão. Ao chegar ao patamar, apagou a luz do saguão e seguiu pelo corredor até o quarto. As cortinas estavam fechadas, a cama já estava preparada para recebê-la, com os lençóis elegantemente dobrados para trás e sua camisola colocada ao pé da cama, sabre o edredom. Espalhando os sapatos, a bolsa, o casaco e a echarpe em seu caminho através do carpete, Caroline finalmente alcançou a cama e se deixou cair pesadamente sobre ela, na diagonal, sem se importar com nenhum dano que isso pudesse causar ao vestido. Depois de alguns momentos, levantou uma das mãos e começou, lentamente, a soltar das casas os pequeninos botões da veste, puxou o cafetã por cima da cabeça e retirou todo o resto das roupas. Colocou a camisola, e ela lhe pareceu fria e leve em contato com a pele. Descalça, foi até o banheiro, lavou o rosto rapidamente e escovou os dentes. Isso tudo a deixou refrescada. Ainda se sentia cansada, mas seu cérebro estava agitado como um hamster numa gaiola. Voltando até a penteadeira, pegou a escova de cabelos e a seguir, mudando de ideia, colocou-a de volta sobre o móvel, enquanto abria a gaveta de baixo. Retirou cuidadosamente dali as cartas de Drennan, ainda amarradas em um pacote com uma fita vermelha; havia também uma fotografia deles dois, alimentando pombos na Trafalgar Square, no centro de Londres; ali estavam, ainda, velhos programas de teatro, cardápios de restaurantes onde haviam ido e uma infinidade de pequenos pedaços de papel, diversos e insignificantes, que ela colecionara e guardava como tesouros, simplesmente porque eles eram, agora, a única forma palpável de manter as lembranças do tempo que haviam passado juntos.

"Você estava doente", Hugh dissera há poucas horas, arranjando desculpas para ela. "Você teve pneumonia, não foi culpa sua."

Parecia tão óbvio, tão evidente. No entanto, ninguém na família, nem mesmo Diana, soubera a respeito do seu caso com Drennan Colefield. Mesmo depois que tudo já havia acabado, e Diana e Caroline estavam sozinhas em Antibes, na Riviera Francesa, para onde Diana a levara para se recuperar, Caroline jamais contou o que realmente havia acontecido, embora algumas vezes sentisse falta do conforto oferecido pelos antigos clichês. "O tempo é o melhor remédio." "Toda mulher deve sofrer uma decepção amorosa pelo menos uma vez na vida." "O mar está cheio de peixes que estão apenas esperando por uma isca para serem fisgados."

Meses depois, o nome de Drennan apareceu por acaso em uma conversa durante o café da manhã. Diana estava lendo o jornal, na página de teatro. De repente levantou a cabeça e perguntou a Caroline, por sobre o reflexo do sol na mesa, acima da geleia e do cheiro de café:

– Não era Dreenan Colefield que estava no Lunnbridge Repertory quando você foi fazer estagio lá, durante o curso de teatro?

– Sim... Por quê? – perguntou Caroline, com muita cautela, colocando a xícara de café sobre o pires.

– Aqui está dizendo que ele vai fazer o papel de Kirby Ashton na versão para o cinema de *Traga suas armas*. Deve ser um papel muito importante, pois o livro é famoso, cheio de sexo, violência e mulheres maravilhosas. – Ela olhou para Caroline. – Ele era bom?... Quer dizer, como ator?

– Sim, acho que era.

– Tem uma foto dele aqui, com a mulher. Você sabia que ele se casou com Michelle Tyler? Ele é muito bonito, um pedaço de mau caminho...

E Diana entregou o jornal para Caroline olhar. Lá estava ele, mais magro do que Caroline lembrava, com o cabelo mais comprido, mas o mesmo sorriso, o brilho nos olhos, um cigarro sempre entre os dedos.

"O que é que você vai fazer hoje à noite?", ele perguntara, na primeira vez em que se encontraram. Caroline estivera preparando café na Sala Verde e estava toda coberta de tinta depois de trabalhar na preparação dos cenários, e respondera "Nada" Drennan dissera: "Eu também. Vamos fazer nada juntos?" E depois daquela noite o mundo se tornou um lugar inacreditavelmente maravilhoso. Cada folha, cada galho, cada árvore representava, de repente, um pequeno milagre. Uma criança brincando com uma bola, um velho sentado em um banco do parque, tudo à sua volta estava subitamente cheio de significados ocultos que ela jamais reconhecera antes. A cidadezinha monótona se transformara, as pessoas que moravam nela estavam sempre sorrindo e pareciam mais felizes, o sol dava a impressão de estar sempre forte, mais quente e mais brilhante do que nunca. E tudo isso por causa de Drennan. "É isso que chamam de amor", ele lhe dissera... E lhe mostrara. "É assim que a vida deveria ser, sempre..."

Só que nunca mais tinha sido daquele jeito de novo. Ali sentada diante da penteadeira, lembrando-se de Drennan, ainda apaixonada e sabendo que em uma semana estaria casada com Hugh, Caroline começou a chorar. Não eram soluços fortes ou sons perturbadores, mas simplesmente uma torrente de lágrimas que enchiam seus olhos e escorriam pelo rosto, sem ninguém saber... Sem ninguém ver ou ouvir.

Ela poderia ter ficado ali na mesma posição até o amanhecer, olhando para o próprio reflexo no espelho, embebendo-se de autopiedade sem chegar a nenhuma conclusão que valesse a pena, se não tivesse sido interrompida por Jody. Ele chegou sem fazer barulho, através do corredor que separava o seu quarto do dela, e bateu suavemente na porta. Então, como não obteve resposta, colocou a mão na maçaneta, empurrando-a, e enfiou a cabeça no vão da porta.

– Você está bem? – perguntou.

Sua chegada inesperada foi como uma ducha de água fria. Caroline imediatamente fez um esforço para se recompor, enxugou as lágrimas com as palmas das mãos e pegou um roupão para colocar sobre a camisola.

– Sim... Claro que estou... O que você está fazendo fora da cama a essa hora?

– Estava acordado e ouvi você chegar. Depois escutei passos de um lado para o outro e pensei que talvez você não estivesse se sentindo bem. – Fechou a porta ao passar e foi até o lugar onde ela estava sentada. Jody usava um pijama azul e estava descalço. Seus cabelos quase ruivos estavam despenteados e formavam um penacho engraçado no alto da cabeça.

– Por que é que você estava chorando?

Como era desnecessário dizer "Eu não estava chorando", Caroline disse "Por nada", o que dava no mesmo.

– Você não pode dizer que estava chorando "por nada". Não é possível chorar sem motivo. – Ele chegou mais perto, e seus olhos ficaram no mesmo nível que os dela. – Está com fome?

Caroline sorriu e balançou a cabeça para os lados.

– Pois eu estou. Pensei em descer e procurar alguma coisa para comer.

– Boa ideia, faça isso então.

Mas Jody ficou onde estava, com os olhos observando tudo à sua volta, como se estivesse procurando por pistas de alguma coisa que poderia tê-la deixado infeliz. Acabou vendo a pilha de cartas e a fotografia. Esticou o braço e as pegou.

– Ei, esse é o Drennan Colefield. Eu o vi no filme *Traga suas armas*. Tive que assistir, acompanhado por Katy, porque era proibido para crianças. Ele era o Kirby Ashton. Foi superlegal. – Ele olhou para Caroline. – Você o conheceu?

– Sim. Estivemos no Lunnbridge juntos, no curso de teatro.

– Ele está casado agora.

– Eu sei.

– É por causa *disso* que estava chorando?

– Talvez.

– Você o conhecia tão bem assim?

– Ah, Jody, já acabou tudo entre nós, há muito tempo.

– Então, por que ele ainda faz você chorar?

– Estou apenas sendo sentimental.

– Mas você... – Ele gaguejou e evitou usar a palavra "ama". – Você... Vai se casar com o Hugh na semana que vem.

– Eu sei. É isso que quer dizer "ser sentimental". Significa chorar por algo que já acabou, está morto e enterrado. Uma perda de tempo.

Jody ficou olhando para ela atentamente. Depois de alguns instantes, largou a fotografia de Drennan e anunciou:

– Vou lá embaixo pegar um pedaço de bolo. Volto logo. Você quer alguma coisa?

– Não, obrigada. Vá sem fazer barulho. Não acorde Diana.

Ele saiu de mansinho. Caroline colocou as cartas e a fotografia de volta na gaveta, e a fechou por completo. Foi então recolher as roupas que espalhara, pendurou o cafetã, pôs os sapatos na prateleira própria, dobrou o restante das outras coisas que espalhara e as colocou no encosto da cadeira. No instante em que Jody chegou de volta, trazendo seu pequeno lanche em uma bandeja, ela já escovara os cabelos e estava sentada na cama, esperando por ele. Jody veio se sentar ao seu lado, colocando a bandeja na ponta da mesinha de cabeceira.

– Sabe, tive uma ideia – disse ele.

– Uma boa ideia?

– Acho que sim. Veja só, você acha que eu não me importo de ir para o Canadá com Diana e Shaun. Mas eu me importo.

Não quero ir, nem um pouco. Preferia fazer qualquer coisa na vida a ir embora com eles.

– Mas, Jody... – Caroline olhou para ele, com algum espanto. – Eu pensei que você quisesse ir. Parecia tão empolgado com a ideia.

– Estava apenas sendo educado.

– Pelo amor de Deus, Jody, você não pode ser "educado" quando se trata de ir morar no Canadá ou ficar aqui.

– Posso, sim. E agora resolvi lhe contar que na verdade eu não quero ir.

– Mas o Canadá vai ser divertido.

– Como é que você sabe que vai ser divertido? Você nunca esteve lá! Além do mais, não quero deixar a escola, meus amigos, o time de futebol.

Caroline estava pasma.

– Mas, Jody... Por que você não me falou isso antes? E por que é que está me falando isso agora?

– Eu não falei *antes* porque você estava sempre muito ocupada, tratando de convites, cartas, bandejas para servir canapés, véus e coisas assim.

– Mas eu jamais estaria ocupada demais para você.

– E resolvi contar *agora*... – prosseguiu ele, como se ela não tivesse falado nada. – Porque, se eu não contar agora, vai ser tarde demais. Simplesmente não vai dar mais tempo. Então, vai querer ouvir o meu plano ou não?

– Não estou bem certa – disse ela, subitamente apreensiva. – Qual é o seu plano?

– Acho que eu deveria ficar aqui em Londres, em vez de ir para Montreal com eles. Não... não quero dizer morando com você e o Hugh. Queria ficar aqui com Angus.

– Com... *Angus*? – A ideia era quase engraçada. – Angus está do outro lado da Caxemira, Nepal, ou sei lá onde... Mesmo que nós soubéssemos onde encontrá-lo, o que não sabemos, ele jamais voltaria para Londres.

– Ele não está nem em Caxemira nem no Nepal – disse Jody, colocando uma boa garfada de bolo na boca. – Está na *Escócia*.

A irmã olhou para ele fixamente, tentando compreender se ouvira a palavra direito, no meio das migalhas e das frutas cristalizadas do bolo.

– *Escócia?* – perguntou ela, e o menino concordou com a cabeça. – Mas, Jody, por que é que você acha que ele está na *Escócia?*

– Não acho. Eu tenho certeza. Ele me escreveu uma carta. Recebi há mais ou menos três semanas. Ele está trabalhando no Hotel Strathcorrie Arms, na cidade de Strathcorrie, ao norte do condado de Perthshire.

– Ele lhe escreveu uma carta?... E você não me disse nada?

– Achei melhor não contar para ninguém. – O rosto de Jody se fechou.

– Onde está a carta?

– No meu quarto. – E colocou na boca outra gigantesca garfada do bolo.

– Você pode me mostrar a carta?

– Posso.

Ele escorregou para fora da cama e desapareceu, retornando logo depois com a carta nas mãos.

– Aqui está! – disse, entregando o envelope a ela enquanto pulava novamente sobre a cama e pegava o copo com leite. O envelope era barato, de papel pardo, o endereço escrito à máquina.

– Parece carta anônima – disse Caroline.

– Eu sei. Encontrei esse envelope um dia, quando cheguei da escola. Pensei que era alguém tentando brincar comigo ou me vender alguma coisa. Parece isso, não é? Sabe, igual a quando você escreve pedindo informações sobre algum produto e eles mandam um folheto...

Caroline tirou a carta do envelope, uma folha simples de papel de carta comum, e que, obviamente, tinha sido muito manuseada e lida repetidas vezes. Parecia que estava para se desfazer a qualquer momento.

Hotel Strathcorrie Arms
Strathcorrie,
Perthshire.

Meu querido Jody,

Esta é uma daquelas mensagens que você queima depois de ler, de tão secreta. Portanto, não deixe que Diana coloque os olhos nela, senão minha vida não vai mais valer a pena.

Voltei da Índia há dois meses, com um camarada que encontrei no Irã. Ele já foi embora, mas eu consegui um emprego aqui neste hotel, como servente. Carrego carvão e cuido dos depósitos de lenha do hotel. O lugar vive cheio de gente idosa, que vem descansar e pescar. Quando não estão pescando, ficam parados, sentados em poltronas aqui em volta, parecendo já estarem mortos há seis meses.

Estive em Londres por alguns dias, quando meu navio aportou. Gostaria de ter ido até aí para ver você e Caroline, mas fiquei com medo de que Diana conseguisse me encurralar, me laçar com colarinhos engomados e me colocar em sapatos de couro preto, e ainda por cima resolvesse cortar meu cabelo e me arrumar todo, feito um mauricinho. Depois disso era só uma questão de tempo até ela me colocar em um emprego adequado e me empurrar alguma namorada refinada.

Envie todo o meu amor a Caroline. Diga a ela que eu estou bem, livre e feliz. Aviso a vocês quando for para outro lugar.

Muitas saudades,

Angus

– Jody, por que você não me mostrou isso antes?

– Achei que você talvez resolvesse que era seu dever mostrar a carta ao Hugh, e aí ele iria direto contar para Diana.

Ela releu a carta.

– Angus nem sabe que vou me casar.

– Não, acho que não sabe.

– Podemos telefonar para ele.

Jody foi imediatamente contra essa ideia.

– Ele não deu o número do telefone. E, de qualquer modo, é arriscado, alguém poderia ouvir. Além do mais, telefonar não é bom, porque você não pode ver a cara da outra pessoa com quem está falando... E a ligação pode cair... – Jody detestava falar ao telefone, tinha quase medo do aparelho, e Caroline sabia disso.

– Bem... – disse ela. – Nós poderíamos escrever uma carta para ele.

– Mas ele nunca responde às cartas.

Isso era perfeitamente verdadeiro. Caroline estava pouco à vontade com a situação, e sentiu que Jody a estava encaminhando para alguma ideia, que ela não imaginava qual fosse.

– E então?... – perguntou ela.

– Você e eu poderíamos ir até a Escócia esta semana para encontrá-lo – disse ele, depois de respirar fundo para tomar fôlego. – Poderíamos explicar tudo a ele. Contar o que está acontecendo... – E continuou sem parar para respirar, com a voz um pouco mais alta, como se ela estivesse ligeiramente surda. – Contar para ele que eu não quero ir para o Canadá com Diana e Shaun.

– Sabe o que ele vai dizer quando você contar isso, não sabe? Vai perguntar que diabos isso tem a ver com ele?

– Eu não acho que ele vá dizer isso...

– Certo. – Ela se sentiu envergonhada. – Então, suponha que nós possamos ir até a Escócia para encontrar Angus. O que é que vamos sugerir a ele?

– Vamos dizer que ele deve voltar para Londres, para cuidar de mim. Que ele não pode fugir das responsabilidades pelo resto da vida. É isso o que Diana vive dizendo. E eu sou uma responsabilidade. É isso que eu sou, uma responsabilidade.

– Mas como é que ele vai poder tomar conta de você?

– Poderíamos ir morar em um pequeno apartamento, e ele poderia conseguir um emprego...

– *Angus?...*

– Por que não? Outras pessoas fazem isso. A única razão pela qual ele é contra tudo isso, o tempo todo, é que não concorda com nada que Diana queira fazer.

Sem conseguir evitar, Caroline teve que sorrir.

– Eu tenho que reconhecer que isso é verdade – disse.

– Mas por *nós* ele viria. Ele *diz* que sente nossa falta. Gostaria de ficar conosco.

– E como é que nós poderíamos ir até a Escócia? Como é que poderíamos sair desta casa sem que Diana percebesse a nossa falta? Você sabe que ela iria direto para o telefone, na mesma hora, e ligaria para todos os aeroportos e estações ferroviárias. E nós também não podemos pegar o carro dela emprestado, porque seríamos parados pelo primeiro policial que aparecesse.

– Eu sei de tudo isso – disse Jody. – Já pensei em todas as possibilidades. – Terminou de tomar o leite e chegou mais para perto da irmã. – Bolei um plano!

Apesar do fato de que em mais um ou dois dias o calendário já estaria no mês de abril, em plena primavera, a tarde escura e amarga estava começando a mergulhar na escuridão. Na verdade, pouca luz apareceu, durante todo o dia. Desde cedo, pela manhã, o céu estivera pesado, cheio de nuvens baixas e carregadas, escuras como chumbo, e que transbordavam de vez em quando em episódios de chuva fina e congelante. A paisagem fora da cidade estava igualmente triste e sem vida. A única coisa que podia ser vista ao longe é que os montes estavam escuros, com a última vegetação do inverno ainda marrom. A neve, depositada nos cumes desde a última nevasca, cobria a maioria das terras altas, e escorria em trilhas casuais causadas pela erosão, ou por passagens escavadas onde o sol não penetrava, como estrias de um glacê mal aplicado.

Entre os montes, vales estreitos se recortavam, assumindo sua forma a partir das curvas e meneios do rio, e o vento soprava, vindo diretamente do norte, possivelmente do Ártico. Era um vento forte, gelado e impiedoso, que fustigava os galhos sem folhagem das árvores, arrancava velhas folhas secas das valas feitas pela chuva e as fazia voar, enlouquecidas, pelo ar taciturno. Um vento que fazia um som estranho ao passar por entre os pinheiros altos e parecia um trovejar distante das ondas do mar.

O cemitério que ficava ao lado da igreja estava exposto ao tempo, sem abrigo, e os grupos de pessoas, todas vestidas de preto, se curvavam para se proteger da ventania. A sobrepeliz branca engomada que cobria a batina do celebrante se agitava e se enfunava ao vento, como uma vela mal ajustada de uma embarcação. Oliver Cairney, com a cabeça descoberta, sentia que as bochechas e orelhas não lhe pertenciam mais, de tanto frio, e pensou que estaria mais confortável se tivesse colocado um sobretudo por cima do casaco.

Sentiu que sua mente estava em um estado curioso, em parte enevoada, em parte transparente como um cristal. O ritual, que provavelmente havia sido muito bonito e comovente, ele mal conseguira escutar. No entanto, sua atenção foi atraída pelas pétalas amarelas e brilhantes de um imenso ramo de narcisos, flamejando no ar do dia sombrio como uma vela acesa em um quarto escuro. E embora as pessoas que estavam acompanhando o enterro e se mantinham enfileiradas à sua volta, dentro do seu campo de visão, fossem, em sua maioria, anônimas como sombras, um ou dois rostos captaram sua atenção. Cooper era um deles, o velho caseiro, vestindo o seu melhor terno de tweed e uma gravata de tricô preta. E havia também a silhueta corpulenta e reconfortante de Duncan Fraser, dono da propriedade vizinha a Cairney. E havia a jovem, uma estranha, incompatível com essa reunião familiar. Tinha pele morena, era muito esbelta e estava muito bronzeada, com um boné de peles todo preto, enterrado sobre as orelhas, o rosto quase totalmente oculto por um imenso par de óculos escuros. Muito glamorosa. Inquietante. Quem seria ela? Uma amiga de Charles? Não parecia provável...

Ele se viu perdido em especulações sem valor. Arrastou seus pensamentos para longe delas e tentou mais uma vez se concentrar no que estava acontecendo. O vento maligno, porém, como se estivesse a serviço do demônio pessoal de Oliver, fez levantar com um rugido repentino um punhado de folhas mortas do chão a seus pés e as carregou, fazendo-as voar descontroladas. Perturbado, ele virou a cabeça e se viu olhando diretamente para o rosto da jovem desconhecida. Ela tirara os óculos, e ele notou com assombro que era Liz Fraser. Liz, incrivelmente elegante, de pé ao lado do pai. Por um instante, seus olhares se encontraram, e então ele desviou o rosto, com os pensamentos em turbilhão. Liz, a quem ele não via há dois anos, ou possivelmente mais ainda. Liz, adulta agora e, por algum motivo, visitando o pai em Rossie Hill. Liz, a quem o seu irmão adorara tanto. E em meio a seus pensamentos turvos ele encontrou um espaço para se sentir grato pela vinda dela hoje ao enterro. Um gesto que teria grande significado para Charles.

E, ENTÃO, AFINAL, A CERIMÔNIA ACABOU. As pessoas começaram a se movimentar, agradecidas, para longe do vento frio, virando as costas para a nova sepultura e as pilhas de flores da primavera que tremulavam sobre ela. Caminhavam em grupos de dois ou três para fora do cemitério, como se levadas pelo vendaval e arrastadas através do portão como poeira varrida à frente de uma vassoura implacável.

Oliver se viu lá fora, na calçada, apertando mãos e emitindo murmúrios apropriados.

– Muito obrigado por ter vindo... Sim, foi uma tragédia...

Velhos amigos, pessoas do vilarejo, fazendeiros do outro lado de Relkirk, muitos dos quais Oliver jamais vira antes. Amigos de Charles, em sua maioria, que se apresentavam.

– Muito gentil você ter vindo de tão longe. Se tiver tempo antes de voltar para casa, dê uma passada em Cairney. A Sra. Cooper está com uma grande mesa de chá preparada...

Agora, apenas Duncan Fraser esperava para falar com ele. Duncan, grande, sólido, todo abotoado em seu sobretudo preto e com um cachecol de lã, o cabelo grisalho levantado como uma crista. Oliver procurou por Liz.

– Ela foi embora – disse Duncan. – Voltou para casa sozinha. Não é muito boa nesse tipo de situação.

– Que pena! Mas eu faço questão de que você venha até Cairney, Duncan. Agora vamos tomar algo para aquecer.

– Claro! Vou aparecer.

O reverendo se materializou a seu lado.

– Não vou poder ir até Cairney, Oliver, mas obrigado assim

mesmo. Minha mulher está de cama. Uma gripe, eu acho. – E se cumprimentaram em silêncio, representando agradecimento por parte de um e condolências por parte do outro. – Me diga o que você está planejando fazer agora.

– Eu poderia contar em detalhes neste instante, só que ia levar muito tempo.

– Outra hora, então. Não faltará oportunidade.

O vento inflou sua batina. As mãos, segurando o livro de orações, estavam inchadas e vermelhas de frio. Pareciam gordas salsichas, pensou Oliver. O reverendo virou-se e se afastou do rapaz, subindo pelo caminho que ia dar na igreja, entre as sepulturas inclinadas, com a sobrepeliz drapejando através do ar cinzento. Oliver o acompanhou com o olhar até que ele alcançou a igreja e fechou a pesada porta após passar. Foi então caminhando devagar pela calçada abaixo, até onde seu carro estava estacionado, solitário. Agora que a provação do funeral terminara, começava a parecer possível admitir que Charles estava morto. Uma vez que ele aceitasse isso, talvez as coisas começassem a se tornar um pouco mais fáceis. Oliver já se sentia assim. Não estava mais feliz, certamente. Parecia, no entanto, mais calmo, capaz de se sentir satisfeito pelo fato de que tantas pessoas tivessem comparecido ao enterro; e feliz, especialmente por Liz ter estado ali.

Depois de alguns instantes, enfiou a mão meio sem jeito no bolso do casaco, encontrou um maço de cigarros, pegou um e o acendeu. Olhou para a rua vazia e disse para si mesmo que já estava na hora de voltar para casa. Ainda havia as últimas obrigações sociais, que precisavam ser cumpridas. As pessoas estariam esperando por ele, lá. Girou a chave na ignição, ligou o motor e saiu com o carro em direção à rua e triturando a água que congelara junto à sarjeta com as pesadas bandas de rodagem dos pneus para neve.

POR VOLTA DAS 17 HORAS, o último visitante já havia ido embora. Ou, pelo menos, o penúltimo. O velho automóvel Bentley de Duncan ainda estava parado na porta da frente, mas Duncan não podia ser qualificado propriamente como visita.

Oliver, após ver o último carro sair, voltou para dentro de casa e fechou as pesadas portas da frente com um forte empurrão. Voltou então à biblioteca, para o conforto da lareira crepitante. Ao fazer isso, Lisa, a cadela da raça labrador, levantou-se com interesse e atravessou o aposento, indo até a porta, onde ficou ao lado de Oliver. Então, compreendendo que a pessoa a quem estava esperando ainda não chegara, voltou lentamente para o tapete central, onde se acomodou novamente. Ela era, ou tinha sido, a companhia canina de Charles, e, de certa forma, o seu ar de perda e abandono era o mais difícil de suportar.

Oliver notou que Duncan, que ficara sozinho no aposento, tinha levado uma cadeira até perto da lareira e parecia mais à vontade. Seu rosto estava vermelho, talvez devido ao calor do fogo ou, o que era mais provável, por causa do aquecimento ativado pelas duas doses grandes de uísque que já tomara.

A biblioteca, desarrumada como sempre, apresentava por toda parte restos do excelente chá da Sra. Cooper. Migalhas do bolo de frutas estavam espalhadas, sujando toda a toalha branca de linho adamascado, na mesa que fora levada para um dos cantos do aposento. Xícaras vazias estavam também por toda parte, misturadas com copos que continham restos de algo um pouco mais forte do que chá.

Assim que Oliver apareceu, Duncan olhou para ele e sorriu, esticando as duas pernas e dizendo com uma voz ainda cheia de sotaque da sua Glasgow natal:

– Acho melhor ir andando. – Ficou parado, entretanto, sem esboçar nenhum movimento para se levantar.

Oliver, parando ao lado da mesa para se servir de um pedaço de bolo, pediu:

– Fique mais um pouco, Duncan, por favor. – Ele não queria ficar sozinho. – Quero ouvir tudo a respeito de Liz. Pegue mais uma dose.

Duncan Fraser olhou para o fundo do seu copo vazio, como se analisando o oferecimento de mais bebida.

– Bem... – disse ele afinal, esticando o copo para Oliver encher, como de fato ele sabia que aconteceria. – Talvez apenas mais uma dose, bem pequena. Mas... E você?... Ainda não bebeu nada. Poderia tomar alguma coisa para me fazer companhia.

– Sim, vou tomar agora. – Levou o copo até a mesa, encontrou um outro limpo, serviu o uísque e adicionou uma quantidade muito pequena de água, retirada de uma jarra. – Não reconheci Liz, sabia? Fiquei ali, sem conseguir imaginar quem poderia ser. – E levou o copo de Duncan reabastecido e o seu, cheio, até a lareira.

– É verdade... Ela mudou muito.

– Está com você há muito tempo?

– Chegou há uns dois dias. Estava nas Antilhas com uma amiga. Fui até o aeroporto em Prestwick para recebê-la. Não estava planejando ir até lá, mas... Achei que seria melhor contar a ela pessoalmente, logo na chegada, a respeito de Charles. – E armou um sorriso inacabado. – Sabe, meu caro, as mulheres formam um grupo muito engraçado. É difícil saber o que estão pensando. Às vezes, reprimem e escondem os sentimentos, parecem até mesmo temerosas de demonstrá-los.

– Mas ela veio hoje, para o funeral.

– Ah, sim. Estava lá. Mas, pode acreditar, esta é a primeira vez que Liz pareceu encarar de frente o fato de que morrer é uma coisa que acontece com pessoas que conhecemos de verdade, e não apenas com nomes em jornais, em colunas de obituários. Os amigos morrem. Os amantes morrem. Ela talvez apareça aqui para ver você amanhã... Ou depois de amanhã... Não dá para afirmar ao certo.

– Liz foi a única mulher por quem Charles realmente se interessou na vida. Você sabe disso, não é, Duncan?

– Sim, sei. Desde quando ainda era uma menininha...

– Acho que meu irmão estava apenas esperando que ela crescesse.

Duncan não ofereceu nenhuma resposta a isso. Oliver encontrou um cigarro e o acendeu. Depois, sentou na beirada da poltrona que ficava do lado oposto à de Duncan, em frente à lareira. O visitante olhou para ele e perguntou:

– O que é que você vai fazer agora com esta propriedade? O que vai acontecer com Cairney?

– Vou vendê-la – respondeu Oliver.

– Assim, simplesmente?...

– É, simplesmente. Não tenho alternativa.

– É uma pena se desfazer de um lugar como este.

– Concordo com você, mas eu não moro aqui. Minha vida, meu trabalho e as minhas raízes estão em Londres. Além do mais, nunca fui talhado para ser um latifundiário escocês. Charles é quem possuía esse perfil.

– Mas Cairney não significa nada para você?

– Claro que sim. Significa muito. É a casa onde fui criado.

– Você sempre foi um sujeito do tipo que não se preocupa demais com as coisas, sempre teve uma cabeça boa. O que é que você faz em Londres? Eu jamais consegui suportar aquele lugar.

– Pois eu adoro Londres.

– Está conseguindo ganhar algum dinheiro lá?

– Bastante. O suficiente para um apartamento decente e um bom carro.

– E quanto à sua vida amorosa? – Os olhos de Duncan se estreitaram.

Se outra pessoa tivesse feito esta pergunta a Oliver, ele teria se ofendido, ou ficaria agressivo, pela intolerável interferência. Mas isso era diferente. *Seu velho manhoso*, pensou Oliver, e respondeu:

– Satisfatória.

– Já posso imaginar você em Londres, circulando com um monte de mulheres maravilhosas.

– Pelo seu tom de voz, não consigo descobrir se você desaprova isso ou está apenas com inveja...

– Eu nunca poderia imaginar – disse Duncan, secamente – que Charles teria um irmão mais novo como você. Alguma vez já pensou em se casar?

– Não pretendo me casar até ficar velho demais para fazer qualquer outra coisa.

– Ah, ah... – Duncan deu uma risada ofegante. – Essa resposta me coloca no devido lugar. Mas voltemos a falar de Cairney. Se pretende realmente se desfazer dela, você a venderia para mim?

– Preferiria vendê-la a você do que a qualquer outra pessoa. Você sabe muito bem disso.

– É que eu poderia juntar a sua fazenda com a minha, e também aquela parte com as terras não cultivadas... E ainda o lago. Mesmo assim, restaria a casa principal, esta aqui. Você poderia vendê-la em separado. Afinal, não é grande demais, nem muito longe da estrada, e o jardim é perfeitamente administrável.

Era reconfortante para Oliver ouvi-lo falar dessa maneira, analisando as decisões emocionais de uma perspectiva prática, usando uma linguagem direta. Isso fazia com que seus problemas parecessem menores. Essa era a maneira de Duncan Fraser trabalhar. Foi assim que ele enriquecera, ainda relativamente jovem. Conseguiu vender seu negócio em Londres por uma soma astronômica e passou a fazer o que sempre quis, ou seja, voltar para a Escócia, comprar algumas terras e se estabelecer lá, levando a agradável vida de proprietário rural.

Entretanto, a realização dessa ambição teve seu aspecto irônico, porque a mulher de Duncan, Elaine, jamais pareceu muito animada em abandonar o sul da Grã-Bretanha, onde nascera, para ir criar raízes no interior, e logo se mostrou entediada com o ritmo lento da vida em Rossie Hill. Sentia falta dos amigos, e o clima sempre a deixava deprimida. Os invernos, costumava reclamar, eram longos, frios e secos. Os verões eram curtos, frios e úmidos. Não é de surpreender que suas viagens aéreas para Londres tenham se tornado cada vez mais frequentes e com um tempo de duração cada vez maior, até o dia inevitável em que decidiu não voltar mais e terminar o casamento.

Se Duncan sofreu com a decisão da mulher, conseguiu esconder esse sentimento muito bem. Gostava de ter Liz apenas para si, mas quando ela ia visitar a mãe, jamais se sentia solitário, pois seus interesses na região eram inúmeros. Assim que se instalara em Rossie Hill, a comunidade local se mostrara cética a respeito de sua capacidade para trabalhar como fazendeiro. Duncan, porém, provara que era competente, e agora era muito bem-aceito, se tornara membro do clube em Relkirk e tinha sido até mesmo nomeado juiz de paz. Oliver gostava muito dele.

– Duncan, você faz tudo parecer tão sensato e fácil, não é como se fosse a venda do velho lar de uma família e tudo mais.

– Bem, pois é assim que as coisas são. – E acabou de tomar o seu drinque com um único e enorme gole, colocando o copo sobre a mesinha ao lado da cadeira e se pondo subitamente de pé. – De qualquer forma, pense a respeito. Por quanto tempo você ainda vai ficar por aqui?

– Consegui uma licença de duas semanas no trabalho.

– Que tal nos encontrarmos na quarta-feira, em Relkirk? Poderíamos almoçar juntos e conversar com os advogados. Ou será que eu estou forçando a situação, tentando apressar a compra da propriedade?

– De modo algum. Quanto mais cedo resolvermos o assunto, melhor.

– Sendo assim, vou indo para casa.

Ele seguiu em direção à porta e imediatamente Lisa se levantou e, a distância, os acompanhou até o saguão, que estava gélido. Suas patas arranhavam o piso taqueado e encerado.

Duncan olhou para ela por trás dos ombros e disse:

– É uma coisa muito triste ver um cão sem dono.

– É o pior de tudo.

Lisa observou enquanto Oliver ajudava Duncan a colocar o casaco e depois acompanhou os dois até o lado de fora, onde o velho Bentley preto esperava. A noite estava, se é que era possível, mais fria do que nunca, a escuridão era total e o vento, fustigante. A pista de entrada para a casa estava cheia de poças, e o gelo fazia barulho ao quebrar-se sob os sapatos.

– Ainda teremos mais neve pela frente – disse Duncan.

– Parece que sim.

– Quer que eu leve algum recado para Liz?

– Diga a ela para aparecer por aqui. Peça para vir me visitar quando quiser.

– Farei isso. Nós nos vemos na quarta-feira, então, no clube. Meio-dia e meia.

– Estarei lá. – Oliver bateu a porta do carro. – Dirija com cuidado.

Depois que o carro saiu, Oliver voltou para dentro de casa com Lisa nos calcanhares e fechou a porta. Ficou ali de pé por um momento, com a atenção voltada para a extraordinária sensação de vazio que havia na casa. Essa sensação já o atingira antes. Isso vinha acontecendo a intervalos regulares, desde que chegara de Londres, há dois dias. Ficou imaginando se poderia se acostumar com isso.

O saguão estava frio e quieto. Lisa, preocupada com o fato de Oliver estar completamente imóvel, empurrou o focinho contra a sua mão, e ele se curvou para acariciar a cabeça dela, tocando-lhe as orelhas macias com os dedos. O vento continuava açoitando as janelas, e uma corrente fria passou pela cortina pendurada em uma janela entreaberta de frente para a porta principal, fazendo-a crescer como uma onda que se encapela, transformando-a em uma bandeira de veludo em redemoinho. Oliver sentiu um calafrio e resolveu voltar para a biblioteca, enfiando a cabeça no lado de dentro da cozinha, no meio do caminho. Foi quando encontrou a Sra. Cooper, que vinha saindo com uma bandeja, também indo de volta à biblioteca. Juntos, empilharam xícaras e pires, amontoaram copos e limparam a mesa. A Sra. Cooper dobrou a toalha engomada e Oliver a ajudou a carregar a mesa de volta até o meio do aposento. Depois, seguiu-a de volta até a cozinha e segurou a porta aberta, ficando de lado para que ela pudesse passar com a bandeja carregada. Entrou na cozinha logo atrás, carregando o bule de chá vazio em uma das mãos e a garrafa de uísque, também quase vazia, na outra.

Ela começou imediatamente a lavar a louça.

– A senhora deve estar muito cansada – disse. – Deixe a louça para amanhã.

– Ah, não, não posso fazer isso... – E se manteve com as costas voltadas para Oliver. – Nunca na vida deixei uma única xícara suja para lavar na manhã seguinte.

– Então vá para sua casa assim que acabar de limpar a cozinha.

– E o seu jantar?

– Comi muito bolo de frutas. Não vou querer jantar.

As costas da Sra. Cooper se mantinham firmes e ela estava rígida, como se fosse impossível demonstrar toda a sua dor. Ela tinha adoração por Charles. Oliver disse:

– O bolo de frutas estava muito gostoso... – E depois completou a frase: – Muito obrigado por tudo.

A Sra. Cooper não se virou. Após alguns instantes, quando ficou claro que ela não tinha intenção de se virar nem de olhar para Oliver, este saiu da cozinha e voltou à biblioteca deixando-a sozinha.

3

Nos fundos da casa de Diana Carpenter, no bairro de Milton Gardens, havia um jardim estreito e comprido que ia até uma área pavimentada com paralelepípedos, onde estavam localizados pequenos apartamentos que tinham sido construídos sobre antigas estrebarias, e, agora, modernizados. Entre o jardim e essa área nos fundos havia um muro alto com um portão, que dava para o que tinha sido no passado uma espaçosa garagem dupla. Quando Diana voltou para Londres, voltando de Aphros, decidiu que seria um investimento muito lucrativo transformar a garagem e todos os aposentos acima dela em um lugar habitável, e assim construiu um apartamento ali, pensando em alugá-lo. Essa atividade a ocupou por mais de um ano, e quando a obra acabou, com todos os cômodos mobiliados e totalmente decorados, ela de fato o alugou, por um valor exorbitante, a um diplomata americano designado para trabalhar em Londres por dois anos. Aquele era o inquilino perfeito, mas depois que voltou para Washington, deixando o imóvel vago, e Diana começou a procurar um novo interessado para alugar o apartamento, não foi assim tão feliz como da primeira vez.

Então, surgindo do passado, apareceu Caleb Ash, com a namorada Íris, dois violões, um gato siamês e nenhum lugar para morar.

– E quem é esse... – Shaun quis saber – Caleb Ash?

– Era um amigo de Gerald Cliburn, em Aphros. Uma daquelas pessoas que estão sempre prestes a fazer alguma coisa, tipo escrever um romance, pintar um mural, começar um novo negócio ou construir uma pousada... acabam não realizando nada. Enfim, Caleb é o homem mais preguiçoso do mundo.

– E a Sra. Ash?...

– Íris. Eles não são casados.

– Você não os quer morando no apartamento que está para alugar lá nos fundos?

– Não.

– Por quê?

– Porque acho que eles poderão ser má influência para Jody.

– Jody vai conseguir se lembrar deles?

– Claro que vai! Estavam sempre entrando e saindo de nossa casa em Aphros, o tempo todo.

– Mas você não gostava dele?...

– Eu não disse isso, Shaun. É impossível não gostar de Caleb Ash, ele tem todo o charme do mundo. Só que eu não sei... Ele e a namorada morando nos fundos do jardim, aqui atrás...

– E os dois têm condições para pagar o aluguel?

– Diz ele que sim.

– E você por acaso está achando que eles vão acabar transformando o lugar num chiqueiro?

– De jeito nenhum. Íris é muito caprichosa com a casa. Está sempre encerando o piso, polindo tudo preparando cozidos e sopas suculentas em grandes panelas de cobre.

– Você está me deixando com água na boca. Deixe-os ficar lá. Já que são amigos dos velhos tempos, você não devia cortar todos os seus laços com o passado, e também não vejo de que modo a presença deles possa ser maléfica para Jody.

E FOI ENTÃO QUE CALEB, Íris, o gato, os violões e as panelas de cobre se mudaram para o "chalé do estábulo". Diana lhes cedeu um pedaço de terreno para fazerem um jardim próprio, e Caleb colocou ladrilhos em volta, plantou camélias em vasos, e assim, do nada, conseguiu criar um nostálgico ambiente mediterrâneo que parecia um pedaço da Grécia transplantado para Londres.

Jody, como era de se esperar, adorava Caleb, mas desde o princípio fora orientado por Diana a visitar os novos inquilinos apenas quando fosse convidado, para não acabar se transformando em um transtorno para eles. Katy foi claramente contra a presença de Caleb, desde o início, especialmente depois que, por meio da rede local de fofocas, descobriu que Caleb e Íris não eram casados nem pretendiam se casar.

– Jody, você não vai novamente até o jardim dos fundos para visitar aquele Sr. Ash, não é?

– Mas ele me convidou, Katy; Sukey, a gata, teve filhotes.

– Humm... Vamos ter mais daqueles bichos siameses?

– Bem, na verdade eles não são siameses puros. A mãe teve um caso com um gato malhado que mora no número 8 da rua de trás, e tiveram filhotes que são, assim, mestiços.

Caleb diz que os bichinhos vão ficar todos malhados também, como o pai.

Katy voltou a mexer com a chaleira, ainda com mais energia. Estava muito aborrecida.

– Bem... – disse. – Não sei o que dizer diante disso... É o fim!

– Pensei em ficar com um dos filhotes.

– Não quero nenhuma daquelas criaturinhas horríveis miando por aqui. De qualquer modo, a Sra. Carpenter não quer animais pela casa. Você já ouviu muitas vezes ela dizer: "Sem animais!..." E um gato está na categoria de "animais", então, está resolvido.

Na manhã seguinte à noite do jantar que fora oferecido aos Haldane, Caroline e Jody Cliburn apareceram na porta do jardim nos fundos da casa e caminharam, pelo passeio enfeitado, até o "chalé do estábulo". Não pretendiam se esconder. Diana tinha saído e Katy estava trabalhando na cozinha, que dava para a rua da frente, preparando o almoço. Além disso, eles sabiam com absoluta certeza que Caleb estava em casa, pois tinham telefonado para perguntar se poderiam aparecer em sua casa, e ele dissera que os esperaria.

A manhã estava fria e ventava muito, mas o céu estava limpo, com um tom de azul forte refletido nas poças formadas entre os paralelepípedos do piso. O sol estava ofuscante. Tinha sido um longo inverno. Agora, apenas as pontas dos primeiros brotos de flores apareciam timidamente, nos canteiros com terra preta. Tudo mais estava marrom, seco, atrofiado e aparentemente morto.

– No ano passado, por essa época – disse Caroline –, o açafrão já tinha brotado por todo o jardim.

O pequeno jardim de Caleb, no entanto, era mais protegido e ensolarado. Por isso, já havia ali narcisos surgindo em pequenas gamelas pintadas de verde, e algumas anêmonas brancas se apertavam em torno da base da amendoeira de tronco escuro que ficava no meio do pátio.

Era possível ter acesso ao apartamento através de uma escada externa que levava até um terraço largo, como o balcão de um chalé suíço. Caleb ouvira o som das vozes que se aproximavam e, quando eles chegaram ao topo da escada, já estava ali para recebê-los, com as mãos no parapeito de madeira e parecendo mais o capitão de alguma pequena embarcação grega que vinha dar as boas-vindas e receber os convidados a bordo.

De fato, ele vivera por tantos anos em Aphros que suas feições tinham adquirido características fortemente gregas, transformação semelhante à das pessoas que estão casadas há muitos anos e acabam se parecendo. Seus olhos eram tão profundos que era quase impossível identificar-lhes a cor. Seu rosto era acobreado e cheio de marcas. O nariz era uma proa que se projetava, e o cabelo, grosso, grisalho e cacheado. Seu tom de voz era grave, forte e sempre fazia Caroline se lembrar do vinho grego rascante, do pão recém-saído do forno e do cheiro de alho misturado na salada.

– Jody! Caroline! – E os abraçou, cada um com um braço, beijando-os a seguir, com uma falta de cerimônia maravilhosamente grega. Ninguém jamais beijava Jody, exceto, às vezes, Caroline. Diana, com sua usual percepção tão apurada, notou o quanto ele detestava beijos. Mas com Caleb era diferente, uma respeitosa demonstração de afeto, de homem para homem. – Que surpresa agradável, meus amigos! Vamos, entrem. Estou preparando café.

Na época em que o diplomata americano morara ali, o apartamento adquirira um ar de ordem, exibindo uma elegância fria e polida, típicas da Nova Inglaterra. Agora, sob a influência inconfundível de Íris, tudo estava muito mais descontraído, mais cheio de cor e de vida. Telas sem moldura enchiam as paredes, um móbile feito com cacos de vidro colorido pendia do teto, um imenso xale grego fora jogado sobre os sofás de chintz cuidadosamente escolhidos por Diana. A sala estava muito acolhedora, e cheirava a café.

– Onde está Íris?

– Saiu para fazer compras. – Empurrou uma cadeira. – Sentem-se. Vou pegar o café para nós.

Caroline se sentou. Jody seguiu Caleb e pouco depois voltaram, o menino carregando uma bandeja com três canecas e o açucareiro, e Caleb empunhando o bule fumegante. Arrumaram lugar para tudo na mesinha baixa em frente à lareira e se acomodaram ao redor dela.

– Vocês não estão em alguma encrenca, estão? – perguntou Caleb com cautela, pois vivia com medo de despertar a antipatia de Diana.

– Ah, não! – disse Caroline de modo espontâneo. A seguir, pensando melhor, corrigiu-se. – Pelo menos, não exatamente.

– Conte-me tudo!

E Caroline contou. Falou sobre a carta de Angus e também a respeito de Jody não querer ir para o Canadá. Finalmente, relatou as ideias que o menino tivera para encontrar o irmão novamente.

– Assim, nós resolvemos ir até a Escócia. Amanhã, terça-feira.

– E vocês vão contar isso para Diana?

– Se contarmos, ela vai nos dizer para não fazermos a viagem. Você sabe que ela faria isso. De qualquer forma, vamos deixar-lhe uma carta.

– E Hugh?

– Hugh também seria contra, se descobrisse.

– Caroline... – Caleb franziu as sobrancelhas. – Você está para se casar com esse rapaz, daqui a uma semana.

– Mas *eu vou* me casar com ele.

– Hum... – fez Caleb, pensativo, como se não acreditasse nela. Olhou para Jody, sentado ao lado dele. – E você? Como é que vai ser? E a escola?

– As aulas acabaram na sexta-feira. Já estou de férias.

– Hum... – fez Caleb, de novo.

Caroline começou a ficar apreensiva.

– Caleb, não ouse dizer que você também não aprova.

– Mas é claro que não aprovo. É uma ideia completamente insana e absurda. Se vocês estão querendo conversar com Angus, por que não telefonam para ele?

– Jody não quer fazer isso. É muito complicado tentar explicar uma situação como essa pelo telefone.

– E de qualquer modo... – completou Jody –, você não consegue *convencer* ninguém pelo telefone.

– Quer dizer que você acha que vai precisar convencê-lo? – Caleb deu um sorriso meio torto. – Nisso, eu concordo com vocês. Afinal, Angus vai se ver obrigado a vir para Londres, procurar um lugar para morar, modificar todo o seu estilo de vida...

– Por isso é que não dá para telefonar! – disse Jody, insistente, ignorando as observações de Caleb.

– E imagino que enviar uma carta levaria muito tempo.

Jody concordou.

– Telegrama?

Jody balançou a cabeça para os lados.

– Bem, parece que vocês já pensaram em todas as alternativas possíveis. O que nos leva à questão seguinte: como é que pretendem chegar à Escócia?

Caroline tomou a palavra, de uma forma que ela tentava fazer com que parecesse decidida e vitoriosa.

– Esta é uma das razões, Caleb, de nós querermos conversar com você. Veja só, temos que ir de carro, e não podemos levar o de Diana. Mas se nós pudéssemos usar o seu pequeno automóvel, o Mini, se você não for usá-lo por esses dias... Você e Íris... Quer dizer, vocês não o utilizam muito, mesmo, e nós vamos tomar muito cuidado com ele...

– O *meu* carro? E o que é que eu vou responder quando Diana vier voando pelo jardim até aqui, com uma fileira interminável de perguntas embaraçosas?

– Você pode dizer que o carro está na oficina. É só uma mentirinha, bem pequena.

– É muito mais do que uma mentirinha, isso é desafiar a Divina Providência. Jamais fiz uma revisão naquele carro, desde que o comprei, há sete anos. Suponha que ele enguice no caminho...

– Estamos dispostos a correr o risco.

– E dinheiro para a viagem?

– Temos o suficiente.

– E quando é que pretendem voltar?

– Na quinta ou sexta-feira. Trazendo o Angus.

– Vocês estão muito confiantes. E se ele não quiser vir?

– Vamos resolver como conseguiremos atravessar essa ponte quando chegarmos diante dela.

Caleb se levantou, inquieto e indeciso. Foi até a janela para ver se Íris estava chegando, para ajudá-lo a se desembaraçar daquele dilema terrível, mas não havia sinal algum dela. Repetiu para si mesmo que estes eram os filhos do seu melhor amigo. Por fim, soltou um suspiro.

– Se eu concordar em ajudá-los e se eu acabar emprestando o carro, é só porque acho que já está mais do que na hora de Angus assumir algumas responsabilidades na vida. Acho que ele deveria mesmo voltar. – E se virou para olhar para eles. – Mas vou precisar saber para onde vocês estão indo. O endereço, por quanto tempo vocês vão ficar e tudo mais.

– É o Hotel Strathcorrie Arms, que fica no centro de

Strathcorrie. E se não voltarmos até sexta-feira, pode contar a Diana para onde fomos. Mas não conte antes disso.

– Certo! – Caleb balançou a grande cabeça, num gesto que parecia que estava prestes a colocá-la em um laço. – Combinado!

E escreveram um telegrama para Angus.

Estaremos em Strathcorrie na terça-feira à noite para discutir planos importantes com você.

Todo o nosso amor,

Jody e Caroline

Feito isso, Jody escreveu uma carta que seria deixada para Diana.

Cara Diana

Recebi uma carta de Angus, e ele está na Escócia. Assim, Caroline e eu fomos até lá para encontrá-lo. Tentaremos estar de volta na sexta-feira.

Por favor, não se preocupe.

A carta para Hugh, porém, não foi assim tão fácil, e Caroline lutou, tentando escrevê-la por mais de uma hora.

Querido Hugh,

Como Diana já deve ter lhe contado, Jody recebeu uma carta de Angus. Ele voltou da Índia por mar e está agora trabalhando na Escócia. Tanto Jody quanto eu achamos que é importante vê-lo antes de Jody ir para o Canadá, e assim, no momento em que você receber esta carta, já estaremos indo rumo à Escócia. Esperamos voltar a Londres na sexta-feira.

Eu teria conversado isso com você, mas você se sentiria no dever de contar a Diana, e ela nos convenceria a não irmos, e jamais conseguiríamos vê-lo. E é muito importante para nós que ele saiba o que está para acontecer.

Sei que é terrível fazer isso, sair assim a uma semana do nosso casamento, e sem avisar. Porém, se tudo correr bem, estaremos em casa na sexta-feira.

Com amor,

Caroline

Na terça-feira de manhã, a primeira nevasca caíra, rápida, para depois parar, deixando o chão todo cinza e pontilhado de branco, como as penas de uma galinha-d'angola. O vento, entretanto, não cessara nem por um momento, e o frio ainda era intenso. O pior é que, pela aparência do céu baixo, e a julgar pela sua cor, o tempo ainda ia piorar.

Oliver Cairney deu uma olhada para fora e decidiu que era um bom dia para ficar dentro de casa, para tentar organizar alguns dos assuntos de Charles. O trabalho acabou sendo comovente. Charles era muito eficiente, cuidadoso e detalhista, e deixara ordenadamente arquivados todos os contratos e documentos que tinham relação com o trabalho na fazenda. Preparar os papéis da propriedade para a venda iria ser mais simples do que Oliver imaginara.

Mas ali havia outras coisas também. Assuntos pessoais.

Cartas e convites, um passaporte vencido, contas de hotel pagas, fotografias, o livro de endereços de Charles, o seu diário, a caneta de prata que ele ganhara ao fazer 21 anos e uma conta do alfaiate.

Oliver se lembrou da voz da própria mãe lendo, em voz alta, um poema de Alice Duer Miller para eles.

O que fazer com os sapatos de uma mulher
Depois que ela já está morta?

Fazendo-se de forte, rasgou várias cartas, escolheu algumas das fotografias, jogou fora pedaços muito velhos de cera para lacrar cartas. Livrou-se de pedaços de barbante, de um cadeado quebrado sem a chave e de um vidro com tinta nanquim já ressecada. Quando o relógio bateu 11 horas, a cesta de papéis estava transbordando, e quando ele acabara de se levantar para recolher o lixo e descarregá-lo na cozinha ouviu o barulho da porta da frente sendo fechada. Os painéis de vidro na parte de cima tremeram, produzindo um som cavernoso e estridente que ecoou pelas paredes do saguão. Carregando a cesta de papéis, Oliver saiu para ver quem chegara, e ficou frente a frente com Liz Fraser, que já vinha pelo corredor em sua direção.

– Liz!

Ela estava de calça comprida e vestia um casaco de peles bem curto. O mesmo boné preto que usara na véspera estava enterrado em sua cabeça, cobrindo as orelhas. Enquanto ele a olhava, Liz retirou o boné e com a outra mão ajeitou o cabelo escuro, cortado bem baixinho. Aquele pareceu um gesto estranho, nervoso e indeciso, que não combinava com sua aparência suave. Seu rosto estava corado devido ao frio, e ela sorria. Parecia maravilhosa.

– Olá, Oliver.

Foi até o lado dele e se curvou sobre o monte de papéis amassados para beijar-lhe o rosto.

– Se você não quer me ver agora... – disse ela –, pode falar, que eu vou embora.

– Mas quem é que falou que eu não queria vê-la?

– Pensei que talvez...

– Bem, não pense "que talvez"... – ele cortou. – Venha comigo que eu vou lhe preparar uma xícara de café. Eu mesmo estou precisando de uma, pois já estou cansado de ficar aqui sozinho.

E saiu na frente, caminhando até a cozinha, empurrando a porta de vaivém e mantendo-a aberta com o corpo, permitindo que ela entrasse antes dele, com suas longas pernas e seu aroma de ar fresco misturado a Chanel nº 5.

– Coloque a chaleira no fogo, por favor – disse. – Vou lá fora me livrar deste lixo.

Atravessando a cozinha, saiu pela porta dos fundos e deparou com o frio cortante. Conseguiu tirar todos os papéis da cesta e colocá-los na lata de lixo por etapas, sem que muita coisa voasse. Apertou a tampa da lata com força, para fechá-la com segurança, e voltou, grato pelo calor da cozinha. Liz, parecendo deslocada, estava na pia, enchendo a chaleira com água da torneira.

– Meu Deus! – disse Oliver. – Está frio demais!

– Eu sei... E já estamos na primavera. Vim andando de Rossie Hill até aqui e pensei que fosse morrer congelada. – Carregou a chaleira até o fogão Aga, levantou a pesada tampa e colocou o recipiente sobre o fogo. Ficou parada ali, de costas para as chamas e aproveitando o calor. Frente a frente na cozinha, ficaram olhando um para o outro. Então, de repente, falaram ao mesmo tempo.

– Você cortou o cabelo – disse Oliver.

– Sinto muito por Charles – disse Liz.

Ambos pararam, esperando que o outro continuasse. Então Liz falou, parecendo confusa:

– Tive que cortá-lo para poder nadar. Estive há pouco com uma amiga em Antigua, no Caribe.

– Queria agradecer por você ter vindo ontem.

– Eu... nunca tinha estado em um funeral antes.

Seus olhos, realçados pelo delineador e pelo rímel, ficaram de repente brilhantes, cheios de lágrimas que não caíam. O cabelo curto, com um corte elegante, expunha o comprimento do pescoço e a linha definida do queixo determinado, que herdara do pai. Enquanto Oliver a olhava, Liz começou a desabotoar o casaco de peles, e suas mãos também estavam bronzeadas, as unhas em forma de amêndoas pintadas em um tom muito claro de rosa. Ela usava ainda um anel grosso, com um monograma gravado na parte externa, e uma fileira de finos braceletes de ouro em um dos pulsos delgados.

– Puxa, Liz... – disse ele, de modo inadequado. – Você cresceu!

– Claro que sim. Já estou com 22 anos. Você esqueceu?

– Há quanto tempo não nos vemos?

– Uns cinco anos? É... deve ter uns cinco anos, pelo menos.

– Como o tempo passou depressa!

– Você foi para Londres. Eu fui para Paris, e todas as vezes que eu voltava a Rossie Hill, você sempre estava fora.

– Mas Charles estava aqui.

– Sim. Charles estava aqui. – Mexeu com a tampa da chaleira, distraidamente. – Só que... se alguma vez ele reparou na minha aparência, certamente jamais a mencionou.

– Garanto que reparou. Apenas não era muito bom em revelar o que sentia. Enfim, para Charles você sempre foi perfeita. Mesmo quando tinha apenas 15 anos, usava rabo de cavalo e jeans apertado. Ele estava só esperando você crescer.

– Eu não consigo acreditar que ele está morto!

– Eu também não conseguia... – replicou Oliver. – Até ontem. Mas acho que já aceitei o fato, agora. – A chaleira começou a apitar no fogo. Oliver saiu do lado do fogão e foi procurar canecas, um vidro de café solúvel e uma garrafa de leite na geladeira.

– Meu pai me contou a respeito de Cairney.

– Você quer dizer... sobre a ideia de vendê-la?

– Como é que você vai ter coragem de fazer isso, Oliver?

– É que não há outra escolha.

– Mas vender até mesmo esta casa? A casa tem que ser vendida também?

– O que eu faria com a casa?

– Você poderia preservá-la. Usá-la para fins de semana e férias, só para manter as raízes em Cairney.

– Isso me parece uma extravagância.

– Na verdade, não é. – Ela hesitou ligeiramente e depois continuou, em um só fôlego: – Quando você se casar e tiver filhos, vai poder trazê-los aqui, e eles poderão fazer todas as coisas maravilhosas que você costumava fazer quando era pequeno. Vão correr soltos, construir casas na árvore grande, ter pôneis...

– E quem é que disse que eu estou pensando em me casar?

– Papai disse que você falou que não iria se casar até ficar velho demais para fazer qualquer outra coisa.

– O seu pai conta coisas demais para você.

– O que quer dizer com essa frase?

– Que ele sempre fez isso. Sempre foi indulgente com você, contava-lhe todos os segredos. Você era uma pirralha mimada, sabia?

– Estas são palavras de quem está querendo briga, Oliver... – replicou Liz, de forma divertida.

– Não sei como você sobreviveu. Filha única, com dois pais corujas e que nem moravam juntos. Como se isso não bastasse, ainda tinha Charles, que fazia todas as suas vontades.

A chaleira ferveu, e ele foi retirá-la do fogo. Liz tornou a baixar a tampa do fogão.

– Mas, em compensação, você jamais me mimou, Oliver.

– Tinha mais juízo. – Colocou a água nas canecas.

– Você também jamais notou que eu existia. Estava sempre me dizendo para largar do seu pé.

– Ora, mas isso foi quando você ainda era uma menina pequena, antes de se tornar tão glamorosa. Por falar nisso, sabia que eu não consegui reconhecê-la, ontem? Só quando você tirou os óculos escuros é que eu identifiquei quem era. Levei um susto!

– O café já está pronto?

– Já. Venha beber antes que esfrie.

Ao sentar, ficaram olhando um para o outro por cima da mesa da cozinha. Liz segurou a caneca de café com as duas mãos, como se os dedos ainda estivessem gelados. Sua expressão era provocante.

– Estávamos falando sobre você se casar.

– Eu não estava, você, sim.

– Por quanto tempo vai ficar em Cairney?

– Até deixar tudo acertado. E você?

– Tenho que ir para o sul, agora. – Liz encolheu os ombros. – Minha mãe e Parker estão em Londres por alguns dias, a negócios. Telefonei para ela quando cheguei, para lhe contar sobre Charles. Ela tentou me convencer a voltar para encontrá-los, mas expliquei que queria ficar aqui, para o funeral.

– Você ainda não me disse por quanto tempo pretende ficar aqui em Rossie Hill.

– Ainda não fiz nenhum plano, Oliver.

– Então, fique por mais algum tempo.

– Você quer que eu fique?

– Sim.

Depois que isso foi dito e a situação foi acertada, a tensão entre eles diminuiu um pouco. Continuaram sentados, conversando, esquecidos do tempo. Só quando o relógio do saguão bateu 12 vezes é que a atenção de Liz foi atraída para a hora, e ela olhou para o relógio de pulso.

– Minha nossa! Já é assim tão tarde? Tenho que ir.

– Para quê?

– O almoço. Você se lembra?... Aquela exótica e antiquada refeição... Ou você deixou de almoçar?

– Não, de modo algum.

– Venha comigo até minha casa, agora. Pode ficar para almoçar conosco. Estamos apenas eu e meu pai.

– Não, só vou levá-la até em casa, mas não vou ficar para almoçar.

– Por que não?

– Já perdi metade da manhã fofocando com você, e ainda tenho muitas coisas para fazer.

– E que tal um jantar, hoje à noite?

Ele considerou a ideia e, então, por várias razões, abriu mão do convite, propondo uma alternativa.

– Pode ficar para amanhã?

– Quando você quiser... – E deu de ombros, cordata, a síntese da docilidade feminina.

– Amanhã vai ser ótimo, Liz. Que tal às 20 horas?

– Tudo bem. Um pouco mais cedo, se você quiser tomar um drinque.

– Certo, um pouco mais cedo, então. Agora, coloque o casaco e o boné, que eu vou levá-la até em casa.

O carro de Oliver era verde-escuro, baixo, pequeno e muito veloz. Ela se sentou ao lado dele com as mãos enterradas nos bolsos do casaco, olhando em frente, para a paisagem gélida e exposta da zona rural escocesa, e estava tão fisicamente consciente do homem a seu lado que essa sensação quase doía.

Ele mudara em algumas coisas e, no entanto, de certa maneira, parecia o mesmo. Estava mais velho. Havia marcas em seu rosto inexistentes antes, e este, agora, possuía uma expressão no fundo dos olhos que a fazia sentir-se como se estivesse embarcando em um caso de amor com um completo estranho.

Mas ainda era o mesmo Oliver. Inesperado, recusando qualquer compromisso, invulnerável.

Para Liz só havia Oliver. Tinha sido assim desde o início. Charles era apenas uma desculpa para ela frequentar Cairney, e Liz a usara para isso, sem nenhuma vergonha, porque ele sempre encorajava suas visitas e parecia invariavelmente feliz por vê-la. Foi, porém, por causa de Oliver que ela acabou indo embora dali.

Charles era simples, caseiro, sem sofisticação, magro, pele clara e sardenta. Oliver, porém, era magnetismo e charme. Charles tinha tempo e paciência para aturar uma adolescente boba e desajeitada; tempo para ensiná-la a pescar, a dar o saque no jogo de tênis; tempo para paparicá-la durante as agonias do primeiro baile e ensaiar com ela várias danças típicas. E por todo aquele tempo ela só tivera olhos para Oliver, e rezava o tempo todo para que ele dançasse com ela.

Mas é claro que ele jamais dançava. Havia sempre alguém de fora, geralmente uma amiga estranha que viera com ele de Londres. "Eu a encontrei na universidade, em uma festa, estava acompanhando uma amiga e tal..." E no decorrer dos anos houve muitas delas. As namoradas de Oliver eram uma piada no local, mas Liz não achava graça nenhuma. Ela as olhava de lado e detestava todas elas, criando imagens mentais de cada uma e espetando-as com alfinetes, roída pelos tormentos dos ciúmes de adolescente.

E após a separação dos pais, foi Charles quem escreveu para ela dando as notícias de tudo o que acontecera, mas sempre mantendo contato. Era, porém, uma fotografia de Oliver, um pequeno instantâneo meio amassado nas pontas, que ela mesma tirara havia muito tempo, que vivia no compartimento secreto da sua carteira e a acompanhava por toda parte.

Agora, ali, sentada ao lado dele, Liz deixou o olhar se movimentar lentamente para o lado. As mãos de Oliver, pousadas sobre o volante revestido de couro, exibiam dedos longos, e as unhas tinham pontas quadradas. Havia uma cicatriz próxima do polegar, e ela se lembrava de quando ele cortara a mão, em uma cerca de arame farpado. Seus olhos se moveram lentamente por toda a extensão do seu braço. O colarinho do casaco, revestido de pele de carneiro, estava virado para cima e envolvia todo o pescoço, tocando o cabelo grosso e escuro. E, então, ele sentiu o olhar dela e virou a cabeça para dar um sorriso, e os seus olhos, embaixo das sobrancelhas largas e escuras, pareciam bolas de gude azul-celeste.

– Vamos nos entender melhor da próxima vez – disse ele, mas Liz não respondeu. Lembrou-se do momento em que chegara ao aeroporto, em Prestwick, e do pai à sua espera. "Charles morreu." Houve um terrível momento em que ela não acreditara na notícia, como se o chão tivesse sumido sob seus pés, e ela estivesse olhando para baixo, para um imenso buraco aberto no chão.

– E Oliver?... – perguntara, quase desmaiando.

– Oliver está em Cairney. Ou já deve ter chegado, a esta hora. Vinha hoje de manhã de Londres. O enterro vai ser na segunda-feira...

Oliver em Cairney. Charles, o querido, doce e paciente Charles estava morto, mas Oliver estava vivo, e em Cairney!... Após todos esses anos, ela o encontraria novamente... No caminho de volta, com seu pai dirigindo até Rossie Hill, este pensamento jamais saíra da sua cabeça. *Vou vê-lo. Amanhã vou vê-lo... E depois de amanhã... E no dia seguinte...* Ela ligara para a mãe em Londres, a fim de contar sobre Charles, mas quando Elaine tentara persuadi-la a deixar toda aquela tristeza para trás e ir para Londres, Liz recusara. A desculpa parecia apropriada.

"Tenho que ficar. Papai... e o enterro..." Mas o tempo todo ela sabia, e se rejubilava com o fato: estava ficando ali apenas por causa de Oliver.

E, MIRACULOSAMENTE, ISSO FUNCIONARA. Ela soube que tudo daria certo no momento em que Oliver, aparentemente sem razão, levantara o rosto subitamente, no cemitério, e olhara diretamente para ela. Foi possível notar tudo em seus olhos; primeiro a surpresa e, então, a admiração. Oliver não estava mais em uma posição de superioridade. Agora eram iguais. E... o que era triste, sem dúvida, mas tornava tudo muito mais simples... não havia mais Charles a considerar. O gentil Charles, o enlouquecedor Charles, sempre ali, como um velho cão fiel, esperando para ser levado para passear.

Ela deixou a mente prática e ocupada voar livre à frente, permitindo-se o deleite de visualizar duas ou três lindas imagens do futuro. Tudo funcionou de forma tão perfeita que até parecia ter sido tramado por antecipação. O casamento seria em Cairney, talvez... Uma pequena e simples cerimônia rural na igreja local, com a presença de alguns poucos amigos. Depois, a lua de mel em... Antigua?... Seria perfeito! Depois, a volta a Londres. Ele já tinha um apartamento na cidade, e eles poderiam usá-lo, de início, para depois procurarem, com calma, uma casa maior e mais adequada. E, que ideia brilhante, ela poderia convencer o pai a lhe dar a casa principal de Cairney como presente de casamento. As sugestões tão casuais que ela colocara na cabeça de Oliver naquela manhã se tornariam, afinal, realidade. Ela já podia vê-los... dirigindo até a Escócia para finais de semana prolongados, passando as férias de verão ali, trazendo as crianças e oferecendo jantares e recepções...

– Você ficou muito quieta de repente!

A voz de Oliver trouxe Liz de volta à realidade como um tiro, e ela viu que já estavam chegando perto da casa. O carro virara no portão e seguia pela alameda, sob as árvores. Acima deles, os galhos despidos estalavam sob o vento cruel. Rodearam a pista circular na frente da residência e o carro parou diante da grande porta principal.

– Estava pensando na vida... – disse ela. – Apenas pensando... Obrigada por me trazer em casa.

– Eu é que agradeço por você ter aparecido lá em Cairney para tentar me animar.

– Está confirmado, então? Você vem jantar aqui amanhã, quarta-feira?

– Mal posso esperar.

– Quinze para as oito?

– Quinze para as oito!

Sorriram um para o outro, demonstrando o mútuo prazer que sentiam pelo que haviam acertado. Nesse momento, Oliver se debruçou para abrir-lhe a porta. Liz saiu do carro e subiu depressa os degraus gelados, correndo até a entrada coberta da residência, para se abrigar. Ao chegar ali, virou-se alegremente para acenar para Oliver, mas ele já havia partido, e apenas a traseira do carro era visível, desaparecendo na alameda em seu caminho de volta a Cairney.

Naquela noite, quando Liz estava se preparando para sair do banho, deitada na banheira, foi interrompida por um telefonema de Londres. Enrolada na toalha, resolveu sair para atender à chamada, e ouviu a voz da mãe dela do outro lado da linha.

– Elizabeth?

– Sim. Alô, mamãe.

– Querida, como é que você está? – Elaine parecia preocupada. – Como estão as coisas por aí?

– Está tudo bem. Tudo perfeito. Maravilhoso!

Esta resposta tão solta não era exatamente o que a mãe de Liz esperava, e isso a deixou intrigada.

– Mas... Você foi ao enterro?

– Ah, fui! Aquilo foi horrível. Detestei cada momento...

– E por que não voltou logo para Londres?... Vamos ficar aqui por mais alguns dias...

– Não posso ir ainda... – Liz hesitou. Normalmente, ela se fechava dentro de uma concha quando a conversa derivava para assuntos particulares. Elaine reclamava continuamente de nunca conseguir saber o que se passava na vida de sua única filha. De repente, porém, Liz pareceu mais expansiva. A excitação do que acontecera naquela manhã e a expectativa do que poderia acontecer no dia seguinte estavam fazendo com que ela se sentisse muito bem. Sabia que se não contasse a respeito de Oliver para alguém era capaz de explodir. Assim, terminou a frase com uma explosão de confiança. – O caso é que Oliver está aqui e vai passar alguns dias. E vem aqui jantar conosco, amanhã à noite.

– Oliver? Oliver Cairney?

– Sim, claro que é Oliver Cairney. Qual é o outro Oliver que nós conhecemos?

– Você quer dizer que...? Por causa de Oliver...

– Sim. Por causa de *Oliver*. – Liz deu ênfase ao nome, rindo. – Ora, mamãe, não seja tão ingênua.

– Mas... Eu sempre pensei que fosse Charles que...

– Bem, não era! – cortou Liz, bem depressa.

– E o que Oliver tem a dizer de tudo isso?

– Olhe, ele não me parece exatamente insatisfeito com o assunto.

– Ora... Não sei o que dizer... – Elaine pareceu confusa. – É a última coisa que eu esperava, mas se você está feliz...

– Ah, mamãe, eu estou! Estou feliz. Pode acreditar, jamais estive tão feliz na vida.

– Bem, depois me conte como foi... – disse a mãe, com voz fraca.

– Eu conto.

– E me avise quando é que vai voltar para Londres.

– Provavelmente vamos voltar juntos – disse Liz, já imaginando como iria ser. – Talvez voltemos no carro dele, só nós dois.

A mãe de Liz finalmente desligou. Ela colocou o fone no gancho, apertou a toalha mais firmemente em volta do corpo e foi pisando, com cuidado, de volta até o banheiro. Oliver... Ficou balbuciando o nome dele repetidas vezes. Oliver Cairney... Voltou para dentro da banheira e ligou a torneira de água quente com o dedo do pé. Oliver...

Dirigir rumo ao norte era como voltar no tempo. A primavera estava atrasada em toda parte naquele ano, mas, em Londres, havia, pelo menos, alguns traços de verde aqui e ali; um princípio de folhagem que começava a surgir discretamente nos galhos secos das árvores do parque; ou os primeiros sinais amarelos das flores de açafrão pelos jardins; narcisos e pequenas íris vermelhas que apareciam timidamente nas floreiras das calçadas. E havia ainda roupas de verão, coloridas e atraentes, nas imensas vitrines das grandes lojas da cidade, fazendo com que as pessoas pensassem nas férias, em cruzeiros maravilhosos, céus azuis e muito sol.

Mas o caminho que cortava o país em direção ao norte parecia uma fita escura que atravessava campos planos que, progressivamente, iam ficando cada vez mais cinzentos e frios, e pareciam totalmente improdutivos. Todas as estradas estavam molhadas e sujas. Cada caminhão que os ultrapassava – e o velho carro de Caleb era ultrapassado por praticamente todos os outros veículos – jogava abundantes quantidades de lama líquida marrom, que encobria a visão do para-brisa, forçando os limpadores a ficarem ligados o tempo inteiro. Para piorar o desconforto, nenhuma das janelas do veículo fechava direito, e o aquecedor estava enguiçado, ou então precisava de algum ajuste secreto que nem Jody nem Caroline conseguiram descobrir. Enfim, qualquer que fosse o motivo, o fato é que o aquecedor não funcionava.

Apesar disso tudo, Jody estava com o melhor dos estados de espírito. Lia o mapa, cantava, fazia cálculos complicados para descobrir qual a velocidade média que estavam conseguindo (infelizmente baixa) e controlava a quilometragem.

Já andamos um terço do caminho. Já estamos quase na metade. Então, a certa altura, disse:

– Mais 8 quilômetros e chegaremos ao restaurante Cantinho da Escócia. Não sei por que colocaram esse nome, já que ele não fica na Escócia.

– Talvez as pessoas entrem ali e bebam uísque escocês.

Jody achou a resposta muito engraçada.

– Nunca estivemos na Escócia, nenhum de nós. Por que será que Angus resolveu ir para lá?

– Quando o encontrarmos poderemos perguntar.

– É!... – disse Jody, animado, pensando em ver Angus. Recostou-se então na mochila que, prudentemente, tinham enchido de comida. Abriu-a e deu uma olhada lá dentro. – O que você vai querer? Sobraram um sanduíche de presunto, uma maçã meio machucada e uns biscoitos de chocolate.

– Não estou com fome. Não quero nada.

– Você se importa se eu comer o sanduíche de presunto?

– Claro que não!

Depois de passar diante do Cantinho da Escócia, entraram na rodovia A-68, com o pequeno carro enfrentando valentemente as matas geladas do condado de Northumberland, já quase na fronteira norte do país, e depois através de Otterburn até Carter Bar. A estrada subia em curvas, fazendo voltas, indo e voltando, em um trecho bastante íngreme. Então, chegaram ao topo da última colina, passaram pelo marco de fronteira, e a Escócia apareceu diante de seus olhos.

– Chegamos! – disse Jody, com um tom de imensa satisfação.

Caroline, porém, viu apenas uma extensão cinza de campos ondulados e ao longe montes brancos, totalmente cobertos de neve.

– Você acha que vai nevar? – perguntou ela, com alguma inquietação. – Está terrivelmente frio!

– Não... nessa época do ano, não.

– Mas olhe para aqueles montes.

– Aquilo é neve que sobrou do inverno. Simplesmente ainda não derreteu.

– Mas o céu está muito escuro.

Jody franziu a testa. Estava realmente escuro.

– Faz diferença se nevar?

– Não sei. O problema é que nós não estamos com pneus para neve, e eu nunca dirigi com tempo muito ruim.

– Ah... Vai dar tudo certo! – disse Jody, depois de alguns instantes, pegando novamente o mapa. – Agora, o próximo lugar por onde vamos passar é Edimburgo.

A essa altura já estava quase totalmente escuro, ventava muito e a cidade estava toda enfeitada com as luzes das ruas. Inevitavelmente, eles se perderam, mas conseguiram afinal encontrar a rua de mão única que era a correta e levava até o acesso à ponte. Pararam uma última vez antes de deixar a cidade, para colocar gasolina e completar o nível do óleo. Caroline saltou do carro para esticar as pernas, enquanto o frentista conferia também o nível da água para depois investir sobre o para-brisa imundo com uma esponja molhada. Enquanto fazia isso, observou o pequeno carro muito usado e rodado, demonstrando algum interesse. Depois, voltou sua atenção para os ocupantes.

– Vocês vêm de muito longe?

– De Londres.

– E vão seguir em frente?

– Vamos até Strathcorrie. Em Perthshire.

– Vocês têm um longo caminho ainda a seguir.

– Sim, sabemos disso.

– E vão enfrentar um tempo muito bravo pela frente. – Jody gostou do jeito arrastado com que ele falou "bravo". Buuraavo... Ficou repetindo a palavra daquele modo engraçado, quase sussurrando.

– Vamos enfrentar?...

– Com certeza. Acabei de ouvir a previsão. Vem mais neve por aí. Vocês têm que ter cuidado. Seus pneus... – E chutou um deles com a ponta da bota. – ... não estão em bom estado!

– Vai dar tudo certo.

– Bem, se ficarem presos na neve, lembrem-se da regra de ouro: jamais saiam do carro.

– Não vamos esquecer.

Pagaram pelos serviços, agradeceram a gentileza e seguiram novamente adiante. O frentista do posto acompanhou-lhes a saída, balançando a cabeça pela irresponsabilidade deles, típica dos ingleses, de um modo geral, mas, na opinião dele, muito tolos.

A ponte Forth surgiu bem diante deles, com suas luzes de alerta acesas, onde se lia, em letras garrafais: DEVAGAR. VENTOS FORTES. Pagaram o pedágio e foram seguindo, lentamente, açoitados e castigados pelo vento. Do outro lado, a estrada seguia para o norte, mas estava tão escuro e o temporal tão forte que, além da fraca iluminação dos faróis, não era possível ver nada mais à frente.

– Que pena!... – disse Jody. – Aqui estamos, na Escócia, e eu não consigo enxergar nada. Nem um simples e típico prato de *haggis*, genuinamente escocês.

Mas Caroline sequer chegou a ensaiar um sorriso. Sentia muito frio, e estava cansada e temerosa, tanto pelo tempo quanto pela neve ameaçadora. Subitamente, a aventura deixara de ser divertida e se transformara em um ato da mais completa estupidez.

A neve começou a cair mais forte, assim que deixaram Relkirk para trás. Soprada forte pelo vento, ela vinha de encontro a eles, saindo do escuro como se fossem golpes de açoites brancos e ofuscantes.

– Parece artilharia antiaérea.

– Parece o quê?

– Artilharia antiaérea. Como nos filmes de guerra. É o que essas rajadas de neve parecem.

A princípio, os flocos brancos não cobriam a estrada. Adiante, porém, subindo as colinas, a neve começou a se mostrar mais densa, empilhada em trincheiras e em diques, transformada pelo sopro do vento em grandes pilhas brancas, que pareciam travesseiros. Grudada no vidro dianteiro, ela foi se amontoando sobre os limpadores do para-brisa, até eles ficarem paralisados, parando de funcionar por completo. Caroline foi obrigada a parar o carro, e Jody saltou para limpar, com uma luva velha, a neve acumulada sobre o vidro. Voltou para o carro logo em seguida, molhado e tremendo.

– Meus sapatos se encheram de neve. Está tudo congelando.

Eles seguiram em frente novamente.

– Quantos quilômetros ainda faltam? – A boca de Caroline estava seca de pavor, os dedos grampeados no volante. Pareciam estar em um descampado, sem nenhuma habitação por perto. Não se via uma luz sequer, nem outro carro, nem mesmo um caminhão na estrada.

Jody ligou a lanterna e estudou o mapa.

– Faltam mais ou menos 12 quilômetros até Strathcorrie... Eu acho...

– E que horas são?

– Dez e meia. – Jody apontou a lanterna para o relógio.

Estavam no alto de uma colina, e a estrada adiante parecia descer morro abaixo, estreitando-se entre muralhas de neve. Caroline reduziu a marcha, engatando a segunda, e quando o carro ganhou velocidade, freou devagar, mas não o suficiente. O carro derrapou para o lado e, em um instante de terror, Caroline sentiu que perdera a direção. Uma parede branca se agigantou diante deles, e as rodas da frente bateram com violência contra um banco de neve. O carro parou por completo. Com as mãos tremendo, ela tentou ligar de novo o motor. O carro pegou, e Caroline conseguiu girar o volante, fazendo as rodas virarem lentamente para fora da massa de neve. Conseguiram voltar à estrada, e seguiram em ritmo de lesma.

– Está muito perigoso, Caroline?

– Sim, acho que sim. Se ao menos estivéssemos com pneus especiais para neve...

– Caleb não teria pneus especiais para neve nem mesmo se morasse no Ártico.

Estavam agora seguindo em direção a um vale profundo. A estrada tinha árvores dos dois lados, mas seguia ao lado de um despenhadeiro. Era possível ouvir o rio abaixo deles, com a água borbulhando e correndo com um ruído mais alto do que o vento. Chegaram a uma ponte curta e íngreme, com o formato de uma corcunda. Não dava para ver do outro lado, e, com medo de não conseguir subir, Caroline acelerou subitamente. O carro subiu e, quando já descia do outro lado, ela viu, tarde demais, que no final da ponte havia uma curva fechada para a direita. À frente deles havia apenas montes de neve e a superfície sólida de um muro de pedra.

Ela ouviu Jody gritar e girou o volante depressa, mas não deu tempo. O carrinho, de repente, adquirira vontade própria e seguiu direto contra o muro, mergulhando em um monte denso de neve, ao lado de uma vala. O motor morreu na hora, e eles ficaram ali, formando um ângulo de 45 graus em relação à estrada e ainda por cima com as rodas traseiras para fora, mas sobre a pista. Os faróis e o radiador estavam completamente enterrados na neve.

Ficou escuro de repente, sem a luz dos faróis. Caroline esticou a mão para desligá-los e depois tirou a chave da ignição. Estava tremendo muito. Virou-se para Jody e perguntou:

– Você está bem?

– Dei uma cabeçada no vidro, mas não foi nada.

– Desculpe.

– Não foi nada. Você não pôde evitar.

– Talvez fosse melhor ter parado antes. Devíamos ter ficado em Relkirk.

– Sabe, acho que isso é uma nevasca. – Jody falava com bravura e empolgação, olhando para fora da janela do carro para a penumbra em redemoinho. – Nunca estive em uma nevasca. O homem do posto falou que nós temos que ficar dentro do carro.

– Não podemos. Está frio demais. Espere aqui, eu vou sair um instantinho para dar uma olhada.

– Não vá se perder.

– Pegue a lanterna.

Caroline abotoou o casaco e cuidadosamente saltou do carro, afundando a perna até o joelho no monte de neve, tentando escalá-lo até conseguir encontrar o solo firme da estrada. O chão estava molhado e incrivelmente frio. Mesmo com a lanterna para guiá-la, a neve era ofuscante, e Caroline ficou confusa. Seria muito fácil perder todo o senso de direção em uma situação como aquela.

Dando alguns passos à frente, na estrada, ela seguiu com a lanterna ao longo do muro de pedra que tinha sido o causador do imenso problema. Ele seguia ainda por uns 10 metros e depois curvava-se para dentro, como se estivesse formando algum tipo de entrada. Caroline avançou por ali, junto a ele, e chegou a um pórtico alto, com um portão de madeira que estava aberto. Havia uma placa. Apertando os olhos para enxergar melhor através da neve, ela virou o foco de luz da lanterna para cima e leu, com dificuldade: FAZENDA CAIRNEY – PROPRIEDADE PARTICULAR.

Desligando a lanterna, olhou para dentro do terreno, através da escuridão que ficava além do portão. Parecia haver uma alameda com árvores dos dois lados, e era possível ouvir o barulho do vento passando através dos galhos secos, bem alto. Então, através do redemoinho de flocos de neve, conseguiu avistar, bem ao longe, um ponto de luz.

Virou-se na mesma hora e voltou correndo, aos tropeços, para onde Jody estava, ainda dentro do carro. Abriu a porta com força.

– Estamos com sorte!

– Como assim?

– Este muro é de uma propriedade. Uma fazenda, ou algo desse tipo. Há uma espécie de entrada, com um portão e uma alameda comprida de acesso. E dá para ver uma luz lá longe. A casa não pode estar a mais de 500 metros.

– Mas o homem do posto falou que nós tínhamos que ficar dentro do carro.

– Se ficarmos, nós vamos morrer congelados! Vamos lá, a neve está muito espessa, mas acho que vamos conseguir. Não deve ser uma caminhada muito longa. Deixe a mochila para trás, pegue só as malas pequenas. E feche o seu casaco até em cima. Está muito frio, e vamos ter que nos molhar.

Jody fez o que ela disse, lutando para conseguir sair do carro, que ficara num ângulo estranho, com a neve se empilhando cada vez mais à sua volta. Caroline sabia que o mais importante era não desperdiçar tempo. Não havia um segundo a perder. Vestidos para a primavera de Londres, nenhum dos dois estava preparado para essas condições árticas. Usavam jeans e sapatos de sola fina. Caroline usava um casaco de camurça e uma echarpe fina de algodão em torno do pescoço, que ela amarrou com força em torno da cabeça. A capa azul de Jody, porém, com um capuz para cobrir-lhe a cabeça, sem a proteção de um gorro, era tristemente imprópria para aquela temperatura.

– Quer que eu coloque a minha echarpe para cobrir a sua cabeça? – As palavras eram atiradas longe pelo vento assim que lhe saíam da boca.

– Não! Claro que não! – Jody pareceu furioso com a ideia.

– Dá para você carregar a mala?

– Sim! Claro que dá!

Bateram a porta. O carro já juntara uma quantidade considerável de neve, e o seu contorno era indistinto na penumbra. Em pouco tempo ele ficaria completamente coberto pela neve.

– Será que alguém vai perder a direção, como a gente, e bater nele, torto assim? – perguntou Jody.

– Acho que não. De qualquer modo, não há nada que possamos fazer. Se deixarmos a lanterna traseira ligada, a neve simplesmente vai cobri-la daqui a pouco. – E pegou a mão do irmão. – Vamos indo, não podemos ficar aqui conversando, temos que correr.

Ela o levou até o portão, seguindo as próprias pegadas irregulares, que já começaram a desaparecer. Além do portão, a escuridão se arrastava à frente, formando uma espécie de túnel cujo fundo tremulava devido à neve. A luz, porém, ainda estava lá. Apenas um pontinho luminoso, nada mais, e parecia bem distante... De mãos dadas, com as cabeças curvadas para a frente a fim de enfrentar o vento, começaram a caminhar na direção da luz.

Era uma aventura assustadora. Todos os elementos pareciam conspirar contra eles. Em poucos instantes estavam ambos molhados até os ossos, sentindo muito frio. As malas pequenas, que pareciam tão leves a princípio, ficavam mais pesadas a cada passo. A neve caía em cachoeira sobre eles, molhada, meio pastosa, grudando como um creme. Na alameda, acima dos flocos, os galhos arqueados das árvores completamente desfolhados crepitavam e estalavam de forma agourenta, rasgados pelo vento. De vez em quando, era possível ouvir o som forte de um galho que se quebrava, seguido pelo barulho surdo do seu despedaçar no solo.

– Espero... – Jody estava tentando dizer algo, mas seus lábios estavam congelados, e os dentes tiritavam sem controle. Ele insistiu, porém, e conseguiu formar algumas palavras. –... só espero que uma dessas árvores não caia bem em cima da gente.

– Eu também.

– E o meu casaco era para ser impermeável!... – Sua voz era de indignação. – Estou completamente encharcado!

– Isso é uma nevasca, Jody, não um temporal comum.

A luz ainda continuava acesa, talvez um pouco mais brilhante e um pouco mais perto, mas a essa altura Caroline sentiu como se já estivesse andando há séculos. Era como uma jornada sem fim através de um pesadelo, com uma luzinha que tremulava e dançava adiante deles, sempre fora do alcance. Ela já estava começando a perder a esperança de conseguir chegar a algum lugar quando, de repente, a escuridão pareceu ficar menos densa, o som dos galhos que se quebravam foi ficando para trás e ela compreendeu que eles já estavam na parte final da alameda. Nesse instante, a luz sumiu, atrás de uma massa de arbustos, talvez azáleas. Depois, porém, de rodearem esse obstáculo, a luz apareceu de novo, e agora bem mais próxima. Continuaram andando, trôpegos, e perderam o equilíbrio ao toparem com uma pequena saliência do caminho. Jody quase caiu, mas Caroline o ajudou a se manter firme, e ele conseguiu ficar de pé novamente.

– Tudo bem. Estamos em um gramado, relva ou algo assim. Deve ser parte de um jardim.

– Vamos em frente... – falou Jody. Foi tudo o que conseguiu dizer.

Agora, a luz tomava forma. Estava acesa em uma janela do andar de cima da casa, que felizmente tinha as cortinas abertas. Caminhavam agora por sobre um espaço aberto que ficava diante da construção e que se elevava à frente deles. Era impossível identificar a imagem borrada dos seus contornos através da neve que caía, mas eles conseguiram divisar outras luzes, com um brilho quase evanescente, por trás de grossas cortinas fechadas, nos aposentos do andar de baixo.

– É uma casa grande – sussurrou Jody. E era mesmo.

– Que bom. Tem mais espaço para nós... – Mas ela não sabia se Jody conseguira ouvir. Largou a mão dele e tateou de modo desengonçado, com os dedos congelados, procurando a lanterna no bolso. Conseguiu ligá-la, e o fraco feixe de luz indicou um lance de escadas com degraus de pedra, semicobertos pela neve. A escada levava ao canto escuro de uma espécie de varanda quadrada. Subiram os degraus e se viram, finalmente, sob a cobertura, a salvo da neve. A luz da lanterna brincava sobre o painel da porta e apontava para uma corrente de ferro trabalhado. Caroline pousou no chão a mala que carregava e esticou o braço para puxar a corrente. Era dura, pesada, e aparentemente não produzia nenhum resultado. Tentou novamente, puxando com um pouco mais de força dessa vez, e finalmente um sino soou, parecendo um eco distante, nos fundos da casa.

– Pelo menos está funcionando. – Caroline se virou para Jody e a luz da lanterna bateu sem querer no seu rosto. Foi quando ela viu que o irmão estava com um tom cinza-azulado, de tanto frio. O cabelo estava todo colado na cabeça e seus dentes não paravam de bater. Desligando a lanterna, ela colocou o braço em torno dele e o apertou contra si.

– Tudo vai ficar bem.

– Tomara que sim – disse Jody, com uma voz que parecia trêmula de nervoso e frio. – Espero que um mordomo medonho não apareça e pergunte, com voz cavernosa: "Tocou, senhor?", como sempre acontece nos filmes de terror.

Caroline também esperava isso. Estava na iminência de tocar o sino de novo quando ouviu o barulho de passos do lado de dentro. Um cão latiu e uma voz grave mandou que ele ficasse quieto. Luzes se acenderam por trás das estreitas janelas com vidros dos dois lados da porta. Os passos pareceram mais próximos e, no instante seguinte, a porta se abriu e um homem apareceu, ao lado de um cão labrador amarelo que estava com os pelos eriçados e rosnando.

– Quieta, Lisa! – disse o homem para o cão, e depois olhou para Caroline. – Sim?

Ela chegou a abrir a boca para falar, mas não conseguiu pensar em nada para dizer. Simplesmente ficou ali, com um braço apertado em volta de Jody. Talvez essa fosse a melhor coisa que poderia ter feito, no final das contas. Sem que nenhuma outra palavra precisasse ser dita, suas malas foram recolhidas do chão e os dois foram puxados para dentro da casa. A grande e pesada porta foi então fechada, deixando a noite e a terrível tempestade lá fora.

O pesadelo acabara. A casa parecia maravilhosamente quente. Estavam a salvo.

4

Perplexos, o que mais impressionou Oliver, no entanto, foi a constatação de que eles eram muito jovens. O que é que duas crianças estavam fazendo na rua, às 23h30, numa tempestade como aquela? De onde teriam vindo, com suas pequenas malas? E para onde, por Deus, estariam indo? Ao mesmo tempo, porém, em que estas perguntas se amontoavam em sua cabeça, compreendeu que todas elas teriam que esperar até mais tarde para serem respondidas. O mais importante, agora, era livrá-los daquelas roupas encharcadas e colocá-los em um banho quente, antes que morressem de hipotermia.

– Venham! Depressa! – disse, sem perder tempo em pedir explicações aos recém-chegados. Seguiu na frente deles, subindo a escada de dois em dois degraus. Depois de um curto instante de hesitação, ouviu que os dois inesperados visitantes o seguiam, correndo pelas escadas para alcançá-lo. Sua mente começou a trabalhar rapidamente. Havia dois banheiros. Primeiro, ele se dirigiu ao próprio banheiro, em seu quarto. Acendeu a luz, tampou o ralo da banheira e abriu a torneira de água quente. Ficou por um momento agradecendo em silêncio pelo fato de que uma das coisas que tradicionalmente funcionavam à perfeição naquela casa velha era o sistema de água quente. De fato, quase imediatamente, nuvens de vapor confortante se formaram no ar.

– Entre aqui... – disse à jovem. – Entre na banheira o mais rápido que puder e fique ali dentro até se sentir quente de novo. E você... – Pegou pelo braço o menino que estava passivo, por causa do frio e das roupas ensopadas. – Venha por aqui. – E o arrastou de volta com passos apressados através do longo corredor até o banheiro do antigo quarto de brincar, acendendo todas as luzes pelo caminho. Aquele banheiro não era usado há algum tempo, mas o aquecimento da casa o mantinha sempre aconchegante e agradavelmente quente. Abriu as cortinas da banheira, que exibiam um padrão desbotado com personagens de Beatrix Potter, e abriu a torneira da esquerda.

O menino já estava tateando o casaco, tentando desabotoá-lo.

– Você está bem? Quer ajuda com as roupas?

– Não, estou legal. Obrigado.

– Volto já.

– Certo.

O MENINO FICOU DURANTE algum tempo por sua própria conta. Depois de deixá-lo, e já do lado de fora da porta, Oliver ficou parado por um momento, tentando decidir o que deveria fazer em seguida. Era evidente que a essa hora da noite os jovens teriam que passar a noite ali. Pensando nisso, foi novamente pelo corredor até o velho e imenso quarto de hóspedes. O ambiente estava muito frio, mas Oliver abriu as pesadas cortinas e ligou o aquecedor elétrico. Foi então até a cama de casal e dobrou a ponta da colcha. Viu com alívio que a Sra. Cooper deixava a cama permanentemente preparada, com os melhores lençóis de linho e os travesseiros com bainha dupla. Uma porta desse quarto dava para um outro aposento, um pouco menor, ao lado, que já havia sido um quarto de vestir. Ali havia uma cama de solteiro, igualmente preparada para um eventual ocupante, embora, da mesma forma que no outro quarto, a temperatura estivesse muito baixa. Depois de abrir completamente as cortinas do cômodo e ligar mais um aquecedor, voltou para o andar de baixo, pegou as duas malas que constituíam toda a bagagem deles, e que haviam sido abandonadas no saguão, e as carregou até a biblioteca. A lareira estava quase apagada, pois Oliver já estava se preparando para ir dormir quando a campainha da entrada tocara. Agora, de volta ao local, resolveu reavivar o fogo, colocando novas achas, para em seguida proteger o piso em frente às labaredas usando a grade aparadora feita de latão para isolar as fagulhas que saltavam.

Abriu o zíper da primeira mala e tirou um pijama listrado em azul e branco, um par de chinelos e uma camisola de flanela. Tudo estava ligeiramente úmido, e Oliver, agindo como uma babá cuidadosa, pendurou-os sobre a grade do aparador da lareira, para secar. A outra mala não tinha nada tão simples e previsível como um pijama. Ali havia embalagens de vidro com loções, potes de creme, uma escova de cabelo com um pente, chinelos dourados e, no fundo, um conjunto de camisola e robe de tecido muito fino, na cor azul-bebê, cheios de lacinhos e completamente inúteis para aquele clima. Oliver colocou a camisola ao lado do pijama, em cima da cama. A imagem das peças uma ao lado da outra lhe pareceu sugestiva e sexy, e ele ainda encontrou tempo para sorrir diante dessa ideia, antes de se encaminhar para a cozinha, a fim de encontrar algo nutritivo para seus hóspedes.

A Sra. Cooper preparara uma panela de caldo escocês, com legumes e cevada, para a ceia de Oliver. Sobrara mais da metade. Ele colocou a panela sobre o fogão Aga para aquecer, e depois se lembrou de que crianças nem sempre gostavam de tomar caldo escocês. Assim, abriu uma lata de sopa de tomate e a despejou em outra panela, menor. Pegou, a seguir, uma bandeja grande, cortou pão, passou manteiga nas fatias e juntou a tudo isso algumas maçãs e uma jarra cheia de leite. Achou a refeição muito simples e caseira. Colocou, também, sobre a bandeja, uma garrafa de uísque (quanto mais não fosse, para ele mesmo), um sifão com soda e três copos altos. Para terminar, pôs a chaleira grande para ferver e, ao fim de uma pequena busca, fez surgirem, de uma gaveta inesperada oculta sob a pia, duas bolsas de água quente. Encheu-as e as colocou sob o braço. A seguir foi recolher as roupas de dormir, que já tinham secado e estavam ligeiramente mornas, com um cheiro reconfortante de berçário. Colocou as bolsas de água sobre a cama e foi até o próprio quarto, onde tirou um suéter grosso, feito com lã Shetland, de uma das gavetas da cômoda, e puxou um roupão felpudo que estava pendurado na parte de trás da porta. Para encerrar, pegou duas toalhas de banho.

Bateu suavemente na porta do banheiro onde Caroline estava.

– Como é que você está se arranjando?

– Está tudo ótimo! A água está quentinha... – veio a voz da jovem através da porta.

– Bem, eu trouxe uma toalha e algumas roupas para você vestir. Vou deixar tudo aqui do lado de fora. Saia quando quiser, fique à vontade.

– Certo. Obrigada.

Ele não teve a mesma preocupação de bater ao chegar no outro banheiro. Simplesmente abriu a porta e entrou. O menino estava na banheira, coberto pela água até o pescoço. Movia lentamente as pernas, para a frente e para trás. Olhou para Oliver quando este entrou, sem se mostrar envergonhado pela súbita chegada do dono da casa.

– Como é que você se sente agora? – perguntou Oliver.

– Nossa, muito melhor! Obrigado. Nunca tinha sentido tanto frio na vida.

Oliver puxou um banco e se sentou, acomodando-se para conversar de maneira descontraída.

– O que aconteceu? – perguntou.

O menino se sentou reto na banheira. Oliver notou as sardas que ele tinha nos ombros, nos braços e espalhadas por todo o rosto. Seu cabelo estava molhado, todo desarrumado e cheio de pontas espalhadas, que tinham uma cor clara de cobre, como folhas de faia.

– O carro bateu de frente em um monte de neve, ao lado da estrada.

– E ficou preso na neve?

– Sim. Vínhamos andando e descemos com o carro por uma pequena ponte aqui perto, em arco, muito alta. Não sabíamos que logo na saída da ponte tinha uma curva fechada. Não deu para ver, por causa da neve.

– É... É uma curva mal planejada, mesmo para quem dirige com tempo bom. O que vocês fizeram com o carro?

– Deixamos lá.

– Para onde estavam indo?

– Para Strathcorrie.

– E de onde vocês vieram?

– De Londres.

– Londres? – Oliver não conseguiu disfarçar o espanto na voz. – Vocês vieram de Londres? Hoje?

– Sim. Saímos de manhã bem cedo.

– E a jovem que está com você? É sua irmã?

– É.

– E foi ela que veio dirigindo?

– Sim, ela dirigiu o carro por todo o caminho.

– Mas... só vocês dois?

– Só nós dois... – O menino fez um olhar orgulhoso. – Nós estávamos bem, sozinhos.

– Sim, é claro! – concordou Oliver depressa. – É só que a sua irmã não parece ter idade suficiente para dirigir.

– Ela já tem 20 anos.

– Bem, nesse caso, já é adulta o suficiente para ter habilitação.

Um pequeno silêncio baixou entre eles. Jody pegou uma esponja, apertou-a completamente para drenar a água e depois passou sobre o rosto, levantando uma crista de cabelo sobre a testa. Seu rosto surgiu lentamente, então, por trás da esponja, e ele falou:

– Acho que já me esquentei o suficiente. É melhor sair.

– Então, venha. – Oliver pegou a toalha grande de banho, sacudiu por uma das pontas para desdobrá-la, e quando o menino saiu da banheira e pisou sobre o tapete grosso do lado de fora, ele o enrolou nela.

– Qual é o seu nome? – perguntou ao menino.

– Jody.

– Jody de quê?

– Jody Cliburn.

– E a sua irmã?

– O nome dela é Caroline.

Oliver pegou uma das pontas da toalha e esfregou o cabelo de Jody.

– Vocês têm algum motivo em especial para esta viagem até Strathcorrie?

– Meu irmão está lá.

– E ele se chama Cliburn também?

– Sim. Angus Cliburn.

– Será que eu o conheço?

– Não creio. Ele está lá há pouco tempo. Trabalha no hotel.

– Entendo.

– Meu irmão vai ficar muito preocupado – disse Jody.

– Por quê? – Oliver pegou o pijama e entregou a parte de cima para Jody.

– A roupa está quentinha!

– É que eu a coloquei diante da lareira. Por que o seu irmão vai ficar preocupado?

– É que mandamos um telegrama e ele está nos esperando hoje à noite. E, agora, a gente não vai aparecer.

– Ele sabe da nevasca. Vai imaginar que vocês não conseguiram chegar até lá por causa do tempo.

– Nunca imaginamos que pudesse nevar. Em Londres já é plena primavera. Há flores, brotos, novas folhas nas árvores e tudo mais.

– É... Mas você agora está na região norte, longe e gelada, meu garoto. Não pode confiar no tempo por aqui.

– Eu nunca tinha estado na Escócia antes... – Jody colocou as calças do pijama e amarrou o cordão na cintura. – Nem Caroline.

– Foi falta de sorte o tempo fazer isso com vocês.

– Que nada, na verdade foi até muito emocionante. Uma aventura!

– Aventuras são muito boas, mas só quando acabam bem. Não é tão divertido quando você está correndo risco de vida no meio do perigo. Acho que vocês conseguiram se sair muito bem dessa.

– Tivemos sorte de encontrar você.

– Foi. Tiveram mesmo.

– Essa casa é sua?

– É.

– Você mora aqui sozinho?

– No momento, sim.

– Qual o nome desse lugar?

– Fazenda Cairney.

– E qual é o seu nome?

– O mesmo. Cairney. Oliver Cairney.

– Caramba!

– Parece assim meio estranho, não é? – Oliver sorriu. – Agora, se você já está pronto, vamos encontrar a sua irmã e comer alguma coisa. – Abriu a porta. – Por falar nisso, você prefere caldo escocês ou sopa de tomate?

– Eu prefiro tomate, se tiver.

– Foi o que imaginei.

Quando estavam passando pelo corredor, Caroline apareceu, saindo do outro banheiro. Com o suéter e dentro do roupão de Oliver, estava como que submersa. Parecia ainda menor e mais magra do que à primeira vista. Os cabelos compridos estavam molhados, e a gola alta do suéter parecia servir de apoio à cabeça frágil.

– Agora estou me sentindo bem diferente... Muito melhor... Agradeço muito...

– Estamos indo procurar algo para comer...

– Puxa, receio que sejamos uma amolação imensa para você.

– Amolação vai ser se vocês pegarem algum resfriado aqui em casa e eu ainda tiver que cuidar de vocês.

Desceu as escadas e ouviu, atrás dele, Jody dizer para Caroline, em um tom de voz muito satisfeito:

– Ele me disse que o jantar é sopa de *tomate*!

– Aquela ali adiante é a porta da biblioteca. – Estava parado na porta da cozinha. – Vão para lá e esperem, eu já vou levar a comida. Podem colocar mais algumas achas de lenha na lareira para manter o fogo bem forte.

A sopa estava borbulhando suavemente. Oliver colocou uma concha fumegante de cada uma das sopas em duas tigelas, e carregou a bandeja cheia até a biblioteca, onde encontrou os dois hóspedes inesperados junto do fogo. Jody estava sentado em uma banqueta para apoiar os pés, e a irmã estava ajoelhada no tapete, tentando secar o cabelo. Lisa, a cadela de Charles, estava sentada entre eles, com a cabeça apoiada sobre os joelhos de Jody, que acariciava suas orelhas. Levantou a cabeça e olhou para Oliver quando ele surgiu.

– Como é o nome do cão?

– É ela, e se chama Lisa. Já fez amizade com você?

– Acho que sim.

– Normalmente ela não faz amizade assim tão depressa. – Colocou a bandeja sobre uma mesa baixa, empurrando para o lado algumas revistas e jornais já lidos, para abrir espaço.

– Ela é sua?

– No momento, sim. Você tem um cão?

– Não. – A resposta foi dada sem entusiasmo.

Oliver resolveu mudar de assunto.

– Por que você não toma a sopa logo, antes que esfrie? – Enquanto começavam a comer, retirou o pequeno biombo de metal que protegia a lareira, colocou mais uma acha, serviu-se de uísque com soda e se acomodou na velha poltrona ao lado do fogo.

Comeram em silêncio. Em pouco tempo, Jody já tomara a sopa, devorara todo o pão com manteiga, bebera dois copos de leite e estava começando a atacar as maçãs. Sua irmã, porém, apenas provou um pouco do caldo escocês, tomou duas colheradas e depois pousou a colher ao lado do prato, como se não estivesse mais com fome.

– Não está boa? – perguntou Oliver.

– Está uma delícia! Mas eu não consigo comer mais.

– Não está com fome? Não é possível que não esteja com fome!

– Ela nunca está! – resumiu Jody.

– Talvez um drinque?

– Não, obrigada.

Oliver não quis insistir, e disse a seguir:

– Seu irmão e eu conversamos enquanto ele tomava banho. Vocês são Jody e Caroline Cliburn?

– Sim.

– E eu sou Oliver Cairney. Ele lhe disse o meu nome?

– Sim. Acabou de dizer.

– E vocês vieram de Londres?

– Sim.

– E enfiaram o carro em um monte de neve, na estrada, perto do muro aqui de casa?

– Sim.

– E estavam indo para Strathcorrie.

– Sim. Nosso irmão trabalha lá, no hotel da cidade.

– E ele está aguardando a chegada de vocês?

– Enviamos um telegrama para ele. Deve estar preocupado, imaginando o que aconteceu conosco.

– Já é quase meia-noite. – Oliver olhou para o relógio. – Se vocês quiserem, podem tentar entrar em contato pelo telefone. Deve haver um porteiro de plantão no hotel.

– Puxa, você faria isso por nós? – Ela parecia grata.

– Claro, posso tentar fazer isso. – Mas não adiantou, pois o telefone estava mudo. – As linhas devem ter caído – explicou Oliver. – Por causa da tempestade.

– Então, o que faremos?

– Não há nada que possam fazer, a não ser ficar aqui.

– Mas o Angus...

– Como eu disse ao Jody, ele vai imaginar o que aconteceu.

– E amanhã?

– Se a estrada não estiver bloqueada, podemos chegar a Strathcorrie, de um jeito ou de outro. Tenho uma caminhonete Land-Rover muito forte, se não conseguirmos chegar do jeito mais fácil.

– E se a estrada estiver totalmente bloqueada?

– Vamos pensar nisso quando acontecer.

– O problema é que... Bem, não temos muito tempo. Ficamos de voltar para Londres na sexta-feira.

– Há alguém em Londres com quem devêssemos entrar em contato? – Oliver olhou para o fundo do copo, balançando-o em círculos, suavemente. – Para avisá-los de que vocês estão bem?

Jody olhou direto para o rosto da irmã. Após um breve espaço de tempo, ela respondeu:

– Mas não podemos ligar, não é? Os telefones estão mudos.

– Eu sei, mas ligaremos quando voltarem a funcionar.

– Não – disse ela. – Não precisamos entrar em contato com ninguém.

Oliver, naquele momento, teve a certeza de que ela estava mentindo. Olhou para a jovem, notou as maçãs salientes do rosto, o nariz reto e curto, a boca larga e bem definida. Estava com olheiras escuras à volta dos olhos, e o cabelo era muito comprido, claro e liso como seda. Por um momento seus olhares se encontraram, e ela desviou o rosto para o lado. Oliver decidiu não insistir no assunto.

– Estava só fazendo uma sugestão – disse ele, com suavidade.

De manhã, quando Caroline acordou, a luz clara e ofuscante da neve estava refletida no teto branco do imenso quarto. Ficou deitada, meio sonolenta, com a cabeça enterrada no travesseiro macio de plumas e nos lençóis de linho. Ouviu um cão latir ao longe, e de repente veio o barulho triturante, típico de um trator que se aproximava. Pegou o relógio e viu que já passara das 9 horas. Saiu da cama e foi na ponta dos pés até a janela. Abriu as imensas cortinas cor-de-rosa e foi atingida por uma rajada de luz tão ofuscante que a fez apertar e piscar os olhos.

O mundo estava totalmente branco. O céu se mostrava claro e limpo, um azul pálido como um ovo de pintarroxo. Sombras compridas estavam estiradas como cicatrizes escuras no solo liso, imaculado e brilhante. Todos os contornos estavam atenuados e arredondados pela neve, que cobria tudo, espalhada sobre cada galho de pinheiro e empilhada como se fosse pequenos bonés brancos no alto dos postes. Caroline abriu a janela e se debruçou, olhando para baixo. O ar estava muito frio, perfumado e estimulante como vinho branco gelado.

Lembrando-se dos horrores pelos quais haviam passado na noite anterior, tentou se localizar da janela. Na parte da frente da casa havia um grande espaço aberto, provavelmente um jardim, circundado pela passagem de acesso. Viu a longa alameda através da qual ela e Jody haviam quase se arrastado, e que seguia adiante, além de uma pequena lombada. Ao longe, entre campos que pareciam pastos, inclinada, a estrada principal serpenteava, entre muros de pedra lisos. Um automóvel se movia, tentando passar, mas muito lentamente.

O trator que ela ouvira vinha vindo da direção onde ficava o portão, subindo a alameda. Enquanto estava olhando, ele desapareceu por trás de um imenso bosque de azáleas, e veio se agitando com cuidado ao redor do gramado coberto de neve, para depois sair do campo de visão, indo pela passagem lateral até os fundos da casa.

Estava frio demais para ficar com o rosto do lado de fora. Caroline se afastou da janela e a fechou. Pensou em Jody e foi abrir a porta que dava para o quarto ao lado. Lá dentro estava escuro e silencioso. Dava para ouvir apenas a respiração do menino, que ainda dormia profundamente. Fechando a porta, procurou algo para vestir por cima da camisola, mas tudo o que havia era o suéter e o roupão emprestados. Assim, resolveu vesti-los novamente e, descalça, saiu do quarto e foi andando pelo corredor, na esperança de encontrar alguém que a orientasse.

Reparou, então, como a casa era enorme. O corredor dava em uma área espaçosa, mobiliada com tapetes e um armário alto de imbuia, com gavetas. Havia, ainda, várias cadeiras e uma mesa onde alguém colocara uma pilha de camisas limpas, cuidadosamente passadas. Do alto da escada conseguiu ouvir alguns sons, e identificou vozes ao longe. Desceu os degraus, e seguindo o murmúrio das vozes viu-se diante do que parecia ser a porta da cozinha. Colocou as mãos na maçaneta e a empurrou. Ao abrir a porta, as duas pessoas que estavam lá dentro pararam de falar, e se viraram na mesma hora para ver quem chegara.

Oliver Cairney, usando um suéter bege-escuro, estava sentado à mesa e tinha uma caneca com chá nas mãos. Conversava com uma mulher que estava de pé, descascando batatas na pia. Era de meia-idade, tinha cabelos grisalhos e estava com as mangas arregaçadas. Usava um avental florido amarrado com um laço atrás, na altura da cintura. A cozinha estava quente e cheirava a pão recém-saído do forno. Caroline se sentiu como uma intrusa no ambiente e disse:

– Desculpem...

Oliver, que por um momento ficara sem ação pela surpresa de vê-la, pousou a caneca sobre a mesa e se levantou.

– Não há motivo para se desculpar. Eu pensei que vocês fossem dormir até a hora do almoço.

– Jody ainda está dormindo.

– Quero que conheça a Sra. Cooper. Sra. Cooper, esta é Caroline Cliburn. Estava acabando de contar à Sra. Cooper o que aconteceu com vocês ontem à noite.

– Foi uma nevasca terrível, com certeza – disse a Sra. Cooper. – Todos os telefones continuam mudos.

– Quer dizer que ainda não podemos telefonar? – Caroline olhou para Oliver.

– Não, e vamos continuar assim por mais algum tempo. Venha e tome uma xícara de chá. Ou melhor, tome o café da manhã completo. O que você vai querer? Ovos com bacon?

– Somente chá, e já está ótimo – disse ela, recusando qualquer outra coisa. Oliver puxou-lhe uma cadeira, e Caroline se sentou à mesa impecavelmente limpa. – Estamos isolados pela neve?

– Parcialmente. A estrada para Strathcorrie está bloqueada, mas podemos ir até Relkirk.

Caroline ficou completamente desanimada.

– E... o carro? – perguntou, quase com medo da resposta.

– O Sr. Cooper foi até lá com o trator, para dar uma olhada.

– É um trator vermelho?

– Sim.

– Eu o vi chegando de volta, vindo da estrada.

– Nesse caso, ele vai chegar aqui a qualquer momento para nos contar como está o automóvel. – Oliver pegara uma xícara e um pires, e já estava servindo chá para Caroline, direto de uma chaleira que fervia sobre o fogão Aga. A bebida estava muito forte e também muito quente, e ela bebeu tudo com ar agradecido. Depois, falou:

– Não consegui encontrar as minhas roupas.

– A culpa é minha... – disse a Sra. Cooper. – Eu as coloquei no secador de roupa. Já devem estar secas. Mas é impressionante, hein? – Balançou a cabeça. – Vocês dois devem ter ficado encharcados.

– E ficaram – disse Oliver. – Pareciam dois pintinhos afogados.

Quando Caroline acabou de se vestir e desceu as escadas novamente, o Sr. Cooper já havia se juntado ao grupo e trazia notícias do carro enterrado na neve. Era um típico homem do interior, e seu sotaque era tão diferente e acentuado que Caroline teve dificuldades para entender o que ele disse.

– Oi, a gente conseguiu desenterrá o bicho, ma o motor tá acabadim.

– Por quê?

– Acho que congelô tudo. Num é de estranhá.

– Você tinha colocado algum anticongelante no motor? – Oliver perguntou, olhando para Caroline, que pareceu não entender a pergunta e ficou ainda mais pálida.

– Anticongelante! – repetiu. – Não significa nada para você?

Ela balançou a cabeça para os lados, e Oliver virou-se para trás e falou com o Sr. Cooper.

– Você deve estar certo. O motor congelou.

– Eu... deveria ter colocado um anticongelante? – perguntou ela.

– Bem, teria sido uma boa ideia.

– Eu não sabia... Sabe o que é?... O carro não é meu.

– O que está querendo dizer? Você o roubou?

A Sra. Cooper emitiu um pequeno som de desaprovação, como se fosse um sussurro soprado entre os lábios franzidos. Caroline não tinha certeza se a desaprovação era dirigida a Oliver ou a ela mesma. Respondeu, então, com ar de indignação:

– Não, é claro que não o roubei. Simplesmente o pegamos emprestado.

– Entendo... Bem, pedido, emprestado ou roubado, eu sugiro que nós desçamos até a estrada e vejamos o que pode ser feito por ele.

– Bem... – disse o Sr. Cooper, colocando a velha boina de volta na cabeça com sua imensa mão vermelha, e já se encaminhando para a porta. – Se a gente pegá o Land-Rover, vou vê se consigo uma corda forte pra rebocar, e a gente pode tentá tirá ele puxano com o trator.

Depois que saiu, Oliver olhou para Caroline.

– Você quer vir conosco?

– Sim.

– Vai precisar de botas.

– Eu não tenho...

– Acho que por aqui deve haver algumas botas que caibam em você...

Ela o seguiu até uma velha lavanderia que estava sendo reformada e era usada temporariamente como depósito para capas de chuva desbotadas, botas usadas, velhas cestas de dormir para cães, algumas bicicletas enferrujadas e uma máquina de lavar roupa, esta última novinha em folha. Depois de dar uma busca em meio a todos esses objetos, Oliver fez surgir um par de botas de borracha que talvez servissem nela. E trouxe também uma capa impermeável preta. Caroline vestiu-a e puxou as pontas do cabelo para fora da gola. Então, devidamente paramentada, seguiu Oliver até o lado de fora, saindo a manhã brilhante.

– Neve de inverno, sol de primavera – disse Oliver com satisfação, enquanto pisavam na neve limpa e pura, em direção à porta fechada da garagem.

– A neve vai durar muito tempo?

– Provavelmente, não. Só que ela ainda vai levar alguns dias para derreter. Caíram quase 25 centímetros de neve ontem à noite.

– Era primavera quando saímos de Londres.

– Foi o que seu irmão disse.

Oliver levantou o braço para destrancar a garagem e abriu as duas portas largas. Dentro havia dois veículos. Um era o pequeno automóvel esportivo verde-escuro e o outro, um Land-Rover.

– Vamos ter que pegar o carro maior, o Land-Rover – disse ele. – Para não ficarmos presos também.

Caroline subiu. Saíram da garagem, passaram pelo caminho em volta da casa e tomaram a alameda, seguindo cautelosamente por sobre as marcas escuras do caminho que o Sr. Cooper já abrira na neve com o trator. A manhã estava completamente silenciosa. Todos os sons eram imediatamente abafados pelo manto branco. Apesar disso, era possível notar sinais de vida em volta. Aqui e ali havia trilhas abertas na neve entre as árvores, e pequenas pegadas em forma de estrela atestavam a visita de pássaros errantes por ali. Bem no alto, os galhos das faias se encontravam, formando um arco, com suas pontas ressecadas se entrelaçando, parecendo silhuetas esqueléticas contra o céu azul pálido e brilhante da manhã.

Saíram pelo portão, direto na estrada, de frente para o sol ofuscante. Oliver parou o Land-Rover na beira da estrada e ambos saltaram. Caroline viu agora claramente a ponte que parecia ter uma corcunda e que havia provocado o acidente. Viu também o pobre contorno do carro de Caleb, enfiado na neve, todo torto, perto de uma vala, com o chão em volta dele completamente marcado pelas imensas pegadas da bota do Sr. Cooper. O pequeno veículo parecia acabado, mumificado, dando a impressão de que nunca mais iria se mover. Caroline se sentiu terrivelmente culpada diante da visão.

Oliver fez força para abrir a porta e com cuidado conseguiu se enfiar meio de lado no carro, sentando-se diante do volante, com uma das pernas para fora. Girou a chave que Caroline tinha descuidadamente deixado na ignição. Houve um som agonizante do motor e depois um forte cheiro de queimado. Sem dizer uma palavra, saiu do carro e bateu a porta.

– Não tem jeito! – Caroline o ouviu sussurrar e então se sentiu não apenas culpada, mas também tola.

– Eu não sabia que precisava usar um anticongelante – disse ela mais uma vez, tentando vagamente se defender. – Eu já lhe disse, o carro não é meu.

Oliver não respondeu e andou em volta do veículo, tirando com a ponta da bota a neve que estava junto aos pneus traseiros. Depois, agachou-se, colocando o joelho sobre o solo ainda com neve e baixou a cabeça quase até o chão, para ver se o eixo traseiro ficara empenado, já que estava entre a beira da vala e o monte de neve.

Caroline achava tudo isso muito deprimente, e de repente se viu à beira das lágrimas. Tudo estava dando errado. Ela e Jody se encontravam presos ali naquela casa, com aquele homem que parecia pouco condescendente. O carro de Caleb estava inutilizado, não havia telefones para ligar para Strathcorrie e a estrada ficara completamente bloqueada. Tentando segurar as lágrimas, virou-se para olhar para o lado da estrada, que seguia adiante, fazendo uma curva e continuando por sobre um pequeno monte. A neve cobria tudo, espessa e branca, em grossas camadas, sobre as muretas de pedra da estrada. Uma brisa passou, irmã mais nova do vendaval da noite anterior, e soprou uma leve camada de neve pelo ar, como se fosse uma fumaça frágil, que subia dos campos e rodava em redemoinhos sobre os flocos empilhados como esculturas cintilantes nos cantos das muretas. Em algum lugar na quietude da manhã um pássaro veloz mergulhou do céu soltando um grito agudo. Depois, tudo ficou imóvel novamente.

Atrás dela, os passos de Oliver rangiam sobre a neve. Ela se virou para olhar para ele, enfiando as mãos nos fundos dos bolsos da capa de chuva emprestada.

– Receio que o carro esteja acabado – disse ele, balançando a cabeça. – Não pega de jeito nenhum.

– Mas... não tem nem conserto? – Caroline estava horrorizada.

– Tem, tem sim! O Sr. Cooper vai desenterrá-lo com a ajuda do trator, e vai levá-lo até uma oficina que fica um pouco adiante, na estrada. Lá nós temos um bom mecânico. O Mini vai estar pronto para você usá-lo amanhã, ou talvez depois de amanhã. – Algo no rosto dela o fez acrescentar, como se de repente estivesse tentando animar-lhe o espírito: – Mesmo que você conseguisse fazer o carro andar, pode ver que jamais conseguiria dirigir até Stathcorrie. A estrada está totalmente fechada, não passa ninguém.

– Quando você acha que vai ser liberada? – E virou-se outra vez para olhar para ele.

– Assim que a máquina de limpar neve passar por aqui. Uma nevasca como essa, já depois de o inverno ter acabado, sempre tumultua tudo. Temos que ser pacientes.

Abriu a porta do Land-Rover e permaneceu parado, esperando que ela entrasse. Lentamente, Caroline fez o que ele queria. Batendo a porta, deu a volta por trás do veículo, entrou e se sentou atrás do volante. Ela pensava que Oliver, naquele momento, iria levá-la de volta para casa. Em vez disso, porém, ele acendeu um cigarro calmamente e ficou ali sentado, fumando, aparentemente perdido em seus pensamentos.

Caroline começou a se sentir apreensiva. Carros poderiam ser um bom lugar para se estar na companhia de alguém de quem você gostasse. Mas não era tão bom quando você estava com uma pessoa que ia começar a fazer um monte de perguntas que você não tinha a menor vontade de responder.

No momento em que Oliver falou, todos os seus temores se mostraram justificados.

– Quando foi que você disse que precisava estar de volta a Londres?

– Sexta-feira. Foi nesse dia que eu *garanti* que íamos voltar.

– Para quem você afirmou isso?

– Caleb. O homem que nos emprestou o carro.

– E quanto aos pais de vocês?

– Estão mortos.

– Não há mais ninguém? Deve haver alguém. Não posso acreditar que vocês dois mantenham uma casa sozinhos, por conta própria. – Sem conseguir evitar, Oliver riu da própria ideia. – Se acontecesse isso, a vida de vocês estaria repleta dos mais terríveis desastres.

Caroline não achou isso nem um pouco engraçado. Respondeu com frieza:

– Se você quer saber, nós moramos com nossa madrasta.

– Ahn... *Entendi*!... – Oliver fez um olhar de quem já compreendera tudo.

– O que foi que você entendeu?

– Uma madrasta malvada!

– Ela não é... malvada!... – Caroline fez uma careta. – Ela é até muito legal.

– Mas não sabe onde vocês estão neste momento.

– Bem... é que... – Caroline hesitava em contar a meia-verdade. Depois, de forma mais convincente, disse: – Olhe, ela sabe, sim. Sabe que estamos na Escócia.

– E ela sabe o porquê? Sabe sobre o seu irmão Angus?

– Sim, ela sabe sobre isso também.

– Me explique uma coisa... Fazer toda essa viagem só para encontrar com Angus. Havia alguma outra razão especial para isso ou era só para dizer "Olá, Angus"?

– Não exatamente.

– Isso não é uma resposta.

– Não?

Seguiu-se um longo período de silêncio. Depois de um tempo, Oliver disse, com uma delicadeza que pareceu forçada:

– Sabe, tenho a forte impressão de que estou pisando em gelo fino, aqui. Acho que você deveria entender que não dou a mínima para o que você está planejando, mas me sinto ligeiramente responsável pelo seu irmão. Afinal de contas, ele só tem... 11 anos?

– Posso muito bem ser responsável por Jody.

– Vocês dois podiam ter morrido na nevasca, ontem à noite – disse Oliver, com a voz calma, mas firme. – Você tem consciência disso, não tem?

Caroline olhou para ele e viu, com assombro, que ele estava realmente falando sério.

– Mas eu tinha visto a luz acesa na sua casa, quando resolvi abandonar o carro. Se não fosse assim, teríamos ficado dentro do carro, que era mais protegido, esperando até a tempestade de neve passar.

– Nevascas são muito comuns nesta parte do mundo. Você deveria estar preparada para algo assim. Tiveram muita sorte.

– E você foi gentil. Mais do que isso. Foi muito generoso, e eu ainda não tive a chance de agradecer devidamente. Mas ainda acho que quanto mais depressa formos encontrar Angus e quanto mais rápido você se livrar de nós, melhor.

– Bem, vamos ver o que acontece. E, a propósito, vou precisar sair hoje. Tenho um almoço de negócios marcado em Relkirk. A Sra. Cooper, porém, vai servir a refeição para você e Jody. Quando eu voltar, talvez a estrada para Strathcorrie já esteja desimpedida. Posso levar vocês até lá e entregá-los a seu irmão.

Caroline considerou com cuidado essa oferta e achou que por algum motivo a ideia de Oliver Cairney e Angus Cliburn se encontrarem não era muito boa.

– Olhe, não precisa se incomodar. Acho que podemos conseguir...

– Não! – Oliver se inclinou para a frente e apagou o cigarro. – Não há nenhum outro modo de chegar a Starthcorrie, a não ser voando. Portanto, fique sentadinha me esperando em Cairney até eu voltar. Entendeu?

Caroline abriu a boca para argumentar, mas notou o olhar dele e fechou a boca de novo. Concordou a contragosto.

– Está certo – falou.

Por um momento Caroline achou que ele iria continuar com aquela conversa, mas a atenção de Oliver foi felizmente atraída pela chegada do trator vermelho. O Sr. Cooper vinha ao volante, e um rapaz bem jovem, de gorro de tricô na cabeça, estava a seu lado. Oliver saiu do Land-Rover e foi até eles, para ajudá-los. Só que isso era um trabalho muito enfadonho de se observar. Depois de muito tempo, o carro de Caleb já havia sido limpo da neve que o cobria, a crosta que grudara em volta e sob os pneus fora duramente retirada com o auxílio de uma pá, cordas haviam sido amarradas no eixo traseiro e duas ou três tentativas haviam sido feitas para puxá-lo para fora, até que, finalmente, sob vaivéns e rangidos, o trator conseguiu desencavá-lo. A essa altura já eram quase 11 horas. Caroline olhou a pequena tropa sair pela estrada em direção à oficina, Cooper no volante do trator e Geordie dentro do Mini, tentando manter o instável carro em linha reta, na ponta da corda de reboque. Mais uma vez, ela se sentiu horrível.

– Espero que consigam consertá-lo – disse a Oliver quando este entrou novamente no Land-Rover, ao lado dela. – Não seria tão terrível se o carro fosse meu, mas prometi a Caleb que tomaria muito cuidado com o Mini.

– Não foi culpa sua. Poderia ter acontecido com qualquer um. Quando a oficina tiver acabado o serviço, o carrinho, provavelmente, vai estar melhor do que antes. – Olhou para o relógio. – Temos que ir. Preciso trocar de roupa, pois tenho que estar em Relkirk ao meio-dia e meia.

VOLTARAM PARA CASA EM SILÊNCIO. Oliver estacionou o carro na porta e se encaminhou para entrar em casa. Na subida da escada, parou, virou-se e olhou para Caroline.

– Vocês vão ficar bem?

– Claro.

– Nós nos veremos mais tarde, então.

Caroline ficou observando enquanto ele subia a escada, as pernas compridas pulando de dois em dois degraus. Tirou a capa e as botas grandes e saiu à procura de Jody. A cozinha estava vazia, mas ela encontrou a Sra. Cooper passando o aspirador em uma sala de jantar totalmente acarpetada e, aparentemente, muito pouco utilizada. Desligou o aparelho quando viu Caroline aparecer na porta.

– Conseguiu resolver o problema com o carro? – perguntou.

– Sim. Seu marido foi muito gentil e levou o automóvel para a oficina. A senhora viu o Jody?

– Sim, está por aí, aquela gracinha de criança. Desceu logo que acordou, já tomou o café da manhã comigo, na cozinha, e estava bem-disposto. Comeu dois ovos cozidos, torradas com mel e um copo de leite. Depois, levei-o até o antigo quarto de brincar e ele está lá agora, se distraindo com todos aqueles brinquedos de montar, casas de tijolinhos, carrinhos e sabe-se lá o que mais.

– Onde fica esse quarto?

– Venha comigo, vou lhe mostrar.

Abandonando a limpeza, seguiu na frente, subiu a pequena escada dos fundos e chegou a uma porta que dava em um corredor com paredes pintadas de branco revestido por um carpete azul.

– Esta aqui era a ala das crianças, nos velhos tempos. Os pequenos todos tinham esse espaço só para eles. Não é mais usada agora, é claro. Já não é usada há muitos anos, mas eu acendi um fogo bem gostoso na lareira, e o ambiente está agradável e bem quentinho.

Abriu a porta e deixou Caroline entrar na frente. Era uma sala grande, com um espaço que se projetava para fora do quarto, onde havia uma janela alta que dava para o jardim. O fogo crepitava por trás de uma proteção de metal alta. Havia velhas poltronas, um sofá bastante usado, várias prateleiras com livros, um antigo cavalo de madeira sem cauda e, no chão, Jody. Estava cercado por um forte feito com blocos de madeira, espalhados por todo o chão, até os cantos da sala. A construção estava cheia de pequenos veículos de época, soldadinhos de chumbo, caubóis, tudo isso misturado com pequenos cavaleiros medievais em armaduras e também animais de fazenda. Jody olhou para cima quando Caroline entrou no aposento, e a concentração na brincadeira era tão grande que ele nem ao menos ficou sem graça por ter sido pego em uma atividade tão infantil.

– Nossa! – disse Caroline. – Quanto tempo você levou para construir tudo isso?

– Comecei depois do café. Cuidado para não derrubar essa torre!

– Eu tomo cuidado! – Pulou bem devagar por cima da construção e foi até a lareira, onde ficou encostada no protetor.

A Sra. Cooper estava olhando para Jody, encantada.

– Nunca vi nada feito com tanto capricho! – falou. – E olhe só aquelas estradas minúsculas! Você deve ter usado todos os blocos e tijolinhos do quarto.

– Quase todos! – Jody sorriu para ela, à vontade. Obviamente, já tinham se tornado grandes amigos.

– Bem, vou ter que deixá-los agora. O almoço sai ao meio-dia e meia. Fiz torta de maçã para a sobremesa, com um pouco de creme. Você gosta de torta de maçã, meu anjo?

– Sim, adoro!

– Que bom! – E saiu. Eles a ouviram cantarolando baixinho.

– Ela não é legal? – perguntou Jody, alinhando dois blocos altos e montando um portão cerimonial para o forte.

– Sim, ela é muito legal. E você, dormiu bem?

– Dormi. Dormi demais, até. É uma tremenda casa! – E empilhou mais dois blocos sobre os anteriores, para aumentar ainda mais a altura dos portões.

– O carro foi para a oficina. O Sr. Cooper o levou. O motor estava sem anticongelante.

– É? O velho e tolo Caleb... – disse Jody, abanando a cabeça. A seguir, escolheu uma peça em forma de arco e colocou-a com cuidado sobre os blocos do portão, coroando sua obra-prima. Abaixou a cabeça e encostou o rosto no chão, olhando através do arco, como se fosse pequenino e capaz de passar pela abertura montado em um cavalo branco, com uma pluma sobre o elmo agitando-se na brisa e um estandarte com uma cruz que o dividia em quatro partes, levantado bem no alto.

– Jody, na noite passada, quando estava conversando com Oliver Cairney, você não contou nada para ele sobre a história ou a vida de Angus, contou?

– Não. Falei apenas que íamos encontrá-lo.

– Falou sobre Diana? Ou Hugh?

– Não, ele não perguntou.

– Não diga nada.

– Por quanto tempo mais vamos ficar nesta casa? – E levantou os olhos.

– Tempo nenhum. Pretendo encontrar Angus ainda esta tarde. Vamos direto para Strathcorrie assim que as estradas forem liberadas.

Jody não fez nenhum comentário a respeito. Caroline o observou enquanto ele pegava um pequeno cavalo de uma caixa aberta e depois procurava por um bonequinho que servisse para aquela sela. Encontrou-o, juntou os dois, animal e soldado, e ficou admirando-os por um momento, para avaliar o efeito. Colocou então o cavaleiro, com todo o cuidado, sob o arco do portão do forte. De repente, falou:

– A Sra. Cooper me contou uma coisa...

– O que foi que ela contou?

– Esta casa não é dele.

– O quer dizer com "Esta casa não é dele"? É claro que tem que ser dele.

– Na verdade, pertencia ao irmão dele. Oliver mora em Londres, e o irmão é que morava aqui. Era fazendeiro. É por isso que tem um monte de cães, tratores e coisas de fazenda por toda parte.

– E o que aconteceu com o irmão dele?

– Morreu. Em um acidente de carro. Semana passada.

Morto em um acidente de carro. Alguma coisa, alguma lembrança longínqua surgiu no fundo do subconsciente de Caroline, mas quase de imediato ficou perdida, suplantada pelo horror que sentiu, à medida que a informação dada com tanta naturalidade por Jody se acomodava em sua mente. Teve que colocar a mão sobre a boca, como se tentasse abafar a realidade. Morto.

– É por isso que Oliver está aqui... – Jody começou a falar mais depressa, um claro sinal de que ficara perturbado com aquilo. – Veio por causa do enterro e tudo mais. Para organizar tudo, segundo a Sra. Cooper. Vai vender a casa, a fazenda e todo o resto, e nunca mais quer voltar. – Ficou de pé com cuidado, pulou por cima das pecinhas até chegar ao lado de Caroline, e postou-se junto dela. A irmã sentiu então que, apesar da sua aparente frieza, Jody estava, de repente, precisando muito ser confortado.

Colocou o braço em torno do menino e disse:

– E no meio de todos esses problemas, nós ainda tínhamos que aparecer de repente, meu Deus. Pobre homem!

– A Sra. Cooper falou que isso acabou sendo bom para ele. Disse que assim ele fica com o pensamento longe da tristeza. – E olhou para cima. – Quando é que vamos encontrar com Angus, então?

– Hoje mesmo! – confirmou Caroline, sem hesitar. – Hoje mesmo.

Além da prometida torta de maçã com creme como sobremesa, havia para o almoço um delicioso pastelão de carne, batatas assadas e um purê de nabo tipicamente escocês, ou "nabinhos moídos", como a Sra. Cooper os chamava, enquanto os colocava sobre o prato de Jody. Caroline, que imaginou que estaria com fome àquela hora, descobriu que não estava. Jody, porém, comeu tudo, e depois atacou com prazer especial um tablete de doce "feito em casa".

– E, agora, o que é que vocês dois vão fazer pelo resto do dia? Meu marido só vai voltar lá pela hora do chá.

– Posso continuar brincando no quarto das crianças? – Jody quis saber.

– Claro, meu anjo. – A Sra. Cooper olhou para Caroline.

– Acho que vou dar uma volta – anunciou Caroline.

– Mas... você já não tomou ar fresco o suficiente por hoje? – A Sra. Cooper parecia surpresa.

– Gosto muito de ficar ao ar livre. E tudo fica tão mais bonito, por causa da neve...

– Só que está começando a ficar nublado. Não vamos ter uma tarde muito bonita.

– Não me importo.

– E você se incomoda se eu não for com você? – perguntou Jody, preocupado.

– Claro que não.

– É que eu preferia ficar aqui para construir uma arquibancada no meu forte. Você sabe, daquelas cobertas, feitas para o povo assistir aos torneios entre os cavaleiros.

– Sim, faça isso.

Envolvido com seus planos, Jody pediu licença e desapareceu escada acima para pô-los em ação o mais rápido possível. Caroline se ofereceu para ajudar a Sra. Cooper com a louça, mas foi dispensada. "Vá para fora, vá, vá, antes que a chuva chegue", foi o que ouviu. Assim, saiu da cozinha e seguiu através do saguão. Colocou a capa e as botas de borracha que usara pela manhã, amarrou um lenço em volta da cabeça e saiu da casa.

A Sra. Cooper estava certa a respeito do dia. Nuvens apareceram, vindas do oeste, havia uma apatia no ar, e o sol sumira por completo. Enfiando as mãos bem no fundo dos bolsos do casaco para mantê-las quentes, ela foi em frente, a pé, pelo gramado e depois seguindo pela alameda. Atravessou os portões e saiu direto na estrada. Virou para a esquerda, na direção de Strathcorrie, e começou a caminhar um pouco mais depressa.

"Fique sentadinha e me espere em Cairney", Oliver dissera, e se ela não estivesse de volta na hora de seu retorno de Relkirk, ele provavelmente ficaria furioso. Analisando bem, Caroline não conseguiu ver que importância isso poderia ter. Afinal, de qualquer modo, depois daquele dia, provavelmente eles dois nunca mais iriam se ver de novo. Ela escreveria para ele, é claro, para agradecer pela gentileza e hospitalidade. Mas jamais o veria novamente.

Além do mais, era importante que quando ela e Angus se encontrassem outra vez, após todos esses anos, isso não acontecesse diante dos olhos de um estranho com espírito crítico. A pior coisa a respeito de Angus é que você jamais podia imaginar o que esperar dele. Sempre demonstrara ser a pessoa mais imprevisível do mundo, vago, esquivo, de enlouquecer qualquer um. Desde o começo ela teve algumas reservas e dúvidas a respeito dessa aventura louca de vir até a Escócia procurar o irmão mais velho. De algum modo, porém, o entusiasmo de Jody a contagiara. O menino tinha tanta certeza de que Angus estaria lá, esperando por eles de braços abertos, maravilhado por revê-los e ansioso por ajudá-los que, analisando a distância, lá em Londres, ele conseguira convencê-la disso tudo também.

Agora, porém, na luz gelada daquela tarde na Escócia, as dúvidas voltaram. É claro que Angus *deveria estar* no Hotel Strathcorrie, porque era lá que ele trabalhava. O fato, porém, de que ele engraxava os sapatos dos hóspedes, carregava lenha e trabalhava como servente não era garantia de que não estaria com os cabelos compridos, uma barba imensa, talvez descalço e sem a mínima intenção de fazer algo para ajudar os irmãos. Ela já até podia imaginar a reação de Oliver Cairney diante dessa atitude, e soube então que não aguentaria tê-lo presente para testemunhar esse grande reencontro familiar.

Além do mais, havia essa nova informação a respeito da morte recente e trágica do irmão de seu anfitrião, e a sensação de forte constrangimento, por terem abusado da sua gentileza e tirado vantagem da sua inquestionável hospitalidade, em uma ocasião totalmente inoportuna como aquela. Não havia dúvida de que o quanto antes ele se livrasse dos hóspedes, melhor seria. Não havia dúvida também de que ir procurar Angus agora, por conta própria, era a única coisa correta a fazer.

Tropeçando ao longo da estrada comprida e coberta de neve, ela passava o tempo, enquanto caminhava, tentando se convencer de que isso era mesmo verdade.

JÁ HAVIA ANDADO POR QUASE UMA HORA, sem ter a menor ideia de quantos quilômetros cobrira, quando um caminhão veio se aproximando pela sua lateral, rolando vagarosamente pelo trecho íngreme da estrada. Era a máquina de limpar neve da Prefeitura, com suas imensas pás de aço cortando caminho através da massa branca e brilhante como a quilha de um navio através da água, espalhando uma imensa onda clara que parecia espuma, dos dois lados da estrada.

Caroline saiu do caminho, subindo em uma mureta para deixar a máquina passar, mas esta parou a seu lado, e um dos homens da cabine abriu a porta e se dirigiu a ela.

– Para onde você está indo, moça?

– Strathcorrie.

– Faltam ainda 10 quilômetros. Quer uma carona?

– Sim, agradeceria muito.

– Suba, então. – Ela desceu com cuidado da mureta e ele estendeu a mão calejada para ajudá-la a subir, arrastando-se no banco para o lado, a fim de dar espaço para ela.

Seu companheiro, o homem mais velho que estava dirigindo, disse, circunspecto:

– Espero que você não esteja com pressa. A neve está muito espessa na borda do morro aí adiante.

– Não estou com pressa. Já é uma grande vantagem não ter que andar.

– Sim, ainda mais com esse tempo "buuraavo" – falou ele, pronunciando "bravo" com o mesmo sotaque do homem no posto de gasolina.

Ele preparou as lâminas pesadas do equipamento, soltou o freio de mão e foi em frente. Seguia, de fato, muito lentamente. De tempos em tempos o caminhão parava, os dois homens saltavam e faziam um extenuante trabalho com a pá, acabando de limpar as pilhas de neve e sujeira que tinham ficado para trás, colocando-as, estrategicamente, nos acostamentos da estrada. A umidade penetrava através das janelas da cabine, e os pés de Caroline, dentro das botas largas, começaram a parecer duas pedras de gelo.

Finalmente alcançaram o topo do último monte antes da cidade, e o motorista falou, em tom gentil:

– Chegamos a Strathcorrie! – E ela viu a paisagem branca e cinza aparecer diante deles, no fundo de um vale e ao lado de um lago, comprido e tão tranquilo que sua superfície, que refletia o céu cinzento, parecia feita de aço.

Do outro lado do lago, as montanhas subiam novamente, e tinham um padrão de cor escura, com fileiras de abetos e pinheiros que pareciam árvores de Natal. Além desses cumes suaves era possível avistar outros picos mais elevados, em uma cadeia de montanhas longínquas que seguia na direção norte. E abaixo, bem em frente a eles, apertada em torno da parte mais estreita do lago, ficava o vilarejo. Caroline notou a torre da igreja e as ruazinhas cheias de casas acinzentadas. Havia um local para barcos com ancoradouros um cais e pequenas embarcações que tinham sido trazidas para a margem arenosa e cheia de seixos, a fim de ficarem protegidos durante o inverno.

– Que lugar lindo! – disse Caroline.

– É mesmo um belo lugar!... – respondeu o ajudante. – E muitos visitantes aparecem por aqui nos meses de verão. Velejam em barcos alugados, ficam em pousadas e, às vezes, dormem nos trailers que trazem rebocados nas caminhonetes.

A estrada seguia morro abaixo. A neve ali, por alguma razão, não parecia tão espessa, e o caminhão descia mais depressa.

– Onde é que você quer ficar? – perguntou o motorista.

– No hotel. Hotel Strathcorrie. Sabe onde fica?

– Sim, claro que sei.

No vilarejo, as ruas cinzentas estavam todas molhadas, com neve que derretia, descia pelas sarjetas e pingava das calhas, fazendo sons de pedrinhas atiradas na água. A máquina de limpar neve desceu pela rua principal, passou por baixo de um arco ornamental em estilo gótico, construído para comemorar alguma ocasião da era vitoriana há muito esquecida, e parou diante de uma construção comprida pintada de branco, à frente da qual havia uma entrada de paralelepípedos e uma placa que balançava ao vento sobre a porta, e onde estava escrito *Hotel Strathcorrie. Sejam bem-vindos.*

Não havia sinal de vida.

– Está funcionando? – perguntou Caroline, em dúvida.

– Sim, está, sim. É que não tem muito movimento por aqui nesta época do ano.

Agradecendo a carona, ela saltou do caminhão limpa-neve. Enquanto o veículo se afastava ruidosamente, ela atravessou a rua, foi pela calçada de paralelepípedos e entrou pela porta giratória. Lá dentro havia um cheiro penetrante de cinza de cigarros misturada com repolho cozido. Um quadro mostrava um filhote de cervo em um morro molhado, e havia um balcão com uma placa em cima, RECEPÇÃO, mas ninguém ali para receber. Ao lado da placa, porém, havia uma sineta de mesa, que Caroline tocou. Em um momento, saiu uma mulher de um escritório. Usava um vestido preto e óculos de armação enfeitada com strass, e não parecia muito satisfeita por ter sido interrompida no meio da tarde, especialmente por uma jovem vestindo calça jeans, uma capa de chuva e um lenço vermelho em volta da cabeça.

– Sim?

– Desculpe incomodar, mas eu gostaria de saber se posso falar com Angus Cliburn.

– Ah... – respondeu a mulher de imediato. – Angus não está! – Parecia bastante satisfeita por poder fornecer essa informação.

Caroline simplesmente ficou olhando para ela. Acima, na parede, um relógio tiquetaqueava e emitia um som forte que parecia amplificado, devido ao silêncio do lugar. Em algum ponto localizado nos fundos do hotel, um homem começou a cantarolar. A mulher ajeitou os óculos.

– Ele *estava* aqui, você entende? – explicou ela, como se estivesse dando razão à pergunta de Caroline.

Hesitou por um instante e depois quis saber:

– Foi você quem por acaso enviou um telegrama endereçado a ele, por esses dias? Chegou um telegrama para ele, aqui no hotel, mas Angus já tinha ido embora quando o estafeta apareceu com a tal mensagem. – E abriu uma gaveta, de onde tirou o envelope laranja. – Tive que abri-lo, entende? Teria tentado avisar a você que ele não estava aqui, só que não havia nenhum endereço.

– Não, não havia...

– Ele estava aqui realmente, entende? Trabalhava conosco no hotel havia mais de um mês. Ajudava em todas as tarefas. Estávamos com falta de mão de obra, entende?...

– Mas... Para onde é que ele foi?

– Ah, não sei informar ao certo. Foi embora com uma senhora americana, para trabalhar como motorista dela. Essa senhora estava hospedada aqui e não tinha ninguém para dirigir o carro que alugara. Então, como conseguimos outra pessoa para colocar no lugar de Angus, nós o liberamos, e ele foi ser empregado dela. Um *chauffeur* particular – completou com afetação, como se Caroline jamais tivesse ouvido a palavra.

– E eles falaram se iriam voltar aqui?

– Sim, voltarão em um ou dois dias. "No fim de semana", foi o que a Sra. McDonald disse.

– Sra. McDonald?

– Sim, a senhora americana da qual lhe falei. Os antepassados do marido eram desta região da Escócia. É por isso que ela estava tão interessada em sair por aí visitando a região. Foi quando resolveu alugar um carro e contratou Angus como motorista.

De volta no final de semana. Isso poderia significar sexta-feira ou sábado. Só que Caroline e Jody teriam que estar de volta a Londres na sexta-feira. Não poderiam esperar até o final de semana. Caroline estava com casamento marcado para logo depois. Na próxima terça-feira ela iria se casar com Hugh, e tinha que estar lá antes disso, porque haveria um ensaio da cerimônia na segunda-feira... Diana iria ficar furiosa... E havia todos aqueles presentes.

Seus pensamentos corriam de um lado para o outro inutilmente, para a frente e para trás, como um irrequieto cavalo de corrida. Tentou se recompor e disse a si mesma que precisava ser prática em um momento como aquele. Mas compreendeu que não conseguia pensar em uma só ideia que fosse prática. Não era capaz de dizer nem fazer coisa alguma. *Eu não aguento mais, cheguei ao limite das minhas forças.* Era isso que estava sentindo. Agora, quando Caroline ouvisse alguém dizer "Cheguei ao limite das minhas forças" iria entender perfeitamente o significado da frase.

A mulher atrás do balcão começou a ficar um pouco impaciente com espera.

– Você precisava ver Angus por algum motivo urgente?

– Sim, sou irmã dele. É muito importante.

– E de onde é que você veio agora?

– De Cairney – respondeu Caroline, de imediato.

– Mas a Fazenda Cairney fica a 13 quilômetros daqui, e a estrada está bloqueada.

– Eu vim caminhando por uma parte do caminho. Depois, peguei uma carona na máquina de limpar neve. – E ficou pensando que eles iam ter que esperar por Angus, de qualquer maneira. Talvez pudessem se hospedar naquele hotel mesmo. Gostaria de ter trazido Jody, assim eles já poderiam ficar por ali. – Será que a senhora teria dois quartos vagos para podermos ficar hospedados?

– Por que "podermos"? Tem mais alguém?

– É que eu tenho outro irmão, mais novo. Ele não está comigo agora.

A mulher pareceu ficar em dúvida, mas disse "Espere um momento", indo para o fundo do escritório consultar um livro. Caroline se encostou no balcão e decidiu que não serviria de nada entrar em pânico, só faria com que se sentisse mais enjoada... Muito enjoada.

E, então, percebeu que tudo voltara – a velha náusea e a dor em fisgada no estômago. Desta vez os sintomas chegaram de repente, pegando-a completamente de surpresa, como um monstro horrível que estivera esperando o tempo todo que ela virasse a esquina para saltar. Tentou ignorar a sensação, mas era tão forte que não dava para ignorar. Foi aumentando com uma velocidade assustadora, como se fosse um grande balão que alguém estivesse enchendo de ar. A dor era enorme e tão intensamente agonizante que não sobrou lugar na sua cabeça para mais nada. De repente, ela era toda dor, uma dor que se estendia até o horizonte mais distante. Caroline fechou os olhos e sentiu um som, como o soar distante de uma sirene de alarme.

E, então, quando achou que não poderia aguentar mais, a sensação começou a diminuir, saindo lentamente para fora dela, como se fosse algum adereço que estivesse retirando do corpo. Depois de algum tempo, abriu os olhos, e se viu encarando diretamente o rosto da recepcionista, que parecia horrorizada. Ficou pensando quanto tempo teria ficado naquele estado, ali, de pé, diante dela.

– Você está se sentindo bem?

– Sim... – Caroline tentou sorrir, mas seu rosto estava molhado de suor. – Acho que é indigestão. Já aconteceu antes Agora, então, com a caminhada...

– Vou pegar um copo d'água. É melhor você se sentar.

– Já estou bem.

Mas algo estava errado com o rosto da mulher. Ele avançava e recuava em um borrão indistinto. Aparentemente, estava falando. Caroline podia ver a sua boca abrindo e fechando, mas não ouvia nenhum som saindo-lhe dos lábios. Esticou o braço e agarrou a ponta do balcão, mas não adiantou nada, e a última coisa da qual ela se lembra foi o padrão colorido do carpete balançando e crescendo, até atingi-la com um ressonante barulho na lateral da cabeça.

5

Oliver não conseguiu chegar de volta à Fazenda Cairney antes das 16h30. Estava cansado. Duncan Fraser, além de oferecer-lhe um almoço farto e demorado, insistira em discutir todos os aspectos e detalhes financeiros e legais referentes à transmissão da fazenda. Nada ficara de fora na conversa, e a cabeça de Oliver estava como que submersa em tantos fatos e cifras. O tamanho exato da área, em acres, o valor da produção e das safras, o número de cabeças de gado, o valor dos chalés e das construções utilitárias, o estado de conservação dos galpões e celeiros. Tudo isso era necessário, é claro, mas Oliver achou a conversa torturante, e fez o longo caminho de volta para casa, através da tarde que começava a escurecer, em um estado de inevitável depressão. Começava a compreender a verdade: ao vender Cairney, mesmo para Duncan, era inegável que estava desistindo de uma parte de si mesmo, e cortando todas as últimas conexões que o levavam de volta aos tempos felizes da juventude.

O conflito interior acabara por drenar-lhe toda a energia. Sua cabeça doía, e ele não conseguia pensar em nada além do santuário representado pela sua casa, o conforto de sua poltrona, a reconfortante lareira e, possivelmente, uma tranquilizadora xícara de chá.

A casa jamais lhe parecera tão segura antes, tão acolhedora. Contornando o caminho que passava pela entrada principal no Land-Rover e levando-o até a garagem, onde o estacionou, entrou finalmente em casa pela porta da cozinha. Encontrou a Sra. Cooper passando roupas, mas com o olhar pregado na porta. Quando Oliver apareceu, ela soltou um suspiro de alívio e colocou o ferro de volta no suporte, com uma pancada grave e pesada.

– Ah, Oliver, estava rezando para que fosse você! Ouvi o som do carro e estava ansiosa para que você chegasse.

Algo em seu rosto fez Oliver perguntar, com cuidado:

– Aconteceu alguma coisa?

– É a irmã do menino... Saiu para dar uma volta mas não voltou até agora, e já está quase anoitecendo.

Oliver ficou ali de pé, ainda com o sobretudo, digerindo lentamente essa incômoda informação.

– Quando foi que ela saiu?

– Logo depois do almoço. Não que ela tenha comido alguma coisa, ficou apenas beliscando no prato, aqui e ali. Toda a comida que ela botou para dentro não dá para manter sequer uma formiguinha viva.

– Mas já são... mais de 16h30.

– Isso mesmo.

– Onde está Jody?

– No quarto dos brinquedos. Está bem, não parece preocupado. Acabei de levar chá para aquele anjinho.

– Mas aonde é que ela foi? – perguntou Oliver, franzindo a testa.

– Não me disse. "Vou dar apenas uma volta por aí", foi tudo o que falou. – O rosto da Sra. Cooper revelava ansiedade. – Você acha que alguma coisa pode ter acontecido com ela?

– Não me surpreenderia! – disse Oliver, com um tom crítico. – É tão tola que seria capaz de conseguir se afogar em uma poça d'água.

– Ah, pobrezinha...

– Pobrezinha nada!... Um tremendo aborrecimento, é o que ela é – desabafou, de forma brusca.

Foi direto até a escada dos fundos, pensando em falar com Jody, para ver se ele sabia de mais alguma coisa. Nesse momento, porém, o telefone tocou. O primeiro pensamento de Oliver foi o de que, finalmente, as linhas telefônicas haviam sido consertadas. A Sra. Cooper, porém, colocou as mãos sobre o coração e falou:

– Talvez seja a polícia!...

– Não, provavelmente não é nada disso – disse Oliver, que mesmo assim se movimentou mais rapidamente do que de hábito, saindo da cozinha e indo até a biblioteca para atender o telefone.

– Cairney! – atendeu ele, quase esbravejando.

– Por favor, é da Fazenda Cairney? – A voz era feminina e parecia muito refinada.

– Sim, é daqui, sim. É Oliver Cairney quem está falando.

– Ahn... Sr. Cairney, aqui é a Sra. Henderson. Estou falando do Hotel Strathcorrie.

– Sim?

– Temos uma jovem aqui em nosso hotel. Veio procurar pelo irmão, que trabalhava em nosso estabelecimento...

Trabalhava?..., pensou Oliver.

– Sim.

– Ela nos disse que está como hóspede na Fazenda Cairney.

– Sim, é verdade.

– Bem, eu acho que talvez fosse aconselhável o senhor vir buscá-la, Sr. Cairney. Ela não parece estar nem um pouco bem de saúde. Desmaiou e depois acabou... passando muito mal do estômago. – Evitou falar "vomitou", como se considerasse isso muito ofensivo.

– Como foi que ela chegou até Strathcorrie?

– Veio caminhando parte do caminho, conforme explicou, e depois pegou uma carona na máquina de limpar neve.

Isso significava que, pelo menos, a estrada até lá estaria desimpedida.

– Onde é que ela está neste momento?

– Eu a coloquei para repousar um pouco... Parecia que não estava nada bem.

– Ela sabe que a senhora me telefonou?

– Não. Achei melhor não contar a ela.

– Fez bem. Não conte mesmo. Não diga nada. Simplesmente a mantenha aí em seu hotel até eu chegar, por favor.

– Claro, Sr. Cairney. Sinto muito.

– Não há por que se sentir desconfortável. A senhora fez muito bem em ter ligado. Estávamos todos preocupados com ela por aqui. Muito obrigado. Estarei aí o mais rápido possível.

Caroline estava dormindo quando ele chegou. Na verdade, não exatamente dormindo, mas suspensa naquele delicioso estado entre o sono e a vigília; quente e confortável, sob o toque macio dos cobertores. Esse estado durou apenas até o momento em que o som grave da voz de Oliver cortou o seu devaneio como uma faca. Em um segundo se sentiu instantaneamente acordada, totalmente ligada e com a mente alerta. Lembrou-se de ter dito que tinha vindo de Cairney e xingou sua língua comprida. A dor, no entanto, desaparecera, e o sono a refrescara, de modo que, quando Oliver Cairney, sem dar sequer uma batidinha educada na porta, irrompeu no quarto, Caroline já estava preparada para ele, com todas as defesas armadas.

– Ora, que pena!... – disse ela, tentando parecer casual. – Você teve todo esse trabalho de vir até aqui e no entanto não há nada de errado comigo. Veja só! – E se sentou na cama. – Estou perfeitamente bem! – Oliver estava usando um terno com o sobretudo cinza e uma gravata preta. Isso a fez lembrar-se de imediato de seu irmão morto, e a levou, de repente, a começar a falar um pouco mais depressa. – Foi apenas uma caminhada muito longa e cansativa. Quer dizer, não foi assim tão longa, porque peguei uma carona com a máquina limpa-neve no meio do caminho.

Ele bateu a porta do quarto dela, com força, e foi até a grade na beira da cama.

– Você trouxe Jody com você? – perguntou ela, querendo parecer animada. – Porque nós podemos ficar aqui. Há quartos vagos, e seria melhor se esperássemos por Angus aqui, até ele voltar. Ele está fora, sabe?... Mas é só por mais alguns dias. Saiu com uma senhora americana que...

– Cale-se! – mandou Oliver. Ninguém jamais falara nesse tom de voz com Caroline, que se calou imediatamente. – Eu disse a você para ficar sentadinha me esperando em Cairney, até eu voltar.

– Mas eu não pude fazer isso.

– E por que não?

– Porque Jody me contou tudo a respeito do seu irmão. Ele soube pela Sra. Cooper. Foi tão terrível que tivéssemos aparecido assim de repente, logo nessa hora... Sinto terrivelmente... Eu não sabia...

– Como poderia saber?

– ...mas em um momento assim...

– Não faria diferença, de um jeito ou de outro – disse Oliver, bruscamente. – Como é que você está se sentindo agora?

– Perfeitamente bem.

– Mas você desmaiou!... – Isso soava como uma acusação.

– Pois é! Uma coisa tão boba. Eu nunca desmaio...

– Você nunca come, esse é o problema. E se você escolheu ser assim tão tola, merece desmaiar. Agora pegue o casaco que vou levá-la imediatamente para casa.

– Mas eu já disse que podemos muito bem ficar hospedados neste hotel. Vamos esperar por Angus aqui.

– Vocês vão esperar Angus em Cairney! – E foi até a cadeira para pegar a capa de chuva.

– E se eu não quiser ir? – Caroline franziu a testa. – Não sou obrigada a voltar com você.

– E se você fizer pelo menos uma vez na vida aquilo que lhe mandam, hein?... E se você ao menos esta vez pensar em outras pessoas além de si mesma? A Sra. Cooper estava branca como um papel quando eu cheguei, imaginando toda espécie de desgraças terríveis que poderiam ter acontecido a você.

– E Jody? – perguntou ela, com uma súbita fisgada de culpa.

– Ele está bem. Deixei-o assistindo televisão. E, então, você vem ou não?

Não havia nada a fazer. Caroline levantou-se da cama, deixou que Oliver a ajudasse a colocar a capa, enfiou os pés nas imensas botas de borracha e depois o seguiu docilmente escada abaixo.

– Sra. Henderson!

Surgindo do escritório, ela permaneceu atrás do balcão de forma profissional e adequada a uma recepcionista.

– Ah, o senhor encontrou a menina, Sr. Cairney, que bom! – Levantou a tampa do balcão e saiu para juntar-se a eles.– Como está se sentindo agora, querida?

– Estou bem. – E acrescentou, como se tivesse lembrado depois. – Muito obrigada! – Apesar de ser difícil perdoá-la pelo fato de ter telefonado para chamar Oliver.

– Não foi nada. E quando Angus voltar...

– Avise-lhe que a irmã está em Cairney – completou Oliver. – Por favor..

– É claro. Fico feliz por ver que você está se sentindo melhor.

Caroline foi andando para a porta. Atrás dela, Oliver agradeceu à Sra. Henderson mais uma vez, por tudo. Logo depois, eles já estavam juntos do lado de fora do hotel, iluminados pelo crepúsculo frio, numa temperatura suave, embora enfrentando um forte vento. Caroline já estava com o pé sobre o apoio da porta, pronta para entrar no Land-Rover e sentindo-se derrotada.

Fizeram todo o caminho de volta em silêncio. O prometido degelo transformara a neve em lama derretida e a estrada acima do morro estava, comparativamente, mais limpa. Acima deles, imensas nuvens cinzentas iam sendo carregadas para longe por um forte vento oeste que deixava espaços de céu brilhante cor de safira. Através da janela aberta do Land-Rover entrava o cheiro de mato e de turfa úmida. Pequenos maçaricos levantavam voo nas margens cheias de juncos de um lago próximo, e de repente começou a parecer possível que as árvores nuas estariam em breve dando brotos, e a tão aguardada primavera chegaria, afinal.

Caroline se lembrou de repente daquela noite em Londres, a caminho do Arabella's, no carro de Hugh. Lembrou-se das luzes da cidade refletidas no céu, com um tom alaranjado, e de como ela baixara o vidro da janela e deixara o vento soprar seus cabelos, desejando estar no campo. Isso tudo acontecera havia apenas três ou quatro dias e, no entanto, parecia que já se passara uma vida inteira. Como se fosse algo que tivesse acontecido com outra pessoa, em outra época, completamente diferente.

Uma ilusão. A realidade é que ela era Caroline Cliburn, com uma centena de problemas pendentes diante de si. Era Caroline Cliburn e teria que voltar para Londres antes que acontecesse um escândalo. Era Caroline Cliburn e estava de casamento marcado com Hugh Rashley. Na próxima terça-feira.

Essa era a realidade dela. Para tornar a imagem ainda mais verdadeira, pensou na casa em Milton Gardens, abarrotada com os presentes de casamento que teriam chegado. O vestido de noiva, pendurado no armário, esperando por ela. Os organizadores do bufê chegando com suas mesas dobráveis e toalhas brancas duras, engomadas, em tecido adamascado. Pensou nas taças de cristal transparentes, empilhadas como bolhas de sabão, nos buquês imensos de gardênias, no espocar das rolhas das garrafas de champanhe e nos clichês dos discursos. E lembrou também de Hugh, que tinha tanta consideração por ela, aquele Hugh tão organizado, tão correto, que jamais levantara, mesmo de leve, a voz para ela, e muito menos a mandaria calar a boca.

Era isso que ainda doía. Indignada com a lembrança desse momento, ela deixou seus ressentimentos se acumularem. Ressentimento com Angus, por tê-la deixado na mão justamente no momento em que mais precisava dele. Estava circulando por aí em um carro, trabalhando para uma madame americana velha e gorda, sem deixar endereço, sem data de retorno, sem nada definido. Ressentimento com a Sra. Henderson, com seus óculos cheios de strass e seu ar de servil eficiência, ligando para Oliver Cairney, justamente quando a última coisa que Caroline queria era que ele continuasse interferindo. E, por fim, ressentimento com o próprio Oliver, um homem autoritário que resolvera assumir todos os seus problemas, muito mais do que o simples dever de hospitalidade poderia justificar.

O Land-Rover seguia seu caminho, já no alto do monte, e a estrada à frente era, agora, toda em declive, e os levaria de volta direto a Cairney. Oliver reduziu para uma marcha mais baixa e os pneus "agarraram" com mais força na neve que derretia. O silêncio entre eles era pesado, impregnado de desaprovação. Seria bom se ele dissesse algo. Qualquer coisa. Toda a mágoa dela se concentrou em um foco de irritação dirigido, agora, unicamente a ele. A sensação foi aumentando, até que não podia mais ser contida, e ela falou afinal, de modo gélido:

– Isso é ridículo!

– O que é ridículo? – A voz fria dele combinava com a dela.

– Toda esta situação. Tudo.

– Eu não sei o suficiente a respeito desta "situação", como um todo, para fazer algum comentário. Na verdade, tirando o fato de saber que você e Jody apareceram de repente lá em Cairney, no meio de uma nevasca, continuo completamente no escuro.

– É que não é da sua conta! – disse Caroline, sentindo a frase sair mais rude do que planejara.

– Mas é da minha conta impedir que o seu irmão não seja obrigado a sofrer mais ainda, por outra das suas idiotices.

– Se Angus estivesse em Strathcorrie...

– Isso é hipotético!... – cortou ele, sem deixá-la terminar a frase. – Ele não estava lá! E eu estou com a ligeira e estranha impressão de que você não ficou assim tão surpresa com esse fato. Que tipo de sujeito ele é, afinal? – Caroline ficou calada, sem responder, mantendo o que ela imaginava ser um silêncio digno. Oliver, então, disse com um tom de voz convencido de quem já compreendera toda a situação:

– Já entendi!...

– Não, você não entendeu, não! Você não sabe nada a respeito dele. Você nem ao menos tentaria entender.

– Ora, cale a boca! – disse Oliver, de forma imperdoável, pela segunda vez.

Caroline virou o rosto para o outro lado e ficou olhando para fora da janela, na tarde que escurecia. Naquela posição, ele não poderia ver nem imaginar as fisgadas brilhantes das lágrimas que começavam a aparecer em seus olhos.

Sob a luz do anoitecer, a casa parecia altaneira, com luzes amareladas filtradas pelas cortinas cerradas. Oliver parou o

Land-Rover na porta e saltou. Devagar e com alguma relutância, Caroline desceu do carro também, seguindo-o pelos degraus acima e passando por ele, que ficou de lado mantendo a porta aberta para que ela entrasse. Sentindo-se como uma criança desobediente que sofrera uma reprimenda, ela nem sequer olhou para ele. A porta se fechou com um som seco às suas costas e, de repente, como se o barulho tivesse sido um sinal, a voz de Jody soou, vinda de algum lugar. Uma porta se abriu, seus passos chegando pelo corredor que levava à cozinha. Apareceu correndo e então parou petrificado quando viu que apenas duas pessoas estavam ali. Seus olhos correram para a porta atrás de Caroline e depois de volta para seu rosto. O menino estava completamente rígido.

– E Angus?... – perguntou o menino, que estivera esperando todo o tempo que Caroline trouxesse Angus para Cairney. Ela então lhe explicou, odiando-se por ter que falar isso:

– Angus não estava lá.

– Você não o encontrou na cidade? – perguntou Jody de forma casual, após um pequeno silêncio.

– Bem, ele esteve lá, trabalhando no hotel. Mas teve que viajar por alguns dias. – E continuou, tentando parecer confiante: – Mas ele vai voltar, em um ou dois dias. Não há com o que se preocupar.

– Mas a Sra. Cooper disse que você estava doente.

– Não, não estou – disse Caroline, depressa.

– Mas ela falou...

– O que está errado com a sua irmã... – interrompeu Oliver – é que ela nunca faz o que lhe dizem e jamais se alimenta o suficiente. – Parecia profundamente irritado. Jody o observou enquanto desabotoava o sobretudo de tweed e o pendurava na ponta do corrimão da escada. – Onde está a Sra. Cooper?

– Na cozinha.

– Vá até ela e diga que está tudo bem. Trouxe Caroline para casa e ela agora vai direto para a cama. Vai jantar e amanhã estará nova em folha. – Vendo que Jody ainda hesitava, Oliver foi até ele, direcionou o seu corpo para a cozinha e deu-lhe um pequeno empurrão de incentivo na direção de volta de onde ele viera. – Pode ir. Não há motivo para preocupação. Eu lhe garanto

Jody saiu. A porta da cozinha se abriu e fechou, e eles ouviram sua voz ao longe dando a mensagem à Sra. Cooper. Oliver virou-se para Caroline.

– E agora... – disse ele, de uma forma falsamente agradável. – Você vai subir até o seu quarto, se enfiar na cama e esperar pela Sra. Cooper, que vai lhe levar algo para comer em uma bandeja. É muito simples.

O tom em sua voz reacendeu em Caroline uma antiga tendência para ser teimosa. Uma teimosia que fizera, algumas vezes, com que ela conseguisse que as coisas corressem do seu modo, na infância. Foi o que tinha derrubado as objeções de sua madrasta quando ela quis entrar para a escola de teatro. Hugh, provavelmente, reconhecera bem cedo essa característica sua, pois sempre mostrara muito tato na sua maneira de lidar com ela, usando a persuasão apenas até chegar a certo ponto, fazendo sugestões casuais e sempre a levando por um cordão fino, quando ela se recusava a ser obrigada a fazer algo que não desejava.

Agora, ela estava pensando seriamente na possibilidade de fazer uma terrível cena final desse tipo, ali. Como Oliver, porém, continuava parado, esperando, implacavelmente educado, sua decisão começou a enfraquecer. Tentando achar desculpas para a sua rendição, disse para si mesma que estava cansada, cansada demais para mais brigas. Além disso, a imagem da cama, o calor e a privacidade do quarto lhe pareceram, de repente, extremamente convidativos. Sem dizer uma palavra, afastou-se de Oliver e subiu as escadas, um degrau por vez, lentamente, com a mão se arrastando inerte por toda a extensão do corrimão comprido e bem polido da escadaria.

Após ela subir, Oliver voltou à cozinha, onde encontrou a Sra. Cooper preparando o jantar para Caroline e Jody, sentado à mesa limpa e bem escovada, tentando montar um velho quebra-cabeça que, quando pronto, formaria a figura de uma antiga locomotiva a vapor. Oliver, olhando para o brinquedo, lembrou-se de quando o montara, com sua mãe e Charles ajudando, tantos anos antes, matando o tempo através de tardes de temporal, esperando a chuva passar para que eles pudessem sair e brincar no quintal novamente. Debruçando-se sobre o ombro de Jody, disse:

– Está fazendo um belo trabalho!

– É... Só que não consigo encontrar aquela peça ali, com o azul do céu e um pedacinho na ponta, com galhos. Se eu conseguisse encontrá-la, poderia juntar estes dois pedaços grandes.

Oliver se curvou e começou a procurar a peça, que deveria estar escondida bem no meio das outras. Do fogão, a Sra. Cooper perguntou:

– E a jovem, está bem, afinal?

– Sim, está melhor. Já foi para a cama. – Oliver não levantou a cabeça.

– O que aconteceu com ela? – Era Jody quem perguntava.

– Ela desmaiou e depois acabou vomitando.

– Eu odeio vomitar.

– Eu também... – riu Oliver.

– Estou coando uma pequena tigela de sopa bem rala para ela – disse a Sra. Cooper. – Quando a gente não está bem do estômago, não deve comer nada muito pesado.

Oliver fez que sim com a cabeça, concordando que, de fato, a gente não deve. Fez então aparecer do nada a peça que faltava, e a entregou a Jody.

– Será que é esta? – perguntou.

– É ela mesmo. – Jody ficou encantado com a esperteza de Oliver. – Puxa, obrigado. Eu já tinha olhado para essa peça um monte de vezes e não percebi que era a certa para juntar aqueles pedaços. – Olhou para cima e sorriu. – Ajuda bastante quando há duas pessoas trabalhando juntas na montagem, não é? Você vai continuar me ajudando?

– Bem, neste instante pretendo tomar um banho e depois preparar um drinque. Mais tarde, jantamos juntos, você e eu. Depois do jantar, vamos ver se conseguimos terminar o quebra-cabeça.

– Ele era seu?

– Era... Era meu ou do Charles... Não me lembro de quem era.

– É um tipo engraçado de trem.

– Locomotivas a vapor eram esplêndidas. Faziam um barulho magnífico.

– Eu sei. Já vi em filmes.

Oliver tomou banho, vestiu-se e já estava a caminho da escada, indo para a biblioteca em busca do drinque que se prometera, quando se lembrou, sem mais nem menos, de que estava sendo esperado para jantar, naquela mesma noite, em Rossie Hill. O choque da lembrança, entretanto, não foi tão grande quanto o sentimento de surpresa por ter se esquecido tão completamente do compromisso. No entanto, apesar do fato de ter visto Duncan Fraser na hora do almoço, e de terem comentado sobre o jantar marcado, os acontecimentos frenéticos do final da tarde e início da noite tinham acabado por levar os planos do compromisso social para longe de seus pensamentos.

E agora já eram 19h30 e ele estava de banho tomado e todo vestido, mas não com uma roupa formal. Usava um suéter velho, de gola polo, e uma calça surrada de veludo. Por um momento ele hesitou, mordendo o lábio inferior e pensando no que deveria fazer. Seu pensamento, porém, finalmente pendeu para a imagem de Jody, que tinha passado a tarde toda sozinho, cheio de expectativas, e a quem Oliver prometera companhia para a noite e ajuda na montagem do quebra-cabeça. Isso resolvia tudo. Indo até a biblioteca, pegou o telefone e ligou para Rossie Hill. Após um momento, a própria Liz atendeu ao telefone.

– Alô?

– Liz.

– Ah, Oliver? Você está ligando para avisar que vai se atrasar um pouco? Olhe, se é por causa disso, não se preocupe, porque eu me esqueci de colocar o faisão no forno um pouco mais cedo, e também estou toda atrasada. Além disso...

– Não, eu não liguei para isso – interrompeu ele. – Liguei para cancelar. Não vai dar para eu ir jantar aí.

– Mas... Eu... Papai disse que... – E, em seguida, numa voz um pouco diferente: – Você está passando bem? – Ela fazia parecer que ele ficara maluco de repente. – Você não está doente, ou algo assim?

– Não, nada disso. Simplesmente eu não vou poder ir. Depois eu explico...

– Por acaso... – começou ela, com a voz subitamente fria – ...isso não tem nada a ver com a jovem e o menino que você está hospedando aí em Cairney, tem?

Oliver ficou surpreso. Ele não comentara nada com Duncan a respeito dos Cliburn. Não que tivesse a intenção de cancelar o jantar, mas simplesmente porque havia outros assuntos mais importantes a discutir.

– Como é que você soube deles? – perguntou.

– Ah... A velha corrente de boatos que corre pelo vale. Você sabe, a nossa Sra. Douglas é cunhada da Sra. Cooper. Por aqui, não dá para manter nenhum segredo por muito tempo, Oliver. Você já devia saber disso depois de tanto tempo.

Ele se sentiu vagamente incomodado, como se ela o estivesse acusando de estar tentando esconder algo.

– Não há segredo algum – respondeu.

– Eles ainda estão aí?

– Sim.

– Hummm... Tenho que ir aí uma hora dessas para investigar tudo isso. É muito estranho.

Ignorando a insinuação em sua voz, ele preferiu encerrar o assunto, dizendo:

– Você me perdoa por ser tão mal-educado esta noite, cancelando tudo assim em cima da hora?

– Não tem importância. Pequenos imprevistos como esse acontecem de vez em quando. Significa apenas que vai sobrar mais faisão para mim e para o papai. Venha outra noite qualquer.

– Se você me convidar.

– Estou convidando agora. – Sua voz ainda estava seca. – Tudo o que você tem a fazer, quando tiver organizado a sua agenda social, é me ligar avisando o dia.

– Farei isso! – disse Oliver.

– Tchau, então.

– Até logo.

Mas antes que o final das palavras de despedida tivessem saído de sua boca, ela já havia desligado. Ficara aborrecida com ele, com certa razão. Oliver pensou, com um pouco de pesar, naquela mesa de jantar cuidadosamente preparada, as velas, o faisão e o vinho.

Um jantar em Rossie Hill não era jamais, em hipótese alguma, algo para ser desperdiçado. Praguejou baixinho, detestando todo o dia que passara, torcendo para que acabasse logo. Serviu-se de um drinque, um pouco mais forte que o usual, adicionou um pouco de soda, entornou um pouco da bebida distraidamente pela garganta e, então, sentindo-se remotamente mais confortado, foi procurar Jody.

Só que não conseguiu chegar até o menino. Em vez disso, encontrou no corredor a Sra. Cooper, que carregava uma bandeja. Havia uma estranha expressão em seu rosto, quase furtiva, e quando ela o viu, seus passos se apressaram tanto que conseguiu alcançar e passar pela porta da cozinha antes que ele se aproximasse mais.

– O que houve, Sra. Cooper?

Com as costas encostadas na porta de vaivém da cozinha, ela parou, parecendo angustiada.

– A menina não comeu nem uma colherada, Oliver. – Ele olhou para a bandeja e levantou a tampa da tigela de sopa. O vapor subiu com o cheiro bom da comida, formando uma nuvem. – Fiz de tudo, falei o que você tinha dito, mas ela não quis comer nada. Disse que estava com medo de passar mal de novo.

Oliver tampou novamente a tigela de sopa, colocou o copo de uísque ao lado e pegou tudo das mãos da Sra. Cooper.

– Vamos resolver esse problema – disse.

Ele não estava mais cansado ou deprimido. Estava simples e maravilhosamente zangado. Irritado além de todos os limites. Marchou escada acima, subindo dois degraus de cada vez, seguiu pelo corredor do andar de cima e irrompeu no quarto de hóspedes de Cairney sem dar sequer uma leve batida na porta. Ela estava no meio da gigantesca cama de casal, sob um grosso edredom cor-de-rosa, vários travesseiros espalhados pelo chão, envolta pela luminosidade suave do abajur em tons de salmão que ficava ao lado, sobre a mesinha de cabeceira.

Vê-la assim tão bem acomodada serviu apenas para aumentar-lhe a irritação. Uma jovem que só viera perturbar, que entrara na sua vida, virara tudo de cabeça para baixo, arruinara toda a organização da casa e, finalmente, estava ali, recostada em uma confortável cama de hóspedes, se recusando a comer e deixando todo mundo louco de preocupação. Atravessou o quarto e pousou a bandeja com força em cima da mesinha de cabeceira. A lâmpada do abajur balançou ligeiramente e o uísque dançou no copo, respingando um pouco para fora.

Ainda recostada, ela olhou para ele diretamente, com olhos enormes e os cabelos lisos ligeiramente embaraçados como se fossem meadas de seda. Sem dizer uma palavra, ele começou a recolher os travesseiros do chão, levantou-a, puxou-a para a frente para colocá-la sentada e enfiou os travesseiros atrás de suas costas, como se ela fosse uma boneca de pano toda mole, incapaz de se sentar por conta própria.

A expressão dela era de completa mudez, o lábio inferior protuberante, como se estivesse inchado, em uma expressão típica de criança mimada. Ele pegou o guardanapo da bandeja e o amarrou em volta do seu pescoço com força, como se tivesse claras intenções de esganá-la. A seguir, levantou a tampa da tigela de sopa.

– Se você me forçar a comer isso, eu posso de repente passar mal e vomitar de novo – disse ela, falando as palavras com clareza.

– E se você vomitar de novo... – disse Oliver, pegando a colher – eu posso de repente bater em você.

– E pretende bater agora mesmo ou só depois que eu me recobrar? – perguntou ela de modo amargo, com o lábio inferior tremendo por causa da força de tal ameaça.

– Agora e depois! – disse Oliver, com brutalidade. – Vamos, abra a boca.

Quando ela obedeceu, mais pela surpresa do que por outro motivo, ele colocou-lhe a primeira colherada na boca. Ao engolir, ela se engasgou ligeiramente, e lançou-lhe um olhar de súplica e reprovação, ao qual ele respondeu com um levantar de sobrancelhas como advertência. A segunda colherada desceu melhor. E a terceira. E a quarta. A essa altura, ela já começara a chorar. Silenciosamente, seus olhos se encheram de lágrimas, transbordaram e escorreram-lhe pelo rosto. Oliver as ignorou, alimentando-a, sem parar, com a sopa. Quando o fundo do prato apareceu, ela já estava com o rosto inundado de lágrimas. Ele colocou a tigela vazia de volta na bandeja e disse, sem a menor piedade:

– Viu só? Você não vomitou.

Caroline soltou um grande soluço de choro, incapaz de articular qualquer resposta. De repente, a raiva de Oliver foi embora e ele ficou com vontade de rir, tomado por uma sensação de divertimento terna e ridícula. A explosão final de sua raiva, como o fim de uma tempestade que clareia o céu, deixara-o limpo por dentro. De um momento para outro, ele se sentiu mais calmo, mais relaxado, com todos os problemas e frustrações do dia guardados em compartimentos próprios e com as perspectivas analisadas de forma correta. Tudo o que sobrou foi aquele quarto acolhedor, tranquilo, bonito, com o brilho do abajur cor-de-rosa, os restos do uísque no fundo do copo e Caroline Cliburn finalmente alimentada e acalmada.

Desamarrou o guardanapo do pescoço dela com toda a gentileza e entregou-o a ela, sugerindo:

– Talvez você possa usar isso como um lenço.

Ela lançou-lhe um olhar agradecido e pegou o guardanapo, enxugou o rosto, secou os olhos e, no fim, com força, passou sobre o nariz. Uma mecha de cabelo estava ainda molhada pelas lágrimas, colada na bochecha, e ele a colocou de volta com o dedo, gentilmente, para trás da orelha.

Foi um pequeno ato instintivo, uma ação que visava dar conforto, algo não premeditado, mas o inesperado contato físico deu início a uma reação em cadeia. Por um instante, o rosto de Caroline cobriu-se de surpresa e, depois, de um alívio completo. Como se fosse a coisa mais natural do mundo, ela se lançou para a frente e apertou a testa sobre a lã grossa do seu suéter. Sem pensar no que fazia, ele envolveu-a, colocando os braços em volta de seus ombros magros, puxando-a mais para perto, com o alto da sua cabeça sedosa bem junto dele, abaixo de seu queixo. Conseguiu, então, sentir sua fragilidade, seus ossos finos e as batidas de seu coração. Depois de algum tempo, disse:

– Agora você vai me contar tudo o que está acontecendo, não vai?

– Sim... – Caroline concordou com a cabeça, batendo com a testa de encontro ao seu peito. – Acho que vou.

E começou por Aphros, onde tudo começara.

– Mudamos para lá quando minha mãe morreu. Jody era um bebezinho, aprendeu a falar grego antes de aprender inglês. Meu pai era arquiteto, foi para lá para projetar casas, mas os ingleses descobriram Aphros e começaram a querer se mudar para lá. Assim, meu pai acabou sendo uma espécie de corretor de imóveis ou, mais precisamente, um agente que administrava propriedades, revendendo casas e supervisionando as obras enquanto elas eram convertidas e adaptadas às ideias dos novos donos, esse tipo de coisa. Se Angus tivesse sido criado em Londres, talvez fosse uma pessoa diferente, hoje. Não sei. Nós frequentávamos escolas locais, pois meu pai não tinha dinheiro para nos mandar de volta para estudar na Inglaterra.

Ela interrompeu a narrativa e começou a tentar explicar como era o irmão, Angus.

– Ele sempre adorou aquela vida livre. Meu pai jamais se preocupava conosco, ou com o lugar onde pudéssemos estar. Sabia que, onde quer que estivéssemos, estaríamos a salvo, entre amigos. Angus passava a maior parte do tempo com os pescadores, e quando terminou os estudos simplesmente continuou em Aphros. Parece que jamais ocorreu a alguém que ele deveria arranjar um emprego. Foi nesse momento que Diana apareceu.

– A sua madrasta.

– Sim. Ela foi para a ilha com planos de comprar uma casa. Procurou o meu pai por indicação de alguém. Foi pedir-lhe para ser seu agente na compra e na possível reforma. Só que jamais chegou a comprar a tal casa, porque, em vez disso, se casou com ele e foi morar conosco.

– Isso fez muita diferença na vida de vocês?

– Para Jody, sim. E para mim. Mas não para Angus. Jamais para Angus...

– Você gostava dela?

– Sim! – Caroline estava fazendo pregas cuidadosas na ponta do lençol, de forma meticulosa e precisa, como se isso fosse uma tarefa planejada e dirigida por Diana, um trabalho que deveria ser realizado sob seus exigentes padrões. – Sim, eu gostava dela. E Jody também. Angus, porém, já estava muito velho para ser influenciado por Diana e... Bem, ela era muito inteligente para tentar influenciá-lo. Foi então que meu pai morreu, e ela decidiu que todos nós iríamos ter que voltar para Londres. Angus, porém, não queria voltar. O problema é que também não queria mais ficar morando em Aphros. Comprou um pequeno automóvel, um Mini Moke usado, e foi para a Índia, atravessando a Síria e a Turquia. Costumávamos receber cartões-postais dele dos lugares mais distantes, e não muito mais que isso.

– Mas, então, vocês voltaram para Londres?

– Sim. Diana possui uma casa em Milton Gardens. É onde moramos até hoje.

– E Angus?

– Veio nos visitar uma vez, mas não deu certo. Ele e Diana tiveram uma briga horrível, porque ele não queria aceitar o estilo dela: cortar o cabelo, fazer a barba e usar sapatos. Você pode imaginar. De qualquer modo, a essa altura Diana já tinha se casado de novo, com um antigo namorado chamado Shaun Carpenter. Deixara de ser Cliburn... Passara a ser a Sra. Carpenter.

– E como é o Sr. Carpenter?

– É legal, só que não tem uma personalidade muito forte para enfrentar Diana. Ela faz tudo do jeito dela, manipula as pessoas, todos nós, na verdade. Só que tudo isso é feito da forma mais delicada possível. Ela é diplomática, envolvente e tem muito tato para lidar com as pessoas. É meio difícil de descrever.

– E o que vocês ficaram fazendo durante todo esse tempo em Londres?

– Eu terminei os estudos e depois fui para a escola de teatro. – E olhou para Oliver com a sombra sutil de um sorriso. – Diana não queria isso, é claro. Morria de medo de que eu me tornasse uma punk ou algo do gênero... Ou começasse a usar drogas... Ou desaparecesse por aí como Angus.

– E aconteceu alguma dessas coisas? – riu Oliver.

– Não. Mas ela previu que eu acabaria saindo do curso, e estava certa. Quer dizer, eu entrei para a escola de teatro, tudo bem, até mesmo consegui trabalho em uma peça, profissionalmente, mas então... – E parou.

O rosto de Oliver era estranhamente gentil, seus olhos pareciam muito compreensivos. Era o tipo de pessoa com quem se podia conversar. Caroline não havia notado antes o quanto era fácil lidar com ele. Até então, ele não fizera nada, o dia inteiro, a não ser dar indicações, de todas as maneiras possíveis, de que a achava tola e idiota. Instintivamente, porém, sentiu que ele não a acharia tola simplesmente porque se apaixonara pelo homem errado, e continuou: – Bem, eu me envolvi com um homem. Era burra, imagino... Ingênua... Achei que ele quisesse continuar o envolvimento comigo. O problema é que atores são pessoas que só enxergam o mundo sob sua ótica, ou seja, são criaturas com ideias fixas. Ele só pensava na carreira, era muito ambicioso, seguiu em frente e me deixou para trás. Seu nome era Drennan Colefield, e agora ele é muito famoso. Você já deve ter ouvido falar nele...

– Sim, já ouvi.

– Casou-se com uma atriz francesa. Acho que moram em Hollywood, agora. Ele já tem contrato para uma série de filmes. Enfim, depois de Drennan, tudo deu errado, eu peguei pneumonia e no fim tive que largar tudo. – E voltou a alisar as pontas do lençol.

– E Angus? – Oliver incentivou-a a continuar contando a história, com delicadeza. – Quando foi que ele apareceu na Escócia?

– Jody recebeu uma carta dele há uma ou duas semanas. Mas não me disse nada até domingo passado, à noite.

– E por que era tão importante vir vê-lo de novo, correndo, assim tão de repente?

– Porque Diana e Shaun estão se mudando para o Canadá. Shaun foi indicado para um cargo muito importante lá, e eles estão de mudança marcada para logo depois que... Bem, para muito breve. E vão levar Jody com eles. Jody não quer ir, embora Diana não saiba disso. Ele só contou para mim, e me pediu para vir com ele até a Escócia para nos encontrarmos com Angus. Acha que talvez Angus possa vir morar em Londres e consiga uma casa para eles morarem. Assim, Jody não vai precisar ir para o Canadá.

– E você acha que existe uma possibilidade de que isso aconteça?

– Particularmente, não – disse Caroline, com objetividade. – Mas tinha que tentar. Pelo bem de Jody, eu tinha que tentar.

– E Jody não poderia ficar em Londres com você?

– Não.

– Por quê?

– Não ia dar certo. – Caroline encolheu os ombros. – De qualquer modo, Diana jamais concordaria. Com Angus seria diferente. Já está com 25 anos, agora. Se quisesse ficar com Jody, Diana não poderia impedi-lo.

– Entendo.

– E foi assim que nós viemos procurá-lo. Pedimos o carro de Caleb Ash emprestado. Ele é um velho amigo do meu pai, da Grécia, e está morando agora em um apartamento que Diana lhe alugou nos fundos do jardim. Ele gosta muito dela, mas acho que não aprova a forma como Diana organiza tudo à nossa volta, do jeito que ela quer, e dirige nossas vidas. Foi por isso que concordou em nos emprestar o carro, com a condição de que lhe disséssemos para onde estávamos indo.

– Mas, então, vocês não contaram os seus planos a Diana?

– Bem... Dissemos que estávamos vindo para a Escócia. Apenas isso. Na verdade, deixamos apenas uma carta para ela. Se tivéssemos dado mais detalhes, ela já nos teria encontrado muito antes de conseguirmos chegar até aqui. Ela é esse tipo de pessoa.

– E ela não vai ficar muito preocupada com vocês?

– Imagino que sim. Mas nós avisamos que voltaríamos na sexta-feira.

– Mas não vão. Isto é, se Angus não voltar até lá...

– É... Eu sei.

– Você não acha que seria uma boa ideia telefonar para ela?

– Não, ainda não. Pelo bem de Jody, não devemos.

– Mas estou certo de que ela compreenderia.

– De certo modo, mas não completamente. Se Angus fosse um tipo de pessoa diferente... – Sua voz se arrastou, diminuindo com o desânimo.

– Então, o que é que nós vamos fazer?

– Não sei... – Mas o "nós" que Oliver dissera a desarmou, a expressão de desespero sumiu do seu rosto e ela continuou, com esperança: – Podemos esperar?

– Por quanto tempo?

– Até sexta-feira. E, então, eu prometo, telefonaremos para Diana e voltaremos para Londres.

Oliver ficou calado, considerando a proposta, e depois, com um pouco de relutância, concordou.

– Mas isso não quer dizer que eu aprove... – apressou-se em completar.

– Não é novidade nenhuma! – Caroline riu. – Você tem desaprovado tudo o que se refere a mim, desde o momento em que nós colocamos os pés na sua casa.

– Por bons motivos, você tem que admitir.

– Olhe, o único motivo que me levou a ir a Strathcorrie hoje foi ter sabido a respeito da morte recente do seu irmão. Eu não teria saído assim, sem avisar, se não fosse por isso. Estava me sentindo terrivelmente envergonhada, sabendo que aparecemos de repente na sua vida em um momento de tanta tristeza e desespero.

– Não é mais um momento de desespero agora. Está tudo encerrado.

– E o que você vai fazer agora com a sua vida?

– Vender Cairney e voltar para Londres.

– Mas isso não é muito triste?

– Triste, sim, mas não é o fim do mundo. A Fazenda Cairney, do jeito que eu me lembro dela, está dentro da minha cabeça, indestrutível. Não tanto pela casa em si, mas pelas coisas boas que aconteceram nela. Uma base sólida formada de pedaços de recordações de uma vida muito feliz, e todos fortemente ligados. Jamais vou perder isso, mesmo que ainda viva por muitos anos e vire um velho alquebrado com muitos cabelos brancos e poucos dentes.

– Cairney, para você, é como Aphros, então! Aphros é assim, para Jody e para mim. Todas as situações inesquecíveis que me aconteceram na vida foram boas porque aconteceram em Aphros, ou me fazem lembrar de lá. O sol, as casinhas brancas, o céu azul, o vento que soprava o tempo todo do mar, o cheiro penetrante dos pinheiros e os gerânios em grandes vasos. – Ela fez uma pausa. – Como era o seu irmão que morreu? Era parecido com você?

– Era uma pessoa muito boa, o sujeito mais legal do mundo, e não era parecido comigo.

– Como era ele?

– Tinha o cabelo vermelho, e se enterrava no trabalho até o pescoço, aqui em Cairney. Era um bom fazendeiro... Era um bom homem.

– Se Angus também fosse assim, as coisas teriam sido tão diferentes...

– Se Angus fosse como o meu irmão, você e Jody jamais teriam vindo até a Escócia procurá-lo, jamais chegariam a Cairney no meio de uma nevasca e eu jamais teria conhecido vocês.

– Isso não pode ser assim uma coisa tão boa.

– Bem... É, sem dúvida, o que a Sra. Cooper chamaria de uma "experiência nova".

Riram ao mesmo tempo. A risada foi interrompida por uma batida na porta, e quando Caroline disse "Entre!" a porta se abriu devagar e apareceu a cabeça de Jody na fresta.

– Jody!

– Oliver... – E entrou devagar no quarto. – A Sra. Cooper mandou avisar que o jantar está pronto.

– Minha nossa, já é tão tarde assim? – Oliver olhou para o relógio. – Tudo bem, já estou descendo.

Jody foi andando até o lado da cama da irmã e perguntou:

– Você está se sentindo melhor agora?

– Sim, muito melhor.

– Como é que você está indo com a montagem do quebra-cabeça? – perguntou Oliver, se levantando e pegando a bandeja, enquanto caminhava em direção à porta.

– Completei mais um pedaço da figura, mas não fiz muito depois daquela hora.

– Vamos sentar lá, nem que leve a noite toda, até terminarmos. – E virou-se para Caroline. – Você vai dormir agora. Nós nos encontramos de manhã.

– Boa noite – disse Jody.

– Boa noite, Jody.

Depois da saída deles, Caroline desligou o abajur. A luz das estrelas brilhava através da janela, com a cortina entreaberta. Ouviu-se o pio solitário de um maçarico na noite e uma rajada súbita de vento circulou, movimentando as pontas dos pinheiros. Caroline já estava quase dormindo, mas, antes de finalmente se deixar adormecer, dois importantes e intrigantes pensamentos lhe passaram pela cabeça.

O primeiro era que, depois de todo aquele tempo, seu caso com Drennan Colefield estava finalmente encerrado. Ela conversara a respeito dele, pronunciara seu nome, mas a magia acabara totalmente. Sua presença ficara no passado, morta e enterrada, e era como se um imenso peso estivesse sendo retirado dos seus ombros. Sentia-se livre novamente.

O segundo pensamento era ainda mais estranho. É que, embora ela tivesse contado a Oliver tudo sobre a sua vida, não conseguira sequer mencionar o nome de Hugh. Ela sabia que deveria haver uma razão para isso... Sempre havia uma razão para tudo... Só que Caroline já estava dormindo antes de ter tempo de tentar descobrir qual poderia ser.

6

Na manhã seguinte, já era abril, e a primavera chegara. De maneira repentina, a nova estação surgira. O vento diminuíra, o sol se levantara e brilhava em um céu sem nuvens. O barômetro subira e a temperatura também se elevara. O ar estava perfumado e agradável, suave, cheirando a terra recém-arada. A neve derretera por completo, exibindo punhados de pequeninas flores, do tipo campainha-branca, e minúsculas flores de açafrão, ainda tímidas. Sob as faias estendiam-se tapetes coloridos pelo amarelo vivo dos acônitos. Os pássaros cantavam, as portas permaneciam abertas para dar as boas-vindas ao calor, as roupas estendidas em varais dançavam, revelando cortinas, cobertores e outros indícios da limpeza de primavera nas casas.

Em Rossie Hill, às 10 horas, o telefone começou a tocar. Duncan Fraser tinha saído, mas Liz estava na estufa de flores, fazendo um arranjo de brotos de salgueiro entrelaçados com narcisos de caule alto, em um vaso grande. Colocando a tesoura de podar sobre a bancada, ela secou as mãos e foi atender.

– Alô!

– Elizabeth?

Era a mãe, ligando de Londres, parecendo preocupada, e Liz estranhou a ligação. Estava ainda ressentida, sob o efeito da rejeição abrupta de Oliver na véspera, e, consequentemente, aquele não era um de seus melhores dias.

Elaine Haldane, entretanto, não ficaria sabendo de seus sentimentos feridos.

– Filha, eu sei que não é do meu feitio ligar assim logo de manhã cedo, mas estava louca para saber como é que correu tudo ontem à noite. Sei que você jamais me ligaria para contar... E, então, como foi o jantar?

– Não foi! – disse Liz, com voz resignada, puxando uma cadeira e se atirando sentada sobre ela.

– O que quer dizer?

– No último instante, Oliver não pôde vir. O grande jantar acabou não acontecendo.

– Ah, querida, que decepção! E eu aqui, aflita, para saber de tudo. Você me pareceu tão empolgada ontem... – E ficou calada, esperando. Ao ver que a filha não parecia disposta a acrescentar nenhuma outra informação, continuou, com cuidado: – Vocês dois... não tiveram uma briga ou algo assim, não é?

– Não, claro que não! – respondeu Liz, com uma risada curta. – Ele simplesmente não conseguiu tempo para vir. Estava muito ocupado, acho. Papai e ele almoçaram juntos ontem, e ficaram falando de negócios o tempo todo. A propósito, papai vai comprar Cairney.

– Bem, pelo menos isso vai manter *seu pai* bastante ocupado por algum tempo – disse Elaine, com um tom que denotava irritação. – Mas... Ora, que pena! Coitado do Oliver, que resultado triste para ele. Deve estar passando por um momento muito difícil. Você deve ser muito paciente com ele, querida, e *muito* compreensiva.

Liz não queria mais falar a respeito de Oliver. Para mudar de assunto, perguntou:

– E, então, o que está acontecendo por aí, na cidade grande?

– Aqui acontece de tudo. Só vamos voltar para Paris daqui a uma ou duas semanas. Parker está envolvido com um grupo de figurões de Nova York que estão em visita. Assim, temos que ficar por aqui. Mas até que é bom ver pessoas, saber das novidades. Ah... Tem uma que eu *preciso* contar para você. A coisa *mais* extraordinária que aconteceu por aqui.

Liz reconheceu de imediato o tom de fofoca na voz da mãe, e viu que o telefonema iria durar pelo menos mais dez minutos. Acendeu um cigarro e se recostou na cadeira para escutar.

– Você conhece Diana Carpenter e Shaun? Pois bem, os enteados de Diana desapareceram. A palavra é essa, literalmente desapareceram. Tudo o que deixaram foi uma carta dizendo que iam para a Escócia (com tantos outros lugares para ir...) encontrar-se com o irmão deles, Angus. É claro que ele é um tipo terrível, meio punk, meio hippie, assim todo largado. Diana tem cortado um dobrado com ele; vive cheia de preocupações. Parece que o rapaz passa o tempo à procura da sua "verdade interior", indo para a Índia ou sei lá onde esses tipos acham que vão encontrá-la. Para mim, o último lugar do mundo onde ele deveria procurar isso é a Escócia, onde não existe nada além de roupas de tweed e miúdos de carneiro, nada esotéricos. Enfim, o que eu sei é que sempre achei Caroline uma jovem meio *esquisita*. Tentou carreira no teatro uma vez, e foi o maior fiasco. Só que nunca pensei que ela seria capaz de fazer algo tão bizarro assim, como simplesmente *desaparecer*.

– O que foi que Diana fez a respeito disso?

– Minha querida, o que poderia fazer? A última coisa que ela quer é a polícia envolvida. Afinal de contas, embora o menino ainda seja uma criança, esperava-se que a irmã fosse adulta... e capaz de cuidar dele. Diana está apavorada com a possibilidade de a imprensa saber da história e a espalhar nas manchetes dos jornais de toda parte. E, como se isso não fosse o bastante, o casamento dela está marcado para terça-feira, e Hugh tem uma reputação a zelar.

– Casamento?

– O casamento de Caroline! – Elaine parecia irritada, impaciente por Liz não entender o problema. – Caroline vai se casar com Hugh Rashley, irmão de Diana. Na terça-feira. O ensaio final da cerimônia está marcado para segunda, e eles ainda nem sabem onde a noiva está. É tudo muito terrível. Como já disse, eu sempre achei que ela era um pouco estranha, você não?

– Não sei. Jamais a vi.

– Não, acho que não. Eu sempre esqueço, bobagem minha. Mas sabe, filha, eu sempre pensei que ela gostasse muito de

Diana. Jamais imaginei que poderia fazer uma coisa dessas com ela. Olhe, querida, você não vai me fazer um papel desses quando estiver para se casar, vai? E vamos torcer para que seja logo, e com o homem certo. Não quero mencionar nomes, mas você sabe o que eu quero dizer. Agora tenho que desligar. Tenho hora no cabeleireiro e vou acabar me atrasando. E... querida, não se torture por causa de Oliver. Vá até lá, converse com ele, seja gentil e se mostre compreensiva. Tenho certeza de que tudo vai acabar bem. Estou com saudades. Volte logo.

– Eu volto.

– Até logo, querida... – E em um adendo pouco convincente: – Mande um beijo para seu pai.

Um pouco mais tarde, naquela mesma manhã, Caroline Cliburn estava deitada com a barriga para cima em uma cama de folhas, com o calor do sol envolvendo-a como um manto e o braço estendido sobre os olhos para evitar o brilho ofuscante. Assim, sem enxergar, seus outros sentidos estavam muito mais aguçados. Ouvia o canto dos pássaros com mais clareza, o crocitar de um corvo ao longe, o murmúrio das águas, o toque suave de uma misteriosa brisa na pele. Conseguia sentir o perfume puro e doce dos restos da neve, da água límpida e da terra, coberta de musgo, úmida e escura devido à turfa. Sentia também o focinho gelado de Lisa, a velha cadela labrador deitada a seu lado, que o apertava de encontro à sua mão.

Ao seu lado, Oliver Cairney, sentado e fumando um cigarro, com os braços apoiados nos joelhos e as mãos pendendo entre eles. Observava os esforços de Jody, dentro de um gigantesco barco a remo, bem no meio do pequeno lago, que por sinal tinha dois remos compridos demais para o tamanho do menino, tentando manobrá-lo. De vez em quando, vinha um barulho um tanto ameaçador do encontro da parte achatada da madeira contra a água. Caroline levantava a cabeça para observar e acabava descobrindo que Jody apenas se embaraçara todo, ou estava fazendo o barco rodar em círculos.

Satisfeita por ver que ele ainda não estava a ponto de se afogar, deitava de volta na cama de folhas e cobria os olhos mais uma vez.

– Se eu não tivesse colocado aquele colete salva-vidas nele – disse Oliver –, aposto que você já estaria correndo para cima e para baixo, na beira do lago, olhando para ele como uma galinha enlouquecida protegendo o pintinho.

– Não, você errou. Eu estaria era lá dentro do barco junto com ele.

– Teríamos, então, dois novatos prontinhos para se afogar.

As folhas começaram a espetar as costas de Caroline através da blusa, e um pequeno inseto não identificado começou a passear, subindo pelo seu braço. Ela se sentou, espantou o inseto e levantou o rosto para o sol.

– Não dá para acreditar, você não acha? Dois dias atrás, Jody e eu estávamos no meio de uma nevasca terrível, e agora um tempo desses. – A superfície do lago continuava parada e clara, lindamente azul, devido ao reflexo de um céu que parecia de verão. Na outra margem, ao longe, além dos juncos que a bordejavam, o terreno pantanoso subia em uma série de ladeiras repletas de arbustos de urze, coroados no topo por um afloramento de rocha, como um farol no cimo de uma montanha. Dava para ver o contorno distante de um rebanho de ovelhas pastando, e ouvir na manhã silenciosa o som de seus queixosos balidos. O barco a remo, tão bravamente conduzido, rangia lentamente através da superfície da água. Jody estava com o cabelo todo arrepiado na parte de trás, e seu rosto começava a ficar vermelho.

– Aqui *é* um lugar adorável – disse ela. – Ainda não tinha notado o quanto é lindo.

– Esta é a melhor época. Agora, e por mais um ou dois meses, quando as folhas de faia se abrem, os narcisos aparecem e, de repente, é verão. E depois, em outubro, tudo fica lindo de novo, as árvores com as folhas todas avermelhadas, como se estivessem em chamas, o céu com um tom de azul muito forte e todos os arbustos de urze ficando roxos.

– Você não vai sentir uma falta imensa de tudo isso?

– Claro que sim, mas não há nada que possa ser feito.

– Você vai mesmo vender tudo?

– Vou. – E deixou cair a ponta do cigarro no chão, pisando-a com a sola do sapato.

– Já conseguiu comprador para as terras?

– Já. Duncan Fraser. Ele é meu vizinho. Vive do outro lado do vale; não dá para ver a casa, porque fica atrás daquela fileira de pinheiros. Ele quer a fazenda para agregar à dele. Vai ser fácil, é só uma questão de arrancar as cercas divisórias.

– E a sua casa?

– Quero vendê-la em separado. Ainda vou ter que conversar com os advogados sobre isso. Prometi que ia até Relkirk esta tarde para vê-los e, quem sabe, pensar em alguma forma para fazermos isso.

– Então, você não vai ficar com *nada* de Cairney?

– Você sabe como bater na mesma tecla quando fala de um assunto.

– Os homens são normalmente muito sentimentais a respeito de tradições, de terras.

– Talvez eu seja.

– Mas não se importa de ficar morando em Londres?

– Meu Deus, claro que não. Eu adoro Londres.

– E onde é que você trabalha?

– Em uma companhia chamada Bankfoot & Balcarries. E se você não sabe o que é isso, ela é uma das maiores firmas consultoras de engenharia do país.

– E onde é que você mora?

– Em um apartamento, perto de Fulham Road.

– É perto de onde nós moramos. – Ela sorriu pensando no quanto eles moravam próximos, sem jamais terem se encontrado. – É engraçado, não é? Londres é tão grande e no entanto você tem que vir até a Escócia para encontrar o vizinho do lado. É um bom apartamento, o seu?

– Gosto dele.

Caroline tentou imaginar o ambiente, mas falhou completamente, porque era impossível imaginar Oliver longe de Cairney.

– O apartamento é pequeno ou grande?

– Muito grande. Cômodos imensos. Fica no andar térreo de uma antiga casa.

– Você tem um jardim?

– Tenho. Constantemente invadido pelo gato do vizinho. E tenho também uma sala de estar grande, uma cozinha onde eu como, dois quartos e um banheiro. Na verdade, tudo muito bem equipado e confortável. Exceto pelo meu carro, que dorme na rua, exposto ao tempo e se estragando. E, agora, o que mais você quer saber?

– Nada.

– A cor das cortinas? Elas são cor de burro quando foge. – E colocou as mãos em concha na boca, berrando em direção à água. – Ei! Jody! – O menino parou e olhou em volta, com os remos acima da água, pingando. – Acho que você já aproveitou bastante. Vamos embora!

– Certo!

– Isso aí! Empurre com o remo esquerdo. Não, o *esquerdo*, seu bobão! Isso... – Oliver colocou-se de pé e caminhou até a beira do pequeno cais de madeira, e ficou ali, esperando que o barco chegasse, devagar, espalhando água para todos os lados, até que ele ficasse ao alcance das mãos. Então, ficou de cócoras para pegar na ponta da corda e puxou o barco até conseguir atracá-lo. Com um sorriso de orelha a orelha, Jody se livrou dos pesados remos, que Oliver pegou enquanto amarrava o barco e o ajudava a desembarcar. O menino foi correndo pelo cais em direção à irmã, e ela viu que seus tênis estavam encharcados e a calça molhada até os joelhos. Apesar disso, estava completamente satisfeito consigo mesmo.

– Você esteve muito bem! – incentivou Caroline.

– Teria me dado melhor se os remos não fossem tão grandes. – Estava tentando desfazer os nós do colete salva-vidas e finalmente conseguiu arrancá-lo por cima da cabeça. – Sabe, estive pensando, Caroline... não seria o máximo se nós pudéssemos ficar aqui para sempre? Tem tudo o que uma pessoa pode querer.

Caroline estivera pensando exatamente a mesma coisa, a pequenos intervalos, por toda a manhã. E, então, dissera a si mesma, a iguais intervalos, para não ser tão tola. Agora, ela dizia o mesmo para Jody, e o rosto do menino ficou surpreso com a impaciência demonstrada na voz da irmã.

Oliver amarrou a corda no poste de madeira do pequeno cais, colocou os pesados remos sobre os ombros, levou-os até a casa de barcos castigada pelo tempo e os guardou. Jody pegou o colete salva-vidas e foi guardá-lo no mesmo local. Fecharam a porta velha e desengonçada e voltaram andando até Caroline, sobre o gramado de primavera, o homem jovem e alto e o menino sardento, com o sol lhes batendo nas costas e o brilho ofuscante da água.

Chegaram e ficaram de pé ao lado dela.

– Vamos levantar!... – disse Oliver, esticando a mão e puxando o braço dela para colocá-la de pé. Lisa, ao lado, levantou-se também e ficou abanando a cauda, como se já esperasse por algum passeio agradável.

– Isso tinha que ser uma caminhada para exploração, ou algo parecido – continuou Oliver. – E tudo o que fizemos até agora foi sentar aqui no sol olhando para Jody, que acabou aproveitando sozinho todo o exercício.

– E, agora, para onde é que nós vamos? – perguntou o menino.

– Tem uma coisa que eu queria mostrar a vocês... É logo ali adiante.

O casal de irmãos o seguiu, em fila indiana, pelas estreitas trilhas para ovelhas que circundavam o lago. Subiram por uma pequena elevação, e a trilha que acompanhava a margem da água fez uma curva repentina, onde mais adiante havia um chalé quase em escombros.

– É aquilo que você queria nos mostrar? – perguntou Jody.

– Sim.

– Está em ruínas.

– Eu sei. Ninguém mora ali há muitos anos. Charles e eu costumávamos brincar aqui. Uma vez até nos deixaram passar a noite lá dentro.

– Quem morava ali?

– Não sei. Um pastor. Ou alguém que arrendava esta parte da fazenda para produzir alguma coisa. Aquelas muretas ali em frente são velhos cercados para ovelhas, e há um arbusto de sorveira-brava no jardim. Ela dá pequeninas frutas, e as pessoas antigamente costumavam plantar sorveiras perto da porta de casa porque diziam que trazia sorte.

– Não sei como é essa pequenina fruta.

– Na Inglaterra é conhecida como tramagueira. As folhas têm uma cobertura que parece veludo, e as frutinhas, além de muito pequenas, são de um tom vermelho vivo, parecidas com aquelas que enfeitam as guirlandas de Natal.

À medida que chegavam mais perto da casa, Caroline notou que ela não estava tão em escombros quanto parecera de longe. Era toda de pedra e tinha conseguido manter um certo ar de solidez. Embora o teto de metal ondulado estivesse caindo aos pedaços e as portas estivessem soltas das dobradiças, dava para sentir que um dia aquela tinha sido uma moradia perfeitamente apresentável e totalmente respeitável, abrigada no pé do monte, com os traços definidos de um jardim antigo ainda visíveis entre as pedras. Seguindo pelos restos da trilha e entrando no chalé pela porta da frente, Oliver prudentemente abaixou a cabeça para passar pelo portal baixo. Havia uma sala grande, com um fogão de ferro ao fundo, completamente enferrujado. No centro, uma cadeira quebrada e, no chão, os restos de um ninho de andorinha. O piso estava todo quebrado, com rachaduras e buracos, e totalmente manchado de sujeira de passarinho, e os raios oblíquos do sol iluminavam a dança infinita de partículas de poeira que circulavam pelo ar.

No canto, ao fundo, uma escada apodrecida levava ao andar de cima.

– Uma residência confortável e distinta, com dois andares – disse Oliver. – Quem quer ir até lá em cima?

– Eu não. – Jody torceu o nariz. Tinha um medo secreto de aranhas. – Vou voltar para o jardim. Quero ver a tramagueira, aquela árvore que traz sorte. Vamos, Lisa, você vem comigo.

Assim, Oliver e Caroline ficaram sozinhos para subir pela escada podre, onde havia mais degraus faltando do que os ainda existentes. Conseguiram subir e chegaram a um sótão cujo chão estava salpicado de pontos de luz que chegavam pelos pequenos e inúmeros buracos do telhado. As tábuas do chão rangiam, apodrecidas, mas a viga mestra abaixo delas parecia bastante sólida. Havia espaço apenas para Oliver ficar em pé, bem no meio do cômodo, com o alto da cabeça a poucos centímetros da trave horizontal do teto.

Caroline colocou a cabeça para fora, com todo o cuidado, através de um dos buracos maiores do telhado, e viu Jody no jardim, lá embaixo, pendurado como um macaco em um dos galhos da tramagueira. Dali dava para ver toda a extensão da curva do lago, o primeiro verde dos campos na fazenda, gado pastando ao longe e muitas vacas malhadas que pareciam de brinquedo. Além, bem mais ao longe, a linha escura da estrada principal. Ela recuou com cuidado a cabeça, de volta para o sótão, virou o rosto e olhou para Oliver. Ele estava com fiapos de teia de aranha colados no queixo e disse, com sotaque caipira:

– E aí, douna madame?... Cum bocadim de tinta vai ficá bonito pra valer, né não?

– Mas você não faria nada com este chalé, ou acha que ele poderia servir para alguma coisa? Fale sério, o que você acha?

– Falar sério? Não sei. Apenas acaba de me ocorrer que uma reforma seria possível. Acabando de fechar o negócio, com a venda da casa de Cairney, talvez pudesse gastar algum dinheiro para consertar este lugar.

– Mas não tem encanamento d'água.

– Isso pode ser instalado.

– E não tem sistema de esgoto.

– Fossa séptica.

– Não tem eletricidade.

– Existem lampiões, velas... Ficaria até mais aconchegante.

– E como seria para cozinhar?

– Fogão a gás.

– E quando você a usaria?

– Nos finais de semana. Nas férias. Poderia trazer meus filhos para cá.

– Não sabia que você tinha filhos.

– Ainda não tenho. Não que eu saiba. Mas quando me casar, seria uma pequena e bem interessante propriedade rural para ter no patrimônio. Também teria um significado simbólico. Eu poderia dizer que ainda possuía um pedacinho de Cairney. Viu? Isso deixaria o seu coração sentimental mais aliviado.

– Então, isso importa para você?

– Caroline, a vida é muito curta para ficar olhando por trás dos ombros. Só serve para você deixar de olhar para a frente, tropeçar e dar de cara no chão. É por isso que eu gosto de olhar sempre para a frente.

– Mas esta casa...

– Foi apenas uma ideia. Achei que isso poderia divertir você. Vamos embora agora; temos que voltar para a Sra. Cooper, ou ela vai pensar que nos afogamos no lago.

Ele desceu a escada primeiro, experimentando com o pé cada um dos degraus remanescentes antes de colocar a força do corpo sobre eles. No final da escada, esperou por Caroline, mantendo a estrutura da escada firme e segurando-a com as mãos. No meio do caminho, porém, ela ficou um pouco atrapalhada, e não conseguia mais subir de volta nem descer. Começou a rir, e ele lhe disse para pular. Ela falou que não podia, e Oliver respondeu que qualquer tolo conseguiria pular daquela altura. Nesse ponto, Caroline já estava rindo tanto que não conseguia fazer mais nada, além de ter perdido a força nas mãos, de tanto rir. Afinal, como era inevitável, escorregou, e ouviu-se o barulho assustador da madeira podre que estalava e se esfarelava; com os degraus que cederam ao seu peso, ela acabou despencando de forma indigna para uma dama, antes de Oliver acabar amparando-a nos braços.

Havia um graveto de urze grudado no seu cabelo louro, o suéter estava quente por causa do sol e a noite bem-dormida tinha feito as olheiras desapareceram completamente do seu rosto. Sua pele era lisa, macia e ligeiramente rosada. Seu rosto virou para cima, para olhar para ele, com a boca ainda aberta dos risos. Sem pensar e sem um instante de hesitação, ele curvou a cabeça e a beijou. Subitamente, tudo ficou quieto. Por um momento, ela permaneceu parada, e depois, lentamente, colocou as palmas das mãos contra o seu peito e o afastou gentilmente. O riso desaparecera do seu rosto, e agora havia uma expressão em seus olhos que ele não vira até então.

– Foi só o efeito do dia... – disse ela, por fim.

– O que você está querendo dizer com isso?

– Quero dizer que o que aconteceu, agora, foi apenas parte de um dia agradável, o efeito do sol, da primavera que chegou.

– E isso faz alguma diferença?

– Não sei.

Ela se afastou dele, para longe dos seus braços, virou-se e começou a caminhar em direção à porta. Ao chegar ali, ficou parada com o ombro encostado no portal e a silhueta recortada contra a luz que vinha de fora. Seus cabelos embaraçados formavam uma auréola clara em volta da forma bonita e bem definida da sua cabeça. Disse, por fim:

– É uma casa adorável. Acho que você deveria mantê-la.

Jody já havia abandonado a tramagueira, atraído novamente pelas margens do lago, e estava atirando pequenas pedras em ângulo baixo sobre a superfície plácida, tentando fazê-las quicar sobre a água. Isso estava deixando Lisa louca, pois a velha cadela não sabia se deveria lançar-se atrás das pedras, tentando resgatá-las, ou ficar parada ali mesmo onde estava. Caroline arranjou um seixo bem roliço, liso na base, e o atirou com força. Ele pulou três vezes sobre a água antes de afundar, bem adiante.

– Eu queria que você me mostrasse como consegue fazer isso! – Jody parecia furioso. – Vamos, me mostre como é que se faz! – Caroline, porém, já se virara e estava se afastando com alguma rapidez para bem longe dele, pois não queria que o irmão visse seu rosto. Porque simplesmente, naquele momento, ela inesperadamente descobrira o motivo de ter conseguido se livrar da lembrança de Drennan Colefield. E também, o que era ainda mais assustador, compreendia o motivo de não ter contado a Oliver que estava prestes a se casar, dentro de poucos dias, com Hugh.

LIZ, CHEGANDO EM CAIRNEY, achou tudo quieto demais e aparentemente deserto. Parou o carro na porta, desligou o motor e esperou que alguém saísse para recebê-la. Ninguém apareceu. A porta da casa, no entanto, estava aberta. Assim, ela saltou do carro, entrou, ficou parada no meio do saguão e chamou bem alto o nome de Oliver. Não houve resposta, mas ruídos domésticos começaram a surgir, vindos da cozinha, e como ela se sentia em casa, seguiu pelo corredor e atravessou a porta de vaivém, surpreendendo a Sra. Cooper, que acabara de vir lá de fora, onde estivera colocando roupas para secar no varal. Com uma expressão de espanto, a velha empregada colocou a mão sobre o peito, à altura do coração.

– Liz! Que susto! – Conhecendo Liz desde criança, a Sra. Cooper jamais pensaria em chamá-la de "Srta. Fraser".

– Desculpe. Não quis assustá-la. Pensei que não havia ninguém em casa.

– Oliver saiu. Ele levou... os outros com ele. – Houve apenas uma hesitação, quase imperceptível, mas Liz pegou a deixa na hora e levantou as sobrancelhas.

– A senhora está se referindo aos visitantes inesperados? Já soube a respeito deles.

– É... São apenas dois jovens, uma moça com um irmão mais novo. Oliver os levou até o lago, o menino queria ver o barco. – Olhou para o relógio da cozinha. – Devem estar chegando a qualquer momento, pois vão almoçar mais cedo. Oliver tem que ir até Relkirk para resolver mais alguns assuntos com o advogado. Você vai esperá-los? Quer ficar para o almoço?

– Não, obrigada, não vou almoçar com vocês. Vou esperá-los um pouquinho. Se não chegarem logo, volto para casa. Só passei para saber como está Oliver.

– Ele está ótimo! – disse a Sra. Cooper. – De certa forma, tudo o que está acontecendo atualmente por aqui tem sido bom, porque está afastando o pensamento de Oliver da perda que sofreu.

– Tudo isso...? – E Liz a incentivou, de modo sutil, a continuar.

– Bem, pelo que sei, o fato de os jovens terem aparecido assim, de repente, com o carro quebrado e sem terem para onde ir.

– Eles vieram de carro?

– Sim, parece que vieram dirigindo desde Londres até aqui. O carro estava em um estado lastimável, caindo aos pedaços, e ainda por cima ficou congelado, depois de passar a noite na estrada, durante a nevasca. Meu marido o levou para a oficina, e eles ligaram hoje cedo para avisar que o serviço já estava pronto. Cooper foi até lá e trouxe o carrinho de volta. Está no galpão, lá nos fundos da casa, prontinho para quando eles quiserem seguir viagem.

– E quando vai ser isso? – Liz procurava manter o tom de voz bem casual e calmo.

– Não sei dizer. Ninguém me falou nada. Ouvi uma conversa sobre um irmão deles que mora em Strathcorrie, mas que está fora no momento, e acho que eles vão querer esperar até que o irmão volte. – E continuou: – Se você conseguir encontrar Oliver, ele vai lhe contar tudo com mais detalhes. Eles foram só até o lago. Se você estiver disposta, pode ir até lá e encontrar com eles no meio do caminho.

– Talvez eu faça isso – disse Liz.

Mas não fez. Saiu da casa novamente, acomodou-se no banco de pedra que ficava embaixo da janela da biblioteca, colocou os óculos escuros, acendeu um cigarro, esticou as pernas e voltou o corpo na direção do sol.

Estava tudo muito calmo e silencioso, assim ela conseguiu ouvir as vozes do grupo no ar quieto da manhã muito antes de eles realmente aparecerem. O caminho do jardim fazia uma curva suave, seguindo uma fileira de faias, e quando eles apareceram nessa curva estavam tão envolvidos na conversa que não notaram de imediato que Liz estava sentada ali, esperando. O menino vinha na frente, e um passo ou dois atrás dele estava Oliver, usando um casaco velho de tweed, com um lenço vermelho de algodão amarrado no pescoço. Puxava a jovem pela mão, como se ela tivesse ficado cansada da caminhada e estivesse ficando para trás.

Era ele quem estava falando. Liz ouviu o som de sua voz grossa, mas não conseguiu distinguir as palavras. Então, a garota parou e se abaixou, como se estivesse retirando uma pedra do sapato. Uma comprida cortina de cabelo louro caiu à frente do seu rosto, e Oliver parou também para esperar por ela, paciente, com a cabeça abaixada em sua direção, a mão dela ainda firme segurando a dele. Liz viu isso e de imediato sentiu um temor. Era como se estivesse de fora de alguma coisa, como se aqueles três estivessem envolvidos em algum tipo de conspiração contra ela. A tal pedra do sapato foi finalmente removida. Oliver se virou para continuar a caminhada e, então, colocou os olhos no bonito Triumph azul-escuro estacionado em frente à casa. E viu Liz. Ela jogou o cigarro no chão, pisou-o com a sola do sapato e se levantou, indo ao encontro do grupo. Oliver, no entanto, largou a mão da jovem e se adiantou na frente dos outros, correndo pela elevação gramada e encontrando Liz no alto.

– Liz.

– Alô, Oliver.

Ele notou que Liz estava mais bonita do que nunca, com uma calça bufante e uma jaqueta de couro franjada. Tomou-lhe as mãos e as beijou, perguntando:

– Veio me dar uma bronca por ontem à noite?

– Não! – disse Liz de modo direto, enquanto seus olhos procuravam ver, por cima dos ombros dele, o local por onde Caroline e Jody, mais lentamente, vinham subindo pelo gramado. – Eu lhe disse no telefone que fiquei apenas intrigada pela chegada tão súbita de convidados. Vim ver como é que vocês estão.

– Acabamos de vir do lago. – E se virou na direção dos outros. – Caroline, esta é Liz Fraser. Ela e o pai são meus vizinhos mais próximos, e ela é de casa, vive entrando e saindo de Cairney desde que tinha o tamanho de um gafanhoto. Foi a casa dela que eu tentei mostrar a você esta manhã, atrás das árvores. Liz, essa é Caroline Cliburn, e esse é Jody.

– Muito prazer! – disse Caroline, e se cumprimentaram. Liz retirou os óculos, e foi então, com certo choque, que Caroline viu a expressão nos olhos da outra jovem.

– Olá! – disse Liz, e então: – Alô, Jody!

– Como vai? – cumprimentou o menino.

– Você está aqui esperando há muito tempo? – perguntou Oliver.

– Dez minutos, talvez – respondeu ela, virando-se para ele e dando as costas para os outros. – Não mais do que isso.

– Vai ficar para o almoço?

– Não. A Sra. Cooper foi muito gentil e me convidou, mas estão me esperando em casa.

– Então, pelo menos entre e tome um drinque.

– Não, tenho que voltar. Só parei aqui para dizer olá. – E sorriu para Caroline. – A Sra. Cooper esteve me contando a seu respeito. Disse que vocês têm um irmão que mora em Strathcorrie.

– Ele não mora lá há muito tempo.

– Talvez eu o conheça. Qual é o nome dele?

Sem saber por que, Caroline hesitou em responder. Jody, notando a hesitação, respondeu por ela:

– Ele se chama Cliburn, como nós – disse a Liz. – Angus Cliburn.

Depois do almoço, Oliver, mesmo reclamando da necessidade de, em uma tarde maravilhosa como aquela, ser obrigado a colocar um terno respeitável com camisa social e gravata, entrar no carro, dirigir até a cidade e passar o resto do dia encarcerado em um asfixiante escritório de advocacia, fez o seu papel de forma diligente.

Caroline e Jody o observaram partir e ficaram acenando até ele tomar a alameda. Mesmo depois de o carro ter saído de vista, eles ainda ficaram ali, escutando o barulho do motor e imaginando-o parar no portão antes de pegar a estrada, para depois virar à esquerda, mudar a marcha e acelerar para cima, e além do monte.

Ele se fora, e eles se sentiram ligeiramente perdidos, sem saber o que fazer. A Sra. Cooper, depois de lavar a louça, enxugá-la e guardá-la, tinha ido para sua própria casa cuidar dos seus afazeres e tirar um punhado de roupa do varal, antes que o dia começasse a esfriar. Jody chutou desconsolado as pedrinhas da entrada da casa. Caroline o viu fazer isso e, com um olhar carinhoso, sabendo como ele se sentia, perguntou:

– O que você quer fazer?

– Não sei.

– Quer voltar para o lago?

– Não sei. – Ele era, naquele momento, como qualquer menino que se afastara do melhor amigo.

– Podemos montar outro quebra-cabeça.

– Dentro de casa, não.

– Podíamos trazer uma mesa aqui para fora e montar no sol.

– Não estou com vontade de montar quebra-cabeça.

Derrotada, Caroline foi se sentar no banco de pedra onde eles haviam encontrado Liz Fraser os esperando naquela manhã. Sentiu que instintivamente seus pensamentos se sobressaltaram com a lembrança daquele encontro. Assim, deliberadamente, resolveu retroceder até aquele instante e analisá-lo, tentando decidir por que motivo ela achara tão perturbadora a aparição súbita daquela jovem.

Afinal de contas, era perfeitamente natural. Aquela era, obviamente, uma velha amiga, uma vizinha chegada, e parecia conhecer Oliver da vida toda. Seu pai estava comprando Cairney. O que seria mais do que normal ela dar uma passadinha para fazer uma visita social e conhecer os convidados de Oliver.

Mesmo assim, havia algo ali. Uma violenta carga de antipatia que Caroline sentira no instante em que Liz tirara os óculos escuros e olhara para ela diretamente nos olhos. Ciúmes, talvez? Poderia até ser, mas ela não tinha do que ter ciúmes. Era infinitamente mais atraente do que Caroline, e Oliver parecia ser devotado a ela, de uma maneira óbvia. Ou será que ela talvez fosse simplesmente uma pessoa possessiva, como uma irmã às vezes pode ser? Mas isso ainda não servia para explicar o fato de que ali em pé, conversando com ela, Caroline tivera a impressão de que estava sendo analisada, camada após camada, como se fosse despida das roupas da alma, peça por peça.

Jody estava agachado, arrastando pequenos montinhos de cascalho do piso com as mãos, que já estavam acinzentadas com a poeira. De repente, olhou para cima.

– Alguém está chegando! – disse.

Ficaram ouvindo com atenção, e ele estava certo. Um carro tinha diminuído a marcha para entrar pelo portão, na ponta da alameda, e agora se aproximava da casa.

– Talvez Oliver tenha esquecido alguma coisa.

Mas não era Oliver. Era o mesmo automóvel Triumph azul-escuro que estivera estacionado do lado de fora da casa, naquela manhã. Estava com a capota abaixada agora, e Liz Fraser, com seus cabelos brilhantes e os óculos escuros, ao volante, com uma echarpe de seda em volta do pescoço. Instintivamente, Jody e Caroline se levantaram, e o carro parou a menos de 2 metros de onde eles estavam, com uma pequena nuvem de poeira que se levantou das rodas traseiras, provocada pela ação dos freios.

– Olá para vocês... de novo! – disse Liz, desligando o motor.

Jody não respondeu nada. Ficou apenas olhando, e seu rosto estava sem expressão. Caroline respondeu o cumprimento também com um "Olá". Liz abriu a porta e saltou do carro, batendo-a com força. Tirou os óculos e Caroline notou que seus olhos não estavam sorrindo, embora sua boca estivesse.

– Oliver saiu?

– Sim, já faz uns dez minutos.

– Trouxe um presente para você... – disse Liz, sorrindo para Jody e se encaminhando para o porta-malas do carro. – Achei que você deveria estar sem muitas opções de atividades interessantes para fazer por aqui. – E fez aparecer um lindo taco de golfe, pequeno, e uma bola profissional. – Havia um pequeno campo de golfe naquela porção reta do gramado ali adiante. Tenho certeza de que se você for até lá conseguirá encontrar os buracos e algumas das marcações do campo. Você gosta de jogar golfe?

– Puxa, obrigado! – O rosto de Jody se iluminou, pois adorava presentes. – Não sei se vou gostar de jogar golfe... Nunca joguei...

– É muito divertido. Um pouco desafiador, mas é ótimo. Por que você não desce até lá e experimenta, para ver se leva jeito?

– Obrigado – repetiu, e saiu correndo. No meio do caminho, parou e virou-se. – Depois que eu aprender, você pode ir até lá para jogar um pouco comigo?

– Claro que sim! Podemos até fazer uma pequena aposta e ver quem vence a partida.

Ele continuou, já chegando ao final da suave descida até o gramado onde ficava o campo. Liz virou-se para Caroline e fez o sorriso sumir completamente, dizendo:

– Na verdade eu voltei para ter uma pequena conversa com você. Podemos sentar ali no banco? É bem mais confortável do que ficar falando aqui, em pé.

E se sentaram, em frente à janela da biblioteca. Caroline com um jeito desconfiado e Liz completamente à vontade, pegando um cigarro na bolsa e o acendendo com um minúsculo isqueiro de ouro.

– Recebi um telefonema de minha mãe – disse ela.

Caroline não tinha nada para comentar a respeito desse pedaço gratuito de informação, mas Liz continuou:

– Você não sabe quem sou eu, não é? Quer dizer, além do fato de ser a Liz Fraser que mora na propriedade vizinha, em Rossie Hill. – Caroline balançou a cabeça para os lados. – Mas você certamente conhece Elaine e Parker Haldane. – Caroline concordou. – Querida, não fique com essa cara... Elaine é a minha mãe.

Pensando em retrospectiva, Caroline não conseguiu imaginar como pudera ter sido tão idiota. Elizabeth... Liz... Escócia... Ela se lembrou daquele último jantar de gala em Londres, Elaine falando o tempo todo sobre Elizabeth. *"Bem, você sabe, há dez anos, quando eu e Duncan ainda estávamos casados, compramos uma fazenda na Escócia."* Duncan, o pai de Liz, o homem que estava querendo comprar Cairney de Oliver. *"E a primeira coisa que Elizabeth fez foi formar amizade com os dois irmãos que moravam na propriedade vizinha... O irmão mais velho... acaba de morrer, em um terrível acidente de carro..."*

E se lembrou de que, no momento em que Jody lhe contara como Charles tinha morrido, algo em sua memória se remexera, inconscientemente, para acabar ficando submerso novamente dentro de seu cérebro, sem ter conseguido chegar à tona.

As peças estavam todas espalhadas à sua frente, como os pedaços do quebra-cabeça inacabado de Jody. Estavam lá, porém, o tempo todo, bem diante do seu nariz, só que ela fora muito burra, ou talvez envolvida demais com os próprios problemas, para juntar todas. Então, Caroline disse:

– Eu sempre ouvi sua mãe referir-se a você como Elizabeth.

– É que mamãe e Parker me chamam assim. Já aqui eu sempre fui conhecida como Liz.

– Nunca imaginei... Jamais poderia pensar que fosse você.

– Bem, é isso aí... Coincidências... Um mundo pequeno... Essas coisas. E, como eu lhe disse, minha mãe telefonou esta manhã. – Seu olhar era de quem sabia algo mais.

– E o que foi que ela lhe contou? – perguntou Caroline.

– Bem, creio que ela me contou tudo o que havia para contar. Falou sobre você e... Jody, esse é o nome do menino... desaparecendo de repente. Diana alucinada de preocupação, sabendo apenas que vocês tinham vindo para a Escócia e nada mais. E me falou também de um monumental casamento que vai acontecer terça-feira agora. Que você vai se casar com Hugh Rashley.

– Sim... – disse Caroline, com um tom fraco, pois não havia mais nada a dizer no momento.

– Parece que você se meteu numa enrascada.

– É... – respondeu Caroline. – Acho que sim.

– Minha mãe falou que você veio até a Escócia para se encontrar com seu irmão Angus. Isso não foi uma atitude impensada e sem chance de êxito?

– Não pareceu assim na hora. É que Jody estava querendo ver Angus, se encontrar com ele de novo. Diana e Shaun querem levá-lo para morar no Canadá, Jody não quer ir... E Hugh não quer que Jody fique morando conosco depois do casamento. Sendo assim, só nos restava procurar Angus.

– Mas eu sempre pensei que Angus fosse assim um tipo punk, meio hippie, não é?

Todos os instintos de Caroline a levavam a pular em defesa do irmão, mas na verdade era difícil encontrar algo para falar em favor dele. Simplesmente encolheu os ombros, dizendo:

– Ele é nosso irmão...

– E está morando aqui perto, em Strathcorrie?

– Ele trabalha lá. No hotel.

– Mas não está lá no momento.

– Não, mas deve estar de volta no máximo até amanhã.

– E você e Jody vão ficar esperando aqui até que ele apareça?

– Eu... Eu não sei.

– Você me parece em dúvida. Talvez eu possa ajudá-la a tomar uma decisão. Escute, Oliver está atravessando uma fase muito ruim. Não sei se você consegue avaliar a extensão disso. Ele era totalmente devotado a Charles, o idolatrava, eram apenas eles dois no mundo. Agora, Charles está morto, Cairney tem que ser vendida, e é o fim da linha para Oliver. Você não acha que diante das circunstâncias seria uma demonstração de consideração se você e seu irmão voltassem logo para Londres? Pelo bem de Oliver? De Diana? E de Hugh?

Caroline não se mostrou vencida e perguntou:

– Por que é que você nos quer fora do caminho?

– Talvez porque, com tudo isso, vocês sejam apenas um transtorno a mais para Oliver.

– Por sua causa?

– Ora, minha querida... – Liz sorriu. – Oliver e eu nos conhecemos há muito tempo, somos muito chegados. Mais íntimos do que você possa imaginar. Esse é um dos motivos de meu pai estar comprando Cairney.

– Você vai se casar com ele?

– É claro que sim!

– Ele não me contou isso.

– E por que contaria? Você por acaso contou para ele que vai se casar daqui a poucos dias? Ou talvez seja um segredo? Reparei que você nem está usando um anel de noivado.

– Eu... Eu deixei o anel em Londres. Ele é muito grande e eu fico sempre com medo de perdê-lo.

– Mas Oliver não sabe do casamento, sabe?

– Não.

– Engraçado você não ter contado para ele. Afinal, de acordo com o que minha mãe me contou, vai ser um acontecimento grandioso. Imagino que um próspero corretor da Bolsa de Valores como Hugh Rashley faria questão disso, como parte de sua imagem de homem bem-sucedido. E você vai, então, se casar com ele, mas por alguma razão não quer que Oliver saiba... – Como Caroline não teve como replicar nenhuma das insinuações, Liz começou a rir, e completou:

– Minha querida criança, eu acho que você se apaixonou por Oliver. Bem, não a culpo por isso, nem um pouco. Apenas sinto muito por você... Mas, ouça, eu estou do seu lado, e podemos fazer um pequeno pacto. Você e Jody voltam para Londres e eu prometo que não digo uma palavra sequer a respeito do seu casamento. Ele não vai saber de nada até ver as reportagens nas colunas sociais dos jornais da quarta-feira de manhã. Certamente, haverá descrições completas de toda a cerimônia, com uma foto dos noivos na porta da igreja, como se tivessem acabado de descer da última camada do topo de um bolo de casamento. Que tal essa ideia? Sem explicações, sem desculpas. Apenas uma separação imediata e limpa. Você de volta aos braços do seu Hugh, que obviamente a adora, e deixando o hippie do Angus vivendo a própria vida. E, então, isso tudo não faz sentido para você?

– Mas tem o Jody... – disse Caroline, acuada.

– Ele é apenas uma criança. Um menino ainda muito pequeno. Vai se adaptar bem. Vai se mudar para o Canadá e adorar tudo por lá. Vai acabar se tornando o capitão do time de hóquei em pouquíssimo tempo. Diana é a pessoa mais adequada, a melhor, para cuidar dele, e você sabe bem disso, e consegue ver essa realidade, não? Alguém como Angus, sem futuro, seria apenas a pior influência possível para o menino. Ora, vamos, Caroline, desça das nuvens e encare os fatos. Desista desse projeto insano e volte para Londres.

Do gramado lá embaixo ouviu-se um grito de triunfo, quando Jody finalmente conseguiu acertar a bola no buraco. Subiu de volta pela pequena elevação, correndo e balançando o seu novo taco de golfe.

– Peguei o jeito! É preciso bater na bola bem devagar, não usar muita força! – E parou. Liz já estava em pé, calçando suas luvas. – Você não vai lá jogar um pouco comigo?

– Outra hora!

– Mas você prometeu.

– Outra hora nós jogamos! – repetiu, e entrou no carro, recolhendo com elegância suas longas pernas. – Agora sua irmã tem uma coisa importante para lhe contar.

Oliver dirigiu de volta para casa através da noite que baixava, azulada, depois de um dia absolutamente perfeito. Agora, ele se sentia relaxado, e por alguma razão estranhamente contente. Não estava mais se sentindo exausto pela longa reunião, cheia de assuntos burocráticos. Tinha a cabeça clara e se sentia muito mais feliz, pois dera realmente o passo final para colocar a Fazenda Cairney à venda. Havia conversado também com o advogado a respeito da ideia de manter o chalé do lago, reformando-o e convertendo-o em uma pequena casa de veraneio. O advogado não levantara nenhuma objeção à ideia, desde que Oliver conseguisse acertar os detalhes do acordo com Duncan

Fraser, para conseguir um caminho de acesso através do que se tornaria, depois da venda efetuada, terra de Duncan.

Oliver não imaginava que Duncan pudesse fazer qualquer objeção com relação a isso. O pensamento do lindo chalé totalmente remodelado e novamente com vida o encheu de satisfação. Ele estenderia o jardim até a beira do lago, reformaria o velho cais, reconstruiria a chaminé e abriria janelas na parte de cima, que sairiam no telhado e teriam uma linda vista para o lago. Planejando tudo isso, ele começou a assobiar baixinho. O volante revestido de couro lhe pareceu firme e agradável ao toque, sob suas mãos, e o carro fazia as curvas da estrada tão familiar de um modo suave, doce, como um cavalo que trota em ritmo constante e conhece bem o caminho. Como se o carro soubesse, assim como Oliver, que estava indo para casa.

Virou na entrada dos portões e acelerou pela alameda, sob as árvores, chegando na curva do rododendro e fazendo a buzina soar alegremente, para avisar a Jody e a Caroline que ele já estava de volta. Largou o carro parado na porta da frente e entrou em casa tirando o paletó, já esperando escutar o barulho dos passos de Jody.

Mas a casa estava silenciosa. Colocando o casaco sobre o assento de uma cadeira, ele chamou:

– Jody!... – Não houve resposta. – Caroline! – Ainda nada. Foi até a cozinha, mas o cômodo estava escuro e vazio. A Sra. Cooper ainda não chegara para preparar o jantar. Intrigado, ele saiu pela porta de vaivém e seguiu até a biblioteca. Ali, também, não havia ninguém, e o fogo estava quase apagado na lareira. Ele ligou o interruptor, e com o aposento mais iluminado foi colocar algumas achas de lenha para reavivar as chamas. Levantando-se, viu de relance o envelope sobre a escrivaninha, um retângulo de papel branco encostado no telefone. Um dos melhores envelopes da gaveta de cima da sua escrivaninha, e sobre ele estava escrito o seu nome.

Ele o abriu e notou, com alguma surpresa, que suas mãos estavam tremendo. Desdobrou a folha solitária, que retirou com cuidado, e leu a carta de Caroline.

Caro Oliver,

Depois que você saiu, Jody e eu tivemos uma longa conversa, analisamos tudo com cuidado e decidimos que seria melhor voltarmos para Londres. Não vai adiantar nada ficar aqui esperando por Angus. Nem ao menos sabemos quando é que ele vai voltar, e não é justo fazermos isso com Diana, ficar fora ainda por mais tempo, quando ela nem mesmo sabe ao certo onde estamos.

Por favor, não se preocupe conosco. O carro está funcionando maravilhosamente, e na oficina eles gentilmente encheram o tanque para nós. Não creio que vá haver alguma outra nevasca, e estou certa de que retornaremos em segurança.

Não há palavras para agradecer a você e a Sra. Cooper por tudo o que fizeram por nós. Adoramos ficar em Cairney esses dias. Jamais nos esqueceremos desses momentos.

Com o nosso amor,

Caroline

7

Na manhã seguinte, Oliver, tentando enganar a si mesmo de que era necessário acertar um ou dois pontos pendentes com Duncan Fraser a respeito da venda de Cairney, resolveu pegar o carro e ir até Rossie Hill. Era mais um dia maravilhoso, embora frio; durante a noite caíra uma geada leve, e o sol ainda não conseguira esquentar o suficiente para derretê-la. Mesmo assim, o caminho de entrada de Rossie Hill estava enfeitado com os brotos dos primeiros narcisos, e ao entrar na casa pela porta da frente Oliver sentiu de imediato o perfume do imenso vaso de jacintos azuis que repousava no centro da mesa do saguão.

Sentindo-se tão à vontade ali quanto Liz em Cairney, saiu em busca dos ocupantes da casa, descobrindo a filha de Duncan, afinal, no estúdio do pai, na escrivaninha, ao telefone, aparentemente conversando com o açougueiro. Assim que ele abriu a porta, ela olhou em sua direção e levantou as sobrancelhas, em um sinal silencioso para que ele esperasse alguns instantes. Oliver entrou no aposento e foi ficar de pé diante da lareira. Pensou em acender um cigarro, mas em seguida mudou de ideia, confortado pelo calor do fogo que acariciava a parte da frente de suas pernas.

Liz acabou de falar ao telefone e desligou. Ficou, porém, sentada junto à escrivaninha, parada, com uma das longas pernas balançando, como se estivesse pensando em algo. Usava uma saia pregueada, um suéter colante e um lenço de seda amarrado em volta do pescoço. A pele de seus braços e de seu rosto ainda brilhava com o tom bronzeado do sol de Antigua, e por um longo momento seus olhos escuros encararam os dele, do outro lado do cômodo.

– Procurando alguém? – perguntou ela, por fim.

– Seu pai.

– Ele saiu. Foi a Relkirk. Não volta antes do almoço. – Pegou uma cigarreira de prata e estendeu-a na direção de Oliver. Ele balançou a cabeça, mas ela serviu-se de um cigarro e o acendeu na mesma hora, com o pesado isqueiro que ficava sobre a escrivaninha. Ficou observando o visitante atentamente, de forma pensativa, através de uma nuvem de fumaça azul. – Você parece um pouco distante, Oliver. Aconteceu alguma coisa?

Ele estivera a manhã inteira tentando se convencer de que não havia nada errado, mas naquele momento disse, de forma abrupta:

– Caroline e Jody se foram.

– Foram embora? – Sua voz mostrava uma surpresa moderada. – Embora para onde?

– De volta para Londres. Voltei ontem para casa e encontrei uma carta de Caroline.

– Mas, certamente, isso foi positivo.

– Depois de todos os problemas por que passaram, acabaram não conseguindo encontrar o irmão.

– Pelo que eu entendi, não me parece que isso vá fazer muita diferença, acho eu.

– Vai fazer diferença, sim. Era importante para eles. Era muito importante para Jody.

– Contanto que sejam capazes de voltar a Londres em segurança, não me preocuparia mais com eles. Você já tem problemas suficientes na vida, meu caro, não precisa ficar servindo de babá para dois pobres coitados que você nunca tinha visto antes nem conhecia. – E mudou de assunto, como se a partida deles tivesse pouca importância. – O que você queria com meu pai?

– Eu... – Ele mal se lembrava. – É sobre um caminho de acesso. Vou querer ficar com o chalé do lago, se pudermos acertar isso, mas precisarei de uma trilha através do vale, para chegar até lá.

– Ficar com o chalé do lago? Mas está totalmente em ruínas!

– Basicamente, a estrutura está suficientemente boa. Vai precisar de uma arrumada, uma pequena reforma para ficar mais bonito, um telhado novo.

– E para que finalidade você quer o chalé do lago?

– Para ficar com ele! Para usá-lo como casa de férias, talvez. Não sei ainda... Simplesmente para mantê-lo comigo.

– Fui eu que coloquei essa ideia na sua cabeça?

– Talvez tenha sido.

Ela escorregou lentamente da escrivaninha, atravessou o estúdio e chegou perto dele.

– Oliver, eu tenho uma ideia muito melhor.

– E que ideia é essa?

– Deixe o meu pai comprar a casa principal de Cairney.

– Mas ele nem mesmo está interessado nela! – riu ele.

– Ele não, mas eu estou. Gostaria de ficar com ela para... Como foi que você disse? Férias... Finais de semana.

– E para que você iria querer isso?

– Para trazer meu marido até aqui... – Atirou o cigarro na lareira. – E meus filhos.

– E eles iriam gostar disso?

– Não sei. Me responda você...

Os olhos dela eram diretos, honestos, sequer piscavam. Ele estava atordoado pelo que ela estava lhe dizendo, mas, ao mesmo tempo, sentia-se lisonjeado. E surpreso. A pequena Lizzie, desajeitada, com as pernas compridas e finas demais, agora adulta, sedutora e linda como ele nunca imaginara, e pedindo a Oliver que...

– Desculpe-me se eu estou entendendo errado... – disse ele. – Mas não era eu quem deveria estar tendo esse tipo de ideia?

– Sim, suponho que sim. Mas eu conheço você há tempo demais para perdoar esses pequenos deslizes causados pela timidez. Tenho um sentimento forte de que esse nosso reencontro aqui, nessas circunstâncias, quando nenhum de nós esperava rever o outro, significa que tudo estava escrito desde o início. Era parte de um plano superior. Sinto que Charles iria gostar se isso acontecesse.

– Mas foi sempre Charles quem amou você.

– Foi o que eu quis dizer. E Charles agora está morto!

– Mas você teria se casado com ele, se estivesse vivo?

A resposta dela foi colocar os braços em volta do pescoço dele e beijá-lo longamente na boca. Por um instante ele hesitou, pois fora apanhado desprevenido, mas isso durou apenas uma fração de segundo. Era Liz quem estava ali, perfumada, deslumbrante, maravilhosamente atraente. Colocando os braços em volta dela, ele a puxou para junto de si, seu corpo delgado pressionado de encontro ao dele, e disse a si mesmo que talvez ela tivesse razão. Talvez essa fosse, afinal, a direção que a sua vida estava destinada a tomar. Talvez Charles tivesse realmente pensado nisso o tempo todo.

Oliver estava, como era de se esperar, atrasado para o almoço. A cozinha estava irrepreensivelmente limpa, seu prato solitário e seus talheres colocados sobre a mesa, e tudo estava envolto pelo aroma de comida saborosa que vinha do fogão. Procurando pela Sra. Cooper, ele a encontrou no antigo quarto de brincar, arrumando todos os velhos brinquedos que Jody desalojara e deixara espalhados pelo chão. Parecia uma mãe que havia sido afastada dos filhos. Enfiando a cabeça no vão da porta, Oliver disse:

– Estou atrasado para o almoço. Desculpe.

– Ora, isso não é importante. – E olhou por cima da caixa de blocos de madeira que estava guardando meticulosamente.

Parecia apática. – É só um pastelão de carneiro. Deixei em cima do fogão. Você pode comer quando tiver vontade.

A Sra. Cooper ficara chocada e imensamente aborrecida na noite anterior, quando Oliver lhe contou que os Cliburn tinham ido embora. Pela sua expressão agora, Oliver notou que ela ainda não superara o fato. Disse, então, de forma entusiasmada, tentando animá-la:

– Eles já devem estar bem adiantados na viagem. Talvez consigam chegar a Londres ainda esta noite, se não enfrentarem um tráfego muito pesado nas estradas.

– Não posso aguentar o sentimento de solidão na casa, sem eles. – E fungou. – É estranho, parecia até que aquele pequeno menino tinha vivido nesta casa desde o dia em que nasceu. Foi como se Cairney ganhasse vida de novo, com a presença dele aqui.

– Eu sei. – Oliver tentava demonstrar afinidade com o que ela dizia. – Mas, veja, Sra. Cooper, eles teriam que ir embora de qualquer jeito, em mais um ou dois dias.

– E eu sequer tive a chance de me despedir deles. – Ela fazia parecer como se tudo aquilo fosse culpa de Oliver.

– Eu sei. – Ele não conseguiu achar mais nada adequado para dizer.

– E o menino, pobrezinho, nem conseguiu se encontrar com o irmão, no final da história. Falava tanto nesse irmão, Angus, e, depois de todos os planos e problemas, não pôde sequer vê-lo. Isso faz o meu coração se sentir *podre*.

Estas palavras, ditas pela Sra. Cooper, significavam linguagem pesada. De repente, Oliver começou a se sentir tão deprimido quanto ela e disse, de forma quase inaudível:

– Vou... Vou comer o meu pastelão de carneiro. – Depois, ao chegar à porta, lembrou-se do motivo pelo qual tinha vindo procurá-la. – Ahn... Sra. Cooper, não se incomode de voltar mais tarde para preparar o jantar. Fui convidado para um jantar em Rossie Hill.

Ela apenas balançou a cabeça, demonstrando que compreendera o recado. Era como se estivesse muito abalada para tentar dar qualquer outra resposta. Oliver a deixou por conta de sua arrumação mergulhada em desconsolo e desceu para a cozinha. Sentiu, também ele, a casa triste e silenciosa demais. Era como se, longe da presença barulhenta de Jody, todo o lugar também tivesse mergulhado em uma melancolia tão forte e pesada quanto a da Sra. Cooper.

Rossie Hill, enfeitada para um jantar de gala, era sempre tão ofuscante e cintilante quanto o interior de um porta-joias. Quando Oliver entrou, sentiu novamente o cheiro dos jacintos, viu o fogo tremeluzindo na lareira e sentiu-se imediatamente apaziguado pelo calor e com o conforto do ambiente. Ao tirar o paletó e colocá-lo sobre a cadeira do saguão, Liz surgiu da cozinha, carregando um balde imenso cheio de cubos de gelo. Ela parou e colocou o balde sobre a mesa quando o viu, exibindo um sorriso repentino e luminoso.

– Oliver.

– Olá.

Ele apertou os ombros dela com firmeza e a beijou com todo o cuidado, para não borrar a fina linha de sua boca, desenhada com batom. Liz estava com um sabor e um cheiro maravilhosos. Ele a segurou melhor para admirá-la. Estava de vermelho, vestia uma calça de seda muito larga e uma blusa de gola alta. Diamantes fulguravam em um discreto par de brincos. Todo o conjunto fez com que lhe viesse à mente a imagem de um periquito raro ou uma ave-do-paraíso, toda feita de olhos brilhantes e plumagem colorida. Disse a Liz:

– Cheguei cedo demais.

– Não. Cedo, não. Chegou na hora certa. Os outros ainda não chegaram.

– Outros? – Ele levantou as sobrancelhas.

– Eu lhe disse... É um jantar de gala! – Ele a seguiu até a sala de visitas, onde ela colocou o imenso balde com gelo sobre uma mesa de drinques meticulosamente preparada. – Os Allford também vêm. Você os conhece? Mudaram-se para Relkirk há pouco tempo. Ele faz alguma coisa ligada a uísque. Estão loucos para conhecer você. E, agora, quer que eu lhe sirva um drinque ou prefere ir até a mesa pegar? Saiba que aprendi a preparar um martíni muito especial.

– E onde foi que você aprendeu isso?

– Ahn... Nas minhas viagens por aí.

– Seria desfeita se eu optasse apenas por um uísque com soda?

– Não, desfeita nenhuma. Seria apenas tipicamente escocês.

Ela preparou a bebida exatamente da maneira como ele gostava, não muito forte, com pequenas borbulhas e cheia de gelo. Trouxe-a de volta, entregou-lhe, e ele tomou um gole. A seguir, beijou-a novamente. Ela se afastou dele, devagar, relutante, e voltou para a mesa de drinques, onde começou a preparar uma jarra com martíni.

Enquanto ela fazia isso, Duncan juntou-se a eles, e quando a campainha da frente tocou, Liz foi até a porta receber os outros convidados.

Quando a filha saiu da sala, Duncan disse a Oliver:

– Ela já me contou!

Oliver ficou surpreso. Nada em definitivo ficara acertado naquela manhã. Nada fora devidamente discutido. Não havia um compromisso. Sua conversa com Liz, ainda que muito prazerosa, tinha sido mais a respeito do passado e de recordações do que sobre o futuro deles. Parecia a Oliver que havia todo o tempo do mundo para decidir a respeito do futuro. Perguntou então a Duncan, com cautela:

– O que foi que ela contou?

– Não muito. Para falar a verdade, apenas colocou uma ou

duas ideias na minha cabeça. Mas quero que saiba, Oliver, que nada neste mundo me faria mais feliz.

– Ahn... Que bom!

– E com relação a Cairney, eu acho... – Vozes se aproximaram da porta semiaberta. Duncan encerrou a conversa abruptamente: – Falaremos disso mais tarde.

Os Allford eram um casal de meia-idade. O marido era alto, corpulento, e tinha uma expressão séria. A mulher era muito magra, com o rosto rosado mas um pouco pálido, emoldurado por um cabelo louro armado, que parecia sem cor e sem vida, talvez por já estar ficando grisalho. Todos foram apresentados, e Oliver se viu sentado ao lado da Sra. Allford no sofá, ouvindo histórias a respeito dos filhos dela, que a princípio não queriam vir morar na Escócia, mas que agora estavam adorando. Soube também que a filha deles vivia em função do clube de hipismo local e que o filho já estava no primeiro ano da faculdade, em Cambridge.

– E você... Quer dizer que é o vizinho da casa ao lado, se é que se pode falar assim em se tratando de fazendas.

– Não. Moro em Londres.

– Mas...

– Meu irmão, Charles Cairney, é quem morava em Cairney, a fazenda aqui ao lado, mas morreu há pouco tempo, em um acidente de carro. Eu estou aqui tentando organizar todos os assuntos que ficaram pendentes.

– Ah, claro! – A Sra. Allford colocou no rosto uma expressão adequada para a tragédia. – Eu não sabia desse fato. Meus pêsames. É muito difícil conhecer todos os detalhes a respeito das pessoas quando as encontramos pela primeira vez.

A atenção de Oliver foi atraída de volta para Liz, no centro da sala. Seu pai e o Sr. Allford estavam em pé, concentrados em conversas de negócios. Ela estava ao lado deles, segurando um drinque e um pequeno prato com castanhas salgadas, do qual o Sr. Allford, de modo casual, se servia de vez em quando. Sentindo o olhar de Oliver, ela se virou em sua direção. Ele piscou-lhe sem que a Sra. Allford notasse, e Liz sorriu.

Finalmente, foram para a sala de jantar, que estava suavemente iluminada, com as cortinas de veludo fechadas, deixando a noite escura do lado de fora. Havia um jogo de tecido rendado embaixo de cada prato, sobre a madeira escura e brilhante da mesa. Muitos cristais e prata estavam posicionados elegantemente, e um imenso arranjo de tulipas escarlates, no mesmo tom do vestido de Liz, sobressaía no centro da mesa. E, então, foi servido o fino cardápio, constituído de filé de salmão defumado, rosado e delicioso, vinho branco, escalope de vitela, minúsculas couves-de-bruxelas cozidas com castanhas e um pudim que era simplesmente um leve monte de espuma feito com limão e creme. Depois, café, conhaque, e o cheiro de legítimos Havana. Oliver afastou um pouco a cadeira, sentindo-se satisfeito e afortunado pelos confortos proporcionados pelo bem-viver, e já se preparava para aderir às conversas usuais após jantares como aquele.

Atrás dele, o relógio que ficava sobre o console da lareira bateu 21 horas. Em alguns momentos, durante o dia, ele afastara os pensamentos sobre Jody e Caroline para o fundo de sua mente, não se incomodando mais com eles desde então. À medida, porém, que o relógio continuava a soar as nove badaladas com suavidade e determinação, ele não se sentiu mais em Rossie Hill, mas em Londres, junto com os Cliburn. A essa hora eles já estariam em casa, cansados e entediados, procurando explicar tudo a Diana, tentando contar-lhe o que tinha acontecido a eles; Caroline estaria ainda mais pálida e exausta, após as longas horas no volante, e Jody ainda arrasado com o desapontamento e pensando: *Nós fomos procurar Angus. Fizemos essa viagem toda até a Escócia só para en-*

contrar Angus, mas ele não estava lá. E eu não quero ir para o Canadá.

E imaginou Diana, agitada, repreendendo-os severamente, para afinal perdoar tudo, mandar esquentar o leite de Jody e colocá-lo na cama. Viu Caroline subindo as escadas lentamente, cada passo muito devagar antes do seguinte, o rosto coberto pela cortina de cabelos louros e as mãos deslizando sem ânimo pelo corrimão.

– E qual é a sua opinião a respeito, Oliver?

– Como? – Estavam todos à sua volta, olhando para ele. – Desculpem, não estava prestando atenção na conversa.

– Estávamos discutindo a liberação das licenças para a pesca do salmão no vale do Corrie. Ouvi falar de um projeto que vai permitir...

A voz de Duncan se arrastava. Ninguém mais falava na sala. De repente, tudo ficou quieto, e através do silêncio todos ouviram o que os aguçados ouvidos de Duncan já haviam percebido. O som de um carro, não na estrada lá embaixo, mas perto, subindo a colina em direção à casa. Uma caminhonete, ou um caminhão; as mudanças de marcha aconteciam com maior esforço do motor, à medida que a ladeira se acentuava, e então um brilho de faróis passou através do tecido das cortinas fechadas da sala, e o palpitar constante de um motor muito velho se fez ouvir.

– Parece... – disse Duncan, olhando para Liz e fazendo uma piada – que o caminhão com a lenha acabou de chegar.

– Deve ser alguém que se perdeu pelo caminho – respondeu Liz, franzindo a testa. – A Sra. Douglas vai abrir a porta. – E suavemente se voltou de novo para a Sra. Allford, com intenção de levar a conversa adiante, ignorando completamente o desconhecido recém-chegado, que a essa altura já estava esperando do lado de fora da casa. A atenção de Oliver, porém, permaneceu tensa como um elástico que tivesse sido esticado. Ficou com as antenas ligadas e com as orelhas em pé, parecendo um cão de caça. Ouviu o som da campainha da porta da frente e também os suaves passos que foram atender ao chamado. Escutou então uma voz, alta e agitada, interrompida pelas objeções suaves da Sra. Douglas. "(...) Você não pode entrar lá, está acontecendo um jantar importante..." E depois a exclamação "(...) Ah, seu pestinha..." e, no instante seguinte, a porta da sala de jantar se abriu completamente. Do lado de fora, com o corpo aprumado e os olhos procurando em toda a sala a única pessoa que ele queria encontrar, estava a figura de Jody Cliburn.

Oliver ficou imediatamente de pé, e seu guardanapo voou sobre a mesa.

– Jody!

– *Oh, Oliver!*

Atravessando a sala como uma bala, parecendo um pombo-correio que finalmente encontrara o seu destino, o menino se jogou direto nos braços de Oliver.

A CIVILIDADE TÃO FORMAL DO JANTAR elegante se desmontou de imediato, como um balão furado. A agitação que resultou disso teria sido engraçada, se não fosse quase trágica. Porque Jody estava em lágrimas, gaguejando como um bebê, com a cabeça enterrada na barriga de Oliver e os braços fortemente agarrados em volta de sua cintura, como se não demonstrasse a menor intenção de deixá-lo se afastar. A Sra. Douglas, vestida com um avental impecável, esticava o pescoço de um lado para o outro no corredor lá fora, sem conseguir decidir se deveria ou não entrar na sala de jantar e bravamente arrastar o intruso para fora. Duncan estava de pé, sem ter a menor ideia do que estava acontecendo ou quem poderia ser aquela criança. A cada pequeno intervalo de tempo, repetia: "Mas que diabos está acontecendo?", embora ninguém ali estivesse em posição de lhe oferecer qualquer tipo de resposta. Liz também se levantara, mas não dizia nada. Estava simplesmente com os olhos grudados na parte de trás da cabeça de Jody, com o olhar de ódio de quem, se tivesse a mínima oportunidade, gostaria de saborear o enorme prazer de esmagá-la, como se fosse uma fruta podre, de encontro à parede de pedra mais próxima. Apenas os Allford, convencionais até o fim, permaneceram exatamente onde estavam. O Sr. Allford dizia: "Que acontecimento extraordinário!", entre uma baforada e outra do charuto. "Quer dizer então que esta criança chegou para o jantar em um caminhão de carregar lenha?" Enquanto isso, a Sra. Allford sorria de modo sociável, sempre muito casual, dando a impressão de que crianças desconhecidas chegando em caminhões tinham entrado de repente em todos os jantares de gala dos quais ela já participara.

Das profundezas do paletó de Oliver chegavam abafados soluços entrecortados, fungadas longas e frases mutiladas, das quais ele não conseguia ouvir ou entender uma palavra inteira sequer. Depois de algum tempo, pareceu evidente que a situação não poderia continuar eternamente daquela maneira, mas Jody estava agarrado de modo tão intenso que tornava impossível para Oliver o simples ato de se mexer.

– Agora, vamos lá!... – disse ele, por fim, levantando a voz para se fazer ouvir acima dos soluços. – Acalme-se! Vamos lá fora e você poderá me contar tudo o que está acontecendo...

Estas palavras, de algum modo, alcançaram Jody, que afrouxou ligeiramente seu abraço esmagador, permitindo-se ser levado em direção à porta.

– Sinto muito – disse Oliver, enquanto saía. – Por favor, me desculpem por um momento... Isso foi algo totalmente inesperado.

Sentindo-se como se tivesse conseguido realizar uma escapada brilhante, Oliver se viu no saguão com Jody, e a Sra. Douglas, graças a Deus, já estava fechando a porta atrás deles.

– Vocês ficarão bem? – perguntou ela, em sussurro.

– Sim, estamos bem.

Ela seguiu então de volta para a cozinha, murmurando algo inaudível entre os lábios, e Oliver se acomodou em uma cadeira totalmente entalhada e trabalhada em madeira rara, e que tinha sido feita para que alguém jamais se sentasse nela. Puxou Jody para mais perto dele, colocando-o entre os joelhos.

– Pare de chorar. Vamos, tente parar de chorar. Tome este lenço, assoe o nariz e pare de chorar para podermos conversar.

Com o rosto ainda muito vermelho e inchado, Jody fez um valente e visível esforço para se acalmar, mas as lágrimas continuavam a aflorar.

– E-eu... n-não co-consigo parar...

– O que aconteceu?

– Ca-Caroline está doente. Está mesmo! De verdade... Muito doente! Está passando muito mal, como já esteve antes, mas agora sente uma dor terrível bem aqui. – E colocou as próprias mãos, que estavam muito sujas, cobrindo o próprio estômago. – E está ficando cada vez pior!

– Onde é que ela está agora?

– No Hotel Strathcorrie.

– Mas ela me escreveu na carta que vocês iam voltar direto para Londres.

– Eu não quis, eu não deixei! – Seus olhos se encheram novamente de lágrimas. – E-eu que-queria encontrar Angus.

– E ele já voltou?

– Não. – E balançou a cabeça para os lados. – Não havia mais ninguém a quem recorrer, a não ser você.

– Você já chamou um médico?

– Eu... eu não sabia o que deveria fazer. Resolvi então vir até aqui chamar você.

– Você acha que ela está mesmo, realmente, muito mal?

Sem conseguir falar mais, por causa do choro que voltara, convulsivo, Jody fez que sim com a cabeça, muito nervoso. Atrás de Oliver, a porta da sala de jantar se abriu e tornou a se fechar, quase em silêncio. Ele se virou e viu Liz parada ali. Ela, então, perguntou a Jody:

– Por que vocês não voltaram para Londres? – Mas ele viu o ódio em seu rosto e não respondeu. – Vocês disseram que iam embora. Sua irmã me falou que levaria você de volta com ela ontem mesmo. – Sua voz ficou de repente muito aguda e estridente. – Ela me disse que...

Oliver se levantou abruptamente, e Liz parou de falar no mesmo instante, como se uma torneira tivesse sido fechada. Oliver, então, perguntou a Jody:

– Quem trouxe você até aqui?

– Um ho-homem. Um homem em uma caminhonete.

– Vá até lá fora, fique junto dele e espere por mim. Avise-lhe que eu já vou sair para falar com ele...

– Mas nós temos que *correr*. Tem que ser bem depressa.

– Eu já disse que vou até lá em um instante! – disse Oliver, levantando a voz. Depois, virou Jody de frente para a porta e lhe deu um pequeno empurrão de incentivo. – Vá em frente, capitão. Diga a ele que você já me achou.

Desanimado, Jody foi. Manipulou com alguma dificuldade a maçaneta da pesada porta e a fechou quando saiu. Oliver olhou para Liz e disse:

– O motivo de eles acabarem não voltando para Londres é que Jody quis ter uma última oportunidade de encontrar o irmão. Agora, o problema é com Caroline, que está passando mal. É tudo o que há para explicar por agora, desculpe.

Atravessou o saguão para pegar o paletó, e, atrás dele, Liz disse:

– Não vá!

– Mas eu tenho que ir! – E virou-se, franzindo a testa.

– Telefone para um médico em Strathcorrie e mande-o até lá. Ele cuidará dela.

– Liz, eu realmente tenho que ir até lá.

– Ela é assim tão importante para você?

Oliver começou a negar com a cabeça, mas depois descobriu que na verdade não queria fazer isso.

– Não sei. Talvez ela seja. – E começou a colocar o paletó.

– E quanto a nós dois? Você e eu?

– Tenho que ir agora, Liz! – Era tudo o que ele conseguia repetir.

– Se você sair por aquela porta, agora, não precisa voltar.

Era como um desafio... ou um blefe. De qualquer modo, não pareceu a Oliver que isso fosse importante naquele momento, e ele tentou ser gentil com ela.

– Não comece a dizer palavras das quais pode se arrepender mais tarde.

– E quem é que disse que eu vou me arrepender? – Cruzou os braços sobre o peito, apertando os cotovelos com tanta força que os nós dos dedos bronzeados ficaram quase brancos. Parecia estar sentindo muito frio de repente, e dava a impressão de estar fazendo um esforço para não perder a calma. – Se não tomar cuidado, você é quem vai ter do que se arrepender, Oliver. Ela vai se casar daqui a quatro dias!

– O que está dizendo, Liz? – Oliver já acabara de colocar o paletó e começava a fechar os botões bem devagar. A calma dele a levou aos limites da sua elaborada atitude de autocontrole.

– Ela não contou a você? Que coisa estranha, você não acha? Pois é a pura verdade! Ela vai se casar agora, na próxima terça-feira, em Londres. E com um jovem corretor financeiro de futuro muito promissor, que se chama Hugh Rashley. É até engraçado que você não tenha sequer desconfiado disso. Mas, também, ela nem usava um anel de noivado, usava? Disse que era muito grande e que tinha medo de perdê-lo, mas isso me pareceu uma explicação um pouco tola. Você não vai me perguntar agora como é que eu sei de tudo isso, Oliver?

– Como é que você sabe de tudo isso, Liz? – ecoou Oliver.

Minha mãe me contou, pelo telefone, ontem de manhã. Veja só que coincidência! Diana Carpenter, a madrasta, é simplesmente a melhor amiga de mamãe que, portanto, sabe de tudo sobre a vida da garota.

– Liz, tenho que ir agora.

– Se você já perdeu o coração... – disse ela, de modo doce –, siga meu conselho e não perca a cabeça junto. Não há futuro ali. Você só vai fazer papel de tolo.

– Explique a minha saída ao seu pai – disse ele. – Conte-lhe o que aconteceu. Diga-lhe que eu sinto muito. – E abriu a porta. – Adeus, Liz.

Ela não estava conseguindo acreditar que Oliver não se voltaria de modo impetuoso para correr até ela, tomá-la nos braços e dizer que nada daquilo era importante, que ele a amaria para sempre, como Charles a tinha amado, e que Caroline Cliburn cuidasse da própria vida.

Mas ele não fez nada disso. E foi embora.

O homem na caminhonete era um sujeito grande, com rosto redondo e vermelho, e usava uma boina em tecido xadrez. Parecia um fazendeiro, e a caminhonete fedia a estrume de porco. Esperara, porém, pacientemente, por Oliver, até que este saiu da casa. Enquanto isso, fazia companhia a Jody.

Oliver colocou a cabeça na janela, dizendo:

– Sinto muito por tê-lo feito esperar!

– Não tem problema não, senhor. Não estou com pressa.

– Foi muito gentil ter trazido o menino até aqui. Não sei como lhe agradecer. Espero que o senhor não tenha se desviado muito do seu caminho.

– Que nada! Estava voltando lá de Strathcorrie, de qualquer jeito. Tinha dado uma parada para uma cervejinha no bar do hotel quando o menino me pediu para trazê-lo até Cairney. Como me pareceu que ele estava com problemas e muito preocupado, não quis deixá-lo ali, sozinho na estrada, àquela hora. – E virando-se para Jody, bateu-lhe no joelho afetuosamente, com sua mão grande e gorda. – Então... Agora você vai ficar bem, rapazinho, encontrou o Sr. Cairney!

– Eu lhe agradeço muito! – Jody saltou da caminhonete. – Não sei o que teria feito se o senhor não estivesse ali naquela hora e não fosse tão gentil.

– Ora, não foi nada. Quem sabe alguém vai fazer o mesmo por mim algum dia, hein? Ajudar quando eu estiver precisando urgentemente de uma carona como você, ou algo assim? Só espero que sua irmã melhore e que dê tudo certo. Agora devo me despedir, senhor.

– Boa noite! – disse Oliver. – Muito obrigado, mais uma vez! – E quando a lanterna traseira da caminhonete desapareceu na curva do caminho de acesso à casa, ele pegou na mão de Jody, colocou-a dentro da sua e falou:

– Vamos embora, agora. Não temos mais tempo a perder.

Já na estrada, em disparada, com os faróis trespassando como lanças a escuridão do caminho, que serpenteava diante deles com suas voltas e curvas tão familiares, Oliver disse a Jody:

– Agora, conte-me exatamente tudo o que aconteceu.

– Bem, Caroline passou mal de novo, vomitou, e, então, falou que estava com uma dor horrível; depois ficou pálida e suando muito, e aí... eu não sei... o telefone... E então...

– Não. Quero saber do início. Desde a carta que Caroline me escreveu. Aquela que vocês deixaram na minha escrivaninha.

– Ela me disse que nós íamos voltar para Londres. Mas eu reclamei, porque ela *tinha prometido* esperar até sexta-feira, e falei que Angus ia voltar na sexta.

– Sexta é hoje.

– E foi o que eu disse. Queria esperar até hoje. Mas ela falou que seria melhor para todos se voltássemos para Londres, e resolveu escrever aquela carta para você. Só que, no último momento, desistiu de voltar. Disse que nós dois iríamos para o Hotel Strathcorrie, só por uma noite, aquela última noite, e que hoje, então, teríamos que voltar para Londres, sem falta. Então eu disse que estava tudo bem, concordei com ela. Fomos para Strathcorrie e a Sra. Henderson nos deu quartos, e estava tudo ótimo até hoje de manhã na hora do café. Caroline falou que estava se sentindo péssima e não tinha condições de dirigir. Então ficou na cama. Tentou almoçar, mas achou que ia passar mal do estômago novamente, e acabou passando mesmo. Foi aí que a dor terrível começou.

– Por que não procurou a Sra. Henderson?

– Eu não sabia o que fazer. Ficava achando que Angus ia voltar a qualquer momento e tudo seria resolvido, e ficaria bem. Só que ele não voltou, e Caroline piorou mais ainda. Tive que descer e jantar sozinho, porque ela disse que não queria comer nada. Quando voltei, ela estava toda encharcada de suor. Era como se estivesse dormindo, só que não estava, e eu pensei que ela fosse morrer naquela hora...

Sua voz começou a ficar histérica, por causa do nervosismo. Oliver disse, tentando acalmá-lo:

– Você deveria ter me telefonado. Era só procurar o número do telefone da minha casa.

– Não gosto de falar no telefone, não consigo, tenho até medo de telefone – disse Jody, e admitir isso abertamente era uma prova do seu verdadeiro desespero. – Eu nunca consigo entender direito o que as pessoas falam no telefone, e quando estou nervoso nunca consigo teclar o número certo.

– O que você fez então?

– Desci correndo as escadas e vi aquele homem saindo do bar. Ele me pareceu gentil, falou que estava indo para casa e saiu. Fui atrás dele e contei que minha irmã estava doente. Falei de você e pedi para que me levasse até Cairney.

– Só que eu não estava lá...

– Não. E o homem foi legal, saltou do carro, tocou a campainha e tudo. Foi aí que eu me lembrei da Sra. Cooper, e ele me levou até a casa dela. Ela me deu um abraço grande quando me viu, e disse que você estava em Rossie Hill. O Sr. Cooper disse que me levaria até lá, embora estivesse de camiseta com suspensórios e chinelos. Foi aí que aquele homem legal disse que não, que ele me levaria, pois sabia o caminho. E foi assim que eu cheguei lá. Desculpe por estragar a sua festa.

– Isso não importa – disse Oliver.

A essa altura Jody já se acalmara e tinha parado de chorar. Chegou mais para a ponta do banco, como se essa simples atitude pudesse fazê-los chegar mais depressa. Disse por fim:

– Não sei o que teria feito se não tivesse conseguido encontrar você.

– Mas conseguiu! E eu estou aqui agora. – Oliver esticou o braço e puxou Jody para mais perto dele. – Você fez muito bem, garotão. Fez tudo certinho.

A estrada continuava, subia e descia as colinas. As luzes de Strathcorrie apareceram, piscando trêmulas, bem mais adiante, envelopadas nas dobras das montanhas escuras e silenciosas. "Estamos chegando!...", disse Oliver baixinho, como se estivesse falando para Caroline. "Estamos chegando, Jody e eu."

– Oliver...

– Sim?

– O que é que você acha que está acontecendo com Caroline?

– Para dar um palpite de alguém completamente leigo... – disse Oliver. – Eu diria que ela está com o apêndice inflamado e que precisa removê-lo bem depressa.

8

O diagnóstico de Oliver mostrou-se perfeitamente correto. Em menos de dez minutos o médico de Strathcorrie que a Sra. Henderson convocara com urgência chegou, confirmou a apendicite, injetou em Caroline um poderoso analgésico para fazê-la suportar a dor e desceu apressadamente a fim de ligar para o hospital local solicitando uma ambulância. Jody, com o que pareceu ser uma rara demonstração de tato para alguém tão novo, foi com o médico acompanhar essas providências. Oliver ficou com Caroline, sentado na beira da cama, segurando uma das mãos dela dentro das suas, colocadas em concha.

Ela falou, parecendo já ligeiramente dopada:

– Eu não sabia aonde Jody tinha ido. Não sabia que ele tinha ido procurar você.

– Fiquei completamente surpreso quando ele apareceu de repente. Para mim, vocês dois já estavam sãos e salvos, de volta a Londres.

– Nós não fomos. No último instante, vi que não podia ir embora. Simplesmente não podia, depois de ter prometido a Jody.

– Ainda bem que vocês não foram embora. Um apêndice supurado no meio do caminho, bem na estrada, não teria a menor graça.

– É... Não mesmo, não é? – E sorriu. – Acho que era isso que estava errado comigo o tempo todo. Quer dizer, eu me sentindo mal assim e enjoada. Nunca pensei que pudesse ser apendicite. – E completou, como se tivesse acabado de se lembrar de um detalhe: – E estou com casamento marcado para terça-feira!

– Esse é um compromisso que você não vai ser capaz de manter. Com certeza.

– Liz contou a você?

– Sim.

– Eu mesma deveria ter contado. Não sei por que não contei. – E depois se corrigiu: – Eu *não sabia* o motivo de não ter contado.

– E agora já sabe?

– Já! – respondeu ela, sem saída.

– Caroline – disse Oliver. – Antes que você diga mais alguma coisa, eu queria que soubesse que... quando você for mesmo se casar com alguém, eu não quero que seja com outra pessoa a não ser comigo.

– Mas você não vai se casar com Liz?

– Não.

– Está tudo uma confusão, não é? – disse ela, considerando a frase, com o rosto sério. – Eu sempre consigo transformar tudo em confusão. Até mesmo ficar noiva de Hugh parece que faz parte dessa confusão.

– Não sei nada a esse respeito, Caroline. Não conheço Hugh.

– Ele é legal. Você gostaria de conhecê-lo. Está sempre por perto quando a gente precisa, é organizado, muito gentil... Eu sempre gostei muito dele. É o irmão mais novo de Diana, Liz lhe contou isso? Foi ele quem nos recebeu, quando chegamos ao aeroporto, vindos de Aphros, e tomou conta de tudo na volta da viagem. De certa forma, parece que vem cuidando de tudo desde então. É claro que Diana incentivou a ideia do nosso casamento. Isso combinava com o senso de ordem que ela tem, fazer com que eu me casasse com o próprio irmão dela. Manteria as coisas arrumadas e organizadas, tudo em família. Mesmo assim, jamais teria aceitado me casar com ele se não tivesse acontecido aquele caso horrível com Drennan Colefield. A verdade é que quando Drennan me deu o fora, eu senti um vazio imenso, como se jamais pudesse voltar a me apaixonar de verdade um dia. Sendo assim, não fazia muita diferença se eu realmente amava Hugh ou não. – E franziu a testa. – Tudo o que eu estou dizendo faz algum sentido para você? – perguntou ela, tonta e confusa.

– Faz sentido sim, perfeitamente.

– Então, o que é que eu devo fazer?

– Você ama Hugh?

– De certa forma, sim. Mas não dessa maneira.

– Então, não há problema. Ele parece mesmo um sujeito legal, e deve ser, pois você jamais aceitaria se casar com ele se não fosse. Sendo assim, seria muito errado algemá-lo pelo resto da vida a uma mulher indiferente, desanimada e distante. De qualquer modo, você não vai mesmo poder se casar com ele na terça-feira. Vai estar muito ocupada sentada na cama, comendo frutas, cheirando flores e folheando revistas brilhantes e coloridas.

– Vamos ter que contar a Diana o que aconteceu.

– Eu me encarrego disso. Assim que os policiais a levarem no camburão, vou telefonar para ela – disse, tentando brincar com a situação.

– Você vai ter muito o que explicar.

– É exatamente nisso que eu sou muito bom.

Ela mexeu um pouco a mão e enlaçou os dedos nos dele. Disse, então, mostrando contentamento:

– Foi tudo inesperado, mas por muito pouco nós nem chegaríamos a nos conhecer. Nós nos encontramos bem a tempo, não foi?

Oliver ficou, inesperada e inexplicavelmente, engasgado de emoção. Baixou a cabeça e beijou Caroline.

– Sim... – respondeu, com a voz um pouco rouca. – Chegamos muito perto de nos desencontrarmos para sempre. Mas, no fim, conseguimos acertar, hein?

No momento em que a viu ser colocada na ambulância, cercada pela assistência competente de dois ajudantes e uma enfermeira gorducha e simpática, Oliver sentiu como se já conhecesse Caroline há uma eternidade. Ficou olhando a lanterna traseira da ambulância, que se afastava pela rua vazia abaixo, para depois passar sob um pequeno arco de pedra e em seguida sumir de vista, e fez uma prece silenciosa. Ao seu lado, Jody pegou a mão dele.

– Ela vai ficar bem, não vai, Oliver?

– Claro que vai!

E entraram de volta no hotel, como dois homens que tivessem acabado de realizar uma grande missão.

– O que faremos agora? – perguntou Jody.

– Você sabe tão bem quanto eu.

– Telefonar para Diana.

– Certo.

Oliver comprou um refrigerante para Jody, instalou o menino sobre uma mesa bem ao lado da cabine telefônica, entrou no cubículo abafado e começou a teclar os números que o conectariam com Londres. Vinte minutos mais tarde, depois de todas as longas, envolventes e exaustivas explicações terem sido encerradas, abriu a porta da cabine, chamou Jody, ali ao lado, e colocou-lhe o fone na mão.

– Sua madrasta quer falar com você.

– Ela está muito zangada? – perguntou o menino, em um sussurro.

– Não. Quer apenas dizer alô.

– A-alô?... Oi, Diana... – Jody, cuidadosamente, ajeitou o temido fone no ouvido. Lentamente, um sorriso começou a se espalhar pelo seu rosto. – Sim, eu estou muito bem...

Deixando-o sozinho, Oliver foi pedir ao barman a maior dose de uísque com soda que o hotel pudesse fornecer. No momento em que voltou, Jody já se despedira de Diana e acabara de desligar o telefone. Saiu, sorridente, de dentro da cabine.

– Ela não está nem um pouco brava, e está vindo para Edimburgo no primeiro voo, amanhã.

– Eu sei.

– E disse que é para eu ficar com você até ela chegar.

– E está bem assim, para você?

– Se está bem? É fantástico! – E olhou para o copo comprido na mão de Oliver. – De repente, estou morrendo de sede. Será que eu posso tomar outro refrigerante?

– Claro que sim. Vá até lá e peça ao barman.

Oliver achava que tinha chegado ao fim das surpresas daquele dia movimentado, que não havia mais nada a ser feito no momento e que a noite não poderia trazer nenhum outro acontecimento inesperado. Mas estava enganado. Quando Jody saiu em busca de seu refrigerante, veio, lá de fora, o som de um carro que subia o acesso e parou bem na porta, do lado de fora do hotel. As portas do veículo se abriram e se fecharam com força; houve um som de vozes misturadas, passos, e no instante seguinte as portas de vidro que davam para a rua se abriram e entrou uma senhora baixa e miúda, de cabelos grisalhos. Estava elegantemente vestida com um terno rosa e branco com textura de algodão-doce e sapatos de pele de crocodilo muito brilhantes. Foi imediatamente seguida por um jovem completamente sobrecarregado. Vinha cheio de malas finas recobertas de tartã xadrez de boa qualidade, e tentava abrir caminho com o corpo enviesado através da porta, que teimava em se fechar automaticamente. Não tinha sequer uma das mãos livres com a qual pudesse mantê-la aberta. Era alto e louro, com os cabelos compridos e um rosto estranhamente eslavo, com maçãs do rosto salientes e uma boca larga e bem-desenhada. Usava calça de veludo azul desbotada e um casaco grande, surrado. Enquanto Oliver o observava, ele carregou as malas até o balcão da recepção, deixou-as cair no chão com alívio e esticou o braço para tocar a sineta sobre a bancada.

Só que não chegou a alcançá-la. Nesse exato momento Jody vinha saindo do bar. E, então, como a imagem de um filme que tivesse congelado, seus olhares se encontraram e ambos ficaram parados, completamente imóveis, olhando um para o outro. Depois, como se o filme tivesse destravado de repente, com um ruído agudo, o jovem gritou "Jody!" a plenos pulmões, com uma voz que já era consideravelmente alta, e antes que alguém pudesse emitir qualquer outra palavra, Jody já havia se lançado através da sala para os braços do irmão.

Naquela noite, foram todos para Cairney. Na manhã seguinte, Oliver deixou os irmãos em companhia um do outro e dirigiu, sozinho, até Edimburgo, para se encontrar com Diana Carpenter, na chegada do avião de Londres. Ficou no saguão envidraçado do terminal de desembarque do aeroporto Turnhouse, olhando os passageiros que passavam pela porta de saída. Assim que Diana surgiu, ele soube que só poderia ser ela. Alta, esguia, elegante, vestindo um casaco largo de tweed e com uma pequena estola de pele em volta do pescoço. Enquanto ela vinha pela pista, ele seguiu na mesma direção, por dentro, para que pudessem chegar na porta juntos e ele estivesse lá para cumprimentá-la. Vendo o franzido em sua testa e a expressão preocupada, ele chegou junto dela, na porta de vidro, e chamou:

– Diana!

Ela estava com o cabelo louro preso em um coque apertado na parte de trás da cabeça, e seus olhos eram muito azuis. Imediatamente se mostrou aliviada, e parte da ansiedade que exibia abandonou seu rosto.

– Você é Oliver Cairney! – Eles se cumprimentaram e então, por alguma razão desconhecida, mas obviamente adequada, ele a beijou no rosto.

– E Caroline? – perguntou, de imediato.

– Estive com ela logo de manhã cedo. Correu tudo bem, e ela está ótima. Vai superar tudo.

Oliver lhe contara tudo pelo telefone na noite anterior, mas agora, dirigindo velozmente rumo ao norte pela ponte Forth, falou a respeito da chegada de Angus:

– Ele apareceu ontem à noite, como tinha dito. Veio com uma senhora americana a quem ficara servindo de motorista por toda a região das Highlands. Assim que colocou os pés no hotel, Jody o viu de repente e se reconheceram. Foi um tremendo reencontro!

– Só o fato de terem conseguido se reconhecer já é maravilhoso. Não se viam há muitos anos...

– Jody adora Angus.

– É . Eu compreendo isso agora – disse Diana, com a voz baixa.

– E você não tinha notado antes? – perguntou ele com cautela, para não parecer que a estava reprovando.

– Foi difícil... – disse ela. – Foi muito difícil, no início, ser madrasta. Você não pode querer ser a mãe e ao mesmo tempo tentar ser muito mais do que apenas uma amiga. Além do mais, eles não eram como as outras crianças, nenhum deles. Haviam se criado praticamente sozinhos, correndo soltos, descalços, completamente livres. Enquanto o pai era vivo, isso funcionou muito bem, mas tudo ficou diferente depois que ele morreu.

– Acho que posso entender.

– Eu duvido que você consiga... Era como estar constantemente andando sobre o fio de uma lâmina. Eu não queria suprimir-lhes os seus instintos naturais, mas ao mesmo tempo sentia que era necessário criar para eles algum tipo de base sólida, para que pudessem viver suas vidas separadamente, no futuro. Caroline se mostrava sempre muito vulnerável. Foi por isso que tentei convencê-la a desistir da ideia de fazer o curso de teatro e conseguir um trabalho como atriz. Tinha medo de que ela se desencorajasse e acabasse se desapontando e se magoando. E, então, quando todos os meus receios acabaram se materializando, foi maravilhoso ver que ela tinha começado a se interessar por Hugh. Achava que, com Hugh olhando por ela, Caroline jamais se machucaria novamente. Talvez eu tenha, de certa forma, manipulado um pouco as coisas, mas pode ter certeza de que foi sempre com as melhores das intenções.

– Você contou a Hugh o que eu lhe falei ontem à noite ao telefone?

– Sim. Logo que desliguei o fone, peguei o carro e fui até o apartamento dele. Não teria coragem de contar tudo por telefone.

– Como é que ele encarou o assunto?

– Nunca dá para saber, quando se trata de Hugh. Mas eu tive a impressão, de um modo engraçado que eu não saberia explicar, de que ele já estava esperando que algo desse tipo pudesse acontecer. Não que ele tenha me dito alguma coisa. É uma pessoa muito reservada. É autossuficiente e muito civilizado. O fato, porém, de Caroline estar no hospital vai facilitar, de certa forma, a necessidade de termos que adiar o casamento, socialmente. E depois, no momento em que o noivado chegar a ser formalmente desfeito, as pessoas já terão se acostumado com a ideia.

– Espero que sim.

– Depois que voltei do apartamento de Hugh – a voz de Diana mudou –, fui direto falar com Caleb, aquele bode velho tolo. Foi uma coisa totalmente irresponsável ter emprestado o carro às crianças daquela maneira. É um espanto que ele tenha conseguido chegar até Bedfordshire sem explodir. E tudo isso sem me dizer uma palavra. Tive vontade de estrangulá-lo.

– Ele também fez tudo isso com a melhor das intenções.

– Poderia ao menos ter feito uma revisão no carro...

– Ele, obviamente, é louco por Jody e Caroline.

– Sim, Caleb adorava todos eles. Era muito ligado ao pai deles, a Jody, a Caroline e a Angus. Sabe, eu queria que Angus ficasse conosco quando o pai morreu, mas ele não quis levar o tipo de vida que eu levava, e não aceitaria nada do que eu pudesse lhe oferecer. Já estava com 19 anos, e eu jamais pensaria em tentar impedi-lo de sair naquela viagem louca até a Índia. Achava que ele acabaria se livrando daquela obsessão, voltaria para nós e começaria a levar uma vida normal. Mas, como você já deve saber, ele jamais fez isso. Espero que Caroline lhe tenha contado... Ele realmente jamais fez isso.

– Ele próprio me contou – disse Oliver. – Ontem à noite. Ficamos conversando até quase amanhecer. Nessa conversa, eu lhe contei o que Jody pretendia que ele fizesse... Que ele voltasse para Londres e montasse uma casa para os dois morarem juntos. Foi nesse momento que Angus me contou seus planos. Conseguiu um emprego em uma companhia que faz cruzeiros de iate pelo Mediterrâneo. Vai voltar para Aphros.

– E Jody já sabe disso?

– Não. Não quis contar a ele. Queria discutir o assunto primeiro com você.

– Mas... o que há para discutir?

– Isto... – E fez uma pausa, mas quando recomeçou a falar, sentiu que as peças começaram a se encaixar... *Click-click*... formando a figura com precisão, cada recorte de cada peça se ajustando com perfeição, umas com as outras, como era para ser. – Eu vou me casar com Caroline. Assim que ela estiver completamente restabelecida da operação, vamos nos casar. Meu trabalho é em Londres, e eu já tenho um bom apartamento lá, onde podemos morar. E se você e o seu marido concordarem, ficaremos com Jody também. Há espaço suficiente no apartamento para nós três.

Levou algum tempo até todas essas ideias se acomodarem na cabeça de Diana. Por fim, ela perguntou:

– Você está querendo dizer... *Não levar* Jody conosco para o Canadá?

– Ele adora a escola dele, adora morar em Londres, quer ficar junto da irmã. Ele não quer ir para o Canadá.

– Fico imaginando como foi que eu jamais percebi isso... – Diana balançou a cabeça.

– Talvez porque o próprio Jody não quisesse que você per cebesse. Não queria ferir seus sentimentos.

– Eu... Vou sentir saudade dele... muita saudade.

– Mas vai deixá-lo ficar?

– Tem certeza de que é mesmo isso o que você quer fazer?

– Acho que é o que todos nós estamos querendo.

– Hugh jamais faria isso! – Ela riu. – Não estava preparado para assumir a responsabilidade de ficar com Jody.

– Pois eu estou – disse Oliver. – Se você me permitir. Tive apenas um irmão e sinto muita falta dele. Se tiver que ter outro, gostaria de que fosse Jody.

Subiram pela alameda ao chegar em Cairney, e tanto Angus quanto Jody já esperavam, sentados no degrau da porta de entrada, formando um paciente comitê de recepção de apenas duas pessoas. Imediatamente após o carro parar, Diana já estava saltando, quase tropeçando, sem nenhuma preocupação com a elegância, e se curvou para receber um entusiasmado Jody nos braços. Depois, por cima de seus cabelos brilhantes, olhou para o rosto de Angus. A expressão dele era de cautela, mas não mostrava ressentimento. Não compartilhavam as mesmas visões a respeito da vida e do mundo, mas ele conseguira crescer, mesmo longe dela. Agora, o que quer que ele resolvesse fazer com a própria vida, não lhe dizia mais respeito, e ela se sentia, de certa forma, muito grata por isso.

Ela sorriu, recuperou o equilíbrio e correu para os braços

que Angus abrira para ela, e que a receberam em um imenso e caloroso abraço.

– Ah, Angus! – disse Diana. – Você é impossível, mas como é maravilhoso vê-lo novamente!

Tudo o que Diana queria ver agora era Caroline. Assim, Oliver descarregou as malas dela, entregou a Angus as chaves do carro e pediu-lhe para que a levasse até o hospital.

– Eu também quero ir! – disse Jody.

– Não. Nós vamos ficar aqui em casa.

– Mas por quê? Eu quero ver Caroline.

– Mais tarde.

Eles ficaram olhando o carro que se afastava pela alameda, e Jody perguntou novamente:

– Por que você não me deixou ir?

– Porque vai ser bom para eles ficarem por algum tempo juntos, sozinhos. Não se veem há muitos anos. Além do mais, há outro motivo. Quero conversar com você. Tenho um monte de novidades para contar.

– Boas?

– Acho que sim. – Colocando a mão em volta da nuca de Jody, virou o corpo dele com carinho e entraram juntos na casa. – As melhores notícias do mundo.

fim

EDIÇÕES BESTBOLSO

O fim do verão

Rosamunde Pilcher nasceu em 1924 na Cornualha, Inglaterra. Aos 25 anos publicou seu primeiro livro usando o pseudônimo de Jane Fraser. Somente em 1955 Pilcher passou a assinar com o nome verdadeiro e, aos 63 anos, tornou-se conhecida mundialmente com a publicação do best seller *Os catadores de conchas*. Talentosa romancista e contista, suas histórias costumam tratar das complexas relações familiares, sempre ambientadas nas mais belas paisagens da Grã-Bretanha. A escritora tem livros em mais de trinta países.

ROSAMUNDE PILCHER

O fim do verão

LIVRO VIRA-VIRA 2

Tradução de

MAURO FIGUEIREDO

EDIÇÕES
BestBolso

RIO DE JANEIRO – 2010

CIP-BRASIL. CATALOGAÇÃO-NA-FONTE
SINDICATO NACIONAL DOS EDITORES DE LIVROS, RJ

P686f

Pilcher, Rosamunde, 1924-
O fim do verão – Livro vira-vira 2 / Rosamunde Pilcher; tradução Mauro Figueiredo. – Rio de Janeiro: BestBolso, 2010.

Tradução de: The End of Summer
Obras publicadas juntas em sentido contrário
Com: Um encontro inesperado / Rosamunde Pilcher; tradução de Renato Motta. – Rio de Janeiro: BestBolso, 2010
ISBN 978-85-7799-322-2

1. Romance inglês. I. Figueiredo, Mauro. II. Motta, Renato. III. Título. IV. Título: Um encontro inesperado.

10-5430

CDD: 823
CDU: 821.111-3

O fim do verão, de autoria de Rosamunde Pilcher.
Título número 209 das Edições BestBolso.
Primeira edição vira-vira impressa em dezembro de 2010.
Texto revisado conforme o Acordo Ortográfico da Língua Portuguesa.

Título original inglês:
THE END OF SUMMER

www.edicoesbestbolso.com.br

Design de capa: Simone Villas-Boas sobre foto intitulada “Evening at the Lake”, de Juliet Photography (Fotolia).

Impresso no Brasil

ISBN 978-85-7799-322-2

1

Durante todo o verão o tempo havia estado nublado e pesado, com a neblina que vinha do Pacífico envolvendo o calor do sol feito um grande lençol. Mas quando chegou setembro, como sempre ocorre na Califórnia, a neblina seguiu em direção ao alto-mar, onde permaneceu ao longo da linha do horizonte, tingida de tons lilases e grenás, tal como um imenso hematoma.

No continente, mais além da linha costeira, fazendas repletas de plantações exibiam ao sol nascente suas frutas maduras, milho, alcachofra e abóboras. Os pequenos distritos empoeirados e cinzentos, com suas casas de madeira, começavam a despertar com os primeiros raios do sol. As planícies ricas e férteis se estendiam a leste, em direção ao sopé de Sierra Nevada, e atravessando todo esse cenário a rodovia do Camino Real, ao norte de São Francisco e sul de Los Angeles, reluzia com o aço quente dos milhões de carros que nela se apinhavam.

Nos meses de verão, a praia havia estado deserta, já que Reef Point era o fim da linha, raramente favorecido pelo turista ocasional. Por um motivo simples: a estrada não era pavimentada, nem segura, tampouco convidativa. E por outra razão: o balneário de La Carmella, com suas alamedas charmosas, seu seleto country club e seus hotéis impecáveis, ficava logo depois do pontal, e qualquer pessoa com um pouco de bom-senso e alguns dólares permanecia lá. Só mesmo quem gostasse de aventura, estivesse duro, ou fosse louco por surfe, se arriscaria em prosseguir por mais um quilômetro e

meio e despencaria pela estradinha que descia até aquela baía grande, deserta e açoitada pelas tempestades.

Mas, agora, com tempo bom e quente, e com as ondas enormes e limpas arrebentando na praia, as multidões brotavam no lugar. Carros de todos os tipos desciam o morro para estacionar à sombra, sob os cedros, e despejavam campistas, surfistas e famílias inteiras de hippies cansados de São Francisco, que se dirigiam ao sul, rumo ao sol do Novo México, exatamente como as aves migratórias. E nos finais de semana era a vez dos universitários de Santa Bárbara, com seus velhos conversíveis e carros populares com adesivos floridos, abarrotados de garotas e pacotes de cerveja em lata. Eles circulavam com suas pranchas de surfe de coloridos vivos, típicas de Malibu, montavam suas barracas de acampamento em toda a extensão da praia e impregnavam o ar com suas vozes, suas gargalhadas e seu cheiro de bronzeador.

E assim, após termos passado semanas e meses praticamente sozinhos, nos víamos cercados de gente e movimentação de todo tipo. Meu pai andava muito ocupado tentando cumprir o prazo final para a entrega de um roteiro que estava escrevendo, e seu estado de espírito não ajudava nem um pouco. Sem ser notada por ele, saí em direção à praia, levando comigo um lanche (hambúrgueres e refrigerante), um livro para ler, uma toalha de praia para descansar e Rusty como companhia.

Rusty era o nosso cachorro. Meu cachorro. Uma coisa peluda e marrom de raça indeterminada, mas dono de notável inteligência. Quando nos mudamos para a cabana, ainda na primavera, não tínhamos um cão, e Rusty, que nos espiava, decidiu remediar essa situação. Dessa forma, ele passou a nos acompanhar. Eu o enxotava, corria atrás dele, papai atirava-lhe botas velhas, mas, mesmo assim, ele voltava, incorrigível e sem nenhum rancor, e sentava-se a um ou dois metros de nossa

porta dos fundos, sorrindo e batendo com o rabo no chão. Numa manhã em que fazia muito calor, fiquei com pena dele e ofereci-lhe uma tigela com água fresca. Ele bebeu toda a água, e então sentou-se, sorriu e começou a bater novamente com o rabo no chão. No dia seguinte, dei-lhe um osso velho de pernil, que ele apanhou educadamente e enterrou. Em cinco minutos, estava de volta, sorrindo e abanando o rabo.

Meu pai saiu da casa e atirou uma bota nele, mas já sem muito entusiasmo. Era apenas uma demonstração de força, sem muita determinação. Rusty sabia disso, e se aproximou mais um pouco.

– A quem você acha que ele pertence? – perguntei ao meu pai.

– Só Deus sabe.

– Ele parece achar que é nosso.

– Você está errada – disse meu pai. – Ele acha que nós é que pertencemos a ele.

– Ele não é bravo nem cheira mal.

Meu pai levantou os olhos da revista que tentava ler.

– Você está tentando dizer que quer ficar com esse maldito bicho?

– É só porque eu não sei como... Eu não sei como vamos nos livrar dele.

– Posso dar um tiro nele.

– Ah, não!

– Ele deve estar com pulgas. Vai trazer pulgas para dentro de casa.

– Eu compro uma coleira antipulgas.

Meu pai me observava por sobre os óculos. Eu podia perceber que ele esboçava um sorriso.

– Por favor – supliquei. – Por que não? Ele vai me fazer companhia enquanto você estiver fora.

– Tudo bem. – Meu pai capitulou.

Então, calcei meus sapatos, assobiei para o cachorro e subi a ladeira que levava a La Carmella. Lá havia uma clínica veterinária muito cara.

Fiquei aguardando em uma salinha repleta de *poodles* e gatos siameses mimados, e de seus respectivos donos, quando, finalmente, fui chamada. O veterinário olhou para Rusty e me informou que ele estava saudável. Aplicou-lhe apenas uma injeção e disse-me onde comprar a coleira antipulgas. Paguei a consulta, saí para comprar a coleira e voltamos andando para casa. Meu pai continuava lendo a revista. O cachorro entrou educadamente e ficou em pé, aguardando um convite para se sentar. Só então se sentou num tapete velho em frente à lareira vazia.

– Qual é o nome dele? – perguntou meu pai.

– Rusty – respondi. Eu já havia tido um porta-camisolas em formato de cachorro com o nome Rusty bordado, e esse foi o primeiro nome que me veio à mente.

Rusty não teve nenhum problema de adaptação, porque parecia sempre ter feito parte da família. Aonde quer que eu fosse, Rusty ia também. Ele adorava praia e sempre escavava tesouros maravilhosos que trazia para casa a fim de que pudéssemos admirá-los. Pedaços de lixo flutuante, frascos vazios de detergente, longas tiras de algas marinhas. E objetos, às vezes, que, obviamente, ele não havia desenterrado. Um tênis novo, uma linda toalha de banho e, certa vez, uma bola de praia furada, que meu pai teve de substituir por uma nova, depois de eu ter movido montanhas para poder encontrar o dono, que chorava sem parar. Rusty também gostava de nadar, e sempre insistia em me acompanhar; embora eu conseguisse ir muito mais longe e nadar mais rápido do que ele, ele sempre vinha atrás. Às vezes, eu achava que ele havia desistido, mas isso nunca acontecia.

Naquele dia, um domingo, havíamos nadado. Meu pai, após ter terminado o seu texto dentro do prazo, fora de carro até Los Angeles, para entregar o script pessoalmente. Rusty e eu havíamos feito companhia um ao outro, dentro e fora do mar, a tarde toda, catando conchas e brincando com uma varinha de madeira que encontramos boiando. Mas o tempo começava a esfriar, e então tornei a me vestir. Sentamo-nos, lado a lado, com o sol dourado e ofuscante se pondo, enquanto observávamos os surfistas.

Eles haviam surfado o dia inteiro, mas parecia que nunca iriam se cansar. De joelhos sobre as pranchas, remavam para dentro do mar, para além da arrebentação, onde as águas eram verdes e serenas. Lá, eles aguardavam, pacientes, pousados na linha do horizonte feito uma ninhada de corvos-marinhos, esperando a onda se recolher, tomar forma e finalmente quebrar. Escolhiam uma onda, ficavam em pé nas pranchas e, depois que a água subia e fazia uma crista mostrando sua lâmina branca, toda aquela gigantesca massa se encrespava e descia como um trovão. E os surfistas desciam também, galopando na onda – um poema de equilíbrio, arrogante na autoconfiança típica dos jovens – até ela varrer a areia, para então saírem tranquilamente das pranchas e repetir todo o processo, com eles se atirando mais uma vez ao mar, porque, segundo a sua crença, "há sempre uma onda maior e melhor para se pegar". E, agora, o sol já estava se pondo e começava a escurecer, mas mesmo assim eles não queriam perder um momento sequer.

Um rapaz em especial me chamou a atenção. Ele era louro, tinha cabelos curtos, estava muito bronzeado e vestia bermudas de neoprene do mesmo tom de azul vivo de sua prancha. Era um excelente surfista, com um estilo e uma investida que faziam os demais parecerem amadores desajeitados. Enquanto eu o observava, ele pareceu ter decidido dar por encerrada a

sessão, ao pegar uma última onda que o trouxe até a beira da praia. Desceu, então, da prancha e, depois de olhar pela última vez o mar rosado pelo crepúsculo, ele se voltou, pegou a prancha e começou a caminhar pela areia.

Desviei o olhar. Ele passou bem ao meu lado, e então encaminhou-se para uma pilha de roupas bem dobradas que o aguardavam. Largou a prancha na a reia e apanhou uma camiseta desbotada do topo da pilha. Olhei em sua direção novamente. Quando seu rosto surgiu da gola da camiseta que vestia, ele olhou direto para mim. Eu o encarei sem desviar o olhar.

Parecendo achar graça, disse:

– Oi.

– Olá – respondi.

– Quer um cigarro? – perguntou, ajeitando a camiseta na cintura.

– Pode ser.

Ele se abaixou e retirou um maço de Lucky Strike e um isqueiro do bolso, e caminhou pela areia até onde eu estava sentada. Com uma batida no maço, tirou um cigarro para mim e outro para ele. Acendeu os dois e se abaixou ao meu lado, esticando o corpo para trás e se apoiando sobre os cotovelos. Suas pernas, pescoço e cabelos estavam ligeiramente sujos de areia. Ele tinha olhos azuis e uma aparência limpa e bem-cuidada, que não se costumava ver nos campi de universidades americanas.

– Você esteve sentada aqui a tarde inteira, quer dizer, quan do não estava nadando – disse ele.

– Sim – respondi.

– Por que não se juntou a nós?

– Eu não tenho prancha.

– Você podia ter conseguido uma.

– Não tenho dinheiro.

– Podia ter pego uma prancha emprestado.

– Não conheço ninguém que pudesse me emprestar uma.

O rapaz me olhou com uma certa estranheza.

– Você é britânica, não é?

– Sou.

– Está aqui a passeio?

– Não. Eu moro aqui.

– Em Reef Point?

– É. – Fiz um gesto com a cabeça, apontando a fileira de cabanas desbotadas feitas de lambris, logo além das dunas de areia.

– Como veio morar aqui?

– Nós alugamos uma cabana.

– Nós quem?

– Meu pai e eu.

– Há quanto tempo você está aqui?

– Desde a primavera.

– Mas não vai passar o inverno aqui.

Era mais uma constatação de um fato do que propriamente uma pergunta. Ninguém passava o inverno em Reef Point. As casas não eram feitas para suportar as tempestades. A estrada que dava acesso ao lugar ficava intransitável, os ventos derrubavam os cabos telefônicos, faltava luz.

– Eu acho que sim. A menos que a gente decida se mudar.

Ele me olhou com espanto.

– Vocês são hippies, ou algo do tipo?

Tendo consciência da minha aparência na época, nem o culpei por ter feito aquela pergunta.

– Não. Meu pai escreve roteiros de filmes e programas para a televisão, mas ele odeia tanto Los Angeles que se recusa a morar lá, então... nós alugamos essa cabana.

Ele parecia perplexo.

– E o que você faz?

Enchi a minha mão da areia grossa e cinzenta, e a deixei escorrer por entre os dedos.

– Nada especial. Faço compras, esvazio a lata de lixo e tento varrer a areia da casa.

– Aquele cachorro é seu?

– É.

– Como ele se chama?

– Rusty.

– Rusty. Ei, Rusty, garotão!

Rusty respondeu às suas tentativas de aproximação com um mero movimento da cabeça, e então continuou a olhar para o mar.

– Você é de Santa Bárbara? – perguntei, tentando compensar a falta de educação de Rusty.

– A-hã – ele respondeu, parecendo não estar nem um pouco a fim de falar de si próprio. – Há quanto tempo você mora nos Estados Unidos? Seu sotaque continua um tanto britânico demais.

– Desde os 14. Há sete anos – respondi, rindo educadamente da gozação já ouvida tantas outras vezes.

– Esse tempo todo na Califórnia?

– Por toda parte. Nova York, Chicago e São Francisco.

– Seu pai é americano?

– Não. Ele só gosta daqui. Veio para cá porque havia escrito um romance que foi comprado por uma produtora de filmes e depois seguiu para Hollywood para escrever o script.

– Não brinca! Ele é conhecido? Qual é o nome dele?

– Rufus Marsh.

– O autor de *Tall as the Morning*?

Fiz um sinal afirmativo com a cabeça.

– Cara! Eu li cada página do livro quando ainda cursava o ensino médio. Toda a minha educação sexual veio daquele livro.

Ele me olhou com interesse renovado, exatamente como sempre acontecia. Eram sempre bonzinhos e atenciosos, mas nunca se interessavam realmente até que eu mencionasse *Tall as the Morning*. Acho que isso tem algo a ver com a minha aparência, porque meus olhos não têm brilho, meus cílios são bem desbotados e meu rosto não fica bronzeado quando pego sol, mas salpicado e manchado de centenas de sardas enormes. Além do mais, sou alta demais para uma garota, e os ossos do meu rosto sobressaem muito.

– Ele deve ser um cara e tanto.

Seu rosto exibia uma nova expressão, de perplexidade e frustração pelas perguntas que tinha vontade de fazer:

Se você é mesmo filha de Marsh, por que, então, está sentada nesta praia esquecida por Deus, no meio do mato, na Califórnia, usando jeans remendados e uma camisa masculina que já deveria ter virado pano de chão décadas atrás, e como pode nem dispor de dólares suficientes para comprar uma prancha de surfe?

– Que tipo de homem é ele, afinal? Quero dizer, além de ser pai? – perguntou, seguindo a linha do meu raciocínio com uma previsibilidade risível.

– Sei lá.

Eu nunca conseguia descrevê-lo, nem para mim mesma. Peguei mais um pouco de areia e a deixei escorrer, fazendo uma minimontanha e apagando o meu cigarro no cume, formando uma pequena cratera, um minivulcão, com uma guimba de cigarro como núcleo. Um homem que tem de estar sempre em movimento. Um homem que faz amigos com facilidade e os perde no dia seguinte. Um homem brigão, que gosta de discutir, e cujo talento beira a genialidade, mas que fica totalmente desconcertado com os pequenos problemas do dia a dia. Um homem que encanta e irrita. Um paradoxo de homem.

– Não sei – repeti, e me voltei para olhar para o rapaz ao meu lado. Ele era legal. – Eu podia convidar você para ir tomar uma cerveja lá em casa, e aí você poderia encontrá-lo e ver, por si próprio, que tipo de homem ele é. Só que, agora, ele está em Los Angeles e só voltará para casa amanhã pela manhã.

– Já sei. Voltarei no próximo final de semana, se o tempo não piorar – disse, depois de pensar um pouco, enquanto coçava a nuca, fazendo cair uma pequena chuva de areia.

– Voltará? – Eu sorri.

- Não se preocupe, vou achar você.

– Está bem.

– Trarei uma prancha reserva. Aí você vai poder surfar.

– Você não precisa me subornar – eu disse.

– Como assim, "subornar"? – perguntou, fingindo ter ficado ofendido.

– Vou levar você para conhecê-lo no próximo final de semana. Ele gosta de ver caras novas por aqui.

– Eu não estava tentando comprar você. Sério.

– Eu sei que não – respondi, relevando. – Além do mais, eu quero mesmo surfar.

Ele riu e apagou o cigarro. O sol, mergulhando no mar na linha do horizonte, tomava forma e cor – uma abóbora dourada. Ele se sentou, esfregando os olhos para se proteger do brilho ofuscante, bocejou um pouco e se espreguiçou.

– Tenho que ir – disse, levantando-se e hesitando por uns instantes. Sua sombra projetada na areia parecia se estender infinitamente. – Tchau, então.

– Tchau.

– Até domingo que vem.

– Ok.

– Temos um encontro. Não vá se esquecer.

– Pode deixar.

Ele se virou e foi andando; parou para apanhar o restante de suas coisas e tornou a se voltar para dar um último aceno

antes de atravessar toda a extensão da areia, até onde os velhos cedros marcavam o caminho que levava à estrada.

Fiquei vendo ele partir e percebi que eu sequer sabia o seu nome. E, o que é pior, ele nem se dera o incômodo de perguntar o meu. Eu era apenas a filha de Rufus Marsh. Mas, mesmo assim, no próximo domingo, se o tempo estivesse bom, talvez ele voltasse. Se o tempo continuasse bom. Isso era algo para se aguardar ansiosamente.

2

Foi por sugestão de Sam Carter que viemos morar em Reef Point. Sam era o agente do meu pai em Los Angeles, e foi por puro desespero que ele acabou se oferecendo para procurar um lugar barato para morarmos, porque existia uma antipatia mútua tão grande entre meu pai e Los Angeles que ele não era capaz de escrever uma única palavra que rendesse algum dinheiro enquanto estávamos lá. E Sam também corria o risco de perder tanto dinheiro quanto clientes valiosos.

"Há uma casa em Reef Point", disse Sam. "É pequena, mas bastante tranquila... No fim do mundo", acrescentou, imaginando uma espécie de paraíso de Galguem.

Então, fizemos um *leasing* da casa, colocamos todos os nossos bens materiais, que eram melancolicamente poucos e pequenos, no Dodge surrado de papai, e rumamos para lá, deixando a poluição e a correria de Los Angeles para trás, entusiasmados feito crianças que sentem o cheiro do mar pela primeira vez.

No começo, tudo era agradável. Depois de ter deixado a cidade, era mágico acordar e não ouvir nada além dos sons das

aves marinhas e dos incessantes estrondos das ondas. Era bom caminhar na areia pela manhã bem cedo para ver o sol nascer por sobre as montanhas, estender o varal e ficar olhando as roupas encherem com o vento, brancas como velas novas.

Os serviços de casa eram necessariamente simples – nunca fui mesmo uma dona de casa muito boa. E em Reef Point só havia uma lojinha – uma espécie de armazém que a minha avó, lá na Escócia, teria chamado de "Tem Tudo", porque lá se vendia de tudo, de licença para armas, aventais e comida congelada até pacotes de guardanapos. Os donos eram Bill e Myrtle, que administravam a loja de um jeito desanimado e vagaroso, porque os legumes frescos, as frutas, o frango e os ovos de que eu precisava pareciam estar sempre em falta. Porém, ao longo do verão, passamos a gostar muito de *chili con carne* enlatado, pizza congelada e todos os tipos variados de sorvete que Myrtle, obviamente, adorava. Ela era, de fato, muito gorda, com seus quadris enormes e coxas fazendo volume no jeans, e braços que mais pareciam pernis, completamente expostos pelas blusas sem mangas, típicas de adolescentes, que ela gostava de usar.

Agora, após seis meses em Reef Point, eu estava ficando inquieta. Aquele verão indiano duraria quanto tempo mais? Um outro mês, talvez. Em breve as tempestades ficariam mais sérias, começaria a escurecer mais cedo e as chuvas viriam com lama e vento. A cabana não dispunha de nenhum tipo de aquecimento central, a não ser pela enorme lareira da sala de estar arejada e que queimava lenha num ritmo incrível. Eu me lembrava com nostalgia dos baldes de carvão lá da Escócia, mas não havia carvão por ali. Sempre que eu voltava da praia, vinha arrastando um toco ou galho para fazer lenha, feito uma bandeirante desbravadora, e o adicionava à pilha que ficava junto à porta dos fundos. A pilha estava ficando enorme, mas eu sabia que logo que a gente começasse a precisar de fogo ela acabaria bem rápido.

A cabana não ficava distante da praia, e tinha numa pequena duna de areia sua única proteção contra os ventos que vinham do mar. Feita de madeira, já desbotada, e tendo adquirido uma tonalidade de cinza-prateado, era construída sobre estacas, de modo que se tinha de subir uns dois degraus para se alcançar a porta da frente e a dos fundos. No seu interior, havia uma ampla sala de estar, com janelas envidraçadas dando vista para o oceano, uma estreita e minúscula cozinha, um dormitório grande, que meu pai ocupava, e um menor, com um beliche preso à parede, talvez destinado a uma criança ou a um parente idoso sem importância, que era onde eu dormia. A decoração, parca e deprimente, era no estilo das cabanas de veraneio, de modo que toda a mobília havia sido, obviamente, aproveitada de outras casas maiores. A cama de papai era uma monstruosidade feita de latão, com peças faltando e um conjunto de molas que guinchavam toda vez que ele se virava. E no meu quarto um espelho dourado de enfeite, que mais parecia ter pertencido a um bordel da era vitoriana, refletia a figura de uma mulher submersa coberta de pintas pretas.

A sala de estar não era muito melhor – as velhas poltronas estavam bambas, com seus remendos gastos disfarçados por colchas afegãs de crochê; o tapete da lareira tinha um furo e as cadeiras tinham os assentos gastos. Só existia uma mesa, e papai havia se apossado de um lado dela para usar como escrivaninha, de modo que éramos obrigados a fazer nossas refeições do outro lado, espremidos, com os nossos cotovelos se tocando. A melhor coisa na casa era o sofá próximo à janela, que tomava toda a extensão da sala e era forrado com espuma e coberto de mantas e almofadas, tornando-se tão acolhedor quanto um velho sofá de quarto de bebê, principalmente para se ficar encolhido nele, lendo ou observando o pôr do sol, ou, ainda, simplesmente, meditando.

Mas era um lugar solitário. À noite, o vento batia e uivava através das frestas das janelas e os cômodos se enchiam de

sussurros e rangidos estranhos, como um navio em alto-mar. Quando meu pai estava em casa, nada disso me incomodava, mas quando eu ficava sozinha, minha imaginação começava a funcionar, inspirada pelas histórias de violência tiradas das colunas dos jornais locais. A cabana em si era um tanto frágil, nenhuma das trancas das portas ou janelas seria capaz de deter um invasor determinado, e agora, com o fim do verão e com os ocupantes das outras cabanas de malas feitas e de volta aos seus respectivos lares, eu estava completamente isolada. Até mesmo Myrtle e Bill se encontravam a meio quilômetro de distância, e o telefone era uma extensão nem sempre eficiente. De uma forma ou de outra, não valia a pena pensar nas possibilidades.

Nunca conversei com meu pai sobre esses medos – além do mais, ele tinha um trabalho a fazer, e sendo um homem bastante sensível, eu tinha certeza de que ele sabia que eu seria capaz de ter uma crise nervosa, e tinha sido esse o motivo pelo qual ele me deixou ficar com Rusty.

Naquela noite, depois do dia na praia lotada, do sol convidativo e do meu encontro com o jovem aluno de Santa Bárbara, a cabana parecia ainda mais deserta.

O sol havia deslizado pela linha do horizonte, uma brisa noturna estava soprando e logo escureceria. Então, para tentar espantar a solidão, acendi a lareira, cujas chamas se agitavam desordenadamente sobre a lenha, e para me sentir mais confortável tomei uma ducha quente e lavei os cabelos. Depois, enrolada em uma toalha, entrei no quarto para apanhar uma calça jeans limpa e um velho suéter que havia pertencido a meu pai até que, acidentalmente, ele encolhera, quando o lavei.

Sob o espelho de bordel, havia uma cômoda envernizada que acabava servindo como penteadeira. Sobre ela, na falta de outro lugar, eu havia colocado as minhas fotos. Elas eram muitas e ocupavam bastante espaço; na maioria das vezes, eu

nem olhava constantemente para elas, mas aquela noite era diferente. Enquanto desembaraçava os meus cabelos longos e molhados, eu as analisava, uma a uma, como se pertencessem a alguém que eu mal conhecesse, ou fossem de lugares onde eu nunca houvesse estado.

Uma delas mostrava minha mãe – um retrato formal –, numa moldura prateada; na outra, mamãe com os ombros nus, brincos de brilhantes nas orelhas e o novo penteado feito por Elizabeth Arden. Eu adorava aquela foto, mas não era daquele jeito que me lembrava dela. Na melhor delas, minha mãe numa foto ampliada tirada em um piquenique, usando uma saia xadrez, uma capa até a cintura, e rindo como se algo ridículo estivesse para acontecer. Havia, também, a coletânea de fotos – mais uma montagem – com as quais eu enchera ambos os lados de um álbum de couro. Elvie – a velha casa branca –, vista ao fundo através de um arco de larícios e pinheiros, com a montanha se erguendo por detrás e o brilho do lago no fim do gramado; o píer e o velho bote que sempre empacava, que usávamos para pescar trutas; minha avó, com as janelas de batente abertas e as inevitáveis tesouras de podar na mão; o cartão-postal colorido do lago Elvie que eu comprara na agência de correio de Thrumbo e uma outra foto de piquenique, com os meus pais juntos, o nosso velho carro ao fundo e um *spaniel* marrom-avermelhado e branco sentado aos pés de mamãe.

E havia as fotos do meu primo Sinclair. Dezenas delas. Sinclair com a sua primeira truta; Sinclair vestindo seu kilt escocês, saindo para uma excursão; Sinclair com uma camisa branca, de capitão do time de críquete; Sinclair esquiando; ao volante do seu carro; cortando uma cartola de papel em alguma festa de ano-novo e aparentando um pouco de embriaguez. (Nessa foto ele estava abraçado a uma garota morena e bonita, mas eu arrumara as fotos de modo que ela não aparecesse.)

Sinclair era filho do irmão da minha mãe, Aylwyn. Aylwyn havia se casado – jovem demais, todos comentavam – com uma garota chamada Silvia. O fato de a família ter desaprovado a sua escolha infelizmente provou ter fundamento, porque, tão logo dera à luz um bebê, Silvia se levantou e abandonou os dois, indo morar com um corretor de imóveis nas ilhas Balearic. Depois que o choque inicial passou, todos concordaram que aquela decisão havia sido a melhor coisa que poderia ter acontecido, principalmente para Sinclair, que acabou sendo criado pela avó, e cresceu em Elvie nas circunstâncias mais felizes. Para mim, ele sempre pareceu ter tido o melhor de tudo.

De seu pai, meu tio Aylwyn, eu não tinha a mais vaga lembrança. Quando era ainda muito pequena, ele partiu para o Canadá, supostamente para voltar de vez em quando com o intuito de visitar a mãe e o filho; porém, durante o tempo em que ficamos lá, nunca apareceu. Meu único interesse nele se devia à possibilidade de ele me mandar um presente feito pelos índios. Com o passar dos anos, devo ter reiterado o meu pedido umas cem vezes, sem sucesso.

Dessa forma, Sinclair era praticamente um filho para a minha avó. Não consigo me lembrar de um momento sequer na minha vida em que não estivesse mais ou menos apaixonada por ele. Como era seis anos mais velho do que eu, ele havia sido uma espécie de mentor para mim durante a minha infância, dotado de incrível sabedoria e de uma coragem a toda prova. Ele me ensinou a colocar o anzol na linha, a balançar de cabeça para baixo em seu trapézio e a arremessar uma bola no jogo de críquete. Juntos, nadamos, andamos de trenó, acendemos fogueiras em locais proibidos, construímos uma casa numa árvore e brincamos de pirata no velho barco que minava água.

Logo que vim para os Estados Unidos, escrevia para ele regularmente, mas, sem resposta, acabei desanimando. Em

pouco tempo, nossa correspondência se reduziu a cartões de Natal, ou a um bilhete rabiscado em datas de aniversário, e foi por intermédio da minha avó que eu tive notícias dele, e foi dela, também, que recebi a foto da festa de ano-novo.

Depois que minha mãe faleceu, minha avó se ofereceu para me acolher também, como se ter Sinclair aos seus cuidados não fosse o suficiente.

"Rufus, por que você não deixa a menina comigo?", ela perguntou logo após o velório, depois de termos chegado a Elvie, deixando o luto de lado e discutindo o futuro, no seu modo prático e habitual. Eu não deveria estar escutando a conversa, mas estava lá, nas escadas, e suas vozes se faziam ouvir claramente por detrás da porta fechada da biblioteca.

– Porque você já tem uma criança sob a sua responsabilidade.

– Mas eu adoraria ficar com Jane... e ela me faria companhia também.

– Você não está sendo um pouco egoísta?

– Eu não acho. Rufus, é na vida dela que você tem que pensar agora, no futuro dela...

Meu pai disse uma palavra muito rude. Fiquei horrorizada, não pela palavra em si, mas por ele ter dito aquilo à minha avó. Achei que ele estivesse um pouco bêbado...

Ignorando a palavra, minha avó prosseguiu, sem abandonar seus modos de dama, tão habituais, mas a sua voz assumiu um tom mais grave, como sempre ocorria quando começava a ficar com raiva.

– Você acabou de me dizer que está indo para os Estados Unidos, para escrever o roteiro de um filme baseado em seu livro. Você não pode arrastar uma menina de 14 anos para Hollywood.

– Por que não?

– E a educação dela?

– Existem escolas nos Estados Unidos.

– Seria tão fácil para mim tê-la aqui comigo. Só até você se estabelecer, achar um lugar para morar.

Meu pai arrastou a cadeira para trás, arranhando o piso. Ouvi os seus pés tocarem o chão.

– E aí – retrucou –, eu mando buscá-la e você a coloca no primeiro voo?

– Claro.

– Você sabe que isso não vai dar certo.

– Por que não daria?

– Porque, se eu deixar Jane aqui com você por qualquer período de tempo, Elvie passará a ser a sua casa e ela nunca mais vai querer partir. Você sabe que ela prefere ficar em Elvie a ir a qualquer outro lugar do mundo.

– Então, para o bem dela...

– Para o bem dela, vou levá-la comigo.

– Esse não é o único motivo, é, Rufus? – insistiu minha avó, após um longo silêncio.

– Não – disse finalmente, após ter hesitado por uns instantes, como se tentasse não ofendê-la.

– Levando tudo em consideração, ainda acho que você está cometendo um erro.

– Se eu estiver errado, o erro será meu. Da mesma forma que a filha é minha e que não vou abrir mão de sua guarda.

Eu já havia ouvido o bastante. Levantei-me e subi as escadas escuras, correndo feito louca. No meu quarto, deitada de bruços sobre a cama, desandei a chorar desesperadamente, porque estava deixando Elvie, porque nunca mais veria Sinclair e porque as duas pessoas que eu mais amava no mundo estavam brigando por minha causa.

Eu escrevia, claro, e minha avó respondia, e suas cartas vinham repletas de cada som e de cada cheiro de Elvie. E, assim, depois de um ou dois anos, ela escreveu:

"Por que não volta para a Escócia? Só por umas férias curtas, um mês ou dois. Estamos todos com muita saudade de você, e há tantas coisas para você ver aqui. Plantei mais rosas na estufa, e Sinclair vai chegar em agosto... Ele tem um conjugado em Earls Court e me convidou para almoçar, da última vez que estive em Londres. Se você tiver dificuldades em conseguir a passagem, você sabe que é só pedir, que eu mando o Sr. Bembridge da agência de viagens enviar-lhe uma. Converse com seu pai sobre isso."

A ideia de ir a Elvie em agosto, com Sinclair lá, era quase irresistível, mas eu não podia conversar sobre isso com meu pai, porque eu havia escutado aquela discussão acalorada na biblioteca, e achava que ele não iria permitir que eu fosse.

Além do mais, parecia nunca ter havido tempo, nem oportunidade, para fazer a viagem para casa. Era como se tivéssemos nos tornado nômades. Chegávamos a um lugar, nos estabelecíamos, e já era hora de mudarmos. Às vezes, vivíamos como ricos, mas ficávamos sem dinheiro com mais frequência. Sem minha mãe para controlá-lo, meu pai gastava dinheiro feito água. Morávamos em mansões em Hollywood, em hotéis de beira de estrada, em apartamentos na Quinta Avenida e em pensões de quinta categoria. Com o passar dos anos, sentia como se tivéssemos passado a vida inteira viajando pelos Estados Unidos e que nunca nos estabeleceríamos, em definitivo, em lugar nenhum. E minha lembrança de Elvie desbotava-se e se tornava algo irreal; como se as águas do lago Elvie tivessem subido e engolido a casa inteira. Tinha de me esforçar para lembrar que a casa ainda estava lá, habitada por pessoas que faziam parte da minha vida e que eu amava, e não inundada e perdida para sempre, vista nas profundezas através das águas turvas e escuras de algum terrível desastre natural.

Rusty gania aos meus pés. Sobressaltada, olhei para baixo, e, por alguns instantes, tão distante eu havia estado que não

conseguia me lembrar quem ele era ou o que estava fazendo ali. E assim, como uma fita de vídeo que trava no meio de um filme, houve um clique no mecanismo do meu cérebro, o mundo real veio à tona novamente e percebi que meu cabelo estava quase seco e que Rusty, assim como eu, estava com fome e queria jantar. Então, larguei o pente, retirei Elvie da minha mente, fui colocar mais lenha na lareira e vasculhar a geladeira para ver se encontrava algo que pudéssemos comer.

Eram quase 21 horas quando escutei o ruído de um carro descendo a ladeira pelo caminho que levava a La Carmella. Eu só ouvi porque ele vinha em uma marcha reduzida, como todos os carros necessariamente o fazem, e por estar sozinha, e porque toda a minha capacidade de percepção estava automaticamente mais aguçada a fim de captar qualquer ruído estranho.

Estava lendo um livro, prestes a virar uma página, mas fiquei imóvel e me pus em alerta. Rusty, ao perceber isso, sentou-se imediatamente, muito quieto, como se não quisesse provocar nenhuma perturbação. Ficamos juntos, prestando atenção a tudo. Um toco deslizou no fogo, na lareira; as ondas estouravam ao longe. O carro descia a ladeira.

Pensei... *Myrtle e Bill. Eles foram ao cinema em La Carmella.* Mas o carro não parou na loja. Ele continuou, ainda rangendo em primeira marcha, passou pelos cedros onde as pessoas que costumam fazer piqueniques estacionam seus carros e seguiu pela estradinha deserta, que só podia levar até mim.

Será que era meu pai? Mas ele só estaria de volta no dia seguinte, à noite. Será que era o rapaz que eu havia encontrado na praia, voltando para tomar um copo de cerveja? Ou um vagabundo? Um prisioneiro que escapara da prisão? Um tarado...?

Levantei-me, largando meu livro sobre o tapete em frente à lareira, e corri para checar os trincos das portas. Ambas es-

tavam trancadas. Mas não havia cortinas na cabana; qualquer um poderia olhar para dentro e me ver, sem ser visto. Apavorada, corri para apagar todas as luzes, mas o fogo na lareira ainda reluzia, enchendo a sala com sua luz trêmula... A luz dançava nas paredes e sobre a mobília, dando às cadeiras velhas uma aparência ameaçadora.

Os faróis estavam cada vez mais próximos, penetrando a escuridão lá fora. Agora, eu podia ver o carro se aproximando suavemente, as rodas passando sobre as marcas de pneus endurecidas no barro da estrada. Ele passou pela última cabana vazia, próxima à nossa, e estacionou em frente à porta dos fundos. E não era meu pai.

Sussurrei para Rusty, chamando-o para perto de mim, agarrando sua coleira para me sentir segura, e sentindo o calor dos seus pelos marrons. Ele rosnou e resmungou, mas não latiu. Juntos, ouvimos o motor do carro sendo desligado, e, então, a porta se abrindo e se fechando. Fez-se silêncio por alguns instantes, após os quais ouvimos passos se aproximando sobre o chão arenoso que separava a porta dos fundos da estrada e, no instante seguinte, uma batida na porta.

Soltei uma espécie de grito sufocado, e isso foi o bastante para que Rusty escapulisse da minha mão e latisse, como se sua cabeça fosse explodir, querendo alcançar o que quer que fosse que estivesse esperando do lado de fora.

– Rusty!

Segui atrás dele, mas ele continuou a latir.

– Rusty, não faça isso... Rusty!

Agarrei-o pela coleira e o arrastei para longe da porta, mas ele continuou a latir, e me ocorreu que seus latidos faziam-no parecer tão grande e feroz que talvez aquela fosse a melhor coisa que pudesse estar acontecendo.

Eu me recompus, dei-lhe um solavanco que o fez ficar quieto e, então, fiquei de pé. Minha sombra, projetada pela luz das chamas, dançava sobre a porta trancada.

Engoli em seco, respirei fundo e disse com o tom de voz mais firme e claro possível:

– Quem é?

– Desculpe o incômodo, mas estou procurando a casa do Sr. Marsh – respondeu uma voz de homem.

Será que era um amigo de meu pai? Ou seria apenas um truque para me fazer abrir a porta? Hesitei.

– É aqui que mora Rufus Marsh? – repetiu.

– É.

– Ele está em casa?

Seria mais uma artimanha?

– Por quê? – perguntei.

– Bem, me disseram que poderia encontrá-lo aqui.

Eu ainda estava tentando decidir o que fazer quando ele acrescentou, num tom de voz bem diferente:

– É Jane?

Não há nada mais desconcertante do que descobrir que um estranho sabe o seu nome. Além do mais, havia algo em sua voz... ainda que fosse difícil distinguir através da porta bem trancada... alguma coisa...

– Sim – respondi.

– Seu pai está?

– Não, ele está em Los Angeles. Quem é você?

– Bem, meu nome é David Stewart... eu... olha, é meio difícil conversar através da porta...

Antes, porém, que ele tivesse tempo de dizer a palavra seguinte, eu já havia retirado o trinco, erguido a tranca e aberto a porta para ele. E cometi aquela aparente loucura por causa do modo como ele havia pronunciado o seu próprio nome: Stewart. Os americanos, invariavelmente, acham difícil pronunciá-lo... Stoowart, é como falam. Mas ele tinha falado Stewart do modo como a minha avó falava; logo, não era americano, era dos nossos. E com um nome daqueles, provavelmente era escocês.

Talvez eu tivesse achado que fosse reconhecê-lo imediatamente, mas, na verdade, nunca o tinha visto em toda a minha vida. Ficou parado na minha frente, com os faróis do carro ainda acesos por detrás, e com apenas a luz da lareira para me mostrar o seu rosto. Ele usava óculos com armação de osso e era alto... mais alto do que eu. Nós nos encaramos, ele espantado pela mudança brusca na minha atitude, e eu tomada por uma enorme onda de puro ódio. Nada me deixa mais irritada do que ser assustada, e ele havia me deixado quase louca de tanto medo.

– O que você pretende, esgueirando-se desse jeito, no meio da noite...

Até eu mesma achei que minha voz havia soado estridente e um tanto fora de controle.

– São só 21 horas, e eu não quis assustar você.

– Você poderia ter telefonado avisando que estava vindo.

– Não achei nenhum número na lista – respondeu, sem fazer qualquer menção de entrar.

Rusty, atrás de mim, ainda o olhava ameaçadoramente.

– Não imaginava que você fosse estar sozinha, ou eu teria esperado – continuou.

A minha raiva estava diminuindo, e eu me sentia um pouco envergonhada pelo rompante.

– Bem... já que você está aqui, é melhor entrar.

Eu me afastei e tateei a parede, tentando achar o interruptor. A sala foi inundada por uma luz elétrica fria e ofuscante.

– Você não vai querer as minhas credenciais... cartão de crédito? Passaporte? – perguntou, ainda hesitando.

Lançando-lhe um olhar ríspido, achei ter detectado um brilho de satisfação por trás de suas lentes, embora não soubesse o que ele tinha achado tão engraçado.

– Se você tivesse morado aqui o tempo que eu morei, também não abriria a porta para qualquer gatuno à espreita.

– Bem, antes que o gatuno à espreita entre, talvez seja melhor eu ir até lá e apagar os faróis. Eu os deixei acesos para que pudesse ver o caminho.

Sem esperar pela resposta na ponta da língua que eu adoraria ter dado, ele voltou até o carro. Deixei a porta aberta, fui até a lareira e pus outra tora no fogo, com o coração batendo feito um tambor. Arrumei o tapete da lareira, chutei o osso de Rusty para debaixo da cadeira, e estava acendendo um cigarro quando ele voltou para dentro da cabana, batendo a porta dos fundos após entrar.

Virei-me para olhá-lo. Tinha a pele clara e os cabelos negros, como muitos habitantes das Terras Altas da Escócia. Era magro e tinha um ar um tanto professoral, em seus traços angulares e descoordenados. Estava usando um terno de tweed um pouco gasto nos cotovelos, nos joelhos e nas casas dos botões, uma camisa xadrez marrom e branca e uma gravata verde-escura. Parecia ser um diretor de escola ou um professor de alguma ciência oculta. Era difícil dizer sua idade. Poderia ter entre 30 e 50 anos.

– Como você está se sentindo agora? – perguntou.

– Eu estou bem. – Mas minha mão ainda estava tremendo, e ele percebeu.

– Um pequeno drinque não lhe faria mal.

– Eu não sei se teremos algo que sirva.

– Onde é que a gente pode procurar?

– Talvez embaixo do sofá da janela.

Ele foi até lá, abriu um gavetão, tateando um pouco, e voltou, com penugem por toda a manga de seu casaco, e um quarto de uma garrafa de Haig na mão.

– O próprio. Agora tudo que precisamos é de um copo.

Fui até a cozinha e voltei com dois copos, um jarro d'água e uma forma de gelo, e o observei enquanto ele preparava os drinques. Eles tinham uma tonalidade escura um tanto suspeita.

– Eu não gosto muito de uísque – disse.

– Pense nisso como um remédio – retrucou, passando-me um copo.

– Eu não quero ficar bêbada.

– Com isso aqui você não ficará.

Fazia sentido. O uísque tinha um paladar forte e divinamente quente. Aliviada e envergonhada por ter sido tão tola, sorri para ele, meio sem graça.

Ele sorriu de volta.

– Por que não nos sentamos?

Logo nos sentamos, eu sobre o tapete em frente à lareira, ele na ponta da enorme cadeira de papai, com as mãos soltas por entre os joelhos e o drinque no chão entre os pés.

– Só por curiosidade, o que fez com que você abrisse a porta?

– O modo como você disse o seu nome. Stewart. Você é escocês, não é?

– Sou.

– De onde?

– Caple Bridge.

– Mas esse lugar fica perto de Elvie.

– Eu sei. É que trabalho para Ramsay McKerizie e King...

– Eles são os advogados da minha avó.

– Exatamente.

– Mas eu não me lembro de você.

– Eu trabalho na firma há apenas cinco anos.

– Aconteceu... alguma coisa? – perguntei com dificuldade, sentindo meu coração gelar.

– Não aconteceu nada. – Sua voz foi bastante tranquilizadora.

– Então, por que você veio aqui?

– É por causa – disse David Stewart – de várias cartas sem resposta.

3

– Eu não estou entendendo – respondi, após algum tempo.

– Quatro, para ser mais exato. Três da própria Sra. Bailey e uma que escrevi a pedido dela.

– Para quem?

– Para seu pai.

– Quando?

– Nos últimos dois meses.

– Você mandou as cartas para cá? Nós nos mudamos tantas vezes.

– Você mesma escreveu para a sua avó, dando este endereço.

Era verdade. Eu sempre avisava a minha avó quando nos mudávamos. Joguei na lareira meu cigarro, que já estava pela metade, e tentei me acostumar com aquela situação incomum. Meu pai, embora possuísse muitos defeitos, não era um homem de guardar segredos... Muito pelo contrário, ele normalmente ficava se queixando em altos brados, dias a fio, quando qualquer coisa o incomodava ou perturbava. Mas ele não havia comentado nada, sobre carta alguma.

– Você não viu nenhuma carta? – perguntou David Stewart, tentando me provocar.

– Não. Não, mas isso não é nenhuma surpresa, porque é papai quem sempre apanha a correspondência lá no armazém, todos os dias.

– Talvez ele nunca as tenha aberto?

Mas isso também não era do seu feitio. Meu pai sempre abria as cartas. Não necessariamente as lia, mas havia sempre a feliz possibilidade de que pudesse haver algum cheque no envelope.

– Não, ele não faria isso – respondi, engolindo o nó que me apertava a garganta e jogando o cabelo para trás, afastando-o do rosto. – O que diziam as cartas? Ou você não sabe?

– Claro que sei.

Ele podia aparentar muita frieza, e não era difícil imaginá-lo atrás de uma escrivaninha antiquada, pigarreando friamente, lidando bem com todas as surpresas desagradáveis de testamentos, declarações, vendas, aluguéis e pedidos de avaliação.

– Sua avó só quer que você volte para a Escócia... para fazer uma visita...

– Eu sei que ela quer – eu disse. – Ela sempre fala disso nas cartas.

– Você não quer? – indagou, erguendo uma sobrancelha.

– Sim... claro que quero...

Pensei em meu pai; lembrei-me da conversa que ouvira muito tempo antes.

– Eu não sei... Quer dizer, não dá para decidir assim, de uma hora para outra...

– Existe alguma razão para você não ir?

– Bem, claro que sim... meu pai...

– Você está querendo dizer que, se você fosse, não haveria ninguém para cuidar da casa para ele?

– Não, eu não quis dizer isso.

Ele esperou que elaborasse melhor a minha resposta, para que eu talvez pudesse deixar claro o que realmente pensava. Não queria encará-lo, e me virei para o fogo na lareira. Tinha a desconfortável suspeita de que meu rosto aparentava algo que podia ser descrito como vergonha.

– Sabe, nunca houve nenhum ressentimento pelo fato de seu pai ter trazido você para os Estados Unidos...

– Minha avó queria que eu ficasse em Elvie.

– Você sabia disso?

– Sabia, eu os ouvi brigando. Eles não costumavam discutir daquele jeito. Até acho que eles se davam muito bem. Mas, aí, houve uma discussão horrível por minha causa.

– Mas isso foi há sete anos. Agora, com certeza, podemos tomar algumas providências.

– Mas é tão caro... – argumentei, dando a desculpa mais óbvia.

– É claro que a Sra. Bailey vai pagar sua passagem. – Eu fazia uma triste ideia do tipo de reação que meu pai teria. – Você não vai precisar ficar lá por mais de um mês – insistiu. – Você não quer ir?

Seus modos me desarmaram.

– É claro que quero ir...

– Então, por que essa falta de entusiasmo?

– Não quero aborrecer meu pai. E ele, obviamente, não quer que eu vá, ou teria respondido a todas as cartas de que você falou.

– Pois é, as cartas. Onde será que elas estão?

– Lá, talvez – eu disse, apontando para a mesa atrás dele, onde havia uma pilha de manuscritos, livros de consulta, arquivos antigos, envelopes e contas, lamentavelmente, a pagar.

– Por que será que ele nunca falou delas para você?

Eu não disse nada, mas achava que sabia o motivo. De alguma forma, meu pai guardava um certo rancor de Elvie e se ressentia do fato de aquele lugar significar tanto para mim. Talvez tivesse um pouco de ciúme da família da minha mãe. Talvez tivesse medo de me perder.

– Não tenho a menor ideia – respondi.

– Bem, quando é que você acha que ele volta de Los Angeles?

– Não acho que seja uma boa ideia você falar com ele. Isso só iria deixá-lo muito triste, porque, mesmo se concordasse com minha ida, eu não poderia deixá-lo sozinho aqui.

– Mas, com certeza, a gente poderia dar um jeito...

– Não, não poderíamos. Ele tem que ter alguém para cuidar dele. Ele é a pessoa mais relaxada do mundo... Ele não iria se alimentar direito, não iria comprar gasolina para o carro; se eu o deixasse aqui, ficaria preocupada com ele o tempo todo.

– Jane... você precisa pensar um pouco em si mesma...

– Da próxima vez, eu vou. Diga à minha avó que da próxima vez eu vou.

Ele refletiu sobre a decisão dela em silêncio. Terminou seu drinque e colocou o copo vazio no chão.

– Bem, vamos fazer o seguinte: eu vou voltar para Los Angeles amanhã pela manhã, por volta das 11 horas. Há um lugar reservado para você no voo para Nova York na manhã de terça. Não há nada que a impeça de refletir sobre isso quando você for se deitar hoje à noite; e se mudar de ideia...

– Não vou mudar de ideia.

– Se você mudar de ideia, não há nada que a impeça de vir comigo – prosseguiu, ignorando o que eu tinha dito. – E ainda acho que você deveria ir – insistiu, ficando de pé e inclinando-se sobre mim.

Como não gosto quando me olham de cima, fiquei de pé também.

– Você me pareceu bastante confiante de que eu iria com você.

– Eu esperava que fosse.

– Você acha que estou apenas arrumando desculpas para não ir?

– Não inteiramente.

– Eu me sinto até culpada por você ter vindo de tão longe por nada.

– Eu estava em Nova York a negócios, e gostei de ter conhecido você. Apenas lamento não ter encontrado seu pai. Até mais, Jane – falou, estendendo-me a mão.

Depois de hesitar por uns segundos, apertei a mão dele. Os americanos não costumam trocar apertos de mãos, e a gente acaba perdendo o hábito

– Darei lembranças à sua avó.

– E a Sinclair também.

– Sinclair?

– Você não costuma vê-lo quando ele vai a Elvie?

– Vejo sim, claro. Darei lembranças suas a ele também.

– Peça para me escrever – disse, abaixando-me para brincar com Rusty, porque meus olhos estavam cheios de lágrimas, e não queria que David Stewart percebesse.

Depois que ele se foi, voltei para a cabana e me dirigi à mesa onde meu pai guardava todos os seus papéis. Logo, encontrei, uma a uma, as quatro cartas sem resposta, todas abertas e, obviamente, lidas. Eu não as li. Meus instintos mais refinados prevaleceram – e, de qualquer forma, já sabia o que elas continham; então, apenas as coloquei de volta, escondidas sob os papéis, do modo como estavam.

Fiquei de joelhos no sofá ao lado da janela, abrindo-a e me debruçando para fora. Estava muito escuro... o mar negro, o ar frio... mas os meus pavores se evaporaram. Pensei em Elvie e desejei estar lá. Lembrei dos gansos voando, cortando o céu no inverno, do cheiro da turfa queimando na lareira, no salão. Lembrei-me do lago, azul brilhante e calmo, como um espelho, ou cinza, açoitado pelas ondas brancas dos ventos do norte. Desejava estar lá tanto e tão subitamente, que sentia quase uma dor física.

Estava com raiva de meu pai. Não queria deixá-lo, mas ele, certamente, poderia ter discutido o assunto comigo e me dado a chance de tomar uma decisão. Eu já estava com 21 anos, não era mais nenhuma criança, e me ressentia daquilo que achava ser uma atitude insuportavelmente egoísta e antiquada.

"Deixe só ele voltar", prometi a mim mesma. "Espere até eu colocá-lo frente a frente com aquelas cartas. Vou falar para ele que... Eu vou..."

Mas minha raiva durou pouco. Nunca consegui guardar rancor do meu pai por muito tempo. Talvez, refrescada pelo

ar da noite, a raiva acalmou-se e morreu, e fiquei me sentindo estranhamente entediada. Apesar de tudo, nada havia mudado. Ficaria com ele porque o amava, porque ele me queria ao seu lado, porque ele precisava de mim. Não havia alternativa possível. Além do mais, não iria confrontá-lo com as cartas, porque ser descoberto iria envergonhá-lo e diminuí-lo, e era importante, se fôssemos ter algum tipo de futuro juntos, que ele fosse sempre maior, mais forte e mais sábio do que eu.

Estava ocupada, esfregando o chão da cozinha na manhã seguinte, quando ouvi o inconfundível rangido do velho Dodge descendo a ladeira e vindo pela estradinha até Reef Point. Esfreguei apressadamente os últimos centímetros quadrados do piso de linóleo marrom repleto de rachaduras, me levantei, torci o pano de chão, esvaziei a água suja no ralo e saí pela porta dos fundos, secando as mãos no velho avental listrado, enquanto caminhava: para encontrar meu pai.

Era um dia lindo: o sol quente, o céu azul e com nuvens brilhantes e brancas deslizando ao vento. A manhã estava reluzente, repleta de vento e do ruído da ressaca das ondas que quebravam na praia. Já havia terminado de estender as roupas, que agora se agitavam e retesavam o varal, e me abaixava para poder passar por baixo delas e sair do outro lado, quando avistei o carro que vinha sacolejando e desviando dos sulcos da estrada em minha direção.

Logo percebi que meu pai não estava sozinho. Como o tempo estava bom, ele havia abaixado a capota e, ao seu lado, eu via a inconfundível cabeça de Linda Lansing, com seus cabelos vermelhos voando ao vento. Quando me viu, ela se debruçou sobre a porta do carro para acenar para mim, e seu *poodle* branco, sentado sobre seus joelhos, pôs a cabeça para fora e desandou a latir, como se eu não tivesse nenhum direito de estar ali.

Rusty, que estava na praia brincando com os restos de uma cesta velha, ouviu o *poodle* e veio imediatamente em meu so-

corro, passando pela cabana a todo galope, rosnando e latindo, e avançando contra o Dodge com os dentes à mostra, mal podendo esperar pelo feliz momento em que pudesse enterrá-los no pescoço do cãozinho. Meu pai gritou um palavrão e Linda soltou um berro, agarrando o *poodle*, que ganiu. Tive que segurar Rusty pela coleira, arrastá-lo para dentro e mandá-lo calar a boca e se comportar; caso contrário, não haveria a mais remota chance de se conversar.

Deixei Rusty resmungando lá dentro e voltei para fora. Meu pai já havia saído do carro.

– Oi, belezoca.

Ele veio me dar um abraço e um beijo. Era como se eu tivesse sendo abraçada por um gorila, e sua barba arranhava o meu rosto.

– Tudo em ordem?

– Tudo bem – eu disse, fugindo do seu abraço.

– Oi, Linda.

– Oi, querida!

– Peço desculpas pelo cachorro.

Fui abrir a porta para ela. Linda usava maquiagem em excesso, cílios postiços e vestia um conjunto de moletom azul-claro e sapatilhas de balé. O *poodle* tinha uma coleira rosa cravejada de pedras imitando diamantes.

– Tudo bem. Mitzi é bem-comportada. Tem a ver com o fato de ter sido tão bem criada.

Ela virou o rosto, juntando os lábios para receber o meu beijo. Eu a beijei, e o *poodle* começou a ganir novamente.

– Pelo amor de Deus – disse meu pai –, faça essa maldita cachorra se calar.

Imediatamente, Linda colocou a cachorrinha no chão, sem maiores rodeios, e saiu do carro em seguida.

Linda Lansing era atriz. Havia mais ou menos 20 anos, surgira em Hollywood como coadjuvante, o que envolveu uma

campanha publicitária pessoal estupenda, seguida por uma série de filmes sem importância, nos quais normalmente fazia uma espécie de garota cigana ou camponesa, vestindo uma blusa com as alças caindo dos ombros, com lábios de um vermelho intenso e trazendo no rosto uma expressão taciturna e aborrecida. Porém, inevitavelmente, esses tipos de filmes saíram de moda, assim como Linda. Astutamente, porque burra nunca fora, casou-se em seguida. "Meu marido está acima da minha carreira", dizia a frase que ilustrava as fotos da cerimônia. Durante algum tempo, ela se ausentou completamente dos cenários de Hollywood. Mas, ultimamente, tendo se divorciado do terceiro marido e não tendo ainda laçado o quarto, começou a aparecer novamente em pequenos papéis e na televisão. Para uma geração mais jovem de espectadores, Linda era um rosto novo e, sob uma direção habilidosa, revelava um talento insuspeito para a comédia.

Nós a conhecemos numa daquelas festas matinais enfadonhas à beira da piscina, que já fazem parte da vida de Los Angeles. Logo que a viu, meu pai começou a assediá-la, como se ela fosse a única mulher no local com quem valesse a pena conversar. Eu também gosto dela. Ela tem um senso de humor vulgar, uma voz melosa e a surpreendente capacidade de rir de si própria.

Embora as mulheres pareçam achar meu pai atraente, ele sempre soube lidar com os seus relacionamentos com uma discrição admirável. Eu sabia que ele havia começado um relacionamento com Linda, mas não podia imaginar que ele a traria para Reef Point.

– Que surpresa! O que a traz a este fim de mundo? – perguntei, tentando aparentar calma.

– Ah, você sabe como é, querida, quando seu pai coloca uma ideia na cabeça... e sinta só esse cheiro de mar no ar.

Ela inspirou fundo, tossiu um pouco, e voltou para retirar, com dificuldade, sua bolsa de dentro do carro. Foi então que

vi o excesso de bagagem empilhada no banco de trás. Três malas, uma capa para vestidos, um estojo de maquiagem, um casaco de pele de visom numa sacola plástica e uma cesta com apetrechos para Mitzi, que incluía até um osso de borracha cor-de-rosa. Fiquei de queixo caído ao ver tanta tralha; mas, antes que eu pudesse falar qualquer coisa, meu pai abriu caminho, empurrando-me para o lado e já retirando duas malas de dentro do carro.

– Não fique aí para cá de boca aberta – falou. – Carregue alguma coisa.

Tendo dito isso, caminhou em direção à cabana. Linda, depois de notar a expressão do meu rosto, decidiu que Mitzi precisava se exercitar e saiu de fininho em direção à praia, desaparecendo. Comecei a ir atrás do meu pai, mas, pensando melhor, resolvi voltar e apanhar a maleta de Mitzi.

Ao chegar, vi que meu pai havia deixado as duas malas no meio da sala de estar, jogado seu boné de pala longa sobre a cadeira, retirado uns maços de cartas antigas e papéis do bolso e despejado tudo sobre a mesa. A sala, que eu mal acabara de limpar e arrumar, em instantes se transformou numa bagunça e numa loucura só. Bastava entrar e meu pai conseguia fazer qualquer lugar ficar daquele jeito. Agora, ele caminhava até a janela, se debruçava nela, dava uma checada na vista e enchia os pulmões com a brisa que vinha do mar. Por cima de seus ombros enormes eu podia ver o vulto de Linda a distância, correndo e brincando com o *poodle* na beira do mar. Rusty, ainda aborrecido, sentado sobre o sofá que ficava à janela, sequer abanava o rabo.

Meu pai virou-se para mim, retirando um maço de cigarros do bolso da camisa. Ele parecia feliz consigo mesmo.

– Bem – disse ele –, você não vai me perguntar como foi tudo? – Acendeu um cigarro, olhou para cima, franzindo a testa, e atirou o fósforo aceso para trás, através da janela. – Por

que você está aí parada, em pé, segurando a cesta da cachorrinha? Largue essa droga!

– O que está acontecendo? – perguntei, sem obedecer à sua ordem.

– Como assim?

Percebi que toda aquela animação era o prenúncio de um vendaval.

– Você sabe muito bem o que quero dizer. Linda.

– O que tem a Linda? Você gosta dela, não gosta?

– Claro que eu gosto dela, mas essa não é a questão. O que ela está fazendo aqui?

– Eu pedi para ela ficar.

– Com toda aquela bagagem? Por Deus, até quando?

– Bem... – respondeu, com um gesto indefinido da mão. – Pelo tempo que ela quiser.

– Ela não está trabalhando?

– Ah, ela largou aquilo tudo. – Ele foi até a cozinha em busca de uma lata de cerveja. Ouvi a porta da geladeira se abrir e fechar. – Ela se cansou de morar em Los Angeles, exatamente como nós. Então, pensei: por que não? – Ele surgiu de novo na porta da cozinha, com uma lata de cerveja aberta na mão. – Eu tinha acabado de convidá-la para vir quando ela encontrou alguém para alugar a casa dela, com empregada e tudo. E, então, fez as malas e veio comigo. Jane, você desenvolveu algum tipo de afeto pela cesta da cachorrinha? – perguntou, franzindo a testa.

Continuei a ignorá-lo.

– Por quanto tempo? – insisti, com raiva.

– Bem, pelo tempo que a gente for ficar aqui. Sei lá. Até acabar o inverno, talvez.

– Não há lugar – argumentei.

– Claro que há. E de quem é a casa, afinal de contas?

Ele bebeu o restante da cerveja e arremessou a lata, através da cozinha, dentro do cesto de lixo, saindo para buscar o que

faltava da bagagem. Dessa vez, levou as malas para dentro do seu quarto. Larguei a cesta de Mitzi e o segui. Com a cama, as malas e nós dois, não havia muito espaço no cômodo.

– Onde ela vai dormir? – indaguei.

– Bem, onde é que você acha que ela vai dormir? – Ele se sentou na cama monstruosa, e as molas se queixaram amargamente. – Bem aqui.

Eu não sabia o que dizer. Simplesmente o encarei. Aquilo nunca havia acontecido antes. Achei que ele havia perdido o juízo.

Meu pai deve ter notado alguma coisa em meu semblante, porque pareceu arrependido e segurou as minhas mãos.

– Janey, não fique assim. Você não é mais nenhuma criança, e eu não tenho que ficar fingindo para você. Você gosta da Linda. Eu não a teria trazido comigo se não soubesse que você gosta dela. E ela vai lhe fazer companhia, não vou mais ter que deixar você sozinha. Deixe de fazer essa cara triste, vá lá e faça um pouco de café.

– Não tenho tempo – retruquei, puxando as minhas mãos.

– Como assim?

– Eu... tenho que fazer as malas.

Saí de seu quarto, fui até o meu, retirei minha mala que estava embaixo da cama e a abri, começando a arrumá-la, do modo como as pessoas fazem nos filmes, abrindo as gavetas, uma a uma, e despejando todo o seu conteúdo dentro da mala.

– O que você acha que está fazendo? – perguntou meu pai, em pé, atrás de mim, diante da porta aberta.

– Estou indo embora – respondi, virando-me para encará-lo, com as mãos cheias de blusas, cintos, cachecóis e lenços.

– Para onde?

– Vou voltar para a Escócia.

Ele deu um único passo para dentro do quarto e me virou, obrigando-me a encará-lo. Continuei o que estava fazendo, rapidamente, sem deixar que ele dissesse uma palavra.

– Você recebeu quatro cartas – prossegui –, três da minha avó e uma dos procuradores dela. Você as abriu, as leu e nunca me disse nada, porque não queria que eu voltasse. Você nem discutiu o assunto comigo.

A pressão de suas mãos no meu braço não afrouxava, mas achei que seu rosto havia perdido um pouco da cor.

– Como é que você ficou sabendo das cartas?

Falei de David Stewart para ele.

– Ele me disse tudo – concluí. – Não que eu precisasse ser informada – acrescentei, sem pensar –, porque eu já sabia de tudo.

– E exatamente do que você sabia?

– Que você nunca quis que eu ficasse em Elvie depois que mamãe morreu. Que você jamais iria deixar que eu voltasse.

Ele me olhava confuso.

– Eu estava *ouvindo* – gritei para ele, como se, de repente, ele tivesse ficado surdo. – Estava no saguão e escutei tudo que você e minha avó falaram um para o outro.

– E você não me disse nada?

– Que diferença teria feito?

Ele se sentou cuidadosamente na beira da minha cama, para não me atrapalhar enquanto eu arrumava a mala.

– Você queria ser deixada para trás?

Sua obtusidade me enfurecia.

– Não, claro que não queria. Sempre gostei de ficar com você, e não teria feito diferente, mas isso tudo foi há sete anos; agora sou adulta, e você não tinha nenhum direito de esconder aquelas cartas de mim e não me falar nada.

– Você quer mesmo voltar?

– Quero sim. Eu adoro Elvie, e você sabe o quanto aquele lugar significa para mim. – Peguei uma escova de cabelos, minhas fotos, e as espremi para que coubessem na mala. – Eu... não ia falar nada das cartas. Achei que isso fosse deixar você

muito mal, e eu não poderia ir mesmo, porque você não tinha ninguém para cuidar de você. Mas agora é diferente.

– Tudo bem, então *é* diferente, e você vai. Eu não vou impedir, mas como é que você vai fazer para viajar para lá?

– David Stewart vai sair de La Carmella às 11 horas. Se eu me apressar, poderei alcançá-lo. Ele reservou um lugar para mim no voo para Nova York amanhã pela manhã.

– E quando é que você volta?

– Ah, sei lá. Um dia, acho.

Espremi dentro da mala um livro, *Gift From the Sea,* de Anne Morrow Lindbergh, do qual nunca me separava, e o meu CD de Simon e Garfunkel. Abaixei a parte de cima da mala, mas as coisas se avolumavam e saíam, e ela não fechava. Então a abri de novo, amassei as coisas furiosamente, e, ainda assim, não cabia; no fim, foi meu pai quem fez isso para mim, com o simples uso da força bruta, empurrando a tampa da mala para baixo e forçando as travas.

Nossos olhares se cruzaram por sobre a mala fechada.

– Eu não iria, se Linda não tivesse vindo... – falei.

Com a voz embargada, retirei o casaco do gancho atrás da porta e o vesti por cima da camisa e da calça jeans.

– Você ainda está usando o avental – disse meu pai.

Era o tipo de coisa que em outro momento nos teria feito rir. Mas, ali, naquele silêncio mortal, desatei-o, arrancando-o, e atirei-o sobre a cama.

– Se eu levar o carro e deixá-lo no hotel, você, ou a Linda, poderá ir lá apanhá-lo? – perguntei.

– Claro – respondeu meu pai. E então: – Espere aí... – Ele foi até o seu quarto novamente e voltou com a mão cheia de dinheiro, em notas de 5, de 10 e de 1 dólar, todas sujas e amarrotadas, como um monte de jornal velho. – Tome – falou, e enfiou-as no bolso do meu casaco –, é melhor você levar isso. Poderá precisar.

– Mas você... – eu disse, mas naquele momento Linda e Mitzi resolveram voltar da praia. Mitzi, espalhando areia por todo lado, e Linda, encantada, depois de sua breve comunhão com a natureza.

– Ah, que ondas, eu nunca tinha visto nada parecido. Elas devem ter uns 3 metros de altura. – Ela notou, então, minha mala, meu casaco e meu semblante visivelmente arrasado. – Jane, o que você está fazendo?

– Estou indo embora.

– Para onde, meu Deus?

– Para a Escócia.

– Espero que não seja por minha causa.

– Em parte, sim. Mas só porque agora há alguém para cuidar de papai.

Ela pareceu ter ficado um pouco sem graça, como se cuidar de papai fosse a última coisa que ela esperasse fazer, mas tentou, com muito esforço, disfarçar.

– Bem, vai ser legal para você. Quando é que você vai?

– Hoje. Agora. Eu vou com o Dodge até La Carmella... – Eu já havia começado a me afastar, porque a situação estava ficando pior do que eu poderia suportar. Meu pai apanhou minha mala e me acompanhou. – E espero que vocês tenham um bom inverno. E que não haja muitas tempestades. Tem ovos e atum enlatado na geladeira.

Fui andando de costas, descendo os degraus da varanda dos fundos. Saí da casa, me virei e passei por baixo das roupas penduradas no varal (será que Linda teria o bom-senso de recolhê-las?) e me sentei ao volante do carro; meu pai ergueu a mala e a colocou no banco de trás.

– Jane.

Não tive coragem de me despedir. Já estava saindo com o carro, quando me lembrei de Rusty. Mas, então, já era tarde demais. Ele havia me ouvido, ouvido a porta do carro, ouvido

o motor sendo ligado, e saído da casa e vindo atrás de mim como uma bala, latindo com indignação, correndo ao lado do carro, com as orelhas abaixadas e se arriscando a sofrer uma morte quase certa.

Aquilo foi a gota d'água. Parei o carro. Meu pai veio atrás do cachorro, gritando: "Rusty!" Rusty ficou de pé sobre as patas traseiras, arranhando e riscando a porta do carro com as unhas.

– Oh, Rusty! Não faça isso. Desça. Eu não posso levar você comigo – disse, debruçando-me sobre a porta e tentando afastá-lo.

Meu pai, que vinha correndo, já havia nos alcançado. Ele tomou Rusty nos braços e ficou de pé, olhando-me de cima. Os olhos de Rusty estavam cheios de mágoa e recriminação, mas meu pai trazia no rosto uma expressão que eu nunca tinha visto antes, e que não compreendi completamente. Mas eu sabia, naquele momento, que não queria me despedir de nenhum dos dois, e desandei a chorar.

– Você vai cuidar de Rusty, não vai? – perguntei, berrando, com os lábios trêmulos. – Segure-o para que ele não siga o carro. E não o deixe ser atropelado. E ele só gosta de ração da marca Red Heart; da outra, não. E não o deixe sozinho na praia, alguém pode roubá-lo.

Procurei, em vão, por um lenço. Como de costume, eu não tinha nenhum comigo; como de costume, meu pai tirou um do bolso e me deu, em silêncio. Assoei o nariz, estiquei os braços e o puxei para baixo para beijá-lo, e ao Rusty também. E disse adeus.

– Tchau, minha coelhinha – falou meu pai. Algo que ele não dizia desde que eu tinha 6 anos. E chorando mais alto ainda, mal enxergando o caminho à frente, não olhei para trás, mas sabia que eles tinham ficado lá, olhando, até eu descer a ladeira e sumir de vista.

Eram 10h45 quando entrei na recepção do hotel, e o homem atrás do balcão olhou com naturalidade para o meu rosto manchado de lágrimas, como se mulheres entrassem e saíssem chorando de lá o tempo todo.

– O Sr. David Stewart já saiu? – perguntei.

– Não, ele ainda está aqui. Ainda tem uma conta de telefone para acertar.

– Qual é o número do quarto dele?

– Trinta e dois – respondeu, olhando para o quadro com as chaves na parede. Seus olhos vasculharam meu casaco, minha calça jeans e meus tênis manchados. Por fim, esticou a mão para pegar o telefone. – Você quer vê-lo?

– Quero sim, por favor.

– Eu vou ligar para ele... vou avisar que você está indo... Qual é o seu nome?

– Jane Marsh.

Ele indicou com a cabeça a direção da porta, mostrando-me o caminho.

– Quarto 32 – repetiu.

Saí, meio perdida, seguindo por um local coberto, que passava ao lado de uma piscina muito azul e grande. Duas mulheres estavam deitadas em espreguiçadeiras, e seus filhos nadavam, gritavam e brigavam por uma boia de borracha. Na metade do caminho, David Stewart veio me encontrar. Quando o vi, comecei a correr, e, para surpresa das duas mulheres, e também para minha própria, corri direto para os seus braços. Ele pegou-me e me deu uma espécie de abraço reconfortante.

– O que há de errado? – perguntou, me soltando.

– Nada não. – Mas comecei a chorar de novo. – Eu vou com você.

– Por quê?

– Mudei de ideia, só isso.

– Por quê?

Eu não queria contar para ele, mas tudo começou a escapulir.

– Papai tem uma amiga, e ela veio de Los Angeles... e ela... e ela disse...

– Venha comigo – falou, olhando na direção das duas mulheres bisbilhoteiras, e me levou de volta à privacidade do seu quarto, fazendo-me entrar e fechar a porta.

– Continue – disse.

– É só porque ele tem quem cuide dele. Agora posso ir com você – prossegui, assoando o nariz e fazendo um esforço enorme para me recompor.

– Você falou das cartas para ele?

– Falei.

– E ele não se importou em deixar você ir?

– Não. Ele disse que está tudo bem.

David ficou em silêncio. Olhei para ele e vi que tinha virado o rosto, e estava agora me observando de forma pensativa, pelo canto do olho direito. Descobri, mais tarde, que isso era um hábito que ele havia adquirido ao longo dos anos, devido a um problema de vista e ao fato de que tinha de usar óculos, mas, naquele momento, isso me deixava sem graça e desconfortável; era como ser pregada na parede.

– Você não quer que eu vá com você? – perguntei, sentindo-me arrasada.

– Não é isso. É só porque não a conheço o bastante para saber se você está falando a verdade.

Eu estava triste demais para me sentir ofendida.

– Eu nunca minto – disse, e, então, retificando –, e quando minto fico vermelha e evasiva. Além disso, meu pai realmente disse que estava tudo bem. – E para provar isso pus a mão no bolso do casaco e retirei o maço de dólares sujos. Algumas notas caíram, como folhas secas, sobre o carpete. – Ele me deu algum dinheiro para gastar.

David se abaixou, apanhou as notas e devolveu-as para mim.

– Eu ainda acho, Jane, que devo insistir em vê-lo antes de partirmos. Podíamos...

– Eu não iria conseguir me despedir de novo.

Seu rosto perdeu um pouco da aparência severa.

– Fique aqui, então. Não vou levar mais do que 15 minutos – ele disse, tocando em meu braço.

– Promete?

– Prometo.

Ele saiu, e eu fiquei vagando pelo quarto que ele ocupava. Li um pouco de jornal, olhei através da porta aberta, entrei no banheiro, lavei o rosto e as mãos, penteei o cabelo e o prendi com um elástico que estava ali. Depois saí, me sentei perto da piscina e esperei por ele. Quando ele voltou e terminou de colocar a nossa bagagem no carro, eu me sentei a seu lado e pegamos a autoestrada para o sul, em direção a Los Angeles. Passamos a noite em um hotel perto do aeroporto. No dia seguinte, voamos para Nova York e, na noite seguinte, para Londres. E foi só depois de termos sobrevoado metade do Atlântico que me lembrei do rapaz que iria à praia no domingo seguinte para me levar para surfar.

4

Eu havia morado a maior parte da minha vida em Londres; mas, agora que voltava para lá, era como se estivesse chegando a uma cidade desconhecida, de tão mudada que estava. Os prédios do aeroporto, as vias de acesso, a silhueta dos prédios ao longe, os imensos edifícios de apartamentos, a intensidade

do tráfego... tudo isso havia surgido ao longo dos últimos sete anos. No táxi, sentei-me encolhida num canto, com a mala debaixo de meus pés. Havia tanta neblina que as luzes da rua ainda estavam acesas, e fazia aquele frio úmido do qual já havia me esquecido.

Eu não tinha dormido no avião e estava tonta de cansaço, sentindo-me enjoada por causa das refeições estranhas que me serviram às 2 horas da manhã, de acordo com o meu relógio, que eu mantinha no fuso horário da Califórnia. Meu corpo, minha cabeça e meus olhos doíam por causa da viagem. Sentia meus dentes viscosos, e era como se eu estivesse usando as mesmas roupas há séculos.

Passamos por outdoors, viadutos, casas geminadas, e Londres nos cercava. O táxi parou em alguns sinais de trânsito, desceu por uma ladeira silenciosa, com carros estacionados em ambos os lados, e parou em frente a um sobrado, que fazia parte de um conjunto de casas do início do período vitoriano.

Eu as observava, ainda meio zonza, e me perguntava o que deveria fazer em seguida.

– É aqui que a gente fica – disse David, debruçando-se sobre o banco e abrindo a porta para mim.

– Hã?

Olhei para ele e me perguntei como um homem que compartilhara comigo aquilo que – para mim – havia sido uma desgastante experiência de voar, sem escalas, meio mundo, poderia continuar com a aparência limpa, relaxada, e ser ainda dono da situação. Saí obedientemente do táxi e fiquei em pé na calçada, como uma coruja, mal conseguindo abrir os olhos e bocejando, enquanto ele pagava o motorista, pegava nossas malas e descia um lance de escadas em direção a um apartamento térreo. Os corrimãos eram de um preto reluzente, a área em frente à porta de entrada estava limpa e varrida, e havia um vaso de madeira cheio de gerânios... com um pouco

de fuligem, mas ainda vivazes e alegres. Ele tirou uma chave do bolso, a porta amarela se abriu para dentro e eu o segui cegamente, entrando no apartamento.

As paredes eram pintadas de branco e tinham cheiro de casa de campo. Havia tapetes persas espalhados pelo chão, mantas de chintz cobrindo o sofá e as poltronas, pequenas peças de mobília antigas e polidas e um espelho veneziano sobre a lareira. Pude notar livros e uma pilha de revistas, uma cristaleira repleta de taças, pequenas peças de tapeçaria feitas à mão e, além das janelas, num canto distante da sala, um pequeno jardim de inverno, com um plátano, cercado por um banco de madeira e uma estatueta colocada no canto de uma parede de tijolos aparentes desbotados.

Continuei em pé, bocejando. Ele foi abrir uma janela.

– Este apartamento é seu? – perguntei.

– Não, é da minha mãe. Mas fico aqui quando venho a Londres.

– Onde está sua mãe? – indaguei, olhando ao redor, meio distraída.

Soou como se eu esperasse que ela estivesse se escondendo embaixo do sofá, mas ele não riu.

– Ela está de férias no sul da França. Por que você não tira o casaco? Fique mais à vontade. Vou preparar uma xícara de chá.

Ele desapareceu por uma porta. Ouvi o som de uma torneira se abrindo. Uma xícara de chá! Eu estava brincando com os botões do meu casaco e acabei por desabotoá-los. Despi-me dele e o pendurei sobre uma cadeira estilo Chippendale. Atirei-me no sofá. Sobre ele havia várias almofadas de veludo verde-folha. Apanhei uma delas e a ajeitei, repousando a cabeça, mas acho que adormeci antes mesmo de ter tido tempo de levantar os pés do chão. Por certo, não me lembro de ter feito isso.

Quando acordei, a luz havia mudado. Um raio de sol alongado dançava na poeira em suspensão, projetando-se, como

um holofote, na minha linha de visão. Eu me mexi, esfreguei os olhos e fixei o olhar novamente, e vi uma manta sobre mim, quente e clara.

Na lareira, uma chama tremulava. Fiquei observando-a por algum tempo, até que percebi que era elétrica, com lenha, carvão e chamas artificiais. Naquela hora, parecia infinitamente aconchegante. Virei um pouco a cabeça e vi David afundado em uma poltrona, submerso em papéis e pastas. Ele havia trocado de roupa – uma camisa azul e um suéter creme com gola em V. Eu me perguntei, um tanto indiferente, se ele era daquele tipo de gente que nunca precisa dormir. Virou-se para mim ao notar que eu havia me mexido.

– Que dia é hoje? – perguntei.

– Quarta-feira – respondeu, parecendo achar graça.

– Onde estamos?

– Em Londres.

– Não, digo, perto de onde?

– Kensington.

– Já moramos em Melbury Road. Fica longe daqui?

– Não. Bem próximo.

– Que horas são? – perguntei, depois de um tempo.

– Quase 17 horas.

– Quando vamos para a Escócia?

– Hoje à noite. Temos reservas no expresso Royal Highlander.

Com esforço enorme, eu me sentei, bocejei, tentei varrer o cansaço do meu corpo e tirar os cabelos do rosto.

– Será que eu poderia tomar um banho? – perguntei.

– Claro que sim – respondeu.

Assim o fiz, usando água muito quente que não fazia espuma direito e um monte de sais de banho da mãe dele, que gentilmente os cedeu. Quando terminei o banho, peguei minha mala, achei algumas roupas limpas para vestir, espremi todas as outras roupas sujas de volta *e*, de algum modo, consegui

fechá-la novamente. Voltei para a sala de estar e descobri que David havia preparado um chá, com torradas quentes com manteiga e um prato com biscoitos de chocolate – de verdade, não aquelas rosquinhas com aroma de chocolate que são vendidas nos Estados Unidos, mas biscoitos caseiros, cobertos com chocolate de verdade.

– Estes biscoitos são da sua mãe? – perguntei.

– Não. Saí e comprei enquanto você estava dormindo. Há uma loja aqui perto, muito boa, principalmente quando se está com a casa vazia.

– Sua mãe sempre morou aqui?

– Não. Só mora aqui há um ano, ou quase isso. Ela tinha uma casa em Hampshire, que acabou ficando grande demais para ela, e o jardim era uma dor de cabeça... não é fácil conseguir quem ajude. Aí, ela vendeu a casa, manteve alguns objetos de que gostava muito e se mudou para cá.

Isso explicava aquela atmosfera de casa de campo.

– E ela tem um jardim – eu disse, olhando para o pequeno pátio.

– É, pequeno. Mas ela mesma pode cuidar dele.

Peguei outra torrada e fiquei tentando imaginar minha avó naquela situação. Mas não era possível. Minha avó nunca se daria por vencida por causa do tamanho de sua casa ou pela quantidade de coisas a fazer, ou pela dificuldade em se conseguir, e manter, cozinheiros e jardineiros. De fato, pelo que me lembro, a Sra. Lumley sempre trabalhou para ela, sustentando-se sobre as pernas inchadas, abrindo massas sobre a mesa da cozinha. E Will, o jardineiro, tinha sua própria casinha e um terreno, onde plantava batatas, cenouras e enormes crisântemos.

– Então, você nunca morou neste apartamento?

– Não, mas fico aqui quando venho a Londres.

– Você vem para cá com frequência?

– Mais ou menos.

– Você não encontra Sinclair às vezes?

– Encontro.

– O que ele anda fazendo?

– Ele trabalha para uma agência de publicidade. Achei que você soubesse.

Ocorreu-me que eu poderia ligar para ele. Afinal de contas, ele estava morando em Londres, eu levaria só alguns instantes para encontrar seu número na lista. Pensei em fazer isso, mas em seguida desisti da ideia. Não estava completamente certa a respeito da reação de Sinclair teria, e não queria que David Stewart presenciasse uma possível frustração de minha parte.

– Ele tem namorada? – perguntei.

– Acho que sim. Muitas.

– Não, você não me entendeu. Alguém em especial?

– Jane, realmente não sei.

– Você acha que ele irá até Elvie enquanto eu estiver lá? – indaguei, pensativa, lambendo a manteiga quente das pontas dos dedos.

– É provável que sim.

– E o pai dele? Tio Aylwyn ainda está no Canadá?

– Aylwyn Bailey morreu há mais ou menos três meses – disse David, ajeitando os óculos no nariz.

– Meu Deus! Eu não sabia! Coitada de vovó. Ela ficou muito triste? – perguntei, com os olhos arregalados.

– Ficou, ela...

– E o velório e todo o resto...

– Foi no Canadá. Já fazia algum tempo que ele estava doente. Ele nunca conseguiu voltar para casa.

– Então, Sinclair nunca mais o viu?

– Não.

Digeri a informação e fiquei triste. Pensei no meu próprio pai e no fato de que, apesar de ele me deixar com raiva, às vezes,

por nada neste mundo eu teria perdido um momento sequer que passamos juntos, e me senti mais triste ainda por Sinclair. Então, me lembrei de que, nos velhos tempos, era eu quem o invejava, porque, enquanto eu apenas passava as férias em Elvie, ele morava lá. E, a despeito do fato de não ter a figura de um pai por perto, o lugar estava sempre cheio de homens: Will, o jardineiro, que adorávamos; Gibson, o encarregado, um homem durão, mas sensato sob todos os aspectos; os dois filhos de Gibson, Hamish e George, que tinham, mais ou menos, a idade de Sinclair e sempre o convidavam para tomar parte em todas as suas estripulias, permitidas ou não. Foi assim que ele aprendeu a atirar, a arremessar a linha de pesca, a jogar críquete, a subir em árvores e, de qualquer forma, foi muito mais paparicado do que a maioria dos meninos da sua idade. Não, levando-se tudo em consideração, nunca lhe faltara nada.

PEGAMOS O EXPRESSO DA ROYAL HIGHLANDER na estação de Euston, e passei a metade da noite levantando da cama para olhar pela janela, alegrando-me com o fato de que o trem estava rumando para o norte, e nada, a não ser um catastrófico ato divino, poderia pará-lo. Em Edimburgo, uma voz feminina me acordou, dizendo: "Edimburgo Waverley. Estação de Edimburgo Waverley", e vi que estava na Escócia. Então, levantei-me, vesti o meu casaco por cima da camisola, sentei-me sobre a pia e fiquei olhando as luzes de Edimburgo ficarem para trás, esperando pela ponte, quando, de repente, o trem, fazendo um ruído completamente diferente, chegou ao rio Forth, com suas águas, apenas um brilho no escuro, há metros e metros abaixo de nós; uma luminescência da água escura tocada pelas luzes de embarcações minúsculas que transitavam pelo lugar.

Voltei para a cama e cochilei até chegarmos a Relkirk, quando então me levantei novamente, abri a janela e deixei

entrar o ar frio e carregado com o cheiro de turfa e pinho. Estávamos no sopé das Terras Altas. Eram apenas 5h15, mas me vesti e passei a última parte da viagem com o rosto colado no vidro escuro da janela respingada de chuva. No início, quase não dava para se ver nada, mas no instante em que o trem rangeu, atravessando o desfiladeiro, e começou a longa descida pelo suave declive que levava finalmente a Thrumbo, o dia começou a clarear. Não havia nem sinal do sol, apenas um imperceptível desbotamento da escuridão. As nuvens sobre os cumes dos montes pareciam densas, macias e cinzentas; enquanto descíamos rapidamente em direção ao vale, elas se tornavam mais esparsas e se reduziam a nada, e a grande e vasta extensão do vale jazia diante de nós, dourado e tranquilo à luz do amanhecer.

Ouvi uma batida na porta, e o cabineiro apareceu.

– O cavalheiro está querendo saber se a senhorita está acordada. Chegaremos a Thrumbo em aproximadamente dez minutos. Quer que eu carregue a sua mala?

Ele a levou, fechando a porta, e eu voltei para a janela, porque agora a zona rural estava se tornando bastante familiar, e eu não queria perder nada. Já havia caminhado naquela parte da estrada, cavalgado num pônei das Terras Altas naquele campo e tomado chá naquele chalé branco. Então, chegou a ponte que demarcava os limites do vilarejo, o posto de gasolina e o hotel de luxo que vivia lotado de hóspedes idosos, onde não se podia comprar nenhum tipo de bebida.

A porta se abriu novamente e David Stewart surgiu, tomando todo o espaço do corredor.

– Bom dia.

– Oi.

– Dormiu bem?

– Dormi.

Agora, o trem já começava a diminuir a velocidade, freando. Passamos pela cancela sob a ponte. Eu me deixei escorregar

de cima do lavatório e o segui pelo corredor, e por sobre os seus ombros via o sinal que indicava Thrumbo passar de forma imponente. Então, o trem parou. Havíamos chegado.

Ele deixara o carro no estacionamento; então eu fiquei no pátio da estação enquanto ele ia buscá-lo. Sentei-me sobre a mala no vilarejo deserto que despertava lentamente, observando as luzes se acenderem, uma a uma, as chaminés fazendo fumaça e um homem que descia a rua numa bicicleta, bamboleando. Depois, ouvi, bem acima de mim, um grasnar e tagarelar que foram ficando cada vez mais altos, passando por sobre a minha cabeça, mas não conseguia ver a formação dos gansos selvagens, porque eles estavam voando bem acima das nuvens.

Aproximadamente a 3 quilômetros do vilarejo de Thrumbo ficava o lago Elvie, uma extensão de água erma, circundada ao norte pela estrada principal que levava a Inverness, e protegida, na margem oposta, pelos grandes bastiões de Cairngorms. Elvie, em si, era quase uma ilha, no formato de um cogumelo, unida ao continente por seu talo – uma estreita restinga que não passava de uma ponte entre os charcos cheios de juncos, abrigo de centenas de pássaros.

Durante muitos anos a propriedade pertencera à Igreja e, de fato, ainda havia ruínas de uma capelinha, agora sem teto e abandonada, embora o pequeno cemitério ao redor dela ainda estivesse conservado e limpo, com os teixos bem podados, a grama macia como um veludo, aparada e, na primavera, alegre com as flores de narcisos silvestres balançando ao vento.

A casa onde minha avó morava era em outros tempos a residência paroquial dessa igrejinha. Com o passar dos anos, no entanto, ela superou a sua sede modesta, com alas e quartos extras que foram sendo acrescentados para hospedar, acredita-se, várias famílias vitorianas. Vista da estrada de acesso, a casa

parecia alta e intimidadora, com janelas pequenas e afastadas voltadas para o norte, para poder conservar o calor durante os invernos rigorosos, e com a porta da frente aparentando segurança e simplicidade, geralmente bem fechada. Essa aparência de fortaleza era realçada pelos muros altos do jardim, que, como braços, se estendiam da casa à direita e à esquerda. Nesses muros, nem mesmo minha avó conseguia plantar uma única trepadeira que vingasse.

Mas, vista do outro lado, o aspecto de Elvie era completamente diferente. A velha casa branca, protegida, cercada e virada para o sul, e ainda adormecida, pestanejava ao sol. Janelas e portas ficavam abertas à brisa fresca, e o jardim descia até uma vala rasa que separava a propriedade de um pasto estreito onde um fazendeiro vizinho deixava seu gado. O pasto descia até a margem do lago, e o ruído das marolas nos seixos, o ruminar e os mugidos suaves do gado faziam tanto parte da vida em Elvie que depois de algum tempo até se parava de ouvi-los. Bastava retornar ao lugar após ter passado algum tempo fora para se voltar a ter consciência de todos esses sons.

O CARRO DE DAVID STEWART me surpreendeu. Um TR-4 azul-escuro, inesperadamente veloz para um cidadão aparentemente tão sóbrio. Colocamos as nossas malas e deixamos Thrumbo. No carro, eu me inclinava para a frente, mal contendo a emoção. Os pontos de referência conhecidos surgiam e ficavam rapidamente para trás. A oficina, a loja de doces e a fazenda dos McGregor. Logo depois, entramos na região rural. A estrada serpenteava, subindo pelos campos dourados com os restos da colheita. As cercas vivas estavam salpicadas de rosas silvestres; havia geado recentemente, porque as árvores já tinham sido tocadas pelos tons de dourado e vermelho das primeiras cores do outono.

Então, dobramos na última esquina e o lago surgiu um pouco distante, à nossa direita. Estava cinza como a manhã, e

as montanhas, ao longe, se perdiam nas nuvens. E finalmente, há menos de um quilômetro de distância, estava Elvie, a casa ocultada pelas árvores e pela igreja sem telhado, parecendo bucolicamente abandonada. A emoção me deixou sem fala e, demonstrando rara compreensão daquilo que se passava comigo, David Stewart não fez nenhum comentário. Havíamos percorrido uma distância muito grande juntos; tão grande, de fato, que era difícil de compreender, mas foi em silêncio que, finalmente, viramos na altura do chalé à beira da estrada e o carro serpenteou descendo a rua, com as cercas vivas de ambos os lados, para em seguida atravessar a passagem entre os charcos, subir a pequena alameda de faias vermelhas e parar bem próximo à porta da frente.

Desci rapidamente do carro e atravessei correndo o trecho coberto de cascalhos em frente à porta da casa, mas minha avó foi mais rápida. A porta se abriu, ela surgiu e nos encontramos num abraço apertado. Ela, que cheirava aos sachês perfumados que guardava com as roupas, ficou repetindo o meu nome. Eu dizia a mim mesma que nada havia mudado.

5

Um reencontro depois de tantos anos é sempre uma confusão. Dizíamos coisas do tipo: "Oh, você veio mesmo...", "Você fez uma boa viagem?...". "Nada mudou...". Entre um abraço e outro, ríamos de nossas próprias tolices.

Pouco depois, os cachorros juntaram-se ao tumulto, saindo da casa correndo, latindo a nossos pés e exigindo nossa atenção. Eram *spaniels* de pelos cinza-escuros e brancos, estranhos para mim e, ao mesmo tempo, familiares, já que

sempre houvera cães daquele tipo em Elvie, e esses, sem dúvida, descendiam dos que eu havia conhecido. Mal começara a brincar com os cachorros, a Sra. Lumley, que ouvira toda aquela algazarra, juntou-se a nós, incapaz de resistir à tentação de participar daquela festa de recepção. Ela, que vinha saindo da casa estampando um sorriso de orelha a orelha, parecia mais gorda em seu avental verde. Depois que a beijei, ela me disse que eu havia crescido muito e que estava com mais sardas do que nunca. Disse, também, que estava preparando um café da manhã bem farto.

Minha avó foi ao encontro de David, que estava retirando calmamente a minha mala do carro.

– David, você deve estar exausto – disse ela, beijando-o no rosto, para minha surpresa. – Obrigada por trazê-la de volta em segurança.

– Você recebeu meu telegrama?

– Recebi, claro. Estou de pé desde as 7 horas. Entre e venha tomar o café conosco. Só falta você.

Ele se desculpou, alegando que a arrumadeira o aguardava em casa e que deveria se trocar antes de ir para o escritório.

– Bem, então venha para o jantar hoje à noite. Eu insisto. Por volta das 19h30. Queremos saber das novidades.

Ele se deixou persuadir e nos olhamos, sorrindo. Ocorreu-me, com algum estranhamento, que, embora o conhecesse há apenas quatro dias, era como se estivesse me despedindo de alguém que eu conhecesse por toda a vida. Ele recebera uma missão difícil e a cumprira com tato e bom humor e, até onde sei, sem me magoar em momento algum.

– Oh, David... – eu disse, emocionada.

– Vejo você hoje à noite, Jane – ele respondeu rapidamente, interrompendo os meus agradecimentos.

Em seguida, se afastou, entrou no carro e bateu a porta. Ficamos paradas, olhando, enquanto o carro passava sob as faias, pegava a estrada e virava na curva, sumindo de vista.

– Bom homem – disse minha avó, pensativa – Você não acha?

– Acho, sim. Muito meigo – respondi, correndo para impedir que a Sra. Lumley apanhasse minha mala. Eu mesma a levei para dentro da casa.

Minha avó e os cachorros me acompanharam, a porta foi fechada, e David Stewart, por ora, foi esquecido.

Fui tomada de assalto pelo cheiro da fumaça de turfa que vinha da lareira no saguão e pelo perfume das rosas que estavam num jarro grande sobre a arca, próximo ao relógio. Um dos cachorros arfava, com o rabinho balançando, querendo chamar minha atenção, numa agitação que não tinha fim. Parei para coçar suas orelhas, e estava prestes a falar do Rusty para ele quando minha avó disse:

– Eu tenho uma surpresa para você, Jane.

Eu me levantei, olhei para cima e vi um homem descendo as escadas em minha direção, com sua silhueta projetada pela luz que saía de uma janela. Por alguns momentos minha visão ficou ofuscada por essa luz.

– Oi, Jane – disse uma voz masculina, e percebi que era o meu primo Sinclair.

Fiquei parada, de boca aberta, enquanto minha avó e a Sra. Lumley me observavam, encantadas com o sucesso da surpresa que haviam planejado para mim. Ele, que já estava ao meu lado, me segurou pelos ombros e se abaixou para me beijar, antes que eu tivesse fôlego para dizer, bem baixinho:

– Pensei que você estivesse em Londres...

– Mas não estou. Estou aqui.

– Mas, como...? Por quê...?

– Tirei uns dias de folga.

Por minha causa? Ele havia tirado uns dias de folga para que pudesse estar em Elvie quando eu chegasse? Tal possibilidade me deixava, ao mesmo tempo, lisonjeada e emocionada.

Porém, antes que eu pudesse dizer qualquer palavra, minha avó começou a nos despachar.

– Não tem por que ficarmos parados aqui... Sinclair, por que você não leva a mala de Jane até o quarto dela? E aí, então, depois que você tiver lavado as mãos, querida, desça e venha tomar o seu café. Essa viagem deve tê-la deixado exausta.

– Não estou cansada.

E, de fato, não estava. Eu me sentia viva, bem desperta e pronta para o que quer que fosse. Sinclair apanhou minha mala e subimos, juntos, para o meu quarto. Eu ia atrás, seguindo suas pernas compridas, como se eu tivesse asas nos pés.

Meu quarto, que dava vista para o jardim e para o lago, estava impecavelmente arrumado e encerado. No entanto, havia sido mantido do modo como eu o deixara. A cama, pintada de branco, ainda tinha a cabeceira voltada para o vão da janela, que era onde eu sempre gostava de dormir. A alfineteira ainda estava em cima da penteadeira, os sachês de lavanda no armário e o tapete azul cobrindo a parte gasta do carpete.

Enquanto eu tirava o casaco e lavava as mãos, Sinclair se atirou sobre a minha cama, amarrotando a colcha branca engomada, e ficou me observando. Nos sete anos que se passaram, ele havia mudado, é claro, mas as mudanças eram tão sutis que mal dava para apontá-las com precisão. Com certeza, ele havia emagrecido e adquirido pequenas rugas ao redor da boca e nos cantos dos olhos. Mas isso era tudo. Ele era muito bonito, com sobrancelhas e cílios negros e os olhos de um azul profundo, um pouco repuxados, de forma tentadora. Seu nariz formava um ângulo reto, e sua boca, que fazia uma espécie de curva para baixo, possuía um lábio inferior que, quando jovem, conferia-lhe um ar muito sério. Seus cabelos eram espessos e lisos. Ele os havia deixado crescer, mantendo os presos sob a gola da camisa, na altura da nuca. Como estava acostumada aos cortes da moda de Reef Point, que eram ou rente (surfistas), ou na altura dos ombros (hippies), achei

o efeito interessante. Naquela manhã, ele usava uma camisa azul com um lenço de algodão amarrado ao pescoço e calça de tecido canelado desbotada e presa à cintura por um cinto trançado de lã.

– Você está mesmo de folga? – indaguei, tentando obter uma confirmação daquilo que esperava que fosse verdade.

– Claro – respondeu rapidamente, sem confirmar nada.

– Você está trabalhando numa agência de publicidade? – perguntei, conformada com seu modo evasivo.

– Estou, na Strutt and Seward, como assistente do diretor administrativo.

– O emprego é bom?

– Dá direito a um fundo para despesas de representação.

– Quer dizer que você pode usar o fundo para pagar almoços regados a bebida com futuros clientes?

– Não precisa ser regado a bebida. Se a futura cliente for bonita, pode ser também algo como um jantar íntimo à luz de velas.

Tive que me esforçar muito para disfarçar uma ponta de ciúme. Estava sentada em frente à penteadeira, desembaraçando as tranças compridas e pesadas dos cabelos.

– Já nem me lembrava do quanto eles eram longos. Você costumava usar rabo de cavalo. Agora, eles parecem seda.

– Às vezes, chego a jurar que vou cortar estas tranças, mas acabo nunca cumprindo a promessa.

Terminei de pentear os cabelos, larguei o pente sobre o móvel e subi na cama também, ajoelhando-me para abrir a janela e me debruçar sobre o peitoril.

– Que cheiro delicioso! – exclamei. – Tão úmido, tão outono!

– A Califórnia não é assim também?

– Na maior parte das vezes, você só sente cheiro de gasolina – respondi. Mas, em seguida, lembrando-me de Reef Point, retifiquei: – Quando não cheira a eucaliptos e ao Pacífico.

– E como é viver entre os peles-vermelhas?

Dirigi-lhe um olhar sério, desafiando-o a iniciar qualquer tipo de ofensa, mas ele desistiu da ideia.

– Sinceramente, Jane, eu estava com muito medo de que você voltasse mascando chicletes e com uma máquina fotográfica a tiracolo, falando "E aí, bicho?" todas as vezes que fosse me dirigir a palavra.

– Você está muito desatualizado, *brother* – retruquei.

– Eu ia chegar aqui protestando, sabe?, com um cartaz dizendo: "Faça amor, não faça guerra."

Falou isso imitando o sotaque americano, o que achei tão chato quanto quando zombavam de mim na Califórnia por causa do meu sotaque terrivelmente britânico.

– Eu juro que quando começar a protestar você será a primeira pessoa a saber – acrescentei, depois de deixar claro o quanto aquele tipo de brincadeira me chateava.

– Como vai o seu pai? – perguntou, com um brilho maroto nos olhos, constatando que havia me tirado do sério.

– Está barbudo e a cara do Hemingway.

– Faço ideia.

Um casal de patos selvagens veio voando do céu e pousou na água, deixando um pequeno rastro de espuma para trás. Ficamos olhando por uns instantes. Sinclair bocejou, espreguiçou-se, me deu um tapinha de irmão e disse que estava na hora de tomarmos o café da manhã. Então, nos levantamos da cama, fechamos a janela e descemos.

Só então percebi que estava faminta. Havia bacon, ovos, marmelada Cooper's e uns pãezinhos quentes de trigo. Enquanto eu comia, Sinclair e minha avó divagavam sobre vários assuntos – notícias do jornal local; o resultado de um concurso de floricultura; uma carta que ela havia recebido de um velho primo que se mudara para um lugar chamado Mortar.

– Por que diabos ele foi morar lá?

– Bem, porque o custo de vida lá é mais baixo e porque lá é mais quente e claro. O pobre velho sempre sofreu muito de reumatismo.

– O que ele pensa fazer lá? Levar os turistas para passear de barco em volta de Grand Harbour?

Percebi que se referiam a Malta. Mortar: Malta. Eu estava mais americanizada do que imaginava.

Minha avó servia o café. Enquanto eu a observava, calculava que ela deveria ter, mais ou menos, 70 anos. A despeito disso, ela ainda conservava a mesma aparência que possuía nas minhas lembranças. Era alta, elegante e muito bonita, com seus cabelos grisalhos sempre irretocáveis, e seus olhos de um azul penetrante e vivo, dispostos sob sobrancelhas finas em forma de arco. (Naquele momento, o efeito que tinham era de um charme jovial, mas eu sabia que ela era capaz de registrar uma infinidade de admoestações com um simples erguer daquelas sobrancelhas, acompanhado por um olhar azul e gélido.) Suas roupas, embora não seguissem as últimas tendências da moda, caíam-lhe muito bem. Ela gostava de usar saias de um tweed macio com estampas de urzes e suéteres de cashmere ou cardigã. Durante o dia, sempre usava suas pérolas e brincos de coral, lapidados na forma de gotas. Mas, à noite, normalmente usava um ou dois modestos diamantes que brilhavam contrastando com seus veludos escuros. Ela era bastante conservadora para trocar de roupa a cada noite para o jantar, mesmo num dia de domingo, sem que nada houvesse de mais emocionante para se comer além de ovos mexidos.

Enquanto se sentava à cabeceira da mesa, cheguei à conclusão de que ela já havia tido mais do que sua cota de tragédias na vida. Seu marido falecera, então perdera a filha e, agora, o filho, o indefinível Aylwyn, que decidira viver e morrer no Canadá. Sinclair e eu éramos tudo o que havia restado para ela, sem mencionar Elvie. Apesar de tudo, seu tronco permanecia ereto,

e seus modos, enérgicos. Eu lhe era grata pelo fato de ela nunca ter-se tornado uma daquelas senhoras queixosas que vivem se lamentando pelos velhos tempos. Ela era fascinante, incrivelmente ativa e inteligente. Indestrutível, dizia a mim mesma, tranquilizando-me. É o que ela era: indestrutível.

Depois do café, Sinclair e eu fizemos o nosso passeio ritual pela ilha, sem perdermos nada. Passamos pelo portão que leva ao cemitério. Lá, fizemos uma turnê por todas as velhas lápides e espiamos pelas frestas das janelas da igreja em ruínas. Depois, pulamos o muro que dava para o campo, passando pelos olhares curiosos do gado, e fomos até a beira do lago. Mexemos com um casal de patos selvagens e competimos para ver quem conseguia atirar uma pedra mais longe, fazendo com que deslizasse sobre a água do lago. Sinclair venceu. Caminhamos até a ponta do píer para olhar o velho barco furado que era horrível para se remar. Nossos passos ecoaram sobre as ripas de madeira bambas.

– Um dia – eu disse – isso vai acabar desabando.

– Não há por que consertar isso, se ninguém usa.

Continuamos, margeando o lago, passando sob a faia frondosa onde certa vez havíamos construído a nossa cabana, e atravessamos um pequeno bosque de bétulas cercado de folhas que caíam silenciosas. Voltamos para casa passando por um conjunto de construções anexas – chiqueiros e galinheiros abandonados, estábulos e uma velha cocheira que, desde há muito tempo, vinha sendo usada como garagem.

– Venha ver o meu carro – disse Sinclair.

Depois da batalha que travamos com os ferrolhos, a porta grande e antiga finalmente se abriu, rangendo e revelando, ao lado do grande e elegante Daimler de minha avó, um Lótus Elan amarelo-escuro, com uma capota preta, rebaixado bem próximo ao chão e infinitamente fatal.

– Há quanto tempo você tem esse carro? – perguntei.

– Ah, há mais ou menos seis meses.

Ele se sentou ao volante e o retirou da garagem dando marcha à ré, com o motor rosnando como um tigre feroz. Ele me mostrou, feito um menino quando ganha um brinquedo novo, todos os diversos avanços tecnológicos do carro: os vidros elétricos; o mecanismo perfeito que recolhia a capota; o alarme antifurto automático e os protetores dos faróis, que se abriam e fechavam como pálpebras enormes.

– Que velocidade ele alcança? – indaguei, nervosa.

– Uns 180 ou 190 quilômetros por hora – respondeu, dando de ombros.

– Comigo, nem pensar!

– Espere até ser convidada, minha garotinha medrosa.

– É difícil até dirigir a 80 nas pistas daqui sem acabar derrapando e saindo da estrada.

– Você não quer tirá-lo da garagem? – perguntou, enquanto saía do carro.

– Não.

– Combinei de ir caçar pombos – disse ele, olhando para o relógio.

Já havia até me esquecido de como as coisas eram por aqui. Na Escócia, os homens sempre saem para caçar, independentemente dos planos que as mulheres tenham feito.

– Quando é que você volta? – indaguei.

– Talvez a tempo de tomar o chá com vocês – respondeu, sorrindo e mostrando os dentes para mim. – Que tal se, depois do chá, eu levar você para fazer uma visita aos Gibson? Eles estão loucos para ver você e eu lhes prometi que a levaria até lá.

– Tudo bem. Vamos fazer isso.

Voltamos para casa. Sinclair se trocou e apanhou seu equipamento de caça e eu subi para o meu quarto para desfazer as malas.

Enquanto eu passava pela porta, uma rajada de ar frio entrou e me fez tremer. Percebi que já estava com saudade do sol da Califórnia e do aquecimento central dos Estados Unidos.

Elvie tinha as paredes espessas e era voltada para o sul. As lareiras ficavam constantemente acesas, e sempre havia litros e mais litros de água quente, mas os quartos tendiam a ficar, definitivamente, gelados. Eu havia colocado minhas roupas nas gavetas vazias e vi que, apesar de todos os cuidados tomados ao lavá-las, secá-las e passá-las, não estavam nem um pouco quentes. Para o clima da Escócia, teria que comprar outras roupas. Talvez minha avó pudesse comprá-las para mim – e essa era uma ideia que, decerto, me deixava muito feliz.

Com isso em mente, desci para procurá-la, e a encontrei saindo da cozinha, usando botas de borracha, uma capa de chuva muito velha e carregando uma cesta.

– Estava saindo à sua procura. Cadê Sinclair? – perguntou.

– Foi caçar pombos.

– Ah, sim. Ele tinha dito que iria almoçar fora. Venha me ajudar a colher umas couves-de-bruxelas.

Nossa ida foi atrasada por uns instantes enquanto eu procurava botas e um casaco velho. Então, saímos novamente na manhã tranquila, só que, dessa vez, fomos até a estufa. Will, o jardineiro, já estava lá. Ele levantou a cabeça quando entramos, parou de cavar e veio pisando, com cuidado, a terra recém-revolvida para me cumprimentar, sacudindo-me com as mãos sujas de lama.

– Ei – falou –, já fachi tanto tempo desde que vochê teve aqui em Elvie da última veije. – Ele não costumava falar com uma dicção muito boa, já que só punha a dentadura aos domingos. – E combo é a viba nos Estados Unidos?

Falei um pouco dos Estados Unidos para ele, e ele perguntou pelo meu pai. Perguntei pela Sra. Will, que parecia estar doente, como sempre. Ele voltou para o trabalho, cavucando a terra, e minha avó e eu fomos colher couves.

Após termos enchido a cesta, íamos em direção à casa, mas a manhã estava tão fresca e calma que minha avó disse que preferia permanecer do lado de fora, de modo que demos a

volta, fomos para o jardim e nos sentamos num banco de ferro pintado de branco de onde avistávamos o lago e as montanhas. O canteiro de ervas estava repleto de dálias, zínias e astropólios lilases. A grama estava cheia das folhas vermelho-escuras de bordo canadense.

– Sempre achei o outono um tempo perfeito. Alguns acham triste, mas é bonito demais para ser triste – disse minha avó.

– "Setembro chegou, é ela, cuja vitalidade salta no outono" – recitei.

– Quem escreveu isso?

– Louis MacNeice. A sua vitalidade salta?

– Bem, talvez há 20 anos. – Rimos, e ela apertou a minha mão. – Oh, Jane, que alegria tê-la de volta.

– Você me escreveu tantas vezes. Eu teria vindo antes... mas realmente não foi possível.

– Não. Claro que não. Eu entendo. Eu é que fui egoísta em insistir tanto.

– E aquelas... cartas que você escreveu para o meu pai. Eu não tinha conhecimento delas, senão as teria respondido.

– Ele sempre foi teimoso – falou, lançando-me um olhar muito penetrante e azul. – Ele não queria que você viesse?

– Tomei uma decisão. Ele acabou aceitando. Além do mais, com David Stewart lá, esperando para voltar comigo, ele não pôde fazer qualquer objeção.

– Achei que você não fosse conseguir deixá-lo.

– Não – respondi, abaixando-me e apanhando uma folha de bordo, despedaçando-a entre os dedos –, não. Há uma amiga lá com ele.

– Uma amiga? – indagou, novamente me olhando de soslaio.

– Linda Lansing. Ela é atriz. É sua atual namorada – respondi, levantando os olhos, já arrependida de ter mencionado o fato. Minha avó sempre tivera bons princípios, mas nunca fora puritana.

– Entendo – disse minha avó, depois de um tempo.

– Não, não acho que você entenda. Mas eu gosto dela, e ela vai cuidar de papai... pelo menos até eu voltar para casa.

– Não entendo – disse minha avó – por que ele não se casou de novo.

– Terá sido por nunca ter ficado em lugar nenhum tempo suficiente para se fazer correr os proclamas?

– Mas isso é egoísmo. Ele nem ao menos deu a você a chance de viajar, de voltar para nos visitar, ou até mesmo de ter alguma profissão.

– Se há algo que eu nunca quis ter é uma profissão.

– Mas hoje em dia toda mulher deve ser capaz de se sustentar.

Eu disse que estava muito feliz em ser sustentada por meu pai, e minha avó retrucou que eu era tão teimosa quanto ele e me perguntou se eu nunca tivera vontade de ter algum emprego.

Eu me esforcei para responder, mas a única coisa de que me lembrava era de ter 8 anos e querer fazer parte de um circo para ajudar a dar banho nos camelos. Achei que minha avó não iria gostar de ouvir aquilo.

– Não, nunca – acabei respondendo.

– Oh, coitadinha.

– Coitadinha, não. Coitadinha coisíssima nenhuma – rebati, saindo em defesa de meu pai. – Nunca senti falta de nada, a não ser de estar em Elvie – acrescentei, para mitigar um pouco a força das minhas palavras –, e de você. De tudo. – Ela não fez nenhum comentário. Deixei cair a folha despedaçada e me abaixei para apanhar outra. – David Stewart falou do tio Aylwyn. Não fiz nenhum tipo de comentário com Sinclair... mas... fiquei com pena dele... quer dizer, o pai dele estava tão longe e tudo mais.

– Pois é – respondeu, sem demonstrar qualquer emoção na voz –, mas foi o que ele escolheu... morar no Canadá e, por

fim, morrer lá. Sabe, Elvie nunca teve muita importância para o Aylwyn. Ele não era do tipo que cria raízes. Ele queria, antes de mais nada, estar na companhia de muitas pessoas diferentes. Gostava de diversidade em tudo que fazia. Elvie nunca foi o melhor lugar para alguém assim.

– É tão estranho... um homem se sentir entediado na Escócia... há uma atmosfera tão masculina aqui.

– É, mas veja bem, ele não gostava de caçar e nunca quis pescar. Essas coisas o entediavam. Ele gostava de cavalos e de corridas. Era um excelente jóquei.

Percebi, com certa surpresa, que essa era a primeira vez que falávamos de tio Aylwyn. Não que o assunto tivesse sido evitado; era só que, antes, eu não tinha o menor interesse. Mas, agora, percebia o quanto era estranho o fato de saber tão pouco a seu respeito... Eu nem mesmo sabia como era ele, até porque minha avó, diferentemente de outras mulheres de sua geração, não era do tipo que gostasse de exibir fotos de família. Todas que ela possuía estavam bem guardadas em álbuns, não à mostra, com molduras de prata, em cima do piano de cauda.

– Como ele era fisicamente? – perguntei.

– Fisicamente? Ele se parecia com Sinclair agora. E era muito charmoso... Quando entrava em um lugar, todas as mulheres ficavam alvoroçadas e começavam a sorrir e a tentar chamar sua atenção. Era algo divertido de se ver.

Eu estava a ponto de perguntar sobre Silvia, mas ela me impediu de fazê-lo ao olhar para o relógio, assumindo novamente um ar de ocupação.

– Agora, é melhor irmos e levarmos estas couves para a Sra. Lumley; do contrário, ela não vai conseguir aprontá-las a tempo para o almoço. Obrigada por me ajudar a colhê-las. E gostei de conversar com você.

Conforme prometera, Sinclair voltou para o chá. Em seguida, vestimos nossos casacos, chamamos os cachorros e partimos para a casa dos Gibson.

Eles moravam numa casinha de zelador, escondida num abrigo natural feito pelo morro que se erguia ao norte de Elvie, de modo que tivemos que sair da ilha, cruzar a estrada principal, seguir por um caminho que serpenteava através de trechos cobertos de grama e mato e atravessar, por várias vezes, um córrego que passava por uma manilha sob a estrada e desembocava no lago Elvie. O córrego vinha do alto das montanhas, e o vale abaixo por onde ele passava, incluindo os morros em ambos os lados, fazia parte da propriedade de minha avó.

Antigamente, alguns grupos vinham ao local para caçar, acompanhados de crianças que participavam como batedores e de pôneis da montanha levando os cavalheiros mais idosos. Mas, atualmente, a área era arrendada por um clube de comerciantes locais, que gostavam de fazer caminhadas durante dois ou três sábados em agosto, e apreciavam, também, trazer suas famílias para fazer piqueniques ou pescar nas águas do riacho.

Quando nos aproximamos da casa, ouvimos uma cacofonia de latidos vindo do canil. A Sra. Gibson, incomodada pelo barulho, apareceu na porta aberta.

– Olá! – disse Sinclair, acenando.

A Sra. Gibson acenou também e voltou para dentro de casa rapidamente.

– Será que ela foi pôr a chaleira no fogo? – perguntei.

– Ou então pedir para o Sr. Gibson colocar a dentadura.

– Que maldade!

– Não. É bem provável.

Havia um jipe velho estacionado ao lado da casa, meia dúzia de galinhas ciscando próximo aos pneus do carro e um varal com roupas. Quando nos aproximamos da porta, a Sra. Gibson veio para fora novamente, já sem o avental. Ela usava uma blusa e um camafeu pendendo de um colar, e vinha sorrindo de orelha a orelha.

– Ah, Srta. Jane, eu teria reconhecido você em qualquer lugar. Estava conversando com o Will, e ele me disse que você não havia mudado nada. E o Sr. Sinclair... não sabia que estava de volta.

– Tirei uns dias de folga.

– Entrem, então. Gibson está tomando chá.

– Espero não termos chegado em uma hora ruim – desculpou-se Sinclair, afastando-se e deixando que eu entrasse primeiro. Abaixei a cabeça com cuidado para passar pela porta, e fui até a cozinha onde uma chama vermelha ardia na grelha do fogão. Com dificuldade, Gibson se levantava da mesa abarrotada de bolinhos de farinha de trigo, bolos, manteiga, geleia, chá, leite e um favo de mel. Pude sentir, também, um cheiro forte de hadoque.

– Ah, Gibson, não queríamos incomodar...

– Vocês não estão incomodando nada, não – respondeu, estendendo a mão.

Eu a apertei, sentindo-a ressecada e encaroçada, feito uma casca de árvore. Sem o seu inseparável chapéu de tweed, ele ficava estranho, pouco familiar e tão vulnerável quanto um policial sem o capacete, com sua cabeça careca protegida apenas por uns poucos fios de cabelo grisalho. Percebi que, de todos os amigos que eu tinha em Elvie, ele era o único que havia envelhecido de verdade. Seus olhos estavam pálidos e esbranquiçados ao redor da íris. Estava mais magro, mais arqueado, e sua voz havia perdido seu tom grave masculino.

– Ei, disseram-nos que você estava vindo para casa – falou, e, voltando-se para Sinclair, que nos acompanhava até a cozinha pequena e apertada, acrescentou: – E você também, Sinclair.

– Olá, Gibson.

– Ele está tomando o chá, Sinclair, mas sente-se aqui um pouquinho, você não vai importuná-lo – disse a Sra. Gibson, movimentando-se com rapidez atrás dele, enquanto nos acomodava. – Agora, sente-se aqui, Jane, perto do fogo, que é mais

confortável e quente... – Eu me sentei tão próximo do fogo que pensei que fosse assar. – Você aceita uma xícara de chá?

– Aceito sim, obrigada.

– E uma coisinha para comer – completou, dirigindo-se à copa, colocando uma das mãos sobre o ombro do marido enquanto passava por trás dele, empurrando-o para baixo e obrigando-o a se sentar novamente. – Sente-se, querido, e termine seu hadoque. Jane não vai se importar...

– Sim, por favor, pode terminar de comer.

Mas Gibson disse que já estava satisfeito. A Sra. Gibson retirou o prato rapidamente, como se a comida fosse algo indecente, e foi encher a chaleira. Sinclair puxou uma cadeira do outro lado da mesa e sentou-se em frente a Gibson, com o suporte de bolo banhado em prata entre os dois. Ele puxou um maço, deu um cigarro para o velho, tirou outro para si e se inclinou sobre a mesa para acendê-lo.

– Como você tem passado? – perguntou.

– Mais ou menos... tem feito tanto calor e tem estado tão claro neste verão... Eu soube que você foi caçar pombos hoje. Como se saiu?

Ouvindo os dois, o jovem forte e o velho, conversarem daquele jeito, era difícil crer que um dia Gibson fora o único homem que Sinclair respeitava de verdade.

A Sra. Gibson voltou logo com duas xícaras limpas (as melhores que possuía, pude perceber), colocou-as sobre a mesa, serviu o chá e nos ofereceu bolinhos de trigo, tortinhas com glacê e biscoitos amanteigados, que educadamente recusamos. Em seguida, acomodou-se do lado oposto à lareira para conversarmos no aconchego do fogo. Mais uma vez, tive de responder a perguntas sobre meu pai. Perguntei pelos filhos dela, e ela me disse que Hamish estava no Exército, mas que George havia conseguido ingressar na Universidade de Aberdeen, onde cursava Direito.

– Mas isso é maravilhoso! Não sabia que ele era assim tão inteligente! – exclamei, impressionada.

– Ele sempre foi um menino muito estudioso... muito chegado aos livros.

– Então, nem Hamish nem George vão seguir a profissão do pai.

– Ah, não é a mesma coisa para os jovens. Não querem passar o resto de suas vidas nas montanhas com essas mudanças de tempo... Aqui é calmo demais para eles. E, sabe, eles não estão errados. Isto aqui não é vida para um rapaz. E, embora tenhamos conseguido criá-los bem, não dá para se ganhar dinheiro aqui hoje em dia. Não quando se consegue ganhar até três vezes mais com um emprego numa cidade, numa fábrica ou em um escritório.

– Gibson não fica triste com essa situação?

– Não – ela respondeu olhando para ele com afeto, mas ele estava absorto demais na conversa com Sinclair para poder notar seu olhar. – Não, ele sempre quis muito que eles fizessem o que fosse da vontade deles e que se dessem bem na vida. Ele incentivou George o tempo todo... e, sabe – acrescentou, citando Barrie sem querer –, não há nada como uma boa educação.

– Você não tem fotos deles? Eu gostaria tanto de ver como eles estão agora...

– Estão perto da minha cama. Vou buscá-las... – respondeu, feliz por eu ter perguntado.

Saiu rapidamente para o quarto. Ouvi seus passos pesados sobre os degraus da pequena escada e através do piso do quarto acima.

– Sabe, não há nada de errado com as barricas velhas... – dizia Gibson atrás de mim. – Quando elas foram feitas, foram feitas para durar... elas só estão um pouquinho gastas.

– E os pássaros?

– Ah, tem sim, tem muitos pássaros. Sabia que eu peguei duas raposas fêmeas com filhotes na primavera?

– E as vacas?

– Tenho conseguido mantê-las a distância. E o mato está alto. Estava bem queimado no início da estação...

– Você não acha que é serviço demais para você?

– Ah, estou em boa forma.

– Minha avó me disse que você ficou de cama por umas duas semanas no inverno passado.

– Aquilo foi só um pouco de resfriado. O médico me deu um remédio e fiquei inteiro de novo... Você não tem de dar ouvidos ao que as mulheres dizem...

– O que você disse sobre as mulheres? – indagou a Sra. Gibson, voltando com as fotos.

– Vocês são um bando de corujas velhas – respondeu o marido – fazendo uma tempestade por causa de um resfriadinho...

– Ah, não foi um resfriadinho... e depois de um tempo tive de obrigá-lo a ficar de cama – acrescentou, mantendo Sinclair a par do que havia ocorrido. – Além do mais, não tenho muita certeza de que foi só um resfriado... – disse, passando-me as fotos. – Insisti em que ele fizesse um raio X, mas ele não quis nem ouvir falar nisso.

– Você deveria ter feito, Gibson.

– Ah, não tenho tempo para ir a Inverness para essa baboseira... – retrucou, demonstrando aborrecimento em falar sobre seu estado de saúde e, numa tentativa de mudar de assunto, virou sua cadeira na minha direção a fim de espiar as fotos dos filhos sobre os meus ombros; Hamish, de aparência sólida, como oficial do Primeiro Batalhão de Atiradores escoceses, e George, em uma pose formal em um estúdio fotográfico.

– George está na universidade. A Sra. Gibson lhe contou? Já está no terceiro ano, e vai sair de lá advogado. Você se lembra de quando ele ajudou você a construir a casa na árvore?

– Ela ainda está de pé. O vento não a derrubou.

– Qualquer coisa que o George faz, ele faz bem. Ele é um ótimo rapaz.

Ficamos para conversar mais um pouco, e então Sinclair afastou a cadeira e disse que já era hora de irmos. Os Gibson foram até a porta para se despedirem de nós, e os cachorros, ao ouvirem vozes novamente, começaram a latir. Fomos até o canil conversar com eles. Eram duas cadelas grandes, uma preta e outra amarela. Essa última tinha uma pelagem macia e sedosa e uma expressão afetuosa, com olhos escuros revirados para cima.

– Ela parece Sophia Loren – falei.

– Ah, sim – falou Gibson –, ela é bonita. Como está no cio, vou levá-la até Braemar amanhã. Conheço um homem lá que tem um bom cão. Acho que talvez a gente consiga uma ninhada.

– Você vai amanhã? A que horas? – perguntou Sinclair erguendo as sobrancelhas.

– Vou sair lá pelas 9h30.

– Qual é a previsão do tempo?

– Deve ventar um pouco hoje à noite, e com isso essa neblina irá embora. A previsão é de tempo bom para o final de semana.

– Que tal? – perguntou Sinclair, voltando-se para mim.

– Hã? – Eu estava brincando com o cachorro e mal ouvira a conversa.

– Gibson vai a Braemar amanhã de manhã. A gente podia pegar uma carona, fazendo o caminho de volta para casa pelas montanhas Lairig Ghru... Você pode ir até Rothiemurchus à noite para nos encontrar? – perguntou, voltando-se para Gibson.

– Posso, sim. A que horas pode ser?

– Que tal às 18 horas? – ponderou Sinclair. – A gente já deve estar lá a essa hora. O que você acha, Jane? – indagou, encarando-me novamente.

Nunca havia feito a travessia do Lairig Ghru. Antigamente, todos os verões, alguém em Elvie se aventurava, mas nunca me incluíram no grupo, porque achavam que minhas pernas não eram compridas o suficiente. Mas agora...

Olhei para o céu. A nuvem que estava lá pela manhã não havia se dissipado, e agora, ao cair da noite, estava se transformando em uma neblina tênue.

– Será que vai fazer tempo bom mesmo?

– Ah, vai sim. E muito agradável.

– Gostaria muito de ir – eu disse. A opinião de Gibson bastava para mim.

– Bem, então está marcado. Às 9 horas lá em casa?

– Eu vou estar lá – prometeu Gibson.

Agradecemos pelo chá e fomos embora, descendo o morro e atravessando a estrada molhada em direção a Elvie. O ar pesava com a umidade, e, sob as faias douradas, estava muito escuro. De repente, eu me senti deprimida. Não queria que nada mudasse... queria que Elvie estivesse exatamente do modo como eu me recordava, mas ver Gibson tão velho havia sido um choque. Disse que estivera doente. Um dia ele morreria. E a ideia da morte, naquele frio, naquele entardecer, me fez tremer.

– Está com frio? – indagou Sinclair.

– Estou bem. Só tive um dia longo.

– Tem certeza de que quer ir lá amanhã? É uma caminhada e tanto.

– Claro que sim – respondi, bocejando. – Vamos ter que pedir à Sra. Lumley para preparar um lanche para levarmos.

Terminamos de passar sob as faias, e à nossa frente se erguia a imagem pouco convidativa que a casa tinha vista do lado norte, com a silhueta desenhada pelo céu ameaçador. Uma única luz brilhava amarela em meio-anoitecer. E decidi que antes do jantar tomaria um banho quente para espantar o frio e a tristeza.

6

Eu estava certa. Deitada em uma banheira cheia da água sedosa da Escócia, cochilei. Ainda era cedo. Achei uma garrafa no armário do banheiro e a enchi com a água da torneira, indo para a cama em seguida, onde fiquei por uma hora, deitada na escuridão com as cortinas abertas e ouvindo o grasnar e a algazarra intermináveis dos gansos selvagens.

Depois disso, me vesti novamente, e com a vaga ideia de transformar a minha primeira noite em casa em uma ocasião especial, me dei o trabalho de prender os cabelos e usar todo tipo de artifício para embelezar os olhos. Então, apanhei minha única roupa formal – um cafetã preto feito de uma seda grossa, com bordados e laços dourados que meu pai havia visto em alguma loja obscura de artigos da China em uma rua escondida qualquer de São Francisco e que, sem conseguir resistir à tentação, resolvera comprar.

O cafetã me conferiu uma aparência majestosa. Pus meus brincos, passei um pouco de perfume, e desci. Cheguei cedo, mas queria chegar cedo. Enquanto estivera deitada na cama, havia feito um pequeno plano e queria garantir o lugar à mesa.

A sala de visitas da minha avó, preparada com antecedência para a noite, tinha um impacto visual tão charmoso quanto o de um cenário. As cortinas de veludo haviam sido fechadas; as almofadas, afofadas; as revistas, arrumadas; e a lareira, acesa. A sala era iluminada pela luz suave de dois abajures, e as chamas refletiam nas grades de latão da lareira, nos espetos do carvão e nas superfícies de madeira polidas com o esmero que havia em cada canto do recinto. Havia flores em toda parte, e caixas cheias de cigarros. A mesinha que servia de bar estava repleta de garrafas e copos, com um balde de gelo e uma tigela com nozes.

No outro canto da sala, ao lado da lareira, havia uma cristaleira, portas de vidro na parte superior e três gavetas grandes e pesadas na parte de baixo. Fui até lá e, retirando uma mesinha que estava no caminho, me abaixei para abrir a gaveta na parte inferior do móvel. Um dos puxadores estava quebrado, e a gaveta era muito pesada. Estava lutando com ela quando ouvi a porta se abrir novamente e alguém entrar. Sentindo-me derrotada, xinguei a mim mesma, mas não tive tempo de me levantar.

– Boa noite – disse uma voz atrás de mim.

Era David Stewart. Olhei por cima dos ombros e o vi, de pé, me olhando, parecendo inesperadamente romântico vestindo um smoking azul-marinho.

– Eu me esqueci completamente de que você vinha para o jantar – respondi, surpresa demais para ser educada.

– Acho que cheguei um pouco cedo. Pensei que não houvesse ninguém aqui, então entrei. O que você está fazendo? Procurando um brinco?

– Não. Estou tentando abrir esta gaveta.

– Para quê?

– Ela costumava guardar os álbuns de fotos. A julgar pelo seu peso, acho que eles ainda estão aqui.

– Deixe-me tentar.

Concordei, abrindo caminho e olhando, enquanto ele dobrava suas longas pernas, segurava os dois puxadores e, suavemente, abria a gaveta.

– Parece muito fácil – eu disse – quando outra pessoa o faz.

– Era isso que você estava procurando?

– Era, sim. – Havia três álbuns velhos e cheios, pesando uma tonelada cada.

– Você pretendia dar início a uma sessão longa e nostálgica? Com essa quantidade de fotos, você vai passar o resto da noite fazendo isso.

– Não, claro que não. Só quero achar uma foto do pai de Sinclair... Achei que pudesse haver algumas do casamento.

– Por que essa vontade súbita de ver uma foto de Aylwyn Bailey? – indagou, depois de um breve silêncio.

– Bem, pode parecer estranho, mas nunca vi foto alguma dele. Minha avó nunca deixou nenhuma à mostra. Não me lembro de ter visto alguma, nem mesmo no quarto dela. Engraçado, não?

– Não necessariamente. Não quando se conhece sua avó.

– Estávamos falando dele hoje – mencionei, resolvendo fazer-lhe uma confidência. – Ela me disse que Sinclair é muito parecido com o pai, e que ele era muito charmoso. Disse que bastava ele entrar em algum lugar, as mulheres começavam a surgir aos montes. Nunca prestei muita atenção nele quando eu era pequena... Ele era simplesmente o pai de Sinclair e morava no Canadá. Mas... Sei lá... De repente, fiquei muito curiosa.

Retirei o primeiro álbum da gaveta e o abri, mas datava de apenas dez anos atrás; então coloquei a mão no fundo da gaveta e apanhei o último do monte. Era um álbum elegante, com capa de couro, e todas as fotos, agora desbotadas e começando a ficar de cor sépia, haviam sido colocadas com precisão geométrica e etiquetadas com tinta branca.

Folheando o álbum, vi fotos de grupos de caça e de piqueniques, reuniões de família, fotos de estúdio com direito a cenários e palmeiras em vasos. Havia também a foto de uma menina enfeitada com plumas e uma criança com meias pretas (minha mãe) vestida de cigana.

– Achei. – Era uma foto de uma festa de casamento. Minha avó, formalmente vestida com um turbante de veludo e um vestido longo. Minha mãe, sorrindo contente, como se estivesse determinada a aparentar estar se divertindo. Meu pai, jovem e esbelto, bem barbeado e com uma expressão de incômodo (provavelmente, o colarinho estava apertado

demais). Uma criança desconhecida, como dama de honra e, finalmente, a noiva e o noivo. Silvia e Aylwyn, com seus rostos jovens e redondos, curiosamente imaculados por qualquer tipo de experiência. Silvia, com uma boca pequena pintada de vermelho-escuro, e Aylwyn sorrindo para a câmera como se confidenciasse algo, com seus olhos repuxados, como se tudo fosse a piada mais engraçada do mundo.

– E aí? – perguntou David, finalmente.

– Minha avó estava certa... ele é a cara do Sinclair... a única diferença é que o cabelo está mais curto e com um corte diferente, e talvez ele não fosse tão alto. E Silvia (eu não gostava dela) o deixou, após estarem casados havia apenas cerca de um ano. Você sabia disso?

– Sim, sabia.

– Foi por isso que Sinclair sempre esteve em Elvie. O que você está fazendo?

– Há mais aqui – falou, tateando o fundo da gaveta e retirando de lá uma pilha de fotos com molduras pesadas que haviam sido escondidas.

– O que são? – perguntei, deixando o álbum que eu estava segurando.

– Fotos de um outro casamento. Meu palpite é de que sejam do casamento de sua avó – respondeu, revirando-as na mão.

– Ah, deixe-me vê-las – falei, esquecendo-me de Aylwyn.

Estávamos agora de volta aos anos da Primeira Guerra Mundial, das saias-funis e dos enormes chapéus. Um grupo de pessoas posava sentado em cadeiras, exatamente como a Família Real; colarinhos altos, fraques e expressões de grande solenidade estampadas nos rostos. Minha avó, como a jovem noiva, aparecia com seios grandes e vestida de renda. Seu jovem esposo, um pouco mais velho do que ela, exibia aquela mesma expressão divertida e alegre que nem suas roupas sóbrias e bigode respeitável conseguiam apagar.

– Olhe este aqui. Está tão engraçado nesta foto – falei.

– Acho que ele era engraçado mesmo.

– E quem é este? O velho sujeito de costeletas com kilt?

– Provavelmente, o pai do noivo. Não está esplêndido? – disse David olhando sobre o meu ombro.

– Quem era ele?

– Um figurão, creio, chamava-se Bailey de Cairneyhall; era de uma tradicional família desta região e diz a lenda que ele costumava se dar ares e graças, a despeito do fato de que não possuía um centavo sequer.

– E o pai de minha avó?

– É aquele cavalheiro de aparência importante, imagino. Só que ele era de uma estirpe totalmente diferente. Era corretor da Bolsa de Edimburgo. Ganhou muito dinheiro e morreu rico. E sua avó – acrescentou com ares de advogado – era a única filha dele.

– Você quer dizer... sua única herdeira.

– Exatamente.

Olhei para a foto novamente, para os rostos solenes e pouco familiares que eram dos meus ancestrais, das pessoas que me haviam feito, com todos os meus defeitos e pequenos talentos, e que haviam me dado o meu rosto, as minhas sardas e os meus cabelos louros de nórdica.

– Eu nunca ouvi falar de Cairneyhall.

– Nem vai ouvir. O lugar ficou tão abandonado e decadente, que no fim teve de ser demolido.

– Então minha avó nunca morou lá?

– Acho que sim, durante um ano ou dois, provavelmente, no maior dos desconfortos. Mas, quando o marido dela faleceu, ela se mudou para esta região, comprou Elvie e criou os filhos aqui.

– Então, – não terminei. Percebi que, por nunca ter refletido muito a respeito, sempre acreditara que meu avô, após

sua morte, deixara minha avó muito bem de vida. Mas, agora, parecia que não era o caso. Elvie e tudo que havia nela vinham da própria herança de minha avó e pertenciam unicamente a ela. E a propriedade não tinha nenhuma ligação com seu casamento com o pai de Aylwyn.

– Então o quê? – perguntou David, gentilmente, enquanto me observava.

– Nada – respondi envergonhada. Toda aquela questão envolvendo dinheiro me deixava pouco à vontade, algo que herdara de meu pai. Por isso, rapidamente mudei de assunto.

– Como foi que você ficou sabendo tanto sobre eles?

– É que eu cuido dos negócios da família.

– Entendo.

– Talvez fosse melhor guardarmos tudo isso... – falou, fechando o álbum de fotos.

– Sim, claro. E, David... não quero que minha avó saiba que fiz a você todas essas perguntas.

– Eu não vou contar nada a ela.

Pusemos os livros e as fotos de volta onde os havíamos achado e fechamos a gaveta. Coloquei a mesinha de volta no lugar e fui tirar a proteção de frente da lareira. Apanhei um cigarro, que acendi usando um graveto. Quando me levantei, deparei com David me observando.

– Você está tão bonita. A Escócia certamente combina com você – falou, do nada.

– Obrigada – respondi. Era isso que as meninas americanas aprendem a dizer quando recebem um elogio. (As inglesas falam coisas do tipo: "Oh, não estou não. Estou toda desarrumada" ou "Como você pode achar isso desse vestido? Ele é horrível", o que tenho certeza de que pode ser muito desagradável.)

E, então, por de repente ter me sentido envergonhada e precisar de algo para me distrair, me ofereci para preparar-lhe

um drinque. Ele argumentou que na Escócia drinques não eram preparados, mas servidos.

– Não quando se trata de martínis – retruquei, insistindo. – Você não serve um martíni até que o tenha preparado. É tão simples!

– Você tem razão. Quer um martíni?

– Você sabe preparar? – perguntei, com receio.

– Creio que sim.

– Meu pai costuma dizer que apenas dois homens na Grã-Bretanha sabem fazer martíni, e ele é um deles.

– Então, eu devo ser o outro – respondeu enquanto se dirigia até a mesa e mexia nas garrafas, cubos de gelo e rodelas de cascas de limão.

– O que você fez hoje? – perguntou.

Narrei para ele o meu dia até a parte em que tive minha sessão de relaxamento na banheira de água quente e na cama.

– Adivinha o que planejamos para amanhã – falei.

– Não sei. O quê?

– Sinclair e eu vamos fazer a travessia do Lairig Ghru.

– Você vai *mesmo*? – perguntou, demonstrando ter ficado impressionado, o que me deixou feliz.

– Vou sim. Gibson vai nos levar de carro até Braemar e depois vai nos encontrar em Rothiemurchus à noite.

– O tempo vai estar bom amanhã?

– Gibson disse que sim. Ele disse que todas essas nuvens escuras vão se dissipar e vai fazer "muitcho" calor – respondi, enquanto o observava, apreciando suas mãos bronzeadas, seus cabelos escuros e seus ombros largos sob o veludo azul e macio. – Você podia vir conosco... – falei, de forma um pouco impulsiva.

– Gostaria muito, mas estarei ocupado o dia inteiro amanhã – respondeu, atravessando a sala e trazendo os dois drinques gelados de um tom dourado-claro.

– Fica para uma próxima vez – falei, apanhando o copo.

– Está bem.

Sorrimos, erguemos os copos e bebemos. O martíni estava delicioso, gelado mas também inebriante como fogo.

– Vou escrever para meu pai e dizer que encontrei a outra pessoa que sabe preparar martínis – falei e, lembrando-me de algo, continuei. – David, eu tenho que comprar umas roupas...

– Que tipo de roupas? – indagou, adaptando-se facilmente à mudança de assunto.

– Roupas escocesas, suéteres e coisas do tipo. Tenho aquele dinheiro que meu pai me deu, mas está todo em notas de dólares. Será que você poderia trocá-las para mim?

– Claro que sim. Mas onde você pretende fazer compras? Caple Bridge não é exatamente o centro da moda do norte da Escócia.

– Não quero roupas da moda, só quero alguma coisa que me mantenha aquecida.

– Nesse caso, tudo bem. Quando é que você quer ir às compras?

– No sábado, talvez.

– Você sabe dirigir? Você vai usar o carro de sua avó?

– Sei, mas não posso. Não tenho carteira de motorista britânica... Mas, não importa, eu vou de ônibus...

– Tudo bem. Então, venha até o meu escritório; eu vou lhe dizer como chegar lá. Vou lhe dar o seu dinheiro e, quando você tiver terminado de fazer as compras e se não tiver nada melhor para fazer, eu a levarei para almoçar.

– Verdade? – Eu não esperava por aquilo e fiquei radiante. – Onde?

– Na verdade, não há muitas opções – respondeu, coçando a nuca, pensativo. – Pode ser no Crimond Arms ou na minha casa; a empregada não vem aos sábados.

– Eu sei cozinhar – falei. – Você poderia comprar alguma coisa, e eu prepararia. De qualquer forma, queria muito ver onde você mora.

– Minha casa não é nada demais.

Mas percebi que estava entusiasmada de qualquer forma. Sempre achei que não se conhece um homem até que se tenha visto sua casa, seus livros, seus quadros e o modo como arruma os móveis. David, durante todo o tempo em que passamos juntos na Califórnia e na viagem de volta, havia sido gentil e amável, mas me revelara apenas o lado formal e profissional de sua personalidade. Agora, porém, ele acabara de me ajudar a encontrar a foto que eu queria e de responder, com uma paciência incrível, a todas as minhas perguntas, e ainda me convidara para almoçar. Percebi haver muito mais a ser descoberto a respeito dele do que achara à primeira vista, e era muito gratificante imaginar que talvez ele sentisse o mesmo em relação a mim.

Ao final do jantar, fui mais uma vez vencida pela fadiga, pela diferença de fuso horário, ou seja lá o que fosse; e usando a excursão do dia seguinte como desculpa, dei boa-noite a todos e fui para a cama, onde adormeci rapidamente.

Acordei, algum tempo depois, com o som do vento, que Gibson havia previsto, batendo nas janelas, sussurrando sob a porta, açoitando as águas do lago e formando pequenas ondas que batiam de encontro aos seixos da margem. E, destacando-se dos sons da noite, ouvi vozes.

Busquei o relógio, ainda não era meia-noite. Fiquei prestando atenção. As vozes foram ficando cada vez mais nítidas, e percebi que eram minha avó e Sinclair e que estavam lá fora no gramado abaixo do meu quarto. Sem dúvida, levavam os cachorros para darem uma volta ao redor da casa antes de trancarem as portas.

– ...achei que ele envelheceu muito. – Era Sinclair falando.

– Sim, mas o que podemos fazer?

– Aposente-o. Contrate outro.

– Mas para onde eles iriam? Nenhum de seus filhos é casado, ou tem uma casa para oferecer para eles. Além do mais, ele está conosco há mais de 50 anos... há tanto tempo quanto eu. Não posso me livrar dele só porque está ficando velho. De qualquer forma, ele morreria em dois meses se ficasse sem emprego ou trabalho.

Percebi, com certo desconforto, que estavam falando de Gibson.

– Mas ele não pode mais fazer esse serviço.

– Que motivos você tem para dizer isso?

– É tão óbvio. Ele já deu o que tinha para dar.

– Até onde sei, ele ainda é perfeitamente capaz. Não é como se ele precisasse sair por aí atirando em alguém. A associação está...

– Isso é outro assunto – disse Sinclair, interrompendo-a. – Não é nada prático arrendar uma área maravilhosa como aquela para um ou dois comerciantes locais de Caple Bridge. O que eles pagam não dá nem para cobrir as despesas com Gibson.

– Esses comerciantes locais, Sinclair, por acaso, são meus amigos.

– Isso não vem ao caso. Do meu ponto de vista, parece até que estamos administrando algum tipo de instituição de caridade.

– Parece que *eu* é que estou administrando algum tipo de instituição de caridade – retrucou minha avó, retificando-o, após fazer uma pausa.

A frieza de sua voz teria me silenciado, mas Sinclair parecia imune a ela, e fiquei imaginando que sua típica coragem holandesa era fruto dos uísques envelhecidos.

– Nesse caso – ele disse – sugiro que pare. Agora. Aposentar Gibson e vender o terreno ou, pelo menos, alugá-lo para alguém que pague um bom preço...

– Eu já tinha lhe dito...

Suas vozes se afastavam lentamente. Eles estavam andando, ainda imersos na discussão; pude perceber que contornavam a quina da casa. Descobri que estava deitada feito pedra na cama, sentindo-me péssima por ter ouvido o que, obviamente, não havia sido dito para meus ouvidos. Pensar naquela discussão me deixou mal, mas ainda pior era o que eles discutiam.

Gibson. Pensei nele como costumava ser, forte e incansável, uma mina repleta de sabedoria e histórias. Lembrei-me dele e de sua inesgotável paciência, ensinando Sinclair a caçar e pescar, respondendo seus questionamentos, deixando-nos segui-lo de perto pelas colinas como se fôssemos pequenos filhotes. E a Sra. Gibson, que nos mimou com doces e guloseimas recém-saídas de seu forno, cobertas com a manteiga de um amarelo vivo que ela mesma preparava.

Era impossível reconciliar o passado com o presente – o Gibson que estava na minha memória com o velho de hoje. E o mais difícil era saber que meu primo Sinclair era quem mais se esforçava por se livrar de Gibson, como se ele fosse um cão velho e fedorento, e o tempo houvesse chegado, impedindo-o de permanecer conosco.

7

Acordei novamente, arrastada do sono por algum tipo de alarme subconsciente. Sabia que já era dia. Abri os olhos e vi um homem em pé em frente a minha cama, observando-me

com um olhar frio. Soltei um grito abafado de medo e me sentei, com o coração disparado, mas era apenas Sinclair, que viera me acordar.

– São 8 horas – ele disse. – Temos que sair às 9.

– Você me deu um susto horrível – falei, sentando-me e esfregando os olhos, tentando despertar, e me dando algum tempo para que o pânico que ainda corria nas minhas veias se dissipasse.

– Desculpe-me, não foi minha intenção... Eu só ia acordar você...

Olhei para ele novamente, mas, dessa vez, não vi nenhuma ameaça; apenas a imagem familiar de meu primo, com os braços cruzados aos pés da cama, e os olhos repuxados transmitindo algo como se estivesse achando a maior graça da situação. Ele estava vestindo um kilt desbotado, um pulôver canelado e um cachecol preso ao pescoço. Tinha uma aparência limpa, com os cabelos penteados, e exalava o delicioso cheiro da loção pós-barba que passara no rosto.

Fiquei de joelhos e me debrucei na janela aberta para ver como estava o dia. Estava perfeito: claro, límpido, frio e sem uma nuvem sequer no céu.

– Gibson estava certo – disse, maravilhada.

– Claro que sim. Ele sempre acerta. Você ouviu o vento à noite? E aqui geou; daqui a pouco todas as árvores vão mudar.

O lago, azul com o reflexo do céu, estava cheio de pequenos pontos brancos com a água remexida, e as montanhas do outro lado não estavam mais cobertas pela névoa, mas nítidas e brilhantes. Marcadas pelos movimentos do mato alto ao vento, e no ar translúcido da manhã, eu conseguia distinguir cada rocha, cada fenda e reentrância que levavam ao seu cume.

Era impossível não ficar eufórico num dia daqueles. As incertezas da noite haviam sumido com a escuridão. Ouvira o que não era para os meus ouvidos. Mas, à luz clara da manhã,

parecia perfeitamente possível que eu tivesse me enganado, entendido mal. Além do mais, não tinha ouvido o início da discussão, ou seu final... e era errado fazer qualquer tipo de julgamento, de posse de apenas parte dos fatos.

O alívio de ter me livrado de minhas preocupações pessoais de repente me deixou extremamente feliz. Pulei da cama e fui, ainda de camisola, buscar minhas roupas. Sinclair, tendo cumprido sua missão com sucesso, desceu para tomar café.

Comemos na cozinha aquecida e aconchegante. A Sra. Lumley havia fritado salsichas, e comi quatro delas.

Bebi, também, duas enormes xícaras de café. Em seguida, fui procurar uma mochila velha, onde colocamos nosso almoço: sanduíches, chocolate, maçãs e queijo.

– Vocês querem levar uma garrafa térmica? – perguntou a Sra. Lumley.

– Não – respondeu Sinclair, ainda se fartando com torradas e marmelada. – Mas coloque duas canecas de plástico para bebermos água do rio.

Ouvimos uma buzina de carro e logo Gibson apareceu na porta dos fundos. Vestia sua calça de tweed verde e larga, com as bocas enormes na altura de suas canelas finas. Na cabeça, seu velho chapéu, também de tweed.

– Vocês estão prontos? – perguntou, obviamente sem esperar uma resposta afirmativa.

Mas estávamos. Pegamos nossas capas de chuva, a mochila com as provisões, despedimo-nos da Sra. Lumley e partimos naquela manhã maravilhosa. O ar gelava minhas narinas, penetrava fundo nos meus pulmões, de forma cortante, deixando-me com vontade de pular novamente para dentro de casa.

– Estamos com sorte, não? – exclamei com satisfação. – O dia não podia estar mais perfeito.

– Está bom – disse Gibson, o que, por ser escocês, era o comentário mais entusiástico que ele poderia fazer.

Subimos no Land-Rover. Havia espaço para nós três na frente, mas a cadela de Gibson parecia nervosa e precisando de companhia, de modo que preferi sentar-me atrás com ela. No início, ela ganiu, ficou inquieta e tensa, mas pouco depois se acalmou e adormeceu, com sua cabeça macia e aveludada sobre o meu sapato.

Gibson pegou a estrada para Braemar em Tomintoul, indo em direção ao sul, subindo e descendo as montanhas, e por volta das 11 horas alcançou o vale Dee, que estava dourado com a luz do sol. O rio, profundo e translúcido feito vidro marrom, estava turbulento, ziguezagueando através de campos, fazendas e vastas áreas repletas de pinheiros escoceses. Chegamos a Braemar, atravessamos toda a sua extensão até o lado oposto e continuamos por cerca de mais 5 quilômetros até alcançarmos a ponte que cruza o rio e leva a Mar Lodge.

Chegando ao local, paramos, descemos do carro e deixamos a cadela correr um pouco enquanto Gibson ia buscar a chave do portão do posto da administração florestal. Em seguida, fomos até o bar, onde Sinclair e Gibson tomaram cerveja e eu bebi um copo de cidra.

– Falta muito ainda? – indaguei.

– Mais uns 6 quilômetros – respondeu Gibson. – Mas a estrada é muito ruim. Talvez fosse melhor você vir na frente conosco.

Então, abandonei a cadela e me sentei na frente, entre os dois homens. O caminho, que mal podia ser chamado de estrada, era apenas uma trilha feita por trator, com sulcos profundos, usada pela Comissão da Administração Florestal. De vez em quando, passávamos por grupos de agentes florestais trabalhando com enormes motosserras e tratores. Acenávamos para eles, e eles retribuíam. Às vezes, tinham que retirar

seus caminhões imensos do caminho para que pudéssemos passar. O ar estava carregado com o aroma de pinho. Quando finalmente chegamos ao pequeno alojamento usado por montanhistas e excursionistas de final de semana, saltamos do Land-Rover com o corpo dolorido da viagem. Fazia o mais completo silêncio no local. As florestas, os campos e as montanhas nos cercavam, e apenas um filete d'água a distância e o murmurar dos pinheiros acima de nós quebravam o silêncio.

– Encontro vocês no lago Morlich – disse Gibson.

– Vocês acham que conseguem chegar lá por volta das 18 horas?

– Se não chegarmos, nos espere. E se não aparecermos ao anoitecer, telefone para o grupamento de resgate da montanha – respondeu Sinclair, rindo. – Não vamos deixar a trilha, assim será bastante fácil nos achar.

– Não vá torcer o tornozelo – advertiu-me Gibson –, e tenham um bom-dia.

Concordamos em que teríamos. Ficamos olhando-o caminhar até o carro, manobrar e voltar pelo caminho pelo qual tínhamos vindo. O ruído do motor do seu carro desapareceu na imensidão da manhã. Ergui os olhos aos céus e cheguei, mais uma vez, à conclusão de que a Escócia tinha uma amplidão de céus que parecia alcançar o infinito. Um casal de maçaricos passou voando, e a distância eu podia ouvir os balidos das ovelhas.

– Vamos? – perguntou Sinclair, olhando-me de cima e sorrindo para mim.

Começamos a caminhada, com Sinclair à frente. Eu o seguia por um caminho que subia beirando um riacho que corria por sob os juncos. Passamos por uma fazenda de ovelhas isolada por cercas de madeira, e um cachorro veio latindo em nossa direção. A fazenda ficou para trás, e continuamos. O cachorro retornou ao seu canil, e tudo voltou a ficar em

silêncio. Vez por outra, avistávamos trechos com cores, campainhas de flores azuis desabrochando, enormes cardos vermelhos e trechos tingidos da cor escura da urze, repletos dos zumbidos das abelhas. Quando o sol começou a aparecer, tiramos nossos suéteres e os amarramos na cintura. A trilha se estendia pelo morro e através das árvores. Sinclair, à minha frente, começou a assobiar. Eu me lembrei da música: *O casamento de Mairi*. Nós a cantávamos quando éramos crianças, depois do chá na sala de visitas, com a minha avó fazendo o acompanhamento ao piano.

> Vamos andando felizes, vamos sem parar
> dedo com dedo, calcanhar com calcanhar
> de braços dados, filas lado a lado
> Mairi vai se casar.

CHEGAMOS À PONTE e avistamos uma cachoeira que, curiosamente, não tinha as águas barrentas, mas verdes, da cor de jade chinês, mergulhando de uma altura de 7 metros em um caldeirão de rocha. Ficamos parados na ponte observando a queda – um arco d'água, brilhante como uma joia, caía num poço borbulhante e cercado por um pequeno arco-íris. Nunca tinha visto algo tão lindo.

– Por que tem essa cor? Por que não é barrenta? – perguntei, gritando mais alto do que o estrondo das águas.

Sinclair respondeu que tinha aquela coloração porque a água naquele local vinha diretamente dos picos de calcário, de modo que ainda não havia sido conspurcada pela turfa. Ficamos um pouco ali, até que ele disse que não tínhamos mais tempo a perder e que deveríamos prosseguir logo.

Como estímulo, cantamos novamente, competindo para ver quem lembrava mais da letra. Cantamos *A estrada para as ilhas*, *A casa do oeste* e *Siga-me*, que é a melhor canção de

marcha de todas. Logo em seguida, a trilha começou a ficar cada vez mais escarpada, levando até o sopé de uma montanha imensa e subindo por ela, o que nos obrigou a parar de cantar, pois precisávamos de todo o nosso fôlego. O chão estava repleto de raízes velhas de urzes e muito enlameado. A cada passo, um monte de lama escura saía de cada lado dos meus sapatos. Minhas pernas começaram a doer; constatei que eu estava ficando sem fôlego... e, embora sempre fixasse como objetivo um cume adiante, parecia haver sempre mais um esperando em seguida. Aquilo era desanimador.

E, então, justo quando perdia toda a esperança de chegar a algum lugar, surgiu diante de nós a ponta negra de uma montanha com seu cume escarpado rasgando o azul do céu, e seu flanco descendo uns 300 metros, ou mais, até um vale estreito e dourado.

– Sinclair, o que é aquilo? – indaguei, parando e apontando para a montanha.

– O pico do Diabo.

Ele havia trazido um mapa. Sentamos, e ele estendeu o mapa no chão, apoiando-o com pedras para que o vento não o levasse. Localizou, em seguida, todos os picos vizinhos. Ben Vrottan, Cairn Toul, Ben Macdui e a grande crista que leva a Cairngorm.

– E que vale é esse?

– Glen Dee.

– E esse riozinho?

– O riozinho a que você se refere é o próprio rio Dee, que vimos, ainda claro, no início de sua nascente.

E de fato parecia piada comparar um riacho modesto com o rio majestoso que vimos mais cedo pela manhã.

Comemos um pouco de chocolate e partimos novamente, dessa vez, por sorte, morro abaixo, seguindo pela trilha que levava a Lairig Ghru. O caminho serpenteava à nossa frente

– um rabisco branco através da grama marrom –, subindo suavemente até um ponto distante no horizonte, onde as montanhas e o céu pareciam se encontrar. Andamos mais um pouco, e o pico do Diabo se ergueu adiante e acima de nós. Caminhamos e nos vimos isolados – verdadeiramente isolados. Não se viam coelhos, lebres, veados, tampouco perdizes. Nem mesmo águias. Nada para quebrar o silêncio. Nenhum ser vivo se mexia. Ouvíamos apenas o som de nossos próprios passos e do assobio de Sinclair.

> Tanto arenque, tanta comida,
> Tanta turfa para encher a cesta
> Também tantas crianças bonitas
> Ergamos um brinde a Mairi.

Logo depois avistamos uma casa de pedra construída no sopé da montanha, na outra margem do rio.

– O que é aquilo? – indaguei.

– É uma cabana para abrigar montanhistas e andarilhos quando o tempo está ruim.

– Como é que estamos indo no cronômetro?

– Bem.

– Estou com fome – reclamei, depois de algum tempo.

– Quando estivermos próximos à cabana, vamos parar para comer – prometeu, olhando para trás por cima dos ombros e rindo.

Mais tarde nos deitamos de costas sobre a grama agitada pelo vento; Sinclair, com a cabeça apoiada em seu suéter, e eu, com a minha apoiada em sua barriga. Olhei para o céu azul e vazio e percebi que estar com um primo era algo estranho – às vezes, éramos tão íntimos um do outro como dois irmãos, mas outras vezes também havia um certo desconforto entre nós.

Disse a mim mesma que esses sentimentos ocorriam por não sermos mais crianças... ou porque achava Sinclair incrivelmente atraente, embora isso não explicasse totalmente uma certa barreira instintiva, como se, no fundo, um alarme soasse, sinalizando perigo.

Uma mosca, ou um mosquito, ou algum outro tipo de inseto pousou no meu rosto. Eu o enxotei, mas ele pousou novamente.

– Miserável! – exclamei.

– Quem? – indagou Sinclair, sonolento.

– Uma mosca.

– Onde?

– No meu nariz.

Ele abaixou a mão para afastar a mosca. Deixou sua mão repousando sobre meu maxilar e ficou acariciando meu queixo com os dedos.

– Se dormirmos, vamos acordar com o Gibson e todo o grupamento de resgate da montanha vindo nos procurar feito um raio pelo desfiladeiro.

– Não vamos dormir.

– Como pode ter tanta certeza?

Não respondi. Ainda não conseguia falar dos meus medos interiores, do aperto no estômago ao toque de sua mão... o fato era que eu não sabia se esse aperto estava ligado ao sexo ou ao medo. E sexo parecia ser uma palavra incrível para se usar com relação a Sinclair; mas, agora, a conversa que eu ouvira na noite anterior fora desenterrada do meu consciente e ocupava novamente os meus pensamentos, como ocorre com um cão que se ocupa com um osso velho e de gosto ruim. Disse a mim mesma que deveria ter insistido em falar com minha avó antes de sair pela manhã. Bastaria uma olhada em seu rosto e tomaria conhecimento de toda a situação. Mas ela ainda não havia aparecido até o momento em que deixamos a casa, e, caso ela estivesse dormindo, eu não iria querer incomodá-la.

– Qual é o problema? – inquiriu Sinclair após eu ter me mexido. – Você está tão tensa. Deve estar com algum problema que não quer me contar, ou algum sentimento de culpa.

– Por que me sentiria culpada?

– Eu é que pergunto. Talvez seja por ter abandonado seu pai.

– Meu pai? Você deve estar brincando.

– Você não disse que estava completamente feliz em bater a poeira de Reef Point dos seus lindos calcanhares?

– De forma alguma. Mas no momento meu pai está sendo muito bem cuidado e não é nem um pouco digno de sentimentos de culpa.

– Então deve ser outra coisa – falou, enquanto alisava gentilmente o meu rosto com o polegar. – Já sei, é o advogado apaixonado.

– *Quem*? – Dessa vez meu espanto era genuíno.

– O advogado. Você sabe quem, o velhaco.

– Ainda não sei do que você está falando. – Mas claro que eu sabia.

– David Stewart, meu amor. Você sabia que ele mal conseguia tirar os olhos de você ontem à noite? Ele ficou olhando para você durante todo o jantar, com um brilho de luxúria no olhar. Devo admitir que você estava um belo espetáculo. Onde você comprou aquela roupa oriental?

– Em São Francisco, e você está sendo ridículo

– Ridículo, não... sinceramente, o vestido chamava muito a atenção. O que você acha de se tornar a queridinha de um velho?

– Sinclair, ele não é velho.

– Acho que tem cerca de 35 anos. Mas é tão confiável, minha querida – falou com a voz assumindo um tom doce. – E tão bom moço...

– Você está com ciúmes.

– Tudo bem. – E, sem alterar a expressão do rosto, continuou: – Quando é que você volta para os Estados Unidos?

– Por quê? – perguntei, tomada de surpresa.

– Só queria saber.

– Daqui a um mês, talvez.

– Tão cedo assim? Pensei que você fosse ficar de vez, abandonar seu pai e fincar suas raízes no seu país de origem.

– Eu gosto demais de meu pai para abandoná-lo. E, além do mais, o que eu faria aqui?

– Você poderia arranjar um emprego.

– Você está parecendo a minha avó. Eu não conseguiria um emprego, porque não tenho nenhuma qualificação.

– Você poderia trabalhar como secretária.

– Não. Toda vez que tento datilografar alguma coisa, tudo sai em vermelho.

– Você poderia se casar – falou.

– Não conheço ninguém.

– Você me conhece – disse Sinclair.

Seu polegar alisando minha bochecha ficou imóvel de repente. Logo depois me sentei e me virei para olhar para ele. Seus olhos estavam mais azuis do que o céu, mas seu olhar não revelava nada.

– O que você disse?

– Eu disse que "Você me conhece" – repetiu, enquanto sua mão se movia e segurava meu pulso, envolvendo-o facilmente com os dedos.

– Você não pode estar falando sério.

– Por que não? Tudo bem. Então vamos fingir que eu esteja falando sério. O que você me diria?

– Bem, em primeiro lugar, isso seria praticamente incesto.

– Bobagem!

– E por que se casar comigo? – perguntei, já mais interessada no rumo que a conversa tomava. – Você sabe muito bem que nunca achou graça alguma em mim, você vivia me dizendo isso.

– Não agora. Você não é mais sem graça. Você se transformou em uma linda *viking*...

– ...e eu não tenho talento algum. Não sei nem fazer arranjos florais.

– Por que diabos eu iria querer que você fizesse arranjos florais?

– E, mesmo assim, é difícil acreditar que não haja filas de mulheres interessadas, espalhadas pelo país inteiro, morrendo de paixão por você e sonhando com a possibilidade de acrescentarem Bailey ao sobrenome.

– Pode ser – respondeu, demonstrando uma satisfação irritante. – Mas não estou interessado nelas.

Pensei na ideia de nos casarmos e, surpreendentemente, achei-a fascinante.

– Onde iríamos morar?

– Em Londres, é claro.

– Eu não quero morar em Londres.

– Você está louca. Londres é o único lugar decente para se viver. Tudo acontece lá.

– Eu gosto do campo.

– Podemos ir para o campo nos finais de semana; é o que sempre faço. Vou e encontro os amigos...

– E faz o quê?

– Circulo. Velejo. Participo de corridas...

– Corridas? – indaguei, me pondo em alerta.

– Você nunca esteve em uma disputa de carros? É a coisa mais divertida do mundo – respondeu, sentando-se e apoiando-se nos cotovelos, de modo que seus olhos ficaram na mesma altura dos meus. – E, então, estou conseguindo convencer você?

– Há um pequeno detalhe que você não está levando em consideração.

– Qual?

– O amor.

– Amor? – repetiu, sorrindo. – Mas, Janey, é claro que nos amamos. Sempre nos amamos.

– Mas isso é diferente.

– Como assim?

– Não posso explicar se você não sente.

– Tente.

Sentei-me em silêncio, pensativa. Sabia que, de certa forma, ele tinha razão. Sempre o amara. Na minha infância, ele era a pessoa mais importante da minha vida. Mas eu não estava totalmente certa quanto ao tipo de homem que ele havia se tornado. Com receio de que ele pudesse ler os pensamentos estampados em meu rosto, baixei a cabeça e comecei a arrancar a grama dura, puxando os tufos pela raiz e soltando-os em seguida, para serem levados pelo vento.

– Acho que é porque nós dois mudamos. Você se tornou uma outra pessoa e eu sou praticamente uma americana – respondi por fim.

– Oh, Janey...

– Mas não é verdade? Cresci lá, fui educada lá... o fato de possuir um passaporte britânico não muda nada. Nem mesmo o modo como me sinto com relação à vida.

– Você está andando em círculos. Você sabe disso, não sabe?

– Posso até estar. Mas não se esqueça de que esta conversa toda é apenas uma hipótese... estamos discutindo uma suposição...

Ele inspirou profundamente, como se fosse dar continuidade à discussão, mas acabou desistindo, com um sorriso.

– Podíamos ficar sentados aqui o dia inteiro, falando até cansar. Não é mesmo?

– Vamos então?

– Vamos, ainda temos pelo menos 15 quilômetros pela frente. Mas já caminhamos bastante, e, para sua informação, esse comentário deve ser compreendido como uma ambiguidade.

Sorri. Ele me segurou pelo pescoço e puxou meu rosto de encontro ao seu, beijando-me na boca ainda aberta, no meio de um sorriso.

Confesso que estava esperando esse momento, mas ainda não estava preparada para a reação de pânico que se seguiu. Tive de me manter calma em seus braços, esperar até que ele terminasse; quando finalmente se afastou, fiquei, por uns instantes, parada onde estava. Comecei, então, a pôr lentamente na mochila o papel onde os sanduíches estavam embrulhados e as canecas vermelhas de plástico. De repente, nosso isolamento se transformou em algo assustador, e percebi que nós dois, minúsculos como formigas, éramos os únicos seres vivos naquela vasta e desértica paisagem. Eu me perguntei se Sinclair havia me levado para lá com a intenção de começar aquela conversa insólita, ou se a proposta de casar-se comigo era apenas um capricho, uma ideia saída do nada.

– Sinclair, temos que ir agora – eu disse, apressando-o –, temos mesmo.

Seu olhar era circunspecto.

– Tudo bem – ele respondeu, sorrindo, levantando-se em seguida, retirando a mochila de minhas mãos e caminhando pela trilha que subia, a distância, em direção ao desfiladeiro.

Chegamos em casa ao anoitecer. Durante os últimos poucos quilômetros que faltavam, andei às cegas, apenas pondo um pé diante do outro, não me atrevendo a parar, porque, se assim o fizesse, não seria mais capaz de prosseguir. Quando finalmente chegamos à última curva do caminho e pude avistar, por entre as árvores, a ponte, o portão, Gibson e seu jipe nos esperando na estrada em frente, mal pude acreditar que havíamos conseguido. Com todos os músculos doloridos, caminhei os últimos metros, pulei o portão e me atirei no carro; quando tentei acender meu cigarro, percebi que minhas mãos estavam tremendo.

Voltamos para casa sob a luz púrpura do crepúsculo. À nossa direita, podíamos ver um fio de lua minúsculo, claro e fino como um cílio, ainda se erguendo. Os faróis do carro vasculhavam na estrada, revelando um coelho, que correu procurando proteção, e os olhos de um cão errante, que brilharam como duas contas para depois sumirem. À minha frente, os dois homens conversavam, mas acabei desmaiando, muda de cansaço, que não era apenas físico.

Naquela noite, fui despertada pelo toque do telefone. A campainha aguda invadiu meus sonhos e me puxou do sono feito um peixe no anzol. Eu não tinha nenhuma ideia de que horas eram, mas, virando a cabeça, percebi que a lua estava sobre o lago com o luar tocando as águas escuras com pequenos tons de prata.

Ouvi o som insistente de uma campainha. Ainda meio tonta, levantei-me da cama e caminhei através do meu quarto até o patamar escuro da escada. O telefone estava lá embaixo na biblioteca, mas havia, também, uma extensão na parte de cima da casa, num corredor que dava nos antigos dormitórios, e foi para lá que me dirigi.

Talvez a campainha tivesse parado de tocar enquanto eu ia, semiconsciente, até lá, mas eu estava sonolenta demais para poder ter registrado aquilo, de modo que, quando alcancei o telefone e o atendi, já havia uma voz falando. Era uma voz feminina, desconhecida, mas de um tom agradável e atraente: "... claro que tenho certeza. Estive com o médico hoje à tarde, e ele disse que não há nenhuma dúvida. Olha, eu acho melhor a gente conversar sobre isso... Eu queria ver você de qualquer forma, mas não posso sair daqui..."

Ouvindo aquilo ainda um tanto entorpecida, achei que as linhas estivessem cruzadas. A mulher da central de Caple Bridge havia cometido algum engano, ou ido dormir, ou

qualquer coisa. Aquela chamada não era para nós. Eu ia falar, quando uma voz de homem interrompeu e, de repente, eu me vi completamente acordada e bem consciente.

– É tão urgente assim, Tessa? – perguntou Sinclair do outro lado da linha.

– Claro que é urgente... não temos tempo a perder... – Então, menos calma, como se estivesse prestes a ter um ataque de nervos, completou: – Sinclair, eu estou esperando um bebê.

Coloquei o fone no gancho, com cuidado, sem fazer barulho. O aparelho fez um pequeno clique, e as vozes sumiram. Fiquei em pé na escuridão, tremendo, e então voltei para o patamar da escada e fiquei debruçada no corrimão, ouvindo. A escada e o saguão se abriram embaixo de mim, negros como um poço; mas, através da porta fechada da biblioteca, ouvi o sussurrar inconfundível da voz de Sinclair.

Meus pés estavam gelados. Com frio, eu me esgueirei de volta para meu quarto, fechei a porta com cuidado e voltei para a cama. Ouvi o clique do telefone e vi que a ligação havia terminado. Logo depois, Sinclair subiu em silêncio. Ele entrou em seu quarto, e ouvi sons suaves enquanto ele se movimentava, abrindo e fechando gavetas. Então, ele saiu novamente e desceu mais uma vez. A porta da frente se abriu e fechou. Momentos depois, ouvi o ronco de tigre do Lotus enquanto percorria a rua e entrava na estrada principal, perdendo-se na distância.

Percebi que eu estava tremendo como não ocorria desde criança, despertando de um pesadelo e convencida de que havia fantasmas escondidos em meu armário.

8

Na manhã seguinte, quando desci, encontrei minha avó à mesa do café.

– Sinclair foi a Londres – ela disse, enquanto eu me inclinava para beijá-la.

– Como você sabe?

– Ele deixou uma carta no saguão – respondeu, retirando uma de várias cartas de um maço, e a entregou para mim em seguida. Ele havia usado o papel espesso com o timbre de Elvie. Sua caligrafia era forte, com tinta preta e repleta de sua personalidade.

> Mil desculpas, mas tive que ir ao sul por um ou dois dias. Devo estar voltando para casa na segunda à noite ou na terça pela manhã. Cuidem-se enquanto eu estiver fora, e não me criem problemas.
>
> Beijos,
>
> Sinclair

Era tudo. Larguei a carta sobre a mesa.

– O telefone tocou ontem à noite por volta de meia-noite e meia. Você ouviu? – perguntou minha avó.

– Ouvi – respondi, enquanto me servia de café, grata por ter uma razão para não ter de encará-la.

– Eu ia atender, mas estava quase certa de que era para Sinclair, então o deixei tocar.

– Entendo... – falei, trazendo a xícara cheia até a mesa. – Isso acontece com frequência?

– Ah, sim, bastante.

Enquanto ela separava algumas contas, ocorreu-me que ela parecia estar tão tensa quanto eu, tentando manter-se ocupada.

– Ele tem uma vida tão movimentada, e esse emprego parece exigir tanto de seu tempo... não é como trabalhar em um escritório, das 9 às 17 horas.

– Não, suponho que não – concordei. O café estava quente e forte, o que ajudou a afrouxar o nó de tensão que ambas devíamos estar sentindo na garganta.

– Talvez seja uma namorada – continuei, animada pelo café.

– Talvez sim – respondeu com seu usual olhar azul penetrante.

Apoiei meus cotovelos na mesa e, tentando parecer o mais casual possível, falei:

– Acho que ele deve ter mais de cem. Ele ainda é a criatura de duas pernas mais bonita que já vi. Ele costuma trazer as namoradas aqui? Você já conheceu alguma...?

– Algumas vezes, quando estive em Londres... Ele as levava para jantar ou íamos ao teatro juntos.

– Alguma vez você achou que ele fosse se casar com alguma delas?

– Como posso ter certeza? – perguntou. Sua voz soava fria, quase desinteressada. – A vida que ele leva em Londres é tão diferente da que ele leva quando vem para cá. Elvie é uma espécie de retiro para Sinclair... Ele apenas vagueia por aqui. Acho até que se sente feliz de ficar um pouco longe das noitadas e dos almoços pagos pela firma.

– Então nunca houve alguma de quem você gostasse mais?

– Sim, houve – respondeu enquanto punha as cartas sobre a mesa e retirava os óculos, sentando-se em seguida e olhando, através da janela, para o lago além do jardim, que brilhava com tons azuis ao sol de outro dia perfeito de outono. – Ele a conheceu na Suíça, esquiando. Acho que se encontraram muitas outras vezes depois que ela voltou para Londres.

– Esquiando? – indaguei. – Você me mandou uma foto dos dois.

– Mandei? Ah, sim, é verdade. Foi tirada no ano-novo em Zermatt. Foi lá que se conheceram. Se não me engano, ela estava participando de alguma competição. Sabe? Aqueles torneios internacionais...

– Ela deve ser muito boa.

– É mesmo. É muito famosa.

– Você a conheceu?

– Conheci. Sinclair a trouxe para almoçar no Connaught quando estive em Londres no verão. Ela me pareceu encantadora.

– Como ela se chama? – perguntei, apanhando uma torrada e começando a passar manteiga.

– Tessa Faraday... Você provavelmente já ouviu falar dela.

E ouviria mesmo, mas não da maneira como minha avó achava. Olhei para a torrada na qual passava manteiga e, de repente, me dei conta de que, se a comesse, certamente teria náuseas.

Depois do café, subi, apanhei meu álbum duplo de fotos da família e retirei dele o retrato de Sinclair que minha avó havia me enviado e que eu arrumara de modo que apenas ele aparecesse, ocultando sua companheira.

Mas, dessa vez, estava interessada apenas nela. Ela era uma moça esbelta, baixa, com olhos escuros, e sorria na foto, com os cabelos presos por uma fita e com cachos dourados ocultando-lhe as orelhas. Vestia um terninho de veludo enfeitado com bordados. Estava em pé, enlaçada pelo braço de Sinclair, ambos emaranhados por metros e mais metros de tiras de papel para celebrar a passagem do ano. Parecia alegre e cheia de vida, e ao me lembrar da voz preocupada ao telefone na noite anterior, temi por ela.

O fato de Sinclair ter partido tão rapidamente para o sul – presumivelmente para vê-la – deveria ter me tranquilizado,

mas, de alguma forma, não causou esse efeito. Sua ida fora muito rápida, livre de qualquer tipo de preocupação ou consideração por mim ou pela minha avó. Com relutância, eu me lembrei da atitude que ele tivera em relação a Gibson, quando ele e minha avó discutiam a possibilidade de aposentarem-no, e percebi que, inconscientemente, eu estava inventando desculpas para explicar seu comportamento.

Mas agora era diferente. Fora obrigada a ser honesta comigo mesma. O adjetivo "desumano" logo me veio à mente. No tocante às pessoas simples, ele podia ser completamente desumano. Sofrendo de preocupação por aquela moça desconhecida, eu só esperava que ele tivesse compaixão por ela.

– Jane! – chamou minha avó, do saguão.

Pus a foto de volta no álbum e fui até o patamar da escada.

– Sim?

– O que você vai fazer hoje?

Desci até o pé da escada e sentei-me nos degraus.

– Vou fazer compras – respondi, sentada lá. – Tenho que comprar uns suéteres; senão, vou morrer de frio.

– Aonde você pretende ir?

– A Caple Bridge.

– Querida, você não vai achar nada que preste em Caple Bridge.

– Estou certa de que posso comprar um suéter lá.

– Tenho que ir a Inverness para uma reunião com a diretoria do hospital... você não quer uma carona?

– Não, obrigada. David Stewart vai me dar algum dinheiro. Ele trocou uns dólares que meu pai me deu. Ele me prometeu um almoço.

– Nossa! Quanta gentileza... mas como é que ele vai levar você a Caple Bridge?

– Vou de ônibus. A Sra. Lumley me disse que há ônibus para lá a toda hora, no fim da estrada.

– Bem, já que você insiste – respondeu, ainda aparentando dúvida. – Você parece cansada, Jane – continuou, com a mão apoiada no pilar da escada, retirando os óculos e olhando cuidadosamente para mim. – Ontem você se esforçou demais com aquela caminhada toda.

– Não, eu adorei ter ido.

– Eu deveria ter pedido a Sinclair para esperar um pouco, um ou dois dias...

– Mas aí teríamos perdido o tempo maravilhoso que fez.

– Talvez. Mas notei que você não comeu nada no café.

– Nunca como. Verdade.

– Bem, certifique-se de que David lhe dê um almoço decente... – recomendou, enquanto se retirava. – Ah, Jane... já que você vai às compras – disse, lembrando-se de algo e voltando –, deixe-me dar-lhe um casaco de presente. Você tem que ter algo realmente quente para usar.

– Mas o que há de errado com este? – perguntei com perspicácia e rindo, a despeito de tudo. Adorava quando ela agia de acordo com o esperado.

– Para ser franca, você parece um funileiro usando esse casaco.

– Nos dez anos em que eu o uso, nunca ninguém me disse isso.

– A cada dia que passa, você parece mais e mais com seu pai – falou, suspirando, sem rir da minha piada sem graça. Em seguida, foi até a sua escrivaninha e preencheu um cheque que seria suficiente para comprar um casaco longo de pele de marta com capuz, caso eu quisesse.

No final da estrada, sob um sol brilhante, esperei o ônibus que me levaria a Caple Bridge. Não me lembrava de ter visto um dia tão claro, fresco e cheio de cor. Havia chovido um pouco durante a noite, de modo que tudo brilhava limpo, e as estradas úmidas refletiam o azul do céu. As cercas vivas estavam

repletas de frutos silvestres vermelhos, as samambaias estavam douradas e as folhas adquiriam todos os matizes de cores, que iam do carmim-escuro ao amarelo-claro. O ar que vinha com a brisa que soprava do norte estava frio e doce como vinho gelado, e ligeiramente cortante, indicando que, um pouco mais para o norte, a primeira neve do inverno já havia caído.

O ônibus apontou na esquina, parou para mim, entrei. Estava cheio de moradores do campo que iam a Caple Bridge para as compras da semana, e o único lugar que achei era ao lado de uma mulher gorda com um cesto no colo. Ela usava um chapéu de feltro azul; era tão grande que só havia espaço no banco para metade de mim, e a cada vez que o ônibus fazia uma curva eu corria um risco mortal de ser atirada para fora do banco.

Caple Bridge ficava a uns 7 quilômetros dali, e eu conhecia a estrada tão bem quanto conhecia Elvie. Já havia caminhado e andado de bicicleta por ela, e visto da janela do carro da minha avó todos os pontos de referência ficarem para trás. Sabia os nomes das pessoas que moravam nos chalés da beira da estrada... a Sra. Dargie, a Sra. Thompson e a Sra. Willie McCrae. E lá estava a casa onde havia um cachorro bravo; acolá, o campo onde um bando de bodes brancos pastava.

Alcançamos o rio, seguindo ao longo dele por mais ou menos 1 quilômetro. Então, a estrada fez um S, atravessando o rio por meio de uma ponte estreita em forma de arco. Até então, aparentemente, nada havia mudado em todos os anos em que estivera fora, mas quando o ônibus passou cuidadosamente pela crista da ponte vi sinalizações à nossa frente e percebi que estavam fazendo obras a fim de eliminar uma curva perigosa.

Havia sinais e avisos por toda parte. As cercas vivas foram retiradas com tratores, deixando grandes marcas de terra crua em seu caminho; operários trabalhavam com picaretas e pás, e enormes escavadeiras rosnavam como monstros pré-históricos; sobre tudo isso, pairava no ar o aroma nítido e delicioso de piche quente.

As luzes estavam vermelhas. Esperamos, com o motor ligado, e quando ficaram verdes, o ônibus prosseguiu, passando pelo trecho entre os sinais e retornando à estrada. A mulher ao meu lado começou a se mexer, conferindo o conteúdo de sua cesta e olhando em direção ao bagageiro do trem.

– Deseja alguma coisa? – perguntei.

– Você poderia ver se eu coloquei meu guarda-chuva ali em cima?

Eu me levantei, vasculhei o bagageiro e encontrei seu guarda-chuva. Passei para ela, também, uma caixa de ovos e um ramalhete de ásteres desgrenhados e mal-embrulhados em jornal. Quando terminei de apanhar e entregar-lhe tudo, o ônibus já havia chegado ao nosso destino. Ele dobrou na rua da Prefeitura, passou pela praça do mercado e, finalmente, parou.

Fui a primeira a descer, já que não tinha nem cestas nem entulhos para levar. Minha avó havia me explicado onde ficava o escritório de advocacia e, de onde eu estava, podia ver o prédio quadrado feito de pedra que ela havia descrito, exatamente à minha frente, do lado oposto à rua de pedras hexagonais da praça do mercado. Esperei até que o sinal fechasse, atravessei a rua e entrei no prédio, em cujo saguão pude ver, num quadro preso à parede, que o Sr. David Stewart atendia na sala 3. Subi pela escada escura e bem decorada em verde-musgo e marrom cor de terra, passei sob um vitral que não deixava penetrar absolutamente nenhuma luz e, por fim, bati na porta.

– Entre – disse David Stewart.

Ao entrar, fiquei maravilhada ao ver que, pelo menos, seu escritório era claro e tinha carpete. A janela dava para a movimentada praça do mercado, e havia um jarro com astropólios sobre o mármore da lareira; de alguma maneira, ele conseguira criar um ambiente ao mesmo tempo profissional e alegre. Devido ao fato de ser sábado, suponho, ele estava usando uma camisa xadrez bem esportiva e um blazer de tweed. Quando

ergueu a cabeça e me sorriu dando-me as boas-vindas, o nó que me apertava durante a manhã inteira desatou.

– Está uma manhã linda – falou, levantando-se.

– Não é mesmo? Boa demais para se estar trabalhando. Você sempre trabalha aos sábados?

– Às vezes... Depende de quanto há para ser feito. Dá para terminar um volume incrível de trabalho quando não há gente telefonando o tempo todo. Troquei o dinheiro para você com a cotação de... espere um momento, eu anotei... – falou, abrindo uma gaveta em sua escrivaninha.

– Não se preocupe com isso.

– Você deveria se preocupar, Jane; não deve contrariar seu sangue escocês. Você deve certificar-se de que eu não a tenha trapaceado em um centavo sequer.

– Bem, caso você tenha me trapaceado, aceite a diferença como comissão – argumentei, estendendo a mão e recebendo um maço de notas e algumas moedas.

– Pronto. Agora você já pode se juntar ao time dos perdulários, muito embora eu não saiba dizer-lhe onde gastá-lo em Caple Bridge.

– Foi isso que minha avó me disse. Ela queria me levar a Inverness, mas eu disse que iria almoçar com você – respondi, guardando o dinheiro no bolso do meu casaco de funileiro.

– Você gosta de carne?

– Eu não como carne desde o meu aniversário, quando meu pai me levou para jantar. Em Reef Point vivíamos à base de pizzas frias.

– Quanto tempo você vai levar fazendo compras?

– Meia hora.

– Só? – perguntou, aparentando surpresa.

– Odeio fazer compras. Nunca nada me cai bem, e quando cai, nem sempre eu gosto... Vou voltar vestindo um monte de roupas que não me ficam bem e, provavelmente, com um péssimo humor.

– Quando você voltar, vou falar que as roupas estão maravilhosas e convencê-la a ficar de bom humor novamente – ele disse, olhando para o relógio. – Meia hora... posso esperar você aqui ao meio-dia então?

– Tudo bem.

Saí com o bolso cheio de dinheiro e procurando um lugar onde gastá-lo. Passei por açougues, mercearias, comerciantes de carne de caça, uma loja de armas e até mesmo uma oficina. Por fim, entre a inevitável sorveteria italiana que existe na maioria das cidadezinhas escocesas e a agência de correios, encontrei, depois de muita procura, Isabel McKenzie Modas, ou melhor, Modas de Isabel McKenzie. Entrei por uma porta de vidro, modestamente revestida com tela, e me vi em uma salinha cheia de prateleiras de roupas de aparência desalentadora. Havia um balcão de vidro repleto de roupas de baixo nas cores pêssego e bege e, aqui e acolá, avistavam-se alguns pulôveres bem dobrados, feitos de fios coloridos.

Fiquei desanimada; porém, antes que pudesse fugir dali, uma cortina se abriu no fundo da loja e uma mulher baixinha, com cara de joaninha, surgiu, usando um terno de jérsei duas vezes o seu tamanho e um broche enorme de Cairngorm.

– Bom dia – saudou-me.

Talvez ela tivesse começado a vida em Edimburgo, e eu me perguntava, também, se ela era Isabel McKenzie em pessoa. Caso fosse, o que a havia trazido a Caple Bridge? Talvez lhe tivessem dito que o negócio de roupas aqui fosse melhor.

– Oh... Bom dia. Eu... eu queria um suéter.

Tão logo pronunciei a palavra, vi que cometera meu primeiro erro.

– Temos alguns maravilhosos. Você gostaria de um feito de lã ou bouclê?

– Lã.

– Que tamanho você veste?

Respondi que supunha ser médio.

Começou a descer tudo das prateleiras, e logo me vi perdida apalpando suéteres cor-de-rosa, verde-musgo e marrom.

– Vo-você não tem outras cores?

– Que outra cor você tem em mente?

– Bem, azul-marinho.

– Ah, mas quase não se está usando azul-marinho este ano.

Eu me perguntei onde ela havia conseguido aquela informação. Talvez possuísse uma linha direta com Paris.

– Este tom aqui é muito elegante...

Era azul-petróleo, uma cor que, estou certa, não combina com nada nem com ninguém.

– Queria algo mais discreto... sabe, quente e pesado... talvez um suéter com gola polo...

– Ah, não, não temos golas polo... golas polo não estão...

– Tudo bem então – falei, interrompendo-a bruscamente, porque já estava ficando desesperada. – Não vou levar o suéter... o jérsei... Você não tem umas saias?

– Você queria em tartã ou em tweed? – perguntou, começando toda a ladainha novamente.

– Talvez em tweed.

– Quanto você tem de cintura?

Respondi, já começando a soar ríspida. Houve mais procura, dessa vez através de uma prateleira de aparência abjeta. Ela trouxe duas saias e as estendeu diante de mim, com um gesto dramático. Uma delas era inenarrável. A outra não era tão horrível assim, em sarja marrom e branca. Desanimada, mas concordando em experimentá-la, eu me espremi em um espaço pequeno como um armário, dividido ainda por uma outra cortina, e entregue à própria sorte para caber nele. Com alguma dificuldade, lutei para me despir das roupas que usava e pus a saia. A saia de tweed me incomodava, me apertava e grudava nas minhas meias-calças como se tivesse sido feita de cardo. Fechei as presilhas da cintura e o zíper, e me olhei

no espelho. O efeito era assustador. A saia ziguezagueava em mim como uma peça de arte abstrata, fiquei com quadris de elefante, e o cós penetrava as minhas parcas carnes como um alicate de cortar arame.

Isabel Modas McKenzie tossiu discretamente e afastou a cortina como uma feiticeira.

– Oh, você ficou linda nela – disse. – Tweed lhe cai bem.

– Você não acha que está... bem, um pouco longa demais?

– As saias nesta estação estão mais longas, sabe...

– Sim, mas esta aqui está quase cobrindo meus joelhos...

– Bem, se você quiser, eu posso subir um pouco... ela é muito bonita... não há nada mais bonito do que um bom tweed...

Para poder escapar do seu assédio, eu poderia ter comprado a saia... mas dei mais uma olhada no espelho e fiquei decidida a não levá-la.

– Não. Não, acho que ela realmente não me serve... não é o que eu queria – disse, abrindo o zíper e me livrando da saia antes que ela pudesse me persuadir a comprar aquela peça horrível. Ela apanhou a saia de volta, triste, desviando discretamente os olhos de minha calcinha.

– Talvez você pudesse experimentar a de tartã; as cores tradicionais são tão suaves...

– Não... – respondi, vestindo minha velha saia americana imprópria ao frio e que me pareceu o paraíso. – Não, acho que não vou levá-la... só achei que me fosse cair bem... muito obrigada.

Coloquei meu casaco, apanhei minha bolsa e, juntas, de fininho, fomos andando em direção à porta cortinada. Ela alcançou a porta antes e a abriu para mim, relutando, como se estivesse deixando escapar uma presa preciosa de uma armadilha.

– Talvez quando você estiver passando por aqui da próxima vez...

– É... talvez...

– Eu vou estar recebendo meu novo estoque na semana que vem.

Diretamente de Dior, é claro.

– Obrigada... desculpe... bom dia.

Fora e longe dali, e abençoada pelo ar livre, voltei e caminhei o mais rápido que pude. Passei pela loja de armas, e então, tomada por pura inspiração, retornei, entrei na loja e comprei, em exatos dois minutos, um grande suéter azul originalmente feito para um jovem mancebo. Tomada por um alívio indescritível pelo fato de minha manhã não ter sido um fracasso total e apertando o embrulho malfeito contra o peito, voltei ao encontro de David.

Enquanto ele empilhava uns papéis e trancava os armários, sentei-me sobre sua escrivaninha e contei-lhe a saga de minha desastrosa ida às compras. Temperada pelos seus comentários (ele conseguia imitar o sotaque de Edimburgo com perfeição), a história ficou mais interessante; no fim, ri tanto que minha barriga começou a doer. Logo depois que nos recuperamos, David enfiou uma pilha de papéis em uma valise já abarrotada, deu uma última olhada ao redor, fechou a porta do escritório, desceu a escada sombria e saiu pela rua ensolarada e movimentada.

Ele morava a apenas uns 90 metros do centro da cidadezinha. Percorremos juntos a curta distância. A valise de David volta e meia roçava e batia em suas pernas compridas. Tivemos que nos separar para desviarmos de um carrinho de bebê estacionado e de duas mulheres fofoqueiras. Quando chegamos à casa onde ele morava, pude ver que ela fazia parte de um conjunto de casinhas de pedras de dois andares, todas idênticas, cada qual no seu pedacinho de terreno, com um jardim modesto na frente e com uma entrada de acesso coberta de pedras, que ia do portão à porta principal. A casa de David se distinguia das outras apenas pela garagem que ele havia

construído no espaço entre a sua casa e a do vizinho, com uma passagem para o carro feita de concreto. Ele também tinha pintado a porta da frente de um amarelo vivo.

David abriu o portão e eu o segui. Esperei que ele abrisse a porta. Ele me deu passagem, aguardando que eu entrasse primeiro. Havia um corredor pequeno com uma escada no final, portas de ambos os lados e uma cozinha, que podia ser vista através de uma porta aberta no fundo. Sua casa poderia ser muito simples, mas ele – ou alguém – transformara-a em um ambiente charmoso, com carpetes, papéis de parede e gravuras esportivas cuidadosamente dispostas.

Ele tomou o pacote e o casaco de minhas mãos e os pôs sobre uma cadeira no vestíbulo, fazendo o mesmo com sua maleta. Em seguida, levou-me até uma sala de estar comprida e com janelas de ambos os lados. Só então pude apreciar a disposição da despretensiosa casinha, pois as janelas voltadas para o sul haviam sido transformadas em uma janela única de sacada, dando para um jardim comprido que se estendia, descendo em direção ao rio.

A sala em si era promissora, com prateleiras de livros e uma pilha de discos e revistas sobre uma mesinha em frente à lareira. Havia, também, poltronas, um sofá e uma estante antiga repleta de porcelanas chinesas, e sobre a lareira... fui conferir...

– Isto aqui é um Ben Nicholson?

Ele balançou a cabeça afirmativamente.

– Mas não é original – insisti.

– É sim. Minha mãe me deu um no meu aniversário de 21 anos.

– Este seu apartamento lembra o de sua mãe em Londres... tem a mesma atmosfera...

– Provavelmente porque as mobílias vieram mais ou menos da mesma casa. E, claro, ela me ajudou a escolher as cortinas, os papéis de parede e outros objetos.

Secretamente feliz por ter sido a mãe quem o havia ajudado e não uma outra pessoa, fui até a janela.

– Quem iria imaginar que você tem um jardim como este?

Havia uma pequena área nos fundos, com mesa e cadeiras de madeira, um gramado, no momento coberto de folhas caídas de outono, e canteiros de flores ainda repletos de rosas fora de estação e de feixes de astropólios lilases. Havia, também, um chafariz para pássaros e uma velha macieira inclinada.

– É você mesmo quem cuida do jardim?

– Não sei se você pode chamar isto aqui de jardim... Como pode ver, não é muito grande.

– Mas com o rio e tudo mais...

– Foi isso que me fez decidir comprar esta casa. Costumo dizer aos amigos que consigo pescar no Caple, e eles ficam espantados. Nem menciono que o rio fica a apenas 9 metros...

Vi um monte de fotos arrumadas sobre a estante de livros e me senti fortemente atraída por elas.

– Esta aqui é sua mãe? E seu pai? Este, com mais ou menos 12 anos e um sorriso cativante, é você?

– É sim.

– Você não usava óculos.

– Só vim a usar óculos depois dos 16 anos.

– O que aconteceu?

– Sofri um acidente. Foi numa guerra de bolinhas de papel na escola. Um garoto que corria à minha frente deixou um galho de árvore voltar e ele bateu no meu olho. Não foi culpa dele, poderia ter acontecido com qualquer um. Mas perdi parcialmente a visão do olho e tenho usado óculos desde então.

– Puxa! Que azar!

– Até que não foi tão ruim assim. Consigo fazer qualquer coisa... exceto jogar tênis.

– Por que não consegue jogar tênis?

– Nem sei direito o porquê. Mas, quando vejo a bola, não consigo acertá-la e, quando a acerto, não consigo vê-la. Não dá para jogar desse jeito.

Fomos até a cozinha, pequena feito uma cozinha de barco, e tão limpa que fiquei com vergonha ao me lembrar do quão relaxada eu era. Ele olhou no forno onde havia deixado umas batatas assando e então apanhou uma frigideira e manteiga, retirou um embrulho da geladeira respingado de sangue e o abriu, revelando dois bifes de cerca de 3 centímetros de espessura cada.

– Você vai preparar os bifes ou prefere que eu mesmo o faça?

– Pode prepará-los você... eu vou colocar a toalha na mesa.

Abri a porta que levava ao quintal dos fundos, que parecia um forno no calor fora do comum que fazia.

– Podemos almoçar aqui? Parece até que estamos no Mediterrâneo.

– Se você preferir...

– É maravilhoso... podemos usar esta mesa?

Mesmo conversando, ficando em seu caminho e tendo que perguntar onde estava tudo, acabei conseguindo pôr a mesa. Enquanto me ocupava com isso, ele preparou uma salada, desembrulhou um pão francês crocante e trouxe uns potinhos com manteiga congelada que apanhou na geladeira. Depois que terminou tudo, e enquanto o bife ainda chiava na panela, ele encheu dois copos com vinho e saímos para nos sentar ao sol.

– Como foi ontem? – perguntou, de repente.

– Ontem?

– Você fez uma caminhada no Lairig Ghru – disse, piscando o olho para mim –, ou não fez?

Tentei me lembrar de como havia sido e percebi que não conseguia me lembrar de nada, a não ser da conversa incrível que havia tido com Sinclair depois do lanche.

– Foi... legal. Maravilhoso, na verdade.

– Você não parece muito entusiasmada.

– Bem, foi maravilhoso. – Não conseguia me lembrar de nenhuma outra palavra.

– Mas extenuante, talvez.

– Sim. Fiquei cansada.

– Quanto tempo vocês levaram?

Novamente, mal conseguia me lembrar.

– Bem, voltamos ao anoitecer. Gibson nos apanhou no lago Morlich...

– Hã-hã – ele murmurou, parecendo refletir sobre a minha resposta. – E o que seu primo Sinclair está fazendo hoje?

Eu me abaixei, apanhei uma pedrinha e comecei a jogá-la para o alto, aparando-a nas costas da mão, como se estivesse jogando três-marias.

– Ele foi a Londres.

– A Londres? Pensei que ele estivesse de folga.

– Está sim – respondi, deixando a pedrinha cair e me abaixando para apanhar outra. – Mas ele recebeu um telefonema ontem à noite... não sei do que se tratava... encontramos um bilhete quando descemos para tomar café hoje pela manhã.

– Ele foi de carro?

Lembrei-me do ronco de tigre do Lotus, rasgando o silêncio da noite.

– Sim, foi de carro – Deixei cair a segunda pedra. – Ele vai estar de volta amanhã ou depois. Na segunda-feira pela manhã, talvez, segundo ele próprio. – Eu não queria falar de Sinclair. Tinha medo de que David me fizesse perguntas, e, sem graça, tentei mudar de assunto.

– Você consegue mesmo pescar da beira do jardim? Não pensei que houvesse espaço para arremessar a linha... e achei também que a macieira atrapalhasse...

Dessa forma, a conversa mudou para pescaria e começamos a falar disso. Contei a ele da vez que meu pai me levou ao rio Clearwater, em Idaho, nas férias...

– ... é cheio de salmões... Você consegue praticamente tirálos da água usando um alfinete entortado.

– Você gosta dos Estados Unidos, não gosta?

– Gosto, gosto muito.

Ele ficou em silêncio, deitado de costas sob o sol; eu, animada pelo seu silêncio, falei mais do assunto e do dilema no qual, inevitavelmente, me encontrava.

– É estranho pertencer a dois países. Parece que você nunca consegue se adaptar totalmente a nenhum dos dois. Quando eu estava na Califórnia, costumava sentir falta de Elvie. Agora que estou em Elvie...

– Você gostaria de voltar para a Califórnia.

– Não exatamente. Mas há coisas de que sinto falta.

– Por exemplo?

– Bem, coisas bem específicas. Do meu pai, claro. E de Rusty. Do som do Pacífico, tarde da noite, quando as ondas arrebentam na praia.

– E das coisas não tão específicas?

– Ah, isso é mais complicado – respondi, tentando me lembrar do que realmente sentia falta. – Sinto falta de água gelada, da companhia telefônica Bell, de São Francisco, de aquecimento central, das feiras de plantas onde você pode comprar plantas e tudo que cheira a flor de laranjeira. – Eu me virei em direção a David, e vi que ele estava me observando. Nossos olhos se encontraram, e ele sorriu.

– Mas há coisas boas aqui também – eu disse.

– Como o quê, por exemplo?

– Agências de correios. Você compra de tudo numa agência de correios do interior; inclusive selos. E o fato de o tempo nunca ser o mesmo por dois dias seguidos. É muito mais divertido. O chá da tarde, com bolinhos, biscoitos e pão de gengibre macio...

– Você está me lembrando, com seu jeito sutil, de que está na hora de comer aqueles bifes?

– Não conscientemente.

– Bem, se não os comermos agora, eles vão acabar ficando intragáveis. Vamos.

Foi um almoço perfeito, degustado em circunstâncias perfeitas. Ele até abriu uma garrafa de vinho tinto e rascante, a be-

bida perfeita para acompanhar bife e pão francês. Terminamos com queijo, biscoitos e uma tigela de frutas frescas, coberta de uvas brancas. Descobri que estava faminta e comi exageradamente, limpando o prato com um pedaço grosso da casca do pão e já descascando uma laranja que estava tão suculenta que escorria caldo das pontas dos meus dedos. Depois que terminei, David entrou para fazer o café.

– Vamos tomar o café aí fora? – perguntou da cozinha.

– Vamos sim, na beira do rio – respondi, indo até onde ele estava, para lavar as mãos na torneira.

– Tem um tapete na cômoda, na entrada. Traga-o e se acomode lá fora, que eu levo o café.

– E os pratos?

– Pode deixar... o dia está bonito demais para desperdiçá-lo lavando louças.

Era reconfortante ouvir dele o tipo de comentário que meu pai faria.

Entrei, apanhei o tapete e o levei para fora. Desci o declive do gramado e o estendi na grama, ao sol, apenas a alguns metros da beira do rio. Depois do verão longo e seco, o nível das águas estava baixo, e a margem coberta de seixos entre a grama e as águas marrons e escuras, como uma pequena praia.

A macieira estava repleta de frutos, alguns caídos próximos ao tronco. Sacudi a árvore, derrubando outras maçãs, que caíram sobre a grama, produzindo ruídos suaves e secos. Havia sombra sob a árvore e estava fresco. Sentia o aroma agradável de coisa velha, como acontece nos sótãos. Sentei-me na grama, apoiando as costas no tronco da árvore, e fiquei observando, através de uma malha de galhos e ramos, o rio banhado de sol. Tudo aquilo me fazia sentir muita paz.

Reconfortada pelo ambiente e satisfeita pela boa comida e pela companhia agradável de David, senti minha alma leve e disse a mim mesma que o momento era favorável para começar a ser mais sensata com relação aos meus medos semi-

conscientes. Que vantagem havia em deixá-los cozinhando na minha cabeça, incomodando feito dor de dente e me causando uma contínua queimação no estômago?

Deveria ser realista em relação a Sinclair. Não havia nenhuma razão em achar que ele não assumiria o filho que Tessa Faraday estava esperando. Quando ele voltasse a Elvie, na segunda-feira, provavelmente nos diria que iria se casar, e minha avó ficaria felicíssima (ela não achava a garota encantadora?), e eu também ficaria muito feliz, nem precisaria mencionar nada da conversa ao telefone que havia escutado.

E quanto a Gibson, ele realmente *estava* velho, não havia como negar; talvez fosse melhor para todos os envolvidos se ele se aposentasse. Mas, caso ele realmente tivesse que ir embora, minha avó e Sinclair poderiam, certamente, arranjar uma casinha para ele, talvez até com um pedacinho de terra onde ele pudesse plantar legumes, verduras, criar algumas galinhas e se manter ocupado e feliz.

Quanto a mim... não seria tão fácil ignorar. Queria saber por quê, um dia antes, Sinclair viera com a ideia de nos casarmos. Talvez tivesse sido apenas uma ideia descontraída para passar a meia hora depois do piquenique. Se assim fosse, estaria pronta para aceitá-la, mas o beijo que me dera não era coisa de primo, e tampouco casual... Só de lembrar aquilo me fazia sentir mal, e foi isso que me deixou tão confusa. Talvez ele tivesse feito aquilo de propósito, só para me perturbar. Ele sempre fora um gozador. Talvez só quisesse medir a minha reação.

– Jane!

– Hum? – eu disse, voltando-me e vendo David Stewart me observando sob o sol, além da sombra da árvore. Por trás dele vi a bandeja com o café sobre o tapete e, ao mesmo tempo, percebi que ele já havia me chamado antes, mas eu não havia escutado. Ele baixou a cabeça para passar sob os galhos da macieira e ficou em pé diante de mim, erguendo uma das mãos para se proteger da árvore.

– Algum problema? – perguntou.
– Por que você pergunta?
– Você parece preocupada. Também está muito pálida.
– Eu sempre fui pálida.
– E preocupada também?
– Não disse que estava preocupada.
– Aconteceu... alguma coisa ontem?
– Como assim?
– Nada, só notei que você não me pareceu muito entusiasmada ao falar da caminhada ontem.
– Não aconteceu nada.

Quis me afastar e deixá-lo ali, mas seu braço estava erguido na altura do meu ombro, e eu não conseguiria escapar sem ter que me abaixar para passar. Ele virou o rosto para me olhar do canto do olho, e sob aquele olhar familiar e desconcertante senti um calor tomar conta do meu rosto.

– Você uma vez me disse – prosseguiu, em tom divertido – que, quando mente, fica vermelha. Algo não está bem...
– Não, não é isso. Além do mais, não há nada de errado.
– Se você quisesse me contar qualquer coisa, contaria, não é? Talvez eu possa ajudar.

Pensei novamente na garota em Londres, em Gibson... e em mim mesma, e todos os meus medos vieram à tona novamente.

– Ninguém pode ajudar – respondi. – Ninguém pode fazer nada.

Ele não insistiu mais. Voltamos para o sol e percebi que estava com frio e com a pele arrepiada. Sentei-me sobre o tapete quente e tomei o café. David me deu um cigarro para afastar os mosquitos-pólvoras. Em seguida, me deitei com a cabeça apoiada na almofada e o corpo estendido ao sol. Estava cansada, o vinho havia me deixado com sono. Fechei os olhos, os ruídos que vinham do rio tomaram conta de mim e acabei dormindo.

Acordei cerca de meia hora depois. David estava deitado a mais ou menos um metro de onde eu me encontrava, apoiado

sobre um dos cotovelos e lendo um jornal. Espreguicei-me, bocejei e ele ergueu a cabeça.

– É a segunda vez que isso acontece – falei.

– O quê?

– É a segunda vez que acordo e vejo você na minha frente.

– Eu ia acordar você daqui a pouco mesmo, para levá-la em casa.

– Que horas são?

– Três e meia.

– Por que você não volta a Elvie para tomar o chá da tarde conosco? Minha avó iria adorar ver você – eu disse, olhando para ele sonolenta.

– Gostaria muito de ir, mas tenho que visitar um velhinho que mora lá onde Judas perdeu as botas. De vez em quando ele começa a fazer o maior estardalhaço por causa de seu testamento, e eu tenho que ir até lá para tranquilizá-lo.

– Parece até o clima na Escócia, não é?

– Como assim?

– Numa semana você está em Nova York, fazendo só Deus sabe o quê. Na semana seguinte, você vai até algum vale remoto para tranquilizar a mente de um velho. Você gosta de ser advogado de cidade do interior?

– Sim, na verdade, gosto.

– Você se enquadra muito bem. Quero dizer... é como se você estivesse estado aqui a vida toda. Sua casa e tudo mais... o jardim. Tudo combina, como se alguém tivesse colocado você aqui.

– Você também combina com isso – falou David.

Desejei que ele explicasse melhor, e por uns instantes pensei que ele fosse fazê-lo, mas ele pareceu mudar de ideia e, em vez disso, levantou-se, juntou as xícaras, os pires, o jornal, e os levou de volta para dentro de casa. Quando voltou, eu ainda estava deitada, contemplando o rio. Ele ficou em pé na minha frente, colocou as mãos sob os meus ombros e me pôs de pé.

– Já fiz isso também – eu disse, me virando e me vendo envolta em seus braços.

– Só que daquela vez – falou – seu rosto estava inchado e manchado de tanto chorar, mas hoje...

– O que tem hoje?

– Hoje você está com umas 12 sardas a mais – respondeu, rindo – e um monte de folhas velhas de macieira e grama nos cabelos.

David me levou para casa de carro. Ele havia abaixado a capota do carro, e os meus cabelos voavam e cobriam o meu rosto. David apanhou um cachecol velho de seda que estava no painel do carro e deu-o para mim. Amarrei-o cabeça.

Quando chegamos na parte da estrada em obras, as luzes estavam vermelhas. Então esperamos, com o motor ligado, e vimos o tráfego que se aproximava em sentido contrário pela pista de mão dupla.

– Não consigo entender – disse David – por que, em vez de estreitar este trecho da estrada, eles não demolem a ponte e constroem uma nova... ou então por que não fazem alguma obra para acabar com aquela curva do outro lado.

– Mas a ponte é tão bonita...

– É perigosa, Jane.

– Mas todo mundo sabe disso e passa por ela a 2 quilômetros por hora.

– Nem todo mundo sabe disso – falou, corrigindo-me secamente. – No verão, muitos dos motoristas são turistas.

As luzes ficaram verdes e prosseguimos. David aliviou o pé ao passar pela ponte em forma de arco e, em seguida, pisou no acelerador. Com o vento zumbindo nas minhas orelhas, ele me levou de volta a Elvie.

Mais tarde mostrei à minha avó minha única aquisição, o suéter azul-marinho que comprara na loja de armas.

– Acho até que você foi muito esperta em ter encontrado alguma coisa em Caple Bridge – ela disse –, e parece ser bem

quente – acrescentou gentilmente, olhando a roupa de cortes retos. – Com o que você pretende usá-lo?

– Com calça... com qualquer coisa. Queria muito uma saia, mas não consegui achar nenhuma que prestasse.

– Que tipo de saia?

– Uma saia quente... Mas fica para a próxima vez que você for a Inverness...

– Que tal um kilt? – perguntou minha avó.

Não havia pensado nisso. Parecia uma ideia maravilhosa. Um saiote é a coisa mais confortável do mundo, e as cores são sempre de cair o queixo.

– Onde posso achar um kilt para comprar?

– Oh, querida, você não precisa comprar, há um monte deles aqui em casa. Sinclair usa kilts desde que aprendeu a andar, e nunca nos desfizemos de nenhum deles.

Havia me esquecido do feliz detalhe de que os kilts, assim como as bicicletas, eram unissex.

– Mas que ideia maravilhosa! Por que não pensamos nisso antes? Vou procurar agora mesmo. Onde eles estão? No sótão?

– Claro que não. Estão no quarto de Sinclair, em cima do guarda-roupa. Guardei todos eles com naftalina; mas se você quiser algum, a gente estende lá fora para tirar o cheiro, e aí ele vai ficar como novo.

Sem querer perder sequer um segundo, saí em busca do kilt. O quarto de Sinclair, no momento, abandonado, havia sido limpo, varrido e estava imaculadamente arrumado. Lembrei-me de que seu senso inato de organização sempre fora um ponto forte de seu caráter. Quando criança, nunca suportou desordem nem nunca ninguém precisou dobrar suas roupas ou guardar seus brinquedos.

Apanhei uma cadeira e fui até o guarda-roupa embutido na parede, ao lado da lareira. O espaço na parte de cima do móvel era usado como lugar para guardar malas e roupas fora da estação. Subi na cadeira e abri as portas. Vi um monte de

livros, algumas revistas especializadas em automóveis, uma raquete de squash e um par de pés de pato. Senti um cheiro forte de cânfora vindo de uma caixa enorme toda amarrada. Estiquei-me para tirá-la. Era pesada e, sem jeito, enquanto me esforçava para puxá-la, esbarrei com o cotovelo numa pilha de livros, desalojando-a. Da posição em que eu estava, não houve nada que eu pudesse fazer para impedir que caíssem. Fiquei simplesmente em pé, na cadeira, ouvindo tudo cair, fazendo a maior bagunça.

Xinguei, segurando a caixa com mais firmeza. Desci e a coloquei sobre a cama. Em seguida, me abaixei para apanhar os livros. A maior parte era de livros escolares, havendo também um dicionário de sinônimos, uma coleção Larousse, uma biografia de Michelangelo e no fundo da caixa...

Era um livro espesso, pesado e com encadernação em couro escarlate. Havia na capa um brasão e o título em letras douradas na lombada do livro: *A história da Terra e da natureza animada*, volumes I e II

Já havia visto o livro antes. Eu tinha 6 anos, e meu pai o trouxera a Elvie depois de uma de suas excitantes incursões ao sebo do Sr. McFee. O dono da loja já havia falecido vários anos atrás e no mesmo local agora funcionava uma tabacaria, mas, naquele tempo, meu pai passava muitas horas agradáveis discutindo com o Sr. McFee, um homem excêntrico e engraçado que não tinha nenhum tipo de preconceito com relação à sujeira e poeira. Meu pai parecia se divertir vasculhando as incontáveis prateleiras de volumes mofados.

Ele encontrou, por acaso, a *Natureza animada,* de Goldsmith, e o trouxe para casa sentindo-se vitorioso, porque não apenas se tratava de um volume raro, como também havia sido encapado pelo seu dono anterior, que pertencia a uma família nobre, sendo, por si só, um objeto de arte. Feliz com isso, e querendo compartilhar de sua alegria, a primeira coisa que meu pai fez foi trazer o livro até o quarto onde brincávamos

para mostrá-lo a mim e a Sinclair. Minha reação fora, provavelmente, decepcionante para ele. Alisei o couro bonito, olhei uma ou duas gravuras de elefantes asiáticos e, então, voltei ao meu quebra-cabeça.

Com Sinclair foi diferente. Ele adorou cada detalhe do livro: a letra antiga, as páginas espessas, as águas-tintas, os detalhes dos desenhos minúsculos... Ele adorou, também, o cheiro, a guarda marmorizada da obra e até o peso.

O fato de acrescentar tamanha preciosidade à sua coleção fez com que meu pai achasse que a ocasião merecesse algum tipo de cerimônia. Então, foi buscar um de seus selos *ex-libris* talhados em madeira com suas iniciais enfeitadas com motivos do reino vegetal. Em seguida, afixou-a solenemente à guarda marmorizada da *Natureza animada,* de Goldsmith. Sinclair e eu assistimos ao ritual no mais completo silêncio; quando meu pai terminou, soltei um suspiro de satisfação por ele haver terminado com tanto êxito e, também, porque aquilo provava, sem qualquer sombra de dúvida, que o livro agora lhe pertencia.

Meu pai, então, levou sua preciosidade para a parte inferior da casa e o deixou em cima de uma mesa na sala de estar, junto às revistas e aos jornais diários, onde pudesse ser admirado, manuseado e examinado pelas visitas. Não se falou mais do livro novamente até uns dois ou três dias depois, quando meu pai descobriu que ele havia desaparecido.

Ninguém deu muita importância ao fato. *A natureza animada,* de Goldsmith, simplesmente fora retirado do lugar. Talvez alguém tivesse pegado emprestado e esquecido de devolver. Mas ninguém o fizera. Meu pai começou a fazer perguntas, mas não obteve respostas. Minha avó o procurou diligentemente, mas o livro não apareceu.

Sinclair e eu fomos, então, interrogados. Viram o livro? Mas claro que não. Dissemos isso, e nossa inocência nunca foi questionada. Minha mãe começou a dizer algo como: "Talvez

um ladrão...", mas minha avó zombou da possibilidade. Que ladrão faria vista grossa à prataria georgiana e fugiria levando apenas um livro velho? Ela insistiu no fato de que *A natureza animada,* de Goldsmith, havia sido esquecido em algum lugar e acabaria aparecendo. Como ocorre com qualquer coisa banal, o mistério acerca do livro acabou tendo uma morte natural; porém, ele nunca mais fora encontrado.

Até agora. No armário de Sinclair, guardado com alguns dos seus pertences que não eram usados com frequência. E o livro estava mais belo do que nunca. O couro macio e vermelho continuava suave ao toque, as letras ainda estavam brilhantes e douradas. Em pé, segurando o volume pesado feito chumbo, eu me lembrei do *ex-libris* do meu pai e abri a capa do livro, mas constatei que a guarda e sua *ex-libris* haviam sido totalmente removidas, de uma forma perfeita e com muita delicadeza, bem rente à lombada. Um serviço provavelmente executado com uma navalha. E sobre a guarda branca no final do livro estava escrito em letras escuras, de forma, com a caligrafia firme do meu primo Sinclair, então com 12 anos:

Sinclair Bailey,
Elvie.
ESTE É O SEU LIVRO

9

O dia continuava lindo. Na segunda-feira, à tarde, minha avó, de posse de uma pá e de luvas, saiu para plantar tulipas. Ofereci ajuda, mas ela recusou. Se eu fosse, argumentou, pas-

saríamos todo o tempo conversando e ela acabaria não fazendo nada. Terminaria mais rápido sozinha. Sendo rejeitada dessa forma, assobiei para os cachorros e fui caminhar. Não gosto muito de jardinagem mesmo.

Caminhei quilômetros, ficando fora por duas horas ou mais. Quando voltei, já estava começando a escurecer e fazia frio. Algumas nuvens, trazidas pelo vento que soprava do norte, surgiam sobre os cumes das montanhas, e sobre o lago pairava uma neblina. Da horta, onde Will alimentava uma fogueira, subia uma nuvem de fumaça azul, enchendo o ar com o cheiro de lixo queimado. Com as mãos enfiadas no bolso, e morta de vontade de tomar um chá perto da lareira, atravessei o caminho que cruzava o alagado e alcancei a alameda das faias douradas. Um dos cachorros começou a latir, e ao olhar para cima vi o Lótus Elan amarelo-escuro estacionado em frente à casa.

Sinclair estava de volta. Olhei para o relógio. Cinco horas. Ele havia chegado cedo. Continuei a caminhar, atravessando o gramado, com folhas secas até os tornozelos, e passando pelo caminho de cascalho que levava à casa. Ao passar pelo carro, deixei minha mão escorregar em seu para-choque bem polido, como se quisesse me certificar de que ele realmente estava ali. Entrei no saguão aquecido que cheirava turfa, esperei pelos cachorros e fechei a porta.

Ouvi um murmúrio vindo da sala de estar. Os cachorros foram beber água e deitaram-se, em seguida, em frente à lareira. Eu retirei a capa de chuva, desatando o cinto, descalcei os sapatos sujos de lama e alisei os cabelos com as mãos.

– Olá, Sinclair – eu disse, abrindo a porta.

Estavam sentados em frente à lareira, com uma mesinha entre eles. Sinclair levantou-se e veio me cumprimentar.

– Janey... onde você esteve? – perguntou, beijando-me.

– Fui dar uma caminhada.

– Está quase escurecendo. Pensamos que você tivesse se perdido.

Olhei para ele. Achava que fosse estar visivelmente mudado. Mais quieto; cansado, talvez, de sua longa viagem de carro. Mais pensativo, preocupado com suas novas responsabilidades. Mas era óbvio que eu estava enganada. Ele parecia até mais feliz, mais jovem e animado do que nunca. Havia um brilho nele naquela noite, um brilho de alegria, como uma criança na véspera do Natal.

– Você está fria feito gelo – disse, segurando minhas mãos. – Venha se aquecer perto do fogo. Eu fiz a gentileza de deixar uma torrada para você, mas tenho certeza de que a Sra. Lumley fará mais, caso você queira.

– Não, está bem – respondi, colocando um banquinho de madeira entre eles, enquanto minha avó me servia o chá.

– Aonde você foi? – perguntou minha avó. – Os cachorros beberam água? Eles ficaram molhados e sujos de lama? Você os secou?

Respondi, assegurando-lhe de que não havia com que se preocupar:

– Não fomos a nenhum lugar com água e eu tirei o mato dos pelos deles antes de voltarmos para casa.

Ela me passou a xícara, que fiquei apertando entre as mãos frias.

– Como estava Londres? – indaguei, olhando para Sinclair.

– Quente e abafada – ele disse, com os olhos apertados de curiosidade –, repleta de executivos com ternos de inverno.

– Você... concluiu o que tinha para fazer lá?

– Falando assim, parece tão sério: "Concluiu." Onde foi que você aprendeu a falar assim?

– Bem, resolveu?

– Claro que sim. Não poderia ser de outra forma.

– Quando... quando foi que você saiu de Londres?

– Hoje cedo... por volta das 6 horas... Vó, ainda tem chá no bule?

– Não, não tem mesmo – ela respondeu, erguendo o bule e levantando a tampa para olhar. – Vou fazer mais.

– Peça a Lumley...

– É melhor não, ela está com os pés doendo. Deixe que eu faço. Quero mesmo falar com ela sobre o jantar. Vamos ter que pôr outro faisão na caçarola.

– Que delícia! Faisão à caçarola – disse Sinclair, depois que ela se foi. Ele segurava o meu pulso, enlaçando-o com os dedos feito um bracelete. O seu toque era fresco e suave.

– Quero falar com você – ele disse.

– Sobre?

– Aqui não, quero ficar a sós com você. Pensei em sairmos de carro depois do chá. Podíamos ir até o topo de Bengairn e ver a lua nascer. O que você me diz?

– Tudo bem – respondi.

Se ele quisesse conversar comigo em particular sobre Tessa, eu supunha que dentro do Lotus Elan fosse um bom lugar.

Passear no Lotus foi para mim uma experiência totalmente nova. Presa ao assento pelo cinto de segurança, eu me senti como se estivesse a caminho da Lua, e a velocidade na qual Sinclair arrancou com o carro não diminuiu em nada a impressão. Subimos a rua, paramos por uns instantes na estrada principal e, então, disparamos como uma flecha. O marcador do velocímetro subia a 100, em questão de segundos. Os campos, cercas e pontos de referência familiares ficavam para trás numa sequência estonteante.

– Você sempre corre assim?

– Não estou correndo, querida.

Deixei como estava. Em um segundo chegávamos à ponte em forma de arco. Ele reduziu um pouco e atravessou a ponte num piscar de olhos, deixando meu estômago flutuando a cerca de meio metro acima da minha cabeça, para depois despencar em direção às obras da estrada. As luzes estavam verdes, e Sinclair acelerou, de modo que, antes que as luzes ficassem vermelhas novamente, havíamos passado pela parte da estrada obstruída, e já estávamos longe.

Alcançamos Caple Bridge e o limite de 40 quilômetros por hora. Em respeito à polícia local, e para meu alívio, ele reduziu a velocidade e conduziu o Lotus pela cidade no limite permitido. Quando a última casa do perímetro urbano ficou para trás, disparamos novamente. Agora não havia tráfego algum. A estrada, que tinha um aclive suave, curvava-se à nossa frente, e o carro galopava como um cavalo sem rédeas.

Chegamos ao retorno. Uma estradinha lateral, que ia em direção ao sul, subia numa sucessão de curvas escarpadas, levando ao pico de Bengairn e indo além. Campos e fazendas ficavam abaixo de nós; com os pneus cantando, passamos por uma porteira e estávamos agora em campo aberto, com o mato açoitado pelo vento e habitado apenas por rebanhos de ovelhas de cara preta pouco interessadas em nós. O ar frio que entrava pela janela aberta cheirava a turfa, e uma neblina pairava à nossa frente, mas, antes de passarmos por ela, Sinclair parou num canto da estrada e desligou o motor.

A vista à nossa frente se estendia como se não tivesse fim; o vale estava tranquilo sob um céu turquesa-claro, mais verde do que azul, tingido ao leste pelos tons rosados do pôr do sol. Bem abaixo, o lago Elvie estava plácido e brilhante como uma joia, e o rio era uma sinuosa fita prateada. Tudo estava muito quieto, havia apenas o ruído do vento no carro e dos maçaricos voando próximos.

A meu lado, Sinclair tirou o cinto de segurança e, como eu não segui seu exemplo, ele se inclinou para tirar o meu também. Voltei-me para olhar para ele e, sem dizer sequer uma palavra, ele segurou o meu rosto com as mãos ainda cobertas pelas luvas e me beijou. Depois de um tempo, eu o afastei devagar.

– Você queria conversar comigo, se lembra? – falei.

– Tenho uma coisa para você... – disse ele, sorrindo, sem demonstrar o menor embaraço. Mexeu-se no banco, tentando alcançar o bolso, de onde retirou uma caixinha que abriu para mim. Parecia que todo o céu estava refletido no brilho de estrela dos diamantes.

Senti-me como se estivesse rolando, virando cambalhotas loucamente pela ribanceira abaixo. Emergi, ainda tonta, vendo o mundo rodar. Quando finalmente consegui falar, a única coisa que saiu foi:

– Mas, Sinclair, isto não é para *mim*.

– Claro que é. Tome...

Ele tirou o anel da caixinha, atirando-a sobre o painel do carro e, antes que eu pudesse impedi-lo, tomou a minha mão esquerda e colocou o anel no meu dedo. Tentei retirá-lo, mas ele segurou minha mão e a fechou, apertando-a contra o anel, de modo que os diamantes me machucaram.

– Mas ele *não pode* ser meu.

– São seus, e somente seus.

– Sinclair, precisamos conversar.

– Foi por isso que eu trouxe você aqui.

– Não, não é sobre isso, é sobre Tessa Faraday.

– O que você sabe sobre Tessa Faraday?

Se eu pensava que isso fosse chocá-lo, estava redondamente enganada. Ele não parecia nem um pouco perturbado.

– Eu sei que ela está esperando um bebê, e que é seu filho.

– E como foi que você soube disso?

– Na noite em que ela ligou, escutei o telefone tocar e fui atender na extensão do andar de cima. Mas você já havia atendido, e eu a ouvi... contar a você...

– Então foi você? – indagou, parecendo bem mais aliviado, como se outro pequeno dilema tivesse sido resolvido. – Achei ter ouvido a outra linha ser desligada. Como você foi cuidadosa em não ouvir o final da conversa!

– Mas o que você vai fazer a respeito?

– Eu? Não vou fazer nada.

– Mas aquela garota vai ter um filho seu.

– Janey, querida, nós nem sabemos se é mesmo um filho meu.

– Mas *pode* ser seu.

– Ah, sim, pode. Mas isso não significa que seja meu. E não vou assumir responsabilidade nenhuma por causa do descuido de um outro homem.

Pensei na imagem que eu havia feito de Tessa Faraday. A garota alegre e bonita, rindo, enlaçada pelo braço de Sinclair. A esquiadora dedicada e bem-sucedida, com o mundo que escolhera aos seus pés. A mulher jovem, aprovada e admirada, almoçando com a minha avó no Connaught. "Que menina encantadora", minha avó dissera, e ela quase nunca se enganava com as pessoas.

Nada disso se encaixava na imagem dela que Sinclair estava tentando passar para mim.

– Você disse isso a ela?

– Com todas as palavras, sim.

– O que ela disse?

– Bem – respondeu dando de ombros –, ela disse que, já que era isso que eu pensava, iria tomar outras providências.

– E você deixou por isso mesmo?

– Sim, deixei. Não seja tão ingênua, Jane, ela já é vivida e é uma garota sensata.

Durante todo esse tempo ele não havia afrouxado a pressão de sua mão no meu braço, mas, agora que me soltava, eu conseguia abrir e esticar os meus dedos com câibras. Ele segurou o anel entre o indicador e o polegar e o girou um pouco, para um lado e para o outro, como se o estivesse aparafusando.

– De qualquer forma – continuou –, eu disse a ela que ia me casar com você...

– Você disse a ela *o quê*?

– Ok, querida, ouça. Eu disse a ela que ia me casar com você.

– Mas você não tinha nenhum direito de fazer isso... você sequer me perguntou.

– Claro que perguntei. O que acha que estávamos discutindo daquela vez? O que acha que eu estava fazendo?

– Encenando.

– Bem, eu não estava. E, o que é pior, você sabia que eu não estava.

– Você não está apaixonado por mim.

– Mas eu amo você – ele disse, fazendo com que sua declaração parecesse bastante sensata. – E estar com você, ter você de volta a Elvie é a melhor coisa que já me aconteceu. Há tanto frescor em você, Janey. Às vezes, você é ingênua como uma criança; outras vezes, é surpreendentemente sábia! E você me faz rir; e eu a acho muito atraente. Você me conhece quase tão bem quanto eu me conheço. Isso tudo não é melhor do que simplesmente estar apaixonado?

– Mas quando você se casa com alguém, é para sempre – argumentei.

– E daí?

– Você devia estar apaixonado por Tessa Faraday, mas agora não quer mais saber dela...

– Janey, isso é completamente diferente.

– Diferente como? Não consigo ver como isso pode ser diferente.

– Tessa é atraente, alegre e muito fácil de se lidar, e eu gostava muito da companhia dela... mas para a vida toda... não.

– Ela vai ter aquela criança para o resto da vida.

– Eu já falei que é quase certo que o filho dela não seja meu.

Era óbvio que, de seu ponto de vista, ele se considerava invulnerável. Tentei outra tática.

– Vamos supor, Sinclair, apenas supor, que eu não queira me casar com você. Como eu falava naquele dia, nós somos primos de primeiro grau...

– Você já me disse isso...

– Nós somos próximos demais... não quero correr o risco.

– Eu amo você – disse Sinclair.

Foi a primeira vez que alguém me dissera aquilo. Sempre imaginei isso acontecendo quando era adolescente e sonhava acordada, mas nada que se comparasse ao que eu ouvia agora.

– Mas... mas eu não amo você...

– Você não me parece muito convicta – retrucou, sorrindo.

– Mas estou. Bastante convicta.

– Você não me ama nem o bastante para... me ajudar?

– Ah, Sinclair, você não precisa de ajuda.

– Mas é nisso que você se engana. Preciso, sim. E se você não se casar comigo, minha vida vai se despedaçar.

Era uma declaração típica de quem estava apaixonado; no entanto, eu não acreditava que estivesse sendo feita com amor.

– Você quer dizer literalmente?

– Ah, Janey, como você é perspicaz. É, literalmente.

– Por quê?

De repente, ele ficou impaciente, soltando minha mão como se estivesse chateado, virando-se para procurar por um cigarro a fim de se distrair. Havia alguns no bolso de seu casaco. Ele acendeu um no isqueiro do carro.

– Ah, porque... – continuou, finalmente.

– Por quê? – insisti.

– Porque... – respondeu, respirando fundo – ...Estou até o pescoço de dívidas. Porque a única saída seria se conseguisse dinheiro ou um empréstimo para pagá-las, e não disponho de nenhum dos dois. E se isso vier à tona, o que corre sério risco de acontecer, é quase certo que meu chefe vai me chamar e me informar com profundo pesar que não precisa mais dos meus serviços, muito obrigado.

– Você está dizendo que vai perder o emprego?

– Você não só é perspicaz, como é rápida no gatilho.

– Mas... como você contraiu essas dívidas?

– O que você acha? Apostando em cavalos, jogando 21...

– Mas quanto? – perguntei. Tudo aquilo parecia tão inofensivo!

Ele me disse. Eu não acreditava nem que alguém pudesse ter aquela quantia toda, quanto mais, devê-la.

– Você deve estar louco. Perder tudo isso só no jogo de cartas...

– Ah, pelo amor de Deus, Jane, dá para perder essa quantia em alguns cassinos de Londres apenas numa noite. E eu levei dois anos para perder isso tudo.

Levei algum tempo para aceitar o fato de que um homem pudesse ser tão tolo. Sempre achei meu pai completamente fora da realidade quando o assunto era dinheiro, mas isso...

– Vovó não pode ajudar você? Emprestar o dinheiro?

– Ela já me ajudou antes... é claro, sem muita empolgação, devo acrescentar.

– Quer dizer que não é a primeira vez.

– Não, não é a primeira vez, e pode ir tirando essa expressão de espanto do rosto. Além do mais, nossa avó não dispõe de tanto dinheiro assim. Ela pertence a uma geração que acredita no comprometimento do capital, e o dela está todo investido em custódias e em terras.

– E se ela vendesse alguma propriedade? Tem aquela área de caça, por exemplo.

– Eu já pensei nisso – respondeu, olhando-me de lado e se esforçando para se controlar. – Já reuni até um grupo de americanos mais do que interessados em comprar as terras, ou, caso isso não fosse possível, estavam até mesmo dispostos a pagar um aluguel anual muito bom por elas. Para ser honesto, Janey, foi por isso que eu tirei essa folga do trabalho, para vir até aqui e dar essa ideia à vovó. Mas, claro, ela não quer nem ouvir falar nisso... embora eu não consiga imaginar que utilidade essas terras têm para ela, do jeito que estão.

– A área já está alugada...

– Por uma ninharia. O aluguel que aquela associação paga a vovó mal dá para cobrir os gastos com os cartuchos que Gibson usa na espingarda.

– E Gibson?

– Ah, ele que vá para o inferno. Ele já é passado, já era hora de se aposentar.

Ficamos em silêncio mais uma vez. Sinclair continuava sentado fumando um cigarro enquanto eu tentava desesperadamente entender as ideias confusas que me passavam pela cabeça. Descobri que o que me assustava não era sua atitude desalmada – já suspeitava de que ele fosse assim –, nem o fato de ele ter se metido em tamanha confusão; mas, simplesmente, o fato de ele ter sido tão franco comigo. Ou ele havia desistido da ideia de se casar comigo, e dessa forma não tinha nada a perder, ou sua autoestima não tinha limites.

Eu estava começando a ficar com raiva. Quando perco a calma, o que é raro, o processo costuma ser lento, mas, uma vez que ocorre, perco completamente a cabeça. Sabendo disso, e com medo de que ocorresse, tentei reunir os meus sentimentos mais nobres e me concentrei em manter a calma e a objetividade.

– Não vejo por que essa decisão deva partir de minha avó e não de você. Afinal de contas, Elvie vai pertencer a você um dia. Se você quiser vender uma parte considerável agora, acho que isso deve ser problema seu.

– O que faz você pensar que Elvie vai me pertencer?

– Claro que vai. Você é neto. Não há mais ninguém.

– Você fala como se a propriedade fosse parte de um legado inalienável, como se passasse de geração a geração, de pai para filho. Mas não é assim. Não tem sido assim. Elvie pertence a nossa avó; e se ela quiser, pode transformar o lugar em um abrigo para gatos.

– Por que não você?

– Porque, minha querida, eu sou filho do meu pai.

– E o que isso quer dizer?

– Quer dizer que não valho nada, que sou um imprestável, uma ovelha negra. Um verdadeiro Bailey, se você preferir. – Olhei para ele, sem entender, e, de repente, ele deu uma gargalhada desagradável. – Nunca ninguém lhe contou, pequena e inocente Jane, sobre o seu tio Aylwyn? Seu pai nunca lhe disse nada?

Sacudi a cabeça, negando.

– Contaram-me quando fiz 18 anos... Foi uma espécie de presente de aniversário indesejável. Sabe, Aylwyn Bailey não era apenas desonesto, mas incompetente também. Os cinco anos que viveu no Canadá, ele os passou na prisão. Por fraude, estelionato e sabe Deus o que mais. Você nunca percebeu que aquele esquema todo era meio estranho? Nunca recebia visitas. Quase nunca escrevia. E nunca nos mandou uma única foto da casa onde morava.

Tudo de repente se tornou tão óbvio que me perguntei por que nunca havia desconfiado de nada. Lembrei-me da conversa que havia tido com minha avó, dias atrás, e dos relatos vagos que ela se permitira fazer acerca do próprio filho. *Ele resolveu morar no Canadá e morrer lá. Elvie nunca significou muito para Aylwyn... Sinclair parece com ele. Ele era muito envolvente.*

– Mas por que ele nunca voltou? – perguntei, demonstrando pouca perspicácia.

– Acho que porque ele era emigrante e recebia uma pensão do governo... Provavelmente, nossa avó imaginava que eu viveria melhor sem sofrer influências dele – respondeu, apertando o botão que abaixava o vidro da janela e atirando para fora o cigarro pela metade. – Mas, do modo como as coisas ficaram, não acho que isso tenha feito alguma diferença. De uma forma ou de outra, acabei herdando a doença da família – continuou, sorrindo para mim –, e aquilo que não tem cura, se atura.

– Quer dizer que todas as outras pessoas têm de aturar você?

– Ah, que é isso? Não é fácil para mim também. Sabe, Janey, é estranho você ter mencionado que Elvie um dia viria a ser minha, porque outro dia, quando eu e vovó estávamos aventando a possibilidade de vendermos os campos de caça e discutindo o futuro de Gibson, esse era exatamente o às que eu trazia escondido na manga. Eu disse a ela: “Elvie vai me pertencer um dia. Mais cedo ou mais tarde, vai ser minha. Então, por que

não posso decidir, agora, o que deve ser feito?" – E voltando-se para mim e sorrindo de forma encantadora e desconcertante concluiu: – Sabe o que sua avó disse?

– Não.

– Ela disse: "Mas, Sinclair, é aí que você se engana. Elvie não significa nada para você, a não ser uma fonte de renda. Você já fez a sua vida em Londres e nunca iria querer morar aqui. Elvie vai ficar com Jane."

E foi assim que eu descobri. Essa era a peça final do quebra-cabeça, e agora o quadro estava completo.

– Então é por isso que você quer se casar comigo. Para pôr as mãos em Elvie.

– Soa um pouco descarado posto dessa forma...

– *Descarado!*

– ...mas acho que poderíamos dizer que essa é a ideia geral. Há todas as outras razões que eu já lhe dei, que são inteiramente sinceras e verdadeiras.

Foi o uso que ele fez daquelas palavras que acabou me tirando do sério, como uma pedra rolando morro abaixo.

– Sinceras e verdadeiras. Sinclair, você nem sequer sabe o significado dessas palavras, e como é que você consegue pronunciá-las, da mesma forma... que me conta isso tudo...

– Sobre o meu pai, você quer dizer?

– Não, não me refiro ao seu pai. Não dou a mínima para o seu pai, e nem você deveria. E também não dou a mínima para Elvie. Tampouco quero ficar com Elvie, e se minha avó deixá-la para mim, eu recuso, queimo tudo, dou para alguém... enfim, tudo, menos deixar que você ponha suas mãos gananciosas nela.

– Você não está sendo muito compreensiva.

– Nem pretendo ser. Você não merece. Você tem obsessão por posses, sempre foi assim. Quando era criança, você sempre *tinha* que possuir tudo... e quando não conseguia algo, simplesmente o tomava. Trenzinhos a pilha, barcos, bastões de

críquete, espingardas e tudo mais. E agora carros caros, apartamentos em Londres e dinheiro, dinheiro e dinheiro. Você nunca se satisfaz. Mesmo se eu fizesse tudo o que você quer, me casasse com você e lhe desse Elvie e tudo o que está incluído nela, isso não lhe bastaria...

– Você não está sendo realista.

– Realista não é a palavra. Não é isso. É simplesmente uma questão de saber quais são as prioridades e ter a consciência de que pessoas são mais importantes do que objetos.

– Pessoas?

– Sim, pessoas. Sabe, seres humanos, com sentimentos e emoções e todas as coisas de que você parece ter se esquecido, se é que você um dia soube que existissem. Pessoas como sua avó, Gibson e aquela garota, Tessa, que vai ter um filho seu... e não comece com essa história de que o filho não é seu, porque eu sei e, o que é pior, você bem sabe que é. Eles serviram ao seu propósito e são dispensáveis, então você simplesmente se livra deles.

– Você, não – disse Sinclair. – Eu não vou me livrar de você. Eu vou levá-la comigo.

– Ah, não vai não. – O anel estava apertado demais. Eu o tirei, machucando o meu dedo e mal me contendo para não atirá-lo em seu rosto. Apanhei a caixinha revestida de veludo, pus ali o anel, fechei-a e a coloquei de volta sobre o painel. – Você estava certo quando disse que nos amávamos. Nós nos amamos um dia, e eu sempre achei que você fosse a pessoa mais maravilhosa do mundo. Mas você revelou ser não apenas desprezível, mas burro também. Você deve estar maluco em achar que vou simplesmente ficar ao seu lado como se nada tivesse acontecido. Você deve me achar a pessoa mais imbecil do planeta.

Apavorada, ouvi minha própria voz começar a estremecer. Desvencilhei-me dele e fiquei sentada, tremendo, desejando estar em um local aberto, ou em algum quarto enorme onde

pudesse gritar, atirar coisas contra a parede e me permitir ter um ataque histérico. Mas eu não estava num quarto. Estava presa no espaço minúsculo do carro do Sinclair, e mal havia espaço suficiente para nossas emoções agitadas, muito menos para nossos corpos.

– Quem poderia imaginar – ele disse, suspirando ao meu lado – que você voltaria dos Estados Unidos com esses princípios tão elevados?

– Isso não tem nada a ver com os Estados Unidos. Eu sou assim, e sempre vou ser – respondi, sentindo minha boca curvar-se e os meus olhos se encherem de lágrimas. – E, agora, quero ir para casa.

Não adiantou. Apesar dos meus esforços, comecei a chorar para valer. Procurei um lenço, mas claro que não achei, e acabei tendo que aceitar o de Sinclair que, em silêncio, foi passado para mim.

Enxuguei as lágrimas e assoei o nariz, e por alguma razão ridícula esse ato corriqueiro quebrou a tensão entre nós. Ele retirou dois cigarros do bolso, acendeu-os e me deu um. A vida continuava. Percebi que, enquanto conversávamos, a noite havia ficado mais escura. A lua mantinha seu formato em arco, porém já mais grosso, e se erguia a leste, e sua claridade estava bloqueada pela neblina que havia descido do topo da montanha e que agora nos encobria.

– O que vou fazer? – perguntei, assoando o nariz novamente.

– Só Deus sabe.

– Talvez se falássemos com David Stewart.

– Não.

– Ou com meu pai. Ele pode não ter muito senso prático, mas é uma pessoa muito sensata. Podíamos ligar para ele...

– Não.

– Mas, Sinclair...

– Você está certa. Está na hora de irmos para casa – disse, ligando o carro. O motor ganhou vida, rosnando e abafando

todos os outros sons. – Mas no caminho vamos parar em Caple Bridge para tomarmos um drinque. Acho que ambos precisamos; eu, com certeza, preciso, e isso também vai lhe dar tempo para melhorar esse rosto antes de vovó ver você.

– O que há de errado com o meu rosto?

– Está inchado e manchado. Está como da vez em que você pegou sarampo. Desse jeito, você fica parecendo uma menininha de novo.

10

Na Escócia, beber é coisa séria e, assim como ir a funerais, uma prerrogativa exclusivamente do sexo masculino. As mulheres de qualquer tipo não são bem-vindas nos bares, e se algum homem cometer o erro de levar sua esposa ou namorada a um bar, espera-se que ele fique com ela em algum outro espaço do estabelecimento, longe das vistas e dos ouvidos de seus iguais.

O bar Crimond Arms, em Caple Bridge, não era nenhuma exceção à regra. Naquela noite, indicaram-nos um salão frio e desconfortável, com papéis de parede amarelos, cadeiras e mesa de vime, decorado com patos feitos de gesso e o tradicional vaso de flores de plástico empoeiradas. Havia uma lareira a gás apagada, alguns cinzeiros enormes e um piano que, numa inspeção mais acurada, revelou-se estar bem trancado. Era impossível se divertir ali.

Deprimida e sentindo calafrios por causa do salão mal-aquecido e dos incontáveis receios que eu tinha acerca de Sinclair, e por tudo mais que havia acontecido, sentei-me sozinha e fiquei esperando por ele, que finalmente veio, trazendo um xerez para mim e um uísque duplo para si.

– Por que você não acendeu a lareira? – perguntou logo que chegou.

– Pensei que não fosse permitido – respondi, lembrando do piano trancado e da atmosfera inóspita do lugar.

– Não seja ridícula – retrucou, pegando um fósforo e se abaixando para acender a lareira a gás. Ouvi um pequeno estouro, senti um cheiro forte e vi surgir o clarão de pequenas chamas. Em seguida, senti uma onda de calor em uma área minúscula na altura dos joelhos.

– Está melhor?

Não estava, porque o calafrio que sentia vinha do meu âmago não passaria, mas respondi que sim. Satisfeito, ele sentou-se numa cadeirinha de vime que estava sobre um tapete enfeitado demais, pegou um cigarro e o acendeu.

– Um brinde – falou, erguendo o copo em minha direção.

Depois disso, ele não disse mais nada. Terminei meu xerez, pus de volta o copo vazio sobre a mesa e, vendo que ele ainda estava na metade de seu copo, falei que iria ao banheiro, pois pretendia conferir minha aparência antes de encarar minha avó. Sinclair disse que esperaria por mim; então, desci, com dificuldade, um corredor e subi um lance de escadas onde encontrei um banheiro feminino. Não era nem um pouco mais acolhedor ou confortável do que o salão deprimente que ocupávamos na parte de cima. Olhei-me no espelho e deparei com o reflexo do meu rosto arrasado e inchado, e do rímel borrado. Lavei as mãos e o rosto na água fria, tirei um pente do bolso e passei pelos cabelos. Durante todo o tempo, senti-me como se estivesse vestindo um cadáver, exatamente como nas macabras histórias de papa-defuntos americanos.

Tudo isso levou um certo tempo; quando voltei, encontrei o salão vazio, mas ouvia, do outro lado da porta que levava ao bar propriamente dito, a voz de Sinclair conversando com o barman. Constatei que ele havia aproveitado a chance de pedir uma outra dose e tomá-la na companhia de alguém mais agradável.

Sem querer me demorar no local, fui esperá-lo no carro. Havia começado a chover, e a praça do mercado estava molhada e negra como um lago escuro, refletindo a luz alaranjada dos postes. Sentindo frio, sentei-me encolhida no carro, sem ter sequer ânimo bastante para acender um cigarro. Vi a porta do Crimond Arms se abrir e sair de lá a silhueta de Sinclair, que me pareceu, por uns segundos, negra. Então, a porta se fechou e ele cruzou a praça molhada em minha direção.

Trazia um jornal.

Entrou no Lotus, sentou-se ao volante, bateu a porta e ficou parado com a respiração forte. Cheirava a uísque, e me perguntei quantas doses ele havia tido tempo de beber enquanto eu estava lavando o rosto.

– Algum problema? – perguntei, depois de um tempo, já que ele ainda não havia esboçado nenhuma intenção de ligar o motor do carro.

Ele não respondeu. Ficou apenas sentado, olhando para baixo ccm o rosto pálido.

– Sinclair – falei, já ficando preocupada.

Ele me passou o jornal. Era a edição de última hora do jornal local que ele provavelmente havia pego no bar.

Com a ajuda das luzes da rua, li as manchetes que falavam de um acidente de ônibus; havia também uma foto de um político recém-eleito e uma coluna sobre alguma garota moradora de Thrumbo que havia se destacado na Nova Zelândia...

Então vi, em letras garrafais, no canto inferior:

> MORTE DE ESQUIADORA FAMOSA:
> O corpo de Tessa Faraday foi encontrado ontem pela manhã em sua residência em Crawley Court, em Londres. Tessa, que tinha 22 anos, foi a vencedora na modalidade feminina do torneio de esqui realizado no último inverno...

As letras dançaram, misturaram-se e sumiram. Fechei os olhos, numa tentativa de apagar todo aquele fato horroroso, mas a escuridão só fez com que tudo piorasse, e vi que não havia como fugir dos meus próprios pensamentos. "Ela disse que tomaria outras providências", "Ela é uma garota sensata", fora o que Sinclair tinha dito.

– Mas ela se matou... – falei sem pensar.

Abri os olhos. Ele não havia sequer se mexido. Ouvi minha própria voz dizer:

– Você sabia quais eram as outras providências que ela tomaria?

– Pensei que ela estivesse se referindo ao bebê – respondeu, sem demonstrar qualquer emoção.

– Ela não tinha medo de ter o bebê – argumentei, surpreendendo a mim mesma com a minha perspicácia. – Ela não era esse tipo de mulher. Ela se matou porque sabia que você nao a amava mais. Você ia se casar com outra pessoa.

– Cale a boca – gritou, num acesso de fúria – e pare de falar nela, ouviu? Não fale dela, não converse sobre ela, não diga uma única palavra. Você não sabe nada dela, então, não tenha a pretensão de entender. Você não entende, e nunca esperei que entendesse.

Ao dizer isso, ligou o motor, soltou o freio de mão e, com os pneus molhados patinando nos paralelepípedos, girou o Lotus, atravessou a praça e seguiu em direção à rua que levava à zona rural e a Elvie.

Ele estava bêbado, assustado, magoado ou chocado, talvez tudo isso ao mesmo tempo. Agora, já não pensava nas regras do trânsito, nem tinha o menor cuidado. Sinclair estava fugindo, perseguido sem trégua por milhares de demônios, e a velocidade era sua única defesa. Passamos pelas ruas estreitas da cidadezinha e partimos, em alta velocidade, em direção ao interior. A realidade se resumia à estrada à nossa frente. Em seu centro, os olhos de gato e as linhas divisórias vinham ao

nosso encontro como se fossem uma coisa só. Eu nunca antes havia sentido um medo realmente físico, mas, agora, trincava os dentes com tanta força que doíam, e esticava o pé pisando tão forte num freio imaginário que corria um sério risco de deslocar uma vértebra da coluna. Dobramos na última curva e tínhamos à frente o caminho livre até o trecho da estrada que estava em obras. O sinal estava verde, e a fim de atravessá-lo antes que mudasse de cor ele pisou mais no acelerador, impulsionando-nos ainda mais rapidamente. Comecei a rezar: "Fique vermelho agora, por favor, fique vermelho."

E, então, apenas 45 metros à frente, aproximadamente, o milagre aconteceu, e o sinal ficou vermelho. Sinclair começou a frear e, naquele momento, eu sabia o que fazer. Com os pneus cantando no asfalto, o Lotus finalmente parou e, tremendo dos pés à cabeça, abri a porta do carona e saltei.

– O que você está fazendo? – perguntou.

Fiquei em pé na chuva e na escuridão, como uma mariposa sob a luz dos faróis que se aproximavam vagarosamente, à medida que o tráfego do sentido oposto vinha em nossa direção.

– Estou com medo – falei.

– Entre de volta. Você vai se molhar – argumentou, mais calmo.

– Vou a pé.

– Mas são 6 quilômetros até lá...

– Eu gosto de andar.

– Janey... – disse, debruçando-se sobre a janela como se quisesse me puxar de volta para dentro do carro, mas dei um passo atrás e fiquei fora de seu alcance.

– Por quê? – insistiu.

– Já disse, estou com medo. E o sinal ficou verde de novo... é melhor você ir, senão vai bloquear a passagem dos outros carros.

Para tornar minhas palavras mais convincentes, uma pequena van que vinha logo atrás do carro de Sinclair buzinou. Era

um som grosseiro e impertinente, o tipo de ruído que em outras ocasiões e lugares nos teria feito dar boas risadas.

– Tudo bem – concordou finalmente, segurando a maçaneta da porta e puxando-a para fechá-la. – Janey – continuou, hesitando um pouco –, você estava certa numa coisa.

– No quê?

– O bebê que a Tessa estava esperando. *Era* meu.

Comecei a chorar. As lágrimas se misturaram à chuva no meu rosto, e eu não podia fazer nada para evitá-las, não conseguia pensar em nada para falar, nem em forma alguma de ajudá-lo. Então, a porta bateu, fechando-se entre nós, e no instante seguinte ele já havia partido. Seu carro se afastava de mim, passando pelas obras e sinais luminosos, cada vez mais rápido, em direção à ponte.

Como num pesadelo, e sem nenhum motivo, senti minha cabeça repleta de música, retinindo como um órgão, e era a música de Sinclair. Mas, agora que era tarde demais, desejava ter ido com ele.

> Alegremente vamos passear,
> Pé com pé, calcanhar com calcanhar
> De braços dados, lado a lado...

Ele havia alcançado a ponte, e o Lotus saltou nela feito um cavalo numa prova de obstáculos. A lanterna do carro desapareceu e, no momento seguinte, o silêncio da noite foi cortado pelo som de pneus freando e derrapando na pista molhada. E, então, ouvi o barulho de metal sendo amassado e de vidros se quebrando. Comecei a correr, sem poder fazer nada, como num sonho ruim, escorregando nas poças d'água, cercada pelos faróis e pelos olhos de gato que diziam: PERIGO. Mas, antes de chegar a 90 metros da ponte, ouvi o som de uma explosão e, diante dos meus olhos, a noite foi tomada por uma chama rósea.

Foi só depois do funeral de Sinclair que tive a chance de conversar com minha avó. Antes disso, qualquer tipo de diálogo seria impossível. Ficamos ambas chocadas e evitamos instintivamente mencionar seu nome, como se falar nele fosse abrir os portões da represa de nosso sofrimento controlado. Somando-se a isso, tínhamos que receber muitas pessoas, e havia muito a ser feito. Principalmente velhos amigos, como os Gibson, o jardineiro Will, o pastor, e Jamie Drysdale, o marceneiro, transformado, graças às roupas sóbrias e a um semblante de desalento e respeito, em um agente funerário. Houve conversas com a polícia e ligações de repórteres. Recebemos flores, cartas... dúzias de cartas. Começamos a respondê-las, mas acabamos desistindo, deixando uma pilha delas crescer sobre a bandeja de bronze no saguão.

Minha avó, que pertence a uma geração que não teme a ideia da morte, e que não se deixa perturbar pelos seus caprichos, insistiu em que fizéssemos um enterro tradicional, e enfrentou a situação sem demonstrar abalo, nem mesmo quando Hamish Gibson, de licença do serviço militar, tocou *Flores da floresta* na sua gaita de foles. Ela cantou os hinos na igreja, ficou em pé, por meia hora ou mais, cumprimentando as pessoas; lembrou-se de agradecer até mesmo àqueles que haviam desempenhado as funções mais simples.

Mas, agora, ela estava cansada. A Sra. Lumley, exaurida pela emoção e por ter ficado tanto tempo em pé, voltou para o seu quarto para colocar as pernas para cima. Assim, após acender a lareira da sala de visitas, acomodei minha avó ao lado do fogo e fui à cozinha preparar-lhe uma xícara de chá.

Em pé, próxima ao calor do fogão, esperando a chaleira ferver, me distraí, contemplando através da janela o mundo cinzento lá fora. Era outubro, a tarde estava fria e tranquila. Nem uma réstia de vento mexia as poucas folhas que restavam as árvores. O lago, que refletia o céu cinza, estava calmo como um lençol prateado. Os montes adiante estavam roxos como

ameixas. Amanhã, talvez, ou um dia depois, eles estariam cobertos pela primeira neve – estava bastante frio para isso – e entraríamos no inverno.

A chaleira ferveu, preparei o chá e o levei até a sala de visitas. O tilintar das colheres e o espocar do fogo eram reconfortantes, como as pequenas coisas costumam ser diante de uma tragédia.

Minha avó estava tricotando um chapeuzinho de criança feito de lã vermelha e branca, que eu sabia que seria doado para o bazar da paróquia. Ao presumir que ela gostaria de ficar em silêncio, larguei minha xícara de chá vazia, acendi um cigarro e comecei a ler o jornal, já meio absorta numa resenha crítica de uma peça de teatro, quando, de repente, ela disse:

– Tenho me sentido muito culpada, Jane. Deveria ter-lhe contado sobre Aylwyn naquele dia em que estávamos sentadas no jardim e você começou a me fazer perguntas sobre ele. Estava a ponto de lhe contar, mas alguma coisa me fez mudar de ideia. Foi uma tolice muito grande da minha parte.

Abaixei o jornal e o dobrei. Suas agulhas continuavam a se movimentar. Ela não havia erguido os olhos do seu trabalho.

– Sinclair me contou... – falei.

– Contou? Achei que fosse contar. Isso importava muito para Sinclair. Seria importante para ele que você soubesse. Você ficou chocada com o que ele disse?

– Por que ficaria?

– Por uma série de razões. Por Alylwyn ter sido um homem desonesto. Por ele ter sido preso. Por ele ter tentado esconder isso de todos vocês.

– Foi melhor assim. Não nos teria feito bem algum saber. Nem para ele.

– Sempre achei que seu pai lhe havia contado.

– Não.

– Foi bom ele não ter contado... ele sabia o quanto você gostava de Sinclair.

Larguei o jornal e me sentei sobre o tapete em frente à lareira, um bom lugar para confidências.

– Mas por que o Aylwyn era assim? Por que ele não era como você?

– Ele era um Bailey – respondeu minha avó, de maneira simples. – Eles sempre foram um bando de irresponsáveis, mas com todo o charme do mundo. Sem um tostão sequer no bolso e sem a menor noção de como ganhar dinheiro e mantê-lo.

– Seu marido era assim?

– Ah, era – disse, sorrindo consigo mesma, como se lembrasse de algo engraçado ocorrido muito tempo antes. – Você sabe qual foi a primeira coisa que aconteceu depois que nos casamos? Meu pai pagou todas as dívidas dele. Mas ele não levou muito tempo para contrair outras.

– Você o amava?

– Loucamente. Mas logo vi que havia me casado com um moço sem juízo e que não tinha a menor intenção de se corrigir.

– Mas vocês eram felizes.

– Ele morreu logo depois que nos casamos. Não tivemos tempo de passar para a fase seguinte. Mas, então, percebi que estava sozinha, e decidi que seria melhor para os meus filhos se eu começasse tudo de novo, de uma forma completamente diferente, longe dos Bailey. Então, comprei Elvie e trouxe meus filhos para cá. Pensei que tudo seria diferente. Mas, sabe, o meio não anula completamente os fatores hereditários, independente do que os psicólogos infantis digam. Eu lhe contei sobre o Aylwyn. Eu o vi crescer e se transformar no pai novamente, e não havia nada que eu pudesse fazer para impedir. Ele cresceu, foi para Londres, arranjou um emprego, mas logo teve problemas financeiros. Eu o ajudei, claro, incontáveis vezes, mas, inevitavelmente, chegou o dia em que não pude ajudá-lo. Ele havia manipulado a cotação de algumas ações, ou agido de alguma forma fraudulenta, e o diretor de sua firma disse,

com toda razão, que aquilo era caso de polícia. Mas, no fim, consegui dissuadi-lo da ideia, e ele acabou concordando em não dizer nada, desde que Aylwyn desse sua palavra de que nunca mais atuaria em Londres novamente. Então foi assim que ele foi para o Canadá. Mas, claro, a situação toda se repetiu, e dessa vez o pobre do Aylwyn não teve tanta sorte. Teria sido diferente, sabe, Jane, se ele tivesse se casado com um garota sensata, que tivesse os pés no chão, e a força de caráter que mantivesse os pés do Aylwyn lá, também. Mas Silvia era tão cabeça de vento quanto ele; eram duas crianças. Só Deus sabe por que ela quis se casar com ele. Talvez ela achasse que ele tivesse dinheiro; não dava para acreditar que estivesse apaixonada, abandonando Aylwyn e a criança daquela forma.

– Por que Aylwyn nunca voltou do Canadá?

– Por causa de Sinclair. Às vezes, a imagem de um pai é melhor do que... o próprio pai. Sinclair é... era... – disse, se corrigindo, quase sem demonstrar abalo no tom de voz – ...um outro Bailey. É surpreendente como um único traço ruim pode passar de geração a geração de uma mesma família.

– Você se refere à jogatina e tudo mais.

– Sinclair lhe contou, não contou?

– Um pouco.

– Ele não precisava daquilo, você sabe. Ele tinha um bom emprego e um bom salário, mas não conseguia resistir à emoção do jogo. E o fato de não entendermos o porquê não deve nunca nos tornar incompreensíveis, embora, às vezes, eu ache que aquilo era a razão da vida de Sinclair.

– Mas ele adorava vir a Elvie.

– Só de vez em quando. Ele não tinha o mesmo sentimento que sua mãe... ou que você tem por Elvie. Na verdade... – Ela girou suas agulhas e começou a fazer uma outra carreira. – ...já faz algum tempo que decidi que seria uma boa ideia se Elvie pertencesse a você um dia. Você aceitaria?

– Eu... eu não sei...

– Esse foi o verdadeiro motivo pelo qual fiquei tão ansiosa, esperando que seu pai deixasse você voltar a Elvie, e foi por isso que lhe escrevi tantas cartas, que o danado se recusava a responder. Eu queria conversar com você sobre Elvie.

– É maravilhoso – respondi. – Mas a ideia de ser dona de alguma coisa me assusta... Acho que não gostaria de ficar presa a todas as responsabilidades de um lugar como Elvie. E não me sentiria livre para sair por aí do jeito que gosto.

– Você está me saindo uma medrosa, e também está falando como seu pai. Se ele tivesse sido mais realista no que diz respeito a posses, já teria se estabelecido e construído alguma coisa boa também. Você não quer fixar raízes, Jane? Não quer se casar e ter uma família?

Olhei para o fogo e refleti sobre muitas coisas. Sobre Sinclair e meu pai... e sobre David. E pensei em todos os lugares que já havia visitado e nos muitos outros que esperava conhecer um dia. E imaginei crianças vivendo em Elvie, meus filhos, crescendo neste lugar perfeito, e fazendo todas as coisas que eu e Sinclair fazíamos...

– Eu não sei o que quero – respondi finalmente. – Esta é a mais pura verdade.

– Nem eu esperava que você soubesse. E, além do mais, hoje nenhuma de nós está com cabeça para isso, e nem esse é o melhor momento para discutirmos tal assunto. Mas você deve refletir sobre isso, Jane. Pese os prós e os contras. Temos todo o tempo do mundo para discutirmos isso juntas.

Um pedaço de lenha se partiu e caiu sobre as brasas, já sem chamas, da lareira. Levantei-me para pôr mais lenha e me abaixei para apanhar a bandeja de chá e levá-la até a cozinha, mas quando alcancei a porta, fazendo um certo malabarismo equilibrando a bandeja com a mão na maçaneta, minha avó falou novamente:

– Jane.

– O quê?

Ainda segurando a bandeja, voltei-me e olhei para ela. Havia parado de tricotar e retirado os óculos. Pude ver todo o azul dos seus olhos profundos contrastando com a palidez do seu rosto. Nunca a havia visto tão pálida. Nunca a havia visto tão velha.

– Jane... você se lembra de que falávamos outro dia de uma amiga de Sinclair, Tessa Faraday?

Segurei nas alças da bandeja, com força, e as falanges dos meus dedos ficaram brancas. Sabia o que estava por vir e rezei para evitá-lo.

– Lembro.

– Eu li no jornal que ela morreu. Parece que foi por overdose de barbitúricos. Você viu a reportagem?

– Sim, vi.

– Você nunca comentou nada.

– Pois é.

– Isso... isso teve alguma coisa a ver com Sinclair?

Nossos olhares se encontraram e ficaram grudados um no outro. Teria dado minha alma naquele momento para poder mentir de forma convincente. Mas eu era uma incompetente nesse assunto, e minha avó me conhecia muito bem. Não tinha qualquer chance de me sair bem daquela situação.

– Sim, teve – respondi, e acrescentei: – Ela estava esperando um filho dele.

Os olhos de minha avó se encheram de lágrimas, e foi a única vez que eu a vi chorar.

11

David chegou na tarde seguinte. Minha avó estava escrevendo algumas cartas e eu me encontrava no jardim varrendo as folhas. Um dia me disseram que o esforço físico era a melhor

terapia para os estados de angústia. Havia juntado as folhas num montinho e estava prestes a transferi-las para um carrinho de mão quando as portas de vidro se abriram e David veio ao meu encontro. Levantei-me e fiquei observando-o atravessar o gramado, alto, esbelto e com os cabelos despenteados pelo vento, e me perguntei, naquele instante, como teríamos passado os últimos dias sem ele. Ele havia providenciado tudo, arranjado tudo, até mesmo arrumado tempo para fazer uma ligação telefônica para o meu pai a fim de comunicar a morte de Sinclair. Eu sabia que, o que quer que acontecesse entre nós dois, nunca deixaria de lhe ser grata.

– Jane – perguntou, já a meu lado –, o que você vai fazer com esse montinho de folhas?

– Colocá-lo no carrinho de mão – respondi.

Ao me abaixar para recolher as folhas, a maior parte foi levada pelo vento.

– Se você apanhar uns gravetos, vai terminar mais rápido. Eu lhe trouxe uma carta... – ele disse, retirando um envelope de seu bolso enorme. Vi que era do meu pai.

– Onde você encontrou isso?

– Veio anexada a uma carta que ele escreveu para mim. Ele me pediu que lhe entregasse.

Deixamos o carrinho de mão e a vassoura de lado, descemos o jardim, pulamos pequeno sulco que o separava do campo e fomos até o velho píer, onde nos sentamos lado a lado sobre as tábuas apodrecidas, correndo um certo risco. Abri a carta e a li em voz alta para David:

Querida Jane,

Fiquei muito triste ao saber do que aconteceu a Sinclair e de seu envolvimento na morte dele, mas fiquei contente por você poder estar com sua avó, sem dúvida, confortando-a da melhor forma possível.

> Tenho me sentido culpado desde que você foi embora – por eu ter deixado que voltasse a Elvie sem ter lhe contado tudo acerca do seu tio Aylwyn. Mas, por alguma razão, talvez também pelo modo como você partiu, nunca surgiu a oportunidade para lhe contar. No entanto, mencionei o fato a David Stewart, e ele me prometeu cuidar de você e de todo o resto...

– Mas você nunca me contou – protestei.

– Não era assunto meu.

– Mas você sabia.

– Claro que sabia.

– E sabia sobre Sinclair também?

– Sabia que ele estava acabando com boa parte do dinheiro de sua avó.

– Ainda há coisas piores, David.

– O que você quer dizer?

– Sinclair morreu devendo uma quantia enorme.

– Eu tinha receios de que isso fosse acontecer. Como você ficou sabendo disso?

– Ele me contou. Disse um monte de coisas – respondi, voltando à carta:

> O motivo pelo qual nunca quis muito que você voltasse a Elvie não era tanto pelo que seu tio havia sido, mas pelo que seu primo havia se tornado. Após a morte de sua mãe, sua avó sugeriu que eu deixasse você ficar com ela e, na verdade, essa teria sido uma solução óbvia. Mas havia o problema de Sinclair. Eu sabia o quanto você gostava dele e o quanto ele significava para você, e tinha certeza de que, se você continuasse a vê-lo, um de vocês acabaria se magoando ou desiludindo. De qualquer forma, seria um processo doloroso, se não trágico; então preferi que você ficasse comigo, por isso eu a trouxe para os Estados Unidos.

– Só me pergunto o que o fez ter tanta certeza acerca do caráter de Sinclair – disse David, interrompendo-me.

Lembrei-me do livro, *Natureza animada*, de Goldsmith, e por alguns instantes pensei em contar a David a história toda. Mas acabei desistindo. O livro já nem existia mais. Um dia após a morte do meu primo, retirei o livro do armário, levei-o para baixo e o enfiei no aquecedor, onde fiquei observando-o queimar. Agora, não havia mais nenhuma pista dele. Com relação a Sinclair, era melhor que fosse esquecido.

– Não sei... instinto, acho. Ele sempre foi um homem muito perspicaz e impossível de se enganar. Continuei a ler:

> Foi esse também o motivo por eu ter demorado tanto em responder aos pedidos de sua avó de que você deveria voltar a Elvie. Teria sido diferente se Sinclair estivesse casado, mas eu sabia que ele estava solteiro e cheio de preocupações.
>
> Suponho que você queira ficar em Elvie por mais tempo, mas os negócios aqui vão bem. Sam Carter tem conseguido coisas ótimas para mim, e estou cheio da grana, como costumam dizer, e poderia até lhe comprar uma passagem de volta para a ensolarada Califórnia, é só você pedir. Estou com muita saudade de você, e Rusty também. Mitzi, a cadelinha *poodle*, não é um consolo muito grande pela sua ausência, embora Linda esteja certa de que quando chegar a hora e a lua estiver na casa certa, Mitzi e Rusty vão se apaixonar perdidamente um pelo outro e nos presentear com uma família, mas, na minha opinião, é difícil até pensar em tal união.
>
> Linda está bem, adorando Reef Point e aquilo que ela chama de vida simples; surpreendentemente, ela começou a pintar. Não sei se minha intuição está certa, mas acho que ela poderá vir a ser uma boa revelação. Quem

sabe, um dia ela possa me sustentar para que eu tenha o estilo de vida que pedi a Deus, que é mais do que já tive a coragem de dizer para você.

Minha adorável e querida filha,

Seu pai.

Dobrei a carta, em silêncio, e a coloquei de volta no envelope e depois no bolso do casaco.

– Parece – disse vagarosamente, depois de um tempo – que ele está tentando convencê-la a se casar com ele. Ou, talvez, seja ela que esteja tentando convencê-lo a se casar com ela. Não sei ao certo qual dos dois.

– Talvez um esteja tentando convencer o outro. Você gostaria que isso acontecesse?

– Gostaria, acho que sim. Dessa forma não me sentiria mais responsável por ele. Ficaria livre.

A palavra soou vazia e desapontadora. Estava fazendo muito frio no píer e, de repente, comecei a tremer. David me abraçou e me puxou para perto de si, de modo que fui aquecida pelo seu calor, com a cabeça apoiada no seu ombro firme coberto pelo tweed.

– Nesse caso – falou –, talvez essa seja uma boa hora para convencer você a se casar com um advogado míope, de uma cidadezinha do interior, que adorou você desde o primeiro momento em que a viu.

– Você não teria que se esforçar muito – respondi.

Seu braço me apertou e senti os seus lábios roçarem o alto de minha cabeça.

– Você não se incomodaria de morar na Escócia?

– Não. Desde que você consiga muitos clientes em Nova York, Califórnia, e talvez até mais longe, e prometa me levar todas as vezes em que for vê-los.

– Não seria tão difícil.

– E seria bom se eu pudesse ter um cachorro.

– Claro que você vai ter... não um outro Rusty, claro, ele tem de ser único. Mas talvez algum com a mesma ascendência, inteligência e charme.

Virei-me e escondi o rosto em seu peito. Por um momento terrível, pensei que fosse chorar, mas aquilo era ridículo, as pessoas não choram quando estão felizes, isso só acontece em livros.

– Eu amo você – falei.

David me abraçou forte e acabei chorando, mas não me importei.

Ficamos sentados onde estávamos, envoltos em seu casaco, fazendo planos fantasiosas, como casarmos na capela de Reef Point e pedir a Isabel Modas McKenzie para tricotar um vestido de noiva para mim – o que, inevitavelmente, acabou em boas gargalhadas. Então, abandonamos aqueles planos e fizemos outros. E tão preocupados estávamos que não percebemos o dia escurecer e o ar da noite esfriar. Acabamos sendo interrompidos pela minha avó, que abriu a janela e gritou para nos avisar que o chá estava pronto. Então, levantamos, com cãibras e frio, e começamos a caminhar de volta para casa.

O jardim estava tomado pelo crepúsculo e coberto de sombras. Não havíamos falado em Sinclair novamente, mas, de repente, senti sua presença em cada canto, não a do homem, mas a do menino de que me recordava. Ele corria, pisando leve, através da grama; das sombras sob as árvores; ouvi o farfalhar suave de folhas caídas. Perguntava-me se algum dia Elvie ficaria livre dele, e isso me entristeceu porque eu não queria que se tornasse um lugar assombrado, independentemente do que acontecesse e de quem viesse a morar lá.

David, que ia à minha frente, parou para apanhar a vassoura e o carrinho de mão e os deixou embaixo de um bordo, fora do caminho. Agora, ele esperava, com sua silhueta alta refletida pelas luzes da casa.

– O que foi, Jane?

– Fantasmas – respondi.

– Não há fantasmas aqui – ele disse.

Olhei novamente e vi que ele estava certo. Apenas o céu, a água e o vento mexendo nas folhas. Nenhum fantasma. Continuei a caminhar, ele segurou minha mão e, juntos, entramos para tomar o chá.

fim